U0937103

新編全金詩

第四册

薛瑞兆 編撰

中華書局

第四册目録

新編全金詩卷八七

新編全金詩卷八八

新編全金詩卷八九

新編全金詩卷九〇

新編全金詩卷九一

新編全金詩卷九二

新編全金詩卷九三

新編全金詩卷九四

新編全金詩卷九五

新編全金詩卷九六

新編全金詩卷九七

新編全金詩卷九八

新編全金詩卷九九

新編全金詩卷一〇〇

新編全金詩卷一〇一

新編全金詩卷一〇二

新編全金詩卷一〇三

新編全金詩卷一〇四

新編全金詩卷一〇五

新編全金詩卷一〇六

新編全金詩卷一〇七

新編全金詩卷一〇八

新編全金詩卷一〇九

新編全金詩卷一一〇

新編全金詩卷一一一

新編全金詩卷一一二

新編全金詩卷一一三

新編全金詩卷一一四

新編全金詩卷一一五

新編全金詩卷一一六

馬鈺五……二九八五

新編全金詩卷一一七

新編全金詩卷一一八

新編全金詩卷一一九

新編全金詩卷八七

李俊民 二

五言律詩

答祁定之韻

黄菊催秋暮，青山勸客歸。事隨時漸改，人與物皆非。爽氣收殘暑，閑雲送落暉。平生會心侶，别後往來稀。

遊太平泉

稍有林泉興，相陪杖屨遊〔一〕。百年人易老，千種事堪愁。是處花無主，誰家酒可篘。芳時好行樂，春去不能留。

【校記】

〔一〕屨：文淵閣本、《全金詩增補中州集》卷四五作「履」。

宿夾谷彦實庵

掛名仙籍上，晦跡茂林間。門外丹河水，牆頭明月山。境隨心自遠，人與話俱閑。應笑紅塵客，區區謾往還。

河橋成

橋成有日，必有佳句。寫河上逍遥之興，贈子榮及督役楊成之。

預積他山木，重新兩岸隄。龍依天上臥，虹傍水心低。不假鞭秦石，何勞立蜀犀。落成應有日，誰向柱先題。

河廣思同濟，天寒怕涉冬。冰雖將自合，船尚不宜從。柱引來歸鶴，淵藏未躍龍。一編圯上叟，千載願相逢。

勢截長河浪，横陳百步梁。經營方斷手，過涉不褰裳。漫惜千金瓠，休誇一葦航。西風簫鼓咽，奠酒水仙堂。

癸巳冬至

共愁天紀亂〔一〕，依舊日南時。氣本自然應，策今誰可推〔二〕。每懷添線女，還意覆杯兒〔三〕。偃蹇無歸計，天涯兩鬢絲。歲以四時成，氣自一陽始。雖然廢羲職，那可亂軒紀。人生幾寒暑，天道頻甲子。徒嗟潦倒身，汲汲百年裏。

【校記】

〔一〕共：《全金詩增補中州集》卷四五作「昔」。〔二〕今：文淵閣本作「令」。〔三〕意：《全金詩增補中州集》作「憶」。

乙未冬至

已應黄宫律，初生復卦陽。道隨天在北，愁與日俱長。節物驚時換，年光有底忙。浮雲多變態，試與問何祥。

任仲山弄璋

奕世多陰德，傳家得寧馨。人間熊有夢，天上昴無星。喜洽犀錢座，光生玉樹庭。鍾情笑盧老，白髮望添丁。

五哥生日

落落青雲器，天然骨骼奇。自從懷橘後，每恨學書遲。同樂憐荆樹，相煎笑豆萁。氣豪常自許，躍馬是男兒〔一〕。

【校記】

〔一〕是：文淵閣本作「自」。

代四哥贈

相戒南陔養，長看花蕚輝。義深姜季被，恩重老萊衣。隊似魚同戲，行如鴈共飛。讀書當自勉，繼取錦堂歸〔一〕。

【校記】

〔一〕堂：《全金詩增補中州集》卷四五作「衣」。

元夜有感

春城行欲徧，百感到愁邊。市冷猶燈火，人稀尚管絃。梅從今夜落，柑憶舊時傳。歸去西窗月，無情照不眠。

四哥生日

秀出三珠樹〔一〕，芳聯五桂枝。杜家憐驥子，徐氏重麟兒。已有高門望，方當志學時。一杯添壽酒，滿酌不須辭。

【校記】

〔一〕珠：原作「株」。今按，《舊唐書》卷一九〇《文苑傳》上：「（王勃）與兄勔、勮，才藻相類。父友杜易簡常稱之曰：『此王氏三珠樹也。』」另，本集本卷《戲嘲》亦見此語：「笑黐王氏三珠樹，驚倒張家五鳳樓。」

寒食

爲戀風光好，那堪節物催。事隨浮世往，花似去年開。莫灑無家淚，須傾有限杯。詩人多少興，都向醉中來。

九日下山

宰肉陳平社，折腰元亮鄉。車無門外轍，菊與徑皆荒。所恨國難守，若爲家不亡〔一〕。天威寒氣逼，急急下山陽。

【校記】

〔一〕亡：原作「忘」，此從《全金詩增補中州集》卷四五、文淵閣本。

王生壽日

幾度懸弧節，當年琢玉郎。徐行知禮讓，幼學愛文章。莫厭魚同隊，休隨燕入堂。眉間色多喜，禁臠近東牀。

遊青蓮

閑攜方外友，同謁梵王宫。山吐三更月，松摇萬壑風。流年飛鳥過，浮世落花空。不有歸來興，何能見遠公。

又

行處春風惡，山中勝槩藏。漸佳如蔗尾，薄險似羊腸。翠揖雙峰角，清臨一水堂。夜長僧睡少，爲我話興亡。

過雲中

把酒不成醉，出門行路難。客愁千里破，歸夢五更殘。三仕有何喜，一生常鮮歡。恨無南去雁，爲我報平安。

宿海會寺同孫講師、明上人、趙叔賓、劉巨濟夜酌。

佛堂光未放，桑下喚難回。是處皆堪歇，何山不可開。泉因龍吐出，經自兔銜來。徑向黄沙過，尋僧問劫灰。

又

青山雲水窟，杖錫幾時來。竹待香嚴擊，松經道者栽。西江無水吸，震旦忽花開。三笑圖中友，同傾破戒杯。

遊碧落

己亥仲夏十有九日，平水曹漢卿、楊子平(二)，本郡李鑑臣、劉濟之、君祥、姚子昂、史遂良同謁治平院，與上人和霽月煮茗道話，抵暮而歸。

寂歷松間寺，臨流勝槩藏。斷雲開石壁，横吹爽溪堂。謾與詩情在〔二〕，留連道話長。行人貪弔古，歸路半斜陽。

【校記】

〔一〕平：文淵閣本作「方」。〔二〕與：《全金詩增補中州集》卷四五作「語」。

九里谷

九曲羊腸路，千層劍戟山。行鈎藤蔓刺，坐印石花斑。樹發三春暮，雲歸萬壑閑。相陪林下屐，雖倦不知還。

食芡

池底休鋪錦，雞頭自有栽。柔中皆水性，剛外乃天才。精彩惟魚目，珠圓出蚌胎。坐間咄嗟致，不似荔枝來。

潁陽元道人虚白庵〔一〕

有山心可算，有水耳堪洗。飄飄元逸人，寓意在山水。勘破人間世，不聽心與耳。一室虚生白，自得吉祥止。

【校記】

〔一〕潁：原作「潁」，刊誤，此從《全金詩增補中州集》卷四六。

八日登山同謁吴王祠四月。

老樹凋殘盡，靈祠寂歷中。古今時易改，幽顯意能通。歲享屢登樂，俗迫三讓風〔一〕。送迎人散後，日落亂山空。

【校記】

〔一〕迫：《全金詩增補中州集》卷四六、文淵閣本作「追」。

陽城懷舊呈陽敬之、燕子和、李文卿。

路梗傷時事，春歸感物華。風波千萬丈，煙火兩三家。樹杪失巢燕，牆根無主花。當年人不見，何處是生涯。

又

道途行處惡，故舊别來稀。澗口分流水，林稍掛落暉。好山留客住，幽鳥背人飛。門外秋光老，征鞍尚不歸。

上長平寄楊成之

衰遲長在外，矍鑠愧征鞍。世路驚心惡，天風刮面寒。迢迢人漸遠，冉冉歲將殘。今夜梅梢月，同誰共倚欄。

獨坐

地偏無俗客，日在掩柴扉。暑退閑蒲扇，凉生换葛衣。風高雲散影，露下月揚輝。獨據胡牀坐，心清即道機。

乙亥過河

一身長道路，四海尚風塵。昔作依劉客，今爲去魯人。渡河年在亥，乞酒歲非申。别後山中友，相逢話又新。

河陽呈苗簡叔

妖氛長斗北〔一〕，殺氣尚河東。人物不如古，地圖祇自雄。三城環野水，二麥臥天風。多少逃亡屋，荒凉晚照中。

【校記】

〔一〕氛：文淵閣本作「氣」。

即事

炎涼愁裏過，陵谷暗中遷。素拙生生計，尋耕下下田。爲嫌頻告糴，却恨不逢年。門外催租吏，長妨對聖賢。

中秋對月

雲山懷素隱，秋興暫來歸。月與人同醉，星隨客漸稀。入河蟾不没，繞樹鵲何依。浩氣凝光界，瑶臺夢欲飛。

山中寄張漢臣李廣之

枳棘非所棲，繫匏焉不食。未黔墨子突，又奪伯氏邑。一年三褫服，半歲兩塗敕。歸去來山中，無喪亦無得。

經童

盈門修鄭校〔一〕，同隊執韋經。蘇子應千里，徐兒向九齡〔二〕。鴈行成次序，鶯語太丁寧。堪笑西城老，朝朝酷教刑。

【校記】

〔一〕校：《全金詩增補中州集》卷四六作「簡」。　〔二〕向：《全金詩增補中州集》作「尚」。

自遣

居閑聊自適，造物果何如。生理年年拙，交情日日疎。吠猶聞蹠犬，技可笑黔驢。誰識徘徊意，西山有舊廬。

過星軺〔一〕

古道開天險，危峰拔地形。連營南北戍〔二〕，過客短長亭。野燒驚山鬼，胡雲掩將星〔三〕。何人弄羌管，哀怨不堪聽。

【校記】

〔一〕《（成化）山西通志》卷一六《詩集》録此詩作「過星軺驛」。今按，《金史》卷二六《地理志》河東南路河中府澤州晉城縣：「舊又置星軺鎮」。　〔二〕戍：原作「戌」，刊誤，此從文淵閣本。　〔三〕胡：《全金詩增補中州集》卷四六作「邊」。

七言律詩

小旱雲而不雨

阿香誰使送雷聲，敢望天瓢一滴分。恨魃長爲周地虐，閔尫幾被魯人焚。風吹海立垂垂雨，澤與山通處處雲。何事臥龍猶不起，得微往見葛陂君。注：「山谷：『得微往從董父餐，寧當罪繫葛陂淵。』」

復用韻

區區布穀不停聲，安得銀河水半分。湯稼未應枯後溉，周川豈獨旱如焚。是誰主當知時雨〔一〕，有底商量出岫雲。造物不爲天下計，只將花事了東君。

【校記】

〔一〕主：《全金詩增補中州集》卷四六作「阻」。

十六日雨

平地俄驚霹靂聲，老龍功過此應分。不知東海因誰祭，卻笑西華欲自焚。四面蔽虧無日月，百神奔走會風雲。時人那識天公事，一溉惟知有巨君。鄭弘字巨君，行春天旱，隨車致雨；後戴封爲四華令〔一〕，縣旱，積薪以自焚，火起而大雨。

【校記】

〔一〕封：原作「卦」，文淵閣本如之，刊誤。今按，《後漢書》卷八一《獨行列傳》載戴封事蹟。

王子榮過家上冢

暫令元戎小隊行〔一〕，盡驅春色入山城。葱葱佳氣隨軒蓋，嫋嫋高風卷旆旌。題柱橋邊男子志，散金閭里故人情。貴遊前後知多少，不使堂虛晝錦名。州有晝錦堂。

【校記】

〔一〕令：《全金詩增補中州集》卷四六、文淵閣本作「領」。

用趙之美留别韻五首

把酒離筵且莫辭，坐中瓜葛暫相依。花從識後常含笑，鳥自還時想倦飛。往事微茫春夢斷，故人牢落曉星稀。天涯白髮禁愁得，好在西山不早歸。

長短亭中送别時，問君東去復何依。今宵明月三人共，來日紅塵一騎飛。傾蓋莫嫌相見晚，斷絃惟恨賞音稀。天涯盡道還家好，笑我雖歸似不歸。

爲君不惜送行詩，但恨蒹葭失所依。流水盡朝東海去，孤雲只向太行飛。仕途冰炭收心早，客路參商見面稀。一曲陽關歌未徹，聲聲頭上聽催歸。

遥指東山去恨遲，争如蓮幕早來依。須知宋鷁猶能退，有底齊禽尚不飛。洛下書生憐我少，燕南壯士似君稀。主人好客慨慨醉，正要髡留肯放歸。

平生藏器待何時，除卻荆州不可依。預報行人應鵲噪，相將送客有花飛。鴈從去後弟兄少，鶯未來時朋友稀。不盡赤心今日話，東山無以我公歸。

赴山陽 寄君祥、濟之、仲寬、子昂。

立馬西風不忍行，往回只是片時程。一年又作半年客，百里有如千里情。落日寒林山下路〔一〕，淡煙疎竹水邊城。願君把酒休惆悵，四海由來皆弟兄。

【校記】

〔一〕山：原作「上」，此從文淵閣本。

白文舉王百一索句送行

世事紛紛亂似麻，不堪愁裏度年華。傷心城郭來家鶴，過眼光陰赴壑蛇。彈鋏歌中成老境，班荆話後各天涯。何時造物歸真宰，卻覩人間第一花。

承二公寵和復用元韻二首〔一〕

脱卻朝衫著紵麻，殘年猶復夢京華。世情共指鹿爲馬，天意反教龍作蛇。白髮不公人易老，青山有素恨無涯。那禁送別東郊外，滿目離離濺淚花。

有客衡從説蓺麻，要教身後見西華。若爲養得能言鴨，未解除他引睡蛇。歸去稍知閑氣味，荒唐猶種老生涯。眼前浮世憑誰問，獨倚東風看落花。

【校記】

〔一〕二首：原作「二」，此從文淵閣本。

重午偶題

龍鍾歎我百年身，幾見山城節物新。水荇長如牽翠帶，石榴半似蹙紅巾。可憐今日依劉客，便是當時弔屈人。誰道南來風解愠，試從比屋問吾民。

春日

白頭不奈隙駒催，慣飲屠酥醉後杯。百歲無多偏晝短，一年將盡又春來。東君得地權終在，北斗隨天柄已回。造物卻還真宰手，衆人今後試登臺。

和參謀李舜舉二首

平步青雲感遇初，試看傾蓋氣何如。橘皮應笑陳人膀，雋永争談辯士書〔一〕。夢鹿果能誰得鹿，知魚未必子非魚。青山馬上多詩句，北斗以南名不虚。

一怒王師弔伐初，堂堂人物古誰如。劍頭何患無炊米，楯鼻多應有檄書。盡道公孫能躍馬，應憐學士獨焚魚。旌旗未度長河水，千騎元戎已擣虚。

【校記】

〔一〕辯：《全金詩增補中州集》卷四六作「辨」。

和東菴孔安道韻二首

擬結閑中一草堂，此心安處即吾鄉。須知見在身爲患，見説長生藥有方。老去看書徒引睡，愁來得句不成章。從前習氣都除盡，待與高人論坐忘。

淡泊生涯共一堂，杖藜踏遍水雲鄉。不妨廬結在人境，應念客來從遠方。三笑可無陶靖節，八仙宜得賀知章。袖中時出煙霞語，習氣師兄亦未忘。

和子榮

暫使彭宣到後堂，安昌只以醉爲鄉。浮雲世事日千變，流水生涯天一方。老子興雖如庾亮，故人恩不減蘇章。能消幾兩尋山屐，回首孤丘本末忘。

五舍人生朝

積德高門慶有餘，隔年記得掌中珠。清新月窟兩枝桂，俊逸渥窪千里駒。戲自老成看蠟鳳，志從小異見樗蒲。一朝騰踏青雲上，快覩徐卿第二雛。

籌堂壽日二首

此生但覺醉鄉寬，王績誰謂螭猶北海蟠。王猛處處相迎皆倒屣，王粲人人共喜欲彈冠。王陽州應向日懸刀夢，王濬山試今朝拄笏看〔一〕。王子猷仙馭未來緱氏鶴，月明吹徹玉笙寒。王喬

烏衣歷歷是名家，人物於今比晉多。俗論不侵揮麈話，王衍壯懷都付缺壺歌〔二〕。王大將軍雖無金埒堪調馬，王濟賴有黃庭可換鵝。王羲之見説長江欲飛渡，王濬那須冰合望滹沱。王霸

【校記】

〔一〕拄：文淵閣本作「掛」。　〔二〕都：《全金詩增補中州集》作「多」。

和子搢中秋

最後賓來舉白浮，要須同賞桂華秋。蛾郎應恨燈無焰〔一〕，孌女能教月再修。分外高寒天上闕，就中明徹水邊樓。姮娥不我爲生客，休把光芒取次收。

【校記】

〔一〕郎：《全金詩增補中州集》卷四六作「兒」。

和子搢九日謾興二首

此身到處賈胡留，細雨斜風冷淡秋。佳節又從愁裏過，故鄉不似舊時遊。試拈紅葉題詩句，强摘黄花泛酒甌。落帽龍山幾人在，雲沉鳥没恨悠悠。

節物催人分外愁，干戈眼底未能休。丹楓落處吴江冷，黄菊開時灞岸秋〔一〕。可是涼風添寂寞，更堪缺月照綢繆。悠悠今古何須問，淚灑牛山亦過憂。

【校記】

〔一〕灞：文淵閣本作「壩」。

沁園懷古

風波平地難開眼，劍戟群山欲割腸。冠蓋隨時成物故，園林何日破天荒。摩挲碑石空懷古，點檢圖經爲補亡。誰是熙熙堂上客，近來老子也和光。欲復而未〔一〕。

【校記】

〔一〕《全金詩增補中州集》卷四六、文淵閣本無此注。

和即事

擬將唾手取封侯，世事那禁種種愁。未可搏他馮婦虎，終須享此景升牛。但知勿翦甘棠在，莫爲難圖蔓草憂。自古貴人天所予，定教名字到金甌。

和新秋

簾捲兩山雨乍停〔一〕，自知時節候蟲聲。新凉邂逅如佳客，殘暑留連似宿酲。可見韓檠燈下志，且憐班扇篋中情。若爲解得吾民愠，更鼓南風一再行。

【校記】

〔一〕兩：《全金詩增補中州集》卷四六作「西」。

寄史正之

往來門下亦風流，分得籌堂幾許憂。剛甚養他横槊馬，何如了取濟川舟。人還忌器休投鼠，誰爲蹊田欲奪牛。聞早抽身閑處著，不妨仍帶醉鄉侯。

聞捷音招王德華吴天章等出山

紅塵一騎報平安，知是元戎小隊還。且喜好音來汴水，仍將舊事問潼關。横雲自護車箱澗，落日空銜箭筈山。只恐膏肓歸不得，早隨春色到人間。

用子榮河橋送别韻〔一〕

河橋把酒不成歡，正是離人去住間。公道幾時饒白髮，世情今日見青山。娟娟明月無家對，慘慘孤雲待我還。慙愧殷勤花裏鳥，一聲聲送出陽關。

【校記】

〔一〕韻：原脱，據文淵閣本補。

承徐子賢賈仲常張伯英寵和復用韻

天涯杯酒强追歡，白髮光陰轉首間。獨夜夢魂千里月，暮年心事數重山。回腸都爲愁將斷，行腳猶疑債未還。儻得一廛休老地，柴門今後定牢關。

宿村舍四首

別後曾無一日歡，風光都在落花間。眼青羞對門前柳，頭白相驚雪裏山。華表鶴來猶是客，烏衣燕去不知還。森森庭院荒荆棘，虎豹窺人夜撼關。

握手親情有底歡，疎籬茅舍兩三間。尚憐作者千年調，那肯分人一半山。安得意如張翰適，憑誰放取浩然還。得君斗酒須防客，不怕重門更著關。坡云：「重門著關不爲君，政恐惡客來仇餉。」

懷抱何曾得少歡，春愁飛上兩眉間。一瓢謾酌獨清水，幾屐能窮無盡山。見説酒兵長日備，江諮議：酒猶兵也，可千日不用，不可一日不備。酒可千日不飲，不可一飲不醉。未知詩債幾時還。須防別後將軍槊〔一〕，不待尋盟輒斬關。

三兩殘杯不盡歡，强陪年少貴遊間。客中未必常爲客，山上那堪復有山。鶴髮都從愁裏變，貂裘直待醉時還。一朝卻入龐公市，驚倒城門老抱關。坡云：「城門抱關卒，怪我此重遊。」

【校記】

〔一〕槊：原作「㮶」，此從文淵閣本。

閔董用之

怪底年來懶下帷，似嫌牓尾姓名題。一枝自謂烏難借[一]，百里誰知鳳肯棲。頗訝生前徒强項，未應老後不然臍。試將點檢平時友，太平佳城在馬蹄[二]。

【校記】

〔一〕烏：文淵閣本作「鳥」。〔二〕太平：文淵閣本作「大半」。

用之次韻復答

小齋飄雨注風帷，門外青山困品題。足躡盡知齊是假，膽嘗爭奈越猶棲。任教别後書盈篋，嬴得年來氣暖臍。聊與老農歌帝力，一缸村酒薦豚蹄。

夜雨

五月十八日夜雨，濟之、君祥、正之、顯之、漢卿、子昂，燈下酌酒相賀，喜而爲之書。

元氣淋漓徹九垓，那消掩耳一聲雷。雨雖不解知時節[一]，雲豈無心出岫來。所恨龍潛猶未起，大都天意卒難回。等閑莫話爲霖事，且對簷花盡此杯。

夜半天公號令催，即時驚起阿香雷。須知稼穡艱難甚，誰把陰陽燮理來。不使魃爲周地虐，定應龍自葛陂回。鄰家酒熟留連客，聊與愁人共一杯。

化工寧許著詩催，平地俄驚失箸雷。行雨夢從巫峽斷，爲霖人自傅巖來。老農學稼無多力，太史書年有幾回。愛酒陶家纔種秫，何如共此即時杯。

【校記】

〔一〕節：《全金詩增補中州集》卷四六作「至」。

用之請還府用韻拒之

殄寇將軍力自宣〔一〕，幕中議論可回天。氣吞驕虜鞭先著，威定并門檄罷傳。正恐一隅防飲酒，張漢臣馬武有同醉堂。休從百尺笑求田。揚雄禄位誰能動，姑爲侯芭草太玄〔二〕。

【校記】

〔一〕殄：原漫漶，據《全金詩增補中州集》卷四六、文淵閣本補。〔二〕芭：原作「巴」，此從《全金詩增補中州集》、文淵閣本。今按，《漢書》卷八七下《揚雄傳》下：「鉅鹿侯芭常從雄居，受其《太玄》《法言》焉。……天鳳五年卒，侯芭爲起墳，喪之三年。」

弔劉伯祥

記曾林下見臞仙，惆悵紅塵未斷緣。不憚廣文寒處坐，屢逢元亮醉時眠。難逃辰巳賢人歲，有負虀鹽太學年。落落天才無地用，卻還英氣與山川。

伊闕鸂鶒堂二首

同王德華、子正、善卿、澤之、焦彦昭、唐俊卿、張伯宜、史正之、李文長、姚子昂、男李揚〔一〕、杜浩然書壁。

千年古道入荒城〔二〕，破屋頹垣一聚塵。天地如何收險阻，山川猶覺露精神。餘波禹貢朝宗水，習俗周南既醉人。把酒西風無限興，黄花時節對嘉賓〔三〕。

一日灘流淺自分，灘頭鸂鶒似通神。大都鸞棘無多地，畢竟烏臺得幾人。浮世堂堂春易去，隨時局局事皆新。當年靈翼今何在，滿目西風動白蘋。

【校記】

〔一〕揚：原作「楊」，刊誤。今按，《莊靖集》卷八《李氏家譜》：「俊民男揚，伊闕商酒税。揚一子，道兒。」　〔二〕城：《全金詩增補中州集》卷四六作「闉」。　〔三〕嘉：《全金詩增補中州集》、文淵閣本作「佳」。

亂後寄兄二首

長劍何人倚太行，氈裘入市似驅羊。怒降白起不仁趙，死守裴侯無負唐。可奈崑炎焚玉石，更堪蜀險化豺狼。紫荆猶是堦前樹，風雨何時復對牀。

萬井中原半犬羊〔一〕，縱横大劍與長槍。晝烽夜火豈虚日，左觸右蠻皆戰場。丁鶴未歸遼已塚，杜鵑猶在蜀堪王。此生不識連昌樂，目送孤鴻空斷腸。

【校記】

〔一〕半犬羊：《全金詩增補中州集》卷四六作「草棘荒」，文淵閣本作「矚汴梁」。

送趙慶之赴邠州

且莫怱怱數去程，一壺别酒爲君傾。三年簿領妨行樂，十里溪山管送迎。溢浦蘆花風裹恨，渭城柳色雨中情。三峰無復同州看，休著新詩笑不平。

别郃陽申伯福昆仲

百里相望邂逅遲，如今始得話心期。情深堂上留髠夜，興盡山陰訪戴時。客舍故人那用送，異鄉遊子不勝悲。煙村水驛秦川路，來往郵筒好寄詩。

和子搢來韻〔一〕

新年桃李似無情，回首繁華一夢驚。點檢青氈非故物，等閑傾蓋昧平生。雨中燕子還留客，風裏楊花欲送行。試聽東流橋下水，向人時作斷腸聲。

【校記】

〔一〕和：原作「賀」，此從《全金詩增補中州集》卷四四、文淵閣本。

郭仲山壽日〔一〕

乘興遊山也自賢，千金奚羨築臺燕。誰爲洛下同舟友，人道江頭弄月仙。欲向漳源歸舊隱，便從莞谷種閑田。橐駝樹得長生理，不解如君養性天。

【校記】

〔一〕壽日：《全金詩增補中州集》卷四六作「生日」。

和河上修橋四首

故里風光衣錦遊，賦詩誰與共臨流。相逢依舊山青眼，也有何愁浪白頭。官渡方當橫槊日，合肥正是著鞭秋。坐間有客誇雄辯，不念題橋志未酬。

日日相陪杖屨遊，往來林下亦風流。雲間隱隱堆螺髻，雨後鱗鱗漲鴨頭。休恨臨津臨津河經始晚，且看利涉河橋名落成秋。尋常公事閑中了，詩債如何尚不酬。

眼底關山憶舊遊，滔滔河漢自東流。星槎不覺來天上，鐵鎖那能護石頭。顧我已嫌題柱晚，喜君正是濟川秋。酒間豪氣誰堪共，一醉千金價不酬。落魄天涯頗倦遊，片帆歸去得安流。幾年無事誇犀首，一旦封侯看虎頭。飛將正當南渡日，拾遺還是北征秋。龍鍾不稱凌煙像，只有山林志可酬。

壬寅九日同史正之劉濟之君祥仲寬姚子昂東城小酌寄錦堂王君玉

長天一色鴈行斜，雨過南山氣勢加。懶後不冠羞白髮，興來無酒負黃花。何人見憶閑陶令，有客徒嘲老孟嘉。秋景滿前宜共賞，未應件件屬詩家〔一〕。興來落筆任橫斜，坐上朋尊續續加。貌似葉紅皆被酒，頭如雪白也簪花。金風漸急秋將暮，玉樹相依客盡嘉。酩酊入城扶不去，臨街下馬是誰家。

【校記】

〔一〕件件：文淵閣本作「種種」。

隨州長官張鵬舉暨壻陳振文見過

寂寥秋思梗吟懷，幾度柴門鵲噪開。一話勝看江表傳，百書不及隴頭梅。馬催行色日邊去，鴈送歸程天際來。萬里龍庭莫辭遠，中原事業望人才。

和子榮悼恒山韻

功名人比漢淮陰，猛虎俄因犬輩擒。星落旄頭兵似火，雲屯細柳士如林。豈期虞虢乖唇齒，謾倚良平作腹心。灑盡英雄憂國淚，變風那得不傷今〔一〕。消盡群陽道長陰，將軍何患敵難擒。唐家外望歸藩鎮，漢室中興仰羽林。忽墮曹吴分鼎計，方知胡越濟舟心。依然錦繡山川在，一旦浮雲變古今。

【校記】

〔一〕《全金詩增補中州集》卷四四第一首詩末有注：「恒山謂恒山公武仙。其次首云『唐家外望歸藩鎮，漢室中興仰羽林』；又《剛忠公》一首云『斷頭那肯降朱泚，血指誰思滅賀蘭』，皆爲汴京之亂言之也。」

剛忠公

未除妖氣斗牛間，一夜長星落將壇。天意欲將全節畀，人心無奈此時寒。斷頭那肯降朱泚，血指誰思滅賀蘭。立盡太行山上石〔二〕，我公忠烈不容刋。

【校記】

〔一〕石：文淵閣本作「召」。

同濟之遊百家巖懷郭延年有感三月

雨晴閑向百巖遊〔一〕，今古都成一段愁。老衲解回山下虎，稠禪師真人跨入洞中牛。陸真子水流花落三春暮，鳥没雲沈萬事休。有道碑前空墮淚，往來誰復共仙舟。

【校記】

〔一〕巖：原作「嚴」，刊誤，此從《全金詩增補中州集》卷四六、文淵閣本。今按，「百巖」即詩題「百家巖」。

辛丑中秋夜與用亨漢臣濟之君祥子昂仲寬及諸同志聚飲於學宫陰不見月二首

節物相催近覺頻，勝遊攜酒意何勤。幾人白髮對明月，萬里青天愁片雲。嫋嫋風高秋已半，厭厭客醉夜將分。督郵氣味從來惡，今日尊前也獻芹。戲遂良酒。

莫嫌勝日燕遊頻，且慰寒窗力學勤。白也停杯將問月，退之利劍欲開雲。清光難比秋三夜〔一〕，痛飲何辭酒百分。況在泮宫思樂地，與君共采水中芹。

【校記】

〔一〕比：文淵閣本作「此」。

送別曹漢卿

馬上功名奈老何，出門無地不風波。憑誰試著回天力，有客空揮卻日戈。青眼乍驚行處少，赤心常笑話中多。愁人近亦無腸斷，又聽離筵送别歌。

九日濟之君祥仲寬子昂攜酒於漢臣書齋小酌已而乘興與衆老人會於城西馬氏東籬談笑盡醉抵暮而歸爲賦此以紀一時之勝事

相扶醉袖出西城，翠展秋山一望晴。坐上孟嘉嘲未解，籬邊陶令話多情。酒猶强飲狂時藥，菊莫尋餐落後英。興盡歸來天色暮，老人星散月還生。

暮春和端甫韻暮春索詩，且以不能陪郊外之遊爲恨。

雨夕風朝樂事妨，老來猶自爲花忙。春光一歲只三月，尊酒百年能幾場。辛苦衙蜂輸蜜課，等閑巢燕得泥香。如何復共遨頭醉，待把銀瓶指點嘗。

承和復用韻

草草杯盤興不妨，一年一度送春忙。我無酒量難投社，君有詩情合擅場。衣錦堂前冠蓋貴，落花徑裏綺羅香。暫時忘卻愁滋味，驀上心來似膽嘗。

答趙之美見和

不堪春事等閑妨〔一〕，汲汲光陰過隙忙。青眼久懸高士榻，白頭羞入少年場。風從定後花猶落，月自修來桂復香。休向兵廚問消息，且教下馬客先嘗。之美有「深鎮兵廚未許嘗」之句。

【校記】

〔一〕妨：原漫漶，此從文淵閣本、《全金詩增補中州集》卷四六補。

李子搢約同上山督之

踏青時節醉何妨，一掬歸心想見忙。杖屨不須從捷徑〔一〕，觥籌且莫戀歡場。明山秀水家家景，野草閑花處處香。休訝登臨無腳力，世間險阻備曾嘗。

【校記】

〔一〕屨：文淵閣本、《全金詩增補中州集》卷四六作「履」。

答史正之

正之至，連日清話，恨不能文字飲也。時三月晦日。

啼鳥送春歸閬苑，妖星亂世蹋文場。閑花空怨緑衣使，煮酒不隨青杏香。見説麴生風味少，尚堪留與老饕嘗。草堂深處百無妨，卻爲高岑對屬忙。高適、岑參。杜：遥知對屬忙。

陽城題北臺觀壁

幾年空負北山移，今日方知見事遲。猶憶王凫初去後，忽驚丁鶴暫來時。雖無壁上題名字〔一〕，頗愧棠陰聽訟詩。指似荒城舊遊處〔二〕，西風摇落菊花期。

【校記】

〔一〕字：《全金詩增補中州集》卷四六、文淵閣本作「記」。〔二〕似：《全金詩增補中州集》作「是」。

客中寒食

斷篷蹤跡寄天涯，劍戟林中閲歲華。又值禁煙焦舉節，焦亦作周。奈無對月少陵家。驚心咄咄催歸鳥，觸目冥冥濺淚花。老後愁懷誰遣得，未應端的酒勝茶。

和徐子賢西行留别

便從傾蓋話詩情，風雨端能落筆驚。金馬謾誇三學士，碧油曾見一書生。竹溪花圃留連醉，水郭煙村取次行。自恨年來懷抱惡，與君相别但吞聲。

調祁定之

風埃滿面髪蓬垂，欲學喬松久遠期。浮世幾場漂杵血，流年一局爛柯棋。不須玉女引巢父，那在神官邀退之。果待吹嘘送天上，人間事了未爲遲。

姪謙甫鞏縣寄魚

製三牽兩得沈腥，顧我庖廚遠未能。幾度敲針無處釣，一朝醒酒不須冰。居官止合如羊續，命駕何須學季鷹。當念家風本寒素，莫從今後爇饞燈。

毋師聖醉中落水用郭進之韻

無人橋上醉婆娑，脚力危時可奈何。賀監未應真落井，屈平到底也隨波。浮雲世事黄粱夢〔一〕，斜日秋風薤露歌。點檢交情能有幾，柴門今後雀堪羅。

【校記】

〔一〕粱：原作「糧」，此從《全金詩增補中州集》、文淵閣本。今按，黄粱夢典出唐沈既濟《枕中記》。

下鰲背

浮雲蹤跡去留難，谷謗巖嘲勒我還。畢竟一身無著處，大都百計不如閑。無多伎倆三休外，是亦風流二老間。昨日主人今日客，回頭山色若爲顔。

許司諫歸來圖

社稷憂深志未舒，陸渾山下賦閑居。幾年不復朝雞夢，一旦飄隨壠鶴書。直比朱雲徒折檻〔一〕，寵踰疎傳早懸車〔二〕。商巖了卻和羹事，方信旁求象不虚。

【校記】

〔一〕直比、雲：「直比」原缺，據《全金詩增補中州集》補；「雲」原作「遊」，此從《全金詩增補中州集》、文淵閣本。今按，朱雲折檻典出《漢書》卷六七《朱雲傳》。〔二〕傳、早：原缺，據《全金詩增補中州集》補。

寄伊陽令周文之括户

幾年客裏厭馳驅，故向伊川好處居。剛受一廛同許子，誰知四壁過相如。厥田不稱中中賦，此事真堪咄咄書。疲俗脂膏今已盡，看看鞭算及舟車。

和子摺秋晚出郭

陶寫詩人得句忙，舊遊能復憶嵩陽。山頭雲霽雨聲歇，水面風來花信香。今日事雖非向日，故鄉景自勝他鄉。杖藜忘卻尋歸路，獨立河橋詠晚涼。

和述懷二首

簪履三千氣壓齊，寒林那羨一枝棲。坐中有客鵩將賦〔一〕，門外何人鳳欲題。沽酒未嘗防惡犬，著鞭寧復待荒雞。夕陽休憑欄干望，今日長安不在西。

擬將齊物物難齊，惟有山林跡可棲。身望鳳池慙不到，名登鴈塔愧先題。未能忘舊歸家鶴，長是思鳴失旦雞。天爲東周道垂喪〔二〕，肯生夫子在關西。

【校記】

〔一〕鵩：文淵閣本作「鵬」。今按，漢賈誼著有《鵩鳥賦》，見《文選》卷一三。　〔二〕喪：原作「器」，此從《全金詩增補中州集》、文淵閣本。

戲嘲

江西社裏幾詩流，詠月嘲風未肯休。得句不能當競病，措辭那敢向春秋。笑繇王氏三珠樹，驚倒張家五鳳樓。帶繫雪詩三十韻，勝如騎鶴上揚州。

答子榮

行藏事拙且乘流，遊徧人間老即休。多汗愈膚三伏暑，漸衰潘鬢一時秋。風高勢欲欺茅屋，雨急聲疑在竹樓。今世宦情何處好，但憂無蟹有監州。

送史邦直入洛

肉山南去汗如流，了取公家事便休。征棹不霑瓜蔓水，歸裝莫待菊花秋。忙中暫過平嵩閣，別後頻登望省樓。若問鶴鳴近消息，翅翎飛不到揚州〔一〕。

【校記】

〔一〕翅翎：《全金詩增補中州集》卷四六作「翅翰」。

即事

鐵馬長驅汗血流，眼前戈甲幾時休。誰能宰似陳平社，那免悲如宋玉秋。漠漠微凉風裏殿，蕭蕭殘夜水邊樓。千村萬壑荒荆棘〔一〕，何止山東二百州。

【校記】

〔一〕壑：《全金詩增補中州集》卷四四、文淵閣本作「落」。

寬張文玘

怪來久不造龍門，依舊相逢一笑温。任把錦囊嘲李賀，休將布鼓誂王尊。事隨勢過心猶駭，言與時違舌可吞。誰爲書生肯推轂，綈袍且念故人恩。

和竇君瑞

勒石燕山後世名，憲。子孫蟬蛻起風塵。融。誰憐喜鵲飛來意，由。自歎靈椿老大身。禹鈞。愁見灌夫杯酒過，嬰。夢驚蘇蕙錦書新。滔。幾年客裏無情話，一笑相逢姓麥人〔一〕。

【校記】

〔一〕姓麥人：《全金詩增補中州集》作「未厭頻」。

竇子温宅爲有力者所奪

謾勞買宅著千萬，此又卜居何適從〔一〕。得把茅來頭可蓋，但教窗下膝能容。尚憐相賀巢邊燕，知爲誰甜花底蜂。速向元龍問閑舍〔二〕，暫將一榻過今冬。

【校記】

〔一〕適：原缺，《全金詩增補中州集》作「所」，此從文淵閣本補。〔二〕閑：《全金詩增補中州集》作「田」。

子榮途中見憶有先生在世人中龍三十年前到月宫之句

依韻謝答

高樓日日望元龍，禾黍離離閔故宫。兩地謾看千里月，五湖能借半帆風。囊錐穎脱何難出，名紙毛生未肯通。好在沁陽山色裏，一廛寧許寄揚雄。

弔曹慶之

杯酒中間氣還拖，從教千丈起風波。絲棼世事無一可，花落人生得幾何。休向棘林長夜哭，試聽蒿里送行歌。豈容身後鍾君在〔一〕，阿鶩如今嫁者多〔二〕。

【校記】

〔一〕鍾君在：《全金詩增補中州集》卷四六作「留榮辱」。〔二〕阿鶩如今嫁者多：《全金詩增補中州集》作「山嶽鴻毛較孰多」。

弔王德華

衰鬢愁添鏡裏絲，流年恰及夢中蓍。可憐白日佳城地，正值黄楊厄閏時。丁亥閏十一月。撫柩恨深元伯母，負薪清慘叔敖兒。髑髏不識生前樂，枉卻招魂費楚辭。

贈醫郭顯道

小隱嵩陽種德時，智能博物物皆歸。籠中無愧狄仁傑，山下常逢臺孝威。子細論來生可養，斬新卦得遯之肥。麄疎誰似嵇中散，幽憤詩成憶採薇。

焦彦昭失中子

相逢地下果何如，自謂情鍾亦太愚。未必珠能空老蚌，豈期玄不與童烏。且憐商也無三罪，尚喜徐卿有二雛。萬事盡歸天予奪，速宜收淚謝玄夫。

讀五代史

破卻千金築一臺，折衝閫外望人才。中原山嶽河分斷，塞上牛羊草引來。西海正驚天狗墮，北人忽擁帝羓回。猶憐仙掌英靈在，能把潼關閉不開。

春温軒

三尺枯桐膝上横，一彈洗盡綺羅塵。芙蓉城裏誰爲主，姑射山前别有人。雲雨不侵行處夢，丹青難寫醉時真。早尋林下乘鸞侶，莫遣春温過卻春。

索和長平諸詩友送行韻信筆奉呈君玉閏之資客中一笑四首[一]

漢廋非無論道氈，自慚老去鬢皤然。閑愁似海藏皮裏，往事如風過耳邊。幾度班荆誰與話，一朝傾蓋自相憐[二]。柴門近日多來客，火速移牀待孝先。

青春人物正當時，咫尺雲天快樂披。相見便如膠漆密，此行還似筈弦離。方傳細柳將軍令，或賦甘棠召伯詩。待得一朝公事了，聯鑣西去未爲遲。

此身莫輒犯針氈，只合浮沉委自然。久墮風波人海裏，暫依雲漢使星邊。斗升乞活真堪笑，青紫歸耕亦可憐。早晚皇家重名器，著鞭當在祖生先。

老覺籠踈過往時，赤心今始爲君披。交情大抵無新舊，人事從來有合離。見説片辭能折獄，未嘗一話不言詩。河東自古文明地，可惜儒冠感遇遲。

【校記】

〔一〕閏之：《全金詩增補中州集》卷四六作「潤之」。〔二〕自：原缺，《全金詩增補中州集》卷四四作「總」，此據文淵閣本補。

昨晚蒙降臨無以爲待早赴院謝閫已長往何行之速也因去人寄達少慰客中未伸之志耳二首〔一〕

縱横入市盡裘氈〔二〕，一旦衣冠氣索然。豈信魯連歸海上，頗哀屈子老江邊。汗流石馬誰堪恨，草没銅駝世所憐。莫憚區區困刀筆，論功終讓指蹤先。

書生掉舌豈其時，手底青編亦倦披。鐵鎖尚沈江漠漠，銅駝又没草離離。陰山路上明妃曲，天寶年中杜甫詩。古往今來幾興廢，白頭恨見太平遲。

【校記】

〔一〕《全金詩增補中州集》卷四六詩題作「又和前韻」，而以「昨晚蒙降臨」云云爲序。〔二〕入：原作「人」，此從《全金詩增補中州集》、文淵閣本。

任仲山談西府事

德音到處下情通，喜動山城百歲翁。和氣挽回中國化，威聲振起外臺風。少酬漢使澄清志，不愧周官燮理功。南北封疆歸一統，太平立法自河東。

唐臣滿月洗兒索詩故賦兩滿月。

白頭休恨夢熊遲，卻是人間久遠期。有客已爲摩頂記，爲君復草弄璋詩。一從老蚌生珠後，再值姮娥月滿時。咫尺昂霄看英物，不須女子作門楣。有二女。

留題靳載之園亭

幽徑踈籬竹外村，淡煙斜日水邊城。地形占斗辨南北[一]，風俗以人分重輕。坐上有山圍似畫，樽中得酒論如兵。青春將種多才調，拂袖林泉恐不情。載之，靳千户之子。

【校記】

〔一〕斗：文淵閣本作「氣」。

送郡侯段正卿北行二首

征途萬里朔風寒，過盡陰山復有山。歲既在於辰巳後，星多客向斗牛間。漫漫積雪無冬夏，劫劫飛鴻自往還。若到龍庭試回首，太行一片白雲閑。

獵獵霜風墮指寒，一鞭行色抵天山。馬嘶衰草孤煙外，鴈没長空落照間。入塞盡穿氈帳過，去鄉須待錦衣還。功名大抵黄粱夢，薄有田園便好閑。

送參謀劉君祥二首

寂歷書齋獨坐寒，白頭羞見雪中山。虚名得失蝸争外，浮世榮枯蟻夢間。半夜朔風催客起，幾時新月望君還。鶴鳴林下無人共，何處煙霞不可閑。

馬首風花拂面寒，十年兩度過陰山。浮雲暮暮朝朝裏，行鴈兄兄弟弟間。大抵故鄉生處樂，莫教明主放時還。如今造物尤難料，枉使身心不得閑〔一〕。

【校記】

〔一〕身：《全金詩增補中州集》卷四六作「深」。

杜門

近來人事頗相乖，獨坐何曾得好懷。犬吠爲連沽酒市，雞鳴長傍讀書齋。門終待學張家塞，闥恐難當噲等排。惡客就中多氣岸，時時下馬繫堂堦。

中秋二首

露下天街一氣凉，月明不復被雲妨。正當金帝行秋令，疑是銀河洗夜光。蛟室影寒珠有淚，蟾宫風散桂飄香。席間醉客忙歸去，獨共三人盡此觴。

共對青天好舉觴，從前三五是尋常。一年佳節秋將半，萬里清輝夜未央。纔向缺時舒窈窕，欲從盈後斂光芒。姮娥曾得長生藥，我欲停杯問此方。

和喬舜臣韻二首六月十四日。

畫圖懸箇老人星，一炷香煙禱處靈。見説蟠桃將結子，不知槁木已忘形。倚空山色青排闥，掃地槐陰緑滿庭。凡骨恨無輕舉便，且求强健保殘齡。

幾年鬢髮已垂星，豈是長生藥不靈。席上精神歡伯力，塵中面目偶人形。來歸徒訝荒陶徑，學退還思過鯉庭。鄭重世情相愛甚，一杯酒勸望延齡。

郎子雲酒熟同李茂卿史正之豪取不許〔一〕

愛錢措大眼孔小，病酒先生舌本乾。債是尋常誰不有，囊嫌羞澀且留看。三人未必一人損，豪氣難忘習氣酸。眊矂相逢欲空去，從來如此四并難。

【校記】

〔一〕郎子雲：《全金詩增補中州集》卷四六作「郭子雲」。

再赴陽城用前韻别茂卿子雲正之

誰使腰間印欲懸，不知面上唾纔乾。先生敢以督郵去，坐客莫將官長看。祖席又成攜手别，離盃何苦上眉酸。且休凋落高陽社，來往雙鳧也不難。

代樂仲和張温甫處督米

未必書生氣盡寒，食常不足爲居閑。清於孺子滄浪水，瘦似詩人飯顆山。欲向田文彈鋏去，恐因邱嫂頡羹還。聞君自有江湖量，肯爲枯魚少破慳。

清明席上同史正之姚君寶子昂

浮雲雨後自縱横，不待風收放曉晴。百計花期成謾與〔一〕，一年春色過清明。誰家鑽燧罷藏火，何處吹簫猶賣餳。回首故園魂欲斷，鳥飛只是片時程。

【校記】

〔一〕與：《全金詩增補中州集》卷四六作「輿」。

悼亡

須信人生足别離，别離不待白頭時。因憐曩日在縲紲，豈憚今朝炊扊扅。中道奈何奔月去，此情惟有落花知。眼前活計無聊甚，空對當年紙局棋。

段侯行春顯聖觀喜雨并序。

癸卯季春小旱。清明後七日，段侯正卿行縣回，會名流勝士五十餘人於仙翁山下之顯聖觀，須臾雨作，自未至亥而止，大滿人望，酌酒相賀，莫不盡酣。適之輿張種德有詩，因和韻以紀其勝。元帥申甫、段玉使姚昇書於壁。

行春冠蓋暫躊躇，誰信東山面目疎。興盡奚勞風送客，氣和不覺雨隨車。移民雖恨梁加少，腐粟猶誇漢有餘。獨嘆吾儒有何貴，自今牛角莫横書。傷儒人種田事。

寄答趙公定

他人共折依依柳，居士但飲薄薄酒。豈其必取齊之姜，又恐不爲白也母。雖然客或許敦龐，慙愧我無白璧雙。更向稠桑老人卜，準備買紅纏酒缸。

姚子昂壽日 二月初三日。

門外風光二月初，衣冠把酒慶懸弧。一生接物無腸蟹，萬事隨緣短脛鳧。坐上書空窺草聖，醉中疥壁笑詩奴。年來世事俱嘗遍，只合千金養客軀。

又用濟之韻贈子昂

綿綿宗派自何時，借問吳興第幾支。書愛換鵝功不到，獄因劾鼠法先知。爲秦徙木思無地，在漢高門福有基。此去鄉閭結仁愛，請君聽取忍齋詩。有「仁人已結鄉閭愛」之句。

爲劉益之營中上王懷州二首

自分毛錐不入時，如今尤恨掃門遲。徒勞魏氏貪鷄肋，卻笑虞人望羖皮。未有赤心相待處，奈何白髮是歸期。儻令扶病還桑梓，横草難忘報所知。

氈帳連雲逐日移，胡笳月底不勝悲。中原爲患有驕子，造物戲人如小兒。馮鋏縱彈無便去，晏驂未解有誰知。天涯回首消魂處，故國霜前鴈過時。

錦堂碧落壽席年五十一。

年光過隙一何忙，知命年來百念忘。公事了時陰德大，塵緣斷後道心涼。未償勇退求閑志，先得長生不老方。共勸十分添壽酒，莫辭酩酊醉山堂。

答張文玘見戲

邂逅騷人興愈多，不知賜也許同科。君猶老去詩魔在，我奈新來技癢何。但幸近無阿買寫〔一〕，憑誰付與雪兒歌。一從探得驪珠後，驚倒中洲蚌與蠡〔二〕。

【校記】

〔一〕幸：《全金詩增補中州集》作「恨」。〔二〕蠡：《全金詩增補中州集》作「螺」。

和王李文襄陽變後二首

逐鹿中原未識真，指蹤元自有謀臣。虞全不念唇亡國，楚恐難當舌在人。拔劍挽回牛斗氣，舉鞭蹙起漢江塵。相逢空灑英雄淚，誰是荆州一角麟。

天命須分僞與真，衙蜂戰蟻盡君臣。蛟龍不是池中物，燕雀休嗤壠上人。衣不能勝嵇紹血，扇無可奈庾公塵。自從絶筆春秋後，誰復傷時爲泣麟。

僧奴二首〔一〕劉氏甥，十一月二十一日生，籌堂子。

白髮因緣短犢車，可憐小德外家無〔二〕。蚌生珠後何嫌老，鳳有毛時亦自殊。會看伯仁興絡秀，不妨節信論潛夫。劉生誰謂難成事，將相從來有種乎。劉牢之甥，酷似其舅，共舉大事，誰謂無成。

喜事相尋種種來，豈期天意一朝回。璋從弄後熊無夢，月到圓時蚌有胎。便可字教阿買識，那消錢爲窟郎堆。賢愚懷抱俱休掛，且盡前尊露頂杯〔三〕。

【校記】

〔一〕僧：原作「儈」，《全金詩增補中州集》卷四六作「贈」，此從文淵閣本。〔二〕小德：《全金詩增補中州集》作「風采」。〔三〕前尊：《全金詩增補中州集》作「罇前」。

和楊之美韻趙〔一〕。

光華異域仗全才〔二〕，銜命怱怱出吹臺。物外英標傾水鏡，坐中妙語落瓊瑰。節回北闕旋如斗，名振西陲聽若雷。不踏賀蘭山下石〔三〕，國風未合入詩來。

【校記】

〔一〕趙：《全金詩增補中州集》卷四六、文淵閣本無。今按，詩題「楊之美」名雲翼，金末禮部尚書；「趙」指翰林學士承旨趙秉文。金劉祁《歸潛志》卷九：「正大初，朝廷以夏國爲北兵所廢，將立新主，以趙公年德俱高，且中朝名士，遂命入使册之。……至界上，朝議罷其事，飛驛卒遣追回。……卒既至趙所，先授以省符，次曰有禮部實封。趙公疑訝，不知爲何事，啓之，乃楊公詩一首也。其詩云：『中朝人物翰林才，金節煌煌使夏臺。馬上逢人唾珠玉，筆頭到處灑瓊瑰。三封書貸揚州命，半夜碑轟薦福雷。自古書生多薄命，滿頭風雪却迴來。』趙公撫掌大笑。」鶴鳴此詩即襲用其韻。

〔二〕伏：文淵閣本作「伏」。〔三〕不：《全金詩增補中州集》作「若」。

和李唐傑韻二首

翰墨場中第一人，而今委翅在雞群。縱横詩律凌徐庾，浩汗詞源媲典墳。兵氣横流存此老，天心未欲喪斯文。年來草就歸田賦，嘯傲南山卧白雲。

郵筒寄後憶詩人，落落英才迴出群。試問槐花忙幾舉，可憐桂子落誰墳。浮沈且與陪中立，喜愠何嘗見子文。傾破葵心望天表，龍庭不日會風雲。大朝再試。

悼籌堂

霞鞍金轡紫絲絛，玉帶紅靴織翠袍。赳赳少年真手臂，津津王氣見眉毫。不愁造化功難補，可惜秋山勢自高。那免牛車身後患，一場春夢亦徒勞。

和秦彦容來韻[一]

白頭羞入利名場，得得歸來自遠方。何日詩豪離上黨，去年道話憶山陽。可憐杜宇訴亡國，還笑沐猴思故鄉。不意閑中春色早，黄鸝啼破謝家莊。

【校記】

〔一〕彦：原作「克」，《全金詩增補中州集》卷四七、文淵閣本如之，兹改。今按，秦彦容名志安，陵川人。累舉不第，放浪嵩少間。金末河南破，流寓上黨，遇全真披雲真人宋德方，遂執弟子禮，得號通真子，從修道藏凡十載。甲辰歲（蒙古太宗乃馬真後稱制三年、一二四四）卒，年五十七。見《遺山先生文集》卷三一《通真子墓碣銘》。

癸酉榜後寄姪謙甫[一]第一科。

萬軸牙籤未是多，十年辛苦短檠歌。敢忘奕世箕裘業，忽玷清朝甲乙科。我已夢君三舉後，君如輸我一籌何。二疏此去人方識，名字先應報大羅。塵忝後，夢一人云：「王道衡、李撝更三舉，二人亦高第。」癸酉省試，王道衡第二；御試，撝第二，道衡第十一。隅三舉也。本壬申舉場，爲兵事移至次年。

【校記】

〔一〕謙甫：原作「謹甫」，《全金詩增補中州集》卷四七、文淵閣本如之。今按，李俊民子姪輩在金登進士第者，惟李撝謙甫一人。《莊靖集》卷八《李氏家譜》：「之才三子：長植，次構，次俊民用章。植三子：曰挺，曰撝，曰振。挺男世英，渭南馬鋪監，没於王事。撝謙甫，進士第乙科，孟津機察。」另，本集本卷《姪謙甫鞏縣寄魚》亦涉。

和安齋見寄調祁定之

麻衣補破紙爲絛，不羡仙人宫錦袍。天地老於雙轉轂，山河渺似一秋毫。煉深寶鼎丹砂就，瑩徹靈臺夜月高。上界而今官府足，暫遊塵世莫辭勞。《莊靖集》卷二。

新編全金詩卷八八

李俊民 三

五言絶句

一字百題示商君祥

余年三十有九，遭甲戌之變。乙亥秋七月，南邁。時姪謙甫主河南福昌簿，迎至西山，僑居廳事之東齋。小學師商君祥投詩索和，頃刻間往回數十紙。謙甫曰：「一鼓作氣未可敵，姑堅壘以待。」姪壻郭鴻漸曰：「可以單師挫其鋭。」乃出百字題，請賦以酬之。遂信筆而書，殊無意義，付其徒孫男樂山示之。三日不報，謙甫笑曰：「五言長城，不復敢攻也。」君祥於是攜酒來乞盟，大會所友，極歡而罷。

風

汝未聞天籟，簸揚箕有神。能清常侍暑，不動庾公塵。

月

過圓旁死魄，過缺哉生明。尚賴玉斧手〔一〕，再修然後成。

雲

旱魃將爲虐，從龍便出山。人間三尺雨，命駕早知還。

雨

晚有來蘇意，憂深望歲人。一犂雖美滿，猶恨不當春。

雪

細看花是雨，將見麥宜秋。度臘無三白，梁園誰與遊。

山

功名雙鬢雪，心事數重山。山下人家好，終朝爽氣間。

泉

滚滚勢長往，冷冷味自清。擬將修水記，何况有詩情。

塵

不憂懸榻室，可奈汙人風。踏破青鞋底，猶疑是軟紅。

春

來莫怨春遲，去莫怨春忙。春不隨人老，誰教汝斷腸。

暑

人間三伏暑，海内一薰風。獨詠微凉句，公權似不公。

寒

廣廈千萬間〔二〕，吾廬弊獨寒。猶將折絃琴，欲和薰風彈。

晝

冬之日何速，夏之日何遲。山中無曆日，遲速兩不知。

夜

令乎日之夕，政乎日之朝。一尊待君子，風雨會良宵。

晴

展盡舒長景，銷殘片段雲。區區負暄子，炙背不忘君。

陰

朝見白雲縱，暮見白雲横。不作及時雨，何爲點太清。

花

惜花不論命，看花須努力。能得幾時好，狂風妬春國[三]。

蓮

碧因圓更展，紅向老猶妝。鏡裏風流在，人言似六郎。

菊

色笑秋光淡，香嫌酒力慳。東籬在何處，客裏見南山。

梅

未報江南信，先開雪裏村。要看花上月，立馬待黄昏。

松

鬱鬱愁無地，青青獨有心。疑從大夫後，傾蓋到如今。

竹

瀟灑能醫俗，檀欒看上番。我寧負此腹，忍使籜龍冤。

草

日没露易濕，日出露易晞。人生大都幾，王孫胡不歸。

燕

社後來何暮，梁間話頗多。巢泥愁未穩，無面見淘河。

鴈

俄見天邊字，徒銷客裏魂。一書言不盡，爲我敘寒温。

鷗

江静煙籠雪，天晴水浴衣。漁歌驚不起，物外兩忘機。

鶴

去家丁令威，化身徐佐卿。不戀乘軒寵，九皋堪一鳴。

蜂

弄晴沾落絮〔四〕，帶雨護園花。有課常輸蜜，無春不到衙。

蝶

元從生處樂，肯向死前休。花底人間世，如何不夢周。

龜

汝縠將自遮，汝腸還自刳。可憐一底板，雖智不如愚。

魚

華亭載月舡，長安遮日手。一網腥城市，吾於爾何有。

蟹

食必視本草，貴在精物理。蔡侯何鹵莽，幾爲勤學死。

儒

秦坑秦即孤，魯戲魯尋削。伊誰蹈前軌，可謂束高閣。

僧

貌與松俱瘦，心將絮共沾。一庵空寂地，香火讀楞嚴。

道

自知身是患，常謂道無名。欲作閑中友，隨緣論養生。

仙

千載遼東鶴，雙飛葉縣鳧。應憐塵世裏，無地著臞儒。

禪

見桃渾不悟，對柏未嘗參。虎嘯龍吟子，風雷振一龕。

醫

愈風陳有檄，止瘧杜能詩。雖然醫者意，何意亦何醫。

卜

棄置復棄置，其然豈其然。百錢聊爲我，更看小行年。

漁

一聲歌欸乃〔五〕，萬頃國煙波。鰲蟹中間醉，蓑衣拜浪婆。

樵

雲外山將遍，人間日易斜。不知棋換世，柯爛未還家。

客

渺渺亡羊路，悠悠化鶴身。人間同逆旅，誰主復誰賓。

農

賣劍田園計，温家種樹書。新年無罪歲，事事有乘除。

牧

蓑底因緣曲，腰間觳觫鞭。月明歸去晚，想見葛洪川。

射

手撚金僕姑，身出矍相圃。不穿百步楊，志在倡狂虜〔六〕。

獵

終日無獲禽，古人獵在德。非德爲禽荒，獵食吾不食。

詩

裁作牛腰束，愁於飯顆山。近覺故步窘，十債九不還。

書

入室五千卷，插架三萬軸。何似曬書人，坦此便便腹。

筆

不見中書君，不聞老成人。爲君作佳傳，繼者皆尖新。

墨

松間老潘谷，何處得玄圭。速置薔薇露，詩仙醉欲題。

紙

殷勤翰林主，揮掃驚風雨。滴滴是玄珠，點破先生楮。

硯

端溪溫潤石，價重百車渠。一滴玄潭水，蠅頭萬卷書。

畫

有意皆堪譜，無言總是詩。潭潭居相府，此譽不妨馳。

琴

陰壑鳴松籟，空巖響石泉。此聲并此意，誰得寄徽絃。

棋

縱横連井地，明暗列星圖。兩角觸蠻戰，一家瓜葛無。

劍

帶牛移漢俗，匣刃出酆城。安得治復古，器農不器兵。

香

小炷博山鼎，半殘心字灰。遊蜂何處客，應爲百花來。

茶

人多愁水厄，若箇有詩情。靈草還知我，平生事不平。

師

絳帳風流遠，青衿禮貌驕。定須防射羿，何必問嘲韶。

學

邑化絃歌地，鄰漸俎豆風。二三言志子，六七詠歸童。

仕

雖有乘桴意，能忘出晝情。一官百僚底，是亦道之行。

富

狼籍胡椒斛，破散堆錢屋。不見貪者愚〔七〕，求榮是求辱。

貴

鴟得腐鼠嚇，犬笑狡兔死。唾手功名場，不知憂患始。

貧

書生禄有籍，造物費亦省。顔回一簞食，不得盡晚景。

隱

孔負二宜去，嵇知七不堪。青山休老地，佳處是終南。

智

樂在知幾早，憂因見道遲。遥憐鮑莊子，人笑不如葵。

愚

膏以明自煎，薰以香自薪。善哉柳侯意，一字辱溪神。

壽

灰如戀闕心，雪似窮經首。問年今幾何，看飲屠酥酒。

老

尊年鄉飲禮，擊壤太平歌。甲子君休問，光陰得最多。

名

求爲天下士，所望不亦厚。得少失有餘，何况在身後。

友

偶因勢貴賤，乃見朋得喪。歲寒山陰雪，獨有戴可訪。

身

黄卷平生志，青山見在緣〔八〕。百年今已半，只合斗樽前。

影

相對鏡中真，相隨月下人。我今未忘我〔九〕，身外還見身。

行

水笑杯猶渡，山驚錫尚飛。垂垂瓶鉢老，何處未來歸。

住

俗尚家靈運，誰堪社遠公。空山雲不出，愁殺渡溪風。

坐

一軒容膝安，半世行腳債。龐家老居士，舉似無生話。

臥

一室散天花，一榻颼茶煙。家風嗣阿誰，殘月曉風禪。

笑

和氣須懽伯，開顔只孔方。世情如苦海，件件可鬨堂。

吟

冥搜腸亦苦，隻字得之難。作者有六義，惜哉坐一寒。

醉

愛此真珠滴，能於大道通。與君同舉白，憐我獨潮紅。

醒

暫出陶陶境，那禁種種愁。舉觴邀明月，卻帶醉鄉侯。

飲

竹葉杯中醁，金釵坐上春。淺斟低唱境，猶道是麄人。

舞

野鶴聞琴態，孤鸞對鏡妍[一〇]。爲君小垂手，無地可迴旋。

睡

客隨陶令遺，齋甚太常嚴。儻或非黄嬭，那知此黑甜。

夢

物外日月忙，人間憂患長。休談夢中夢，萬古一黄粱。

歌

大音聲自希，賞音人亦寡。寧可逆汝耳，不可廢作者。

嘯

成瑨風生坐，孫登月滿臺。東皋今寂寞，元亮早歸來。

傲

王公輕以道，富貴驕以志。我見高尚人，蓋有高尚事。

閑

太傅懸車裹，仙家避世壺。老妻爲紙局，坐隱是功夫。

懶

交有書堪絶，師何記可嘲。不憎亦不俗，似癡還似高。

話

萬事就庾談，一心對芝宇。不思炊作糜〔一〕，但見風生麈。

浴

子春恐事敗，佟之坐水浮〔二〕。二者過不及，何如我洗心。

歸

世路雖多梗，吾生豈繫匏。西風倦飛翼，樂在一枝巢。

别

更盡一杯酒，出門行路難。送君過南浦，忍淚憑欄干。

愁

解使回腸斷，能催兩鬢秋。天涯未歸客，容易上眉頭。

忍

氣留臍可煖，唾使面自乾。無怨亦無惡，此腹如此寬。

蠶

蠶月始條桑，忽忽婦姑忙。天寒授衣節，婦姑無完裳。

織

泛槎驚誤客，折齒笑狂鄰。不作回文字，愁嫌愁殺人〔一三〕。

春

斷木纔脱粟，濕薪空爆竹。朝餐動及午，奈此雷鳴腹。

炊

旅食寄天涯，愁如桂玉何。莫忘生處樂，聽取扊扅歌。

砧

對影無情石，關心寄遠衣。天涯鎮長客，鴈後不懷歸。

琴此以下四首和籌堂。

山水有清音，琅然出枯木。若教俗耳聽，絲竹不如肉。

棋

森森戈戟心[一四]，盡在皮裏著。傍有爛柯人，點破都是錯。

書

一坑科斗灰，難破祖龍惑。三兩挾策人，今誰席肯側。

畫

手與心相應，妙處在咫尺。筆尖多少鋒，揮掃天地窄。

【校記】

〔一〕尚：文淵閣本作「高」。〔二〕千：《全金詩增補中州集》卷四七作「十」。〔三〕國：《全金詩增補中州集》卷四七作「色」。〔四〕晴：原作「清」，此從《全金詩增補中州集》卷四四、文淵閣本。今按，前蜀韋莊《謁金門》之一：「柳外飛來雙羽玉，弄晴相對浴。」見《全唐五代詞》卷五《五代詞》；宋陳克《謁金門》之七：「細草孤雲斜日，一向弄晴天色。」見《全宋詞》第二册八二七頁。〔五〕欸：原作「欵」，刊誤，此從《全金詩增補中州集》卷四四。今按，《柳宗元集》卷四三《漁翁》：「煙銷日出不見人，欸乃一聲山水緑。」注：「山谷嘗書元次山《欸乃曲》云：『湘中棹歌曲。』子厚《漁父》詞有『欸乃一聲山水緑』，誤書『欸欠』，後生多承誤。」〔六〕倡狂虜：文淵閣本作「南山虎」，《全金詩增補中州集》卷四七缺此三字。〔七〕貪：文淵閣本作「貧」。〔八〕見：《全金詩增補中州集》卷四七作「現」。〔九〕未：《全金詩增補中州集》卷四七「來」。〔一〇〕對：文淵閣本、《全金詩增補中州集》卷四七作「覽」。〔一一〕不思炊作麋：《全金詩增補中州集》卷四七此句作「不知玉屑霏」。〔一二〕浮：文淵閣本、《全金詩增補中州集》卷四七作「淫」。〔一三〕愁嫌：《全金詩增補中州集》卷四七作「開緘」。〔一四〕戟：文淵閣本作「戰」。今按，《莊靖集》卷五《代別呼延路鈐》：「森森戈戟亂如麻，剛把毛錐傍史家。」

東郊行

四海尚干戈，幾人知稼穡。青青原上麥，忍放征馬食。

書壁

世事紛紛變，人生種種愁。行年三十九，得歲又平頭。

避亂

雪巖依日煖，霜樹弄風悲。山似王維畫，人如杜甫詩。

資聖寺壁

是誰將壁疥，盡可著紗籠。今代無詩史，何時入國風。

別陳之綱李得之南子榮時在宋〔一〕。

已兆池魚禍，尚多風鷁過。寄與遠遊人，莫待贐行貨。

【校記】

〔一〕在：《全金詩增補中州集》卷四七作「自」。

戲高廣之

一飲遇伶婦，一飯值丘嫂。徒教乞米僧，時時送盧老。

雨後

新秋積雨霽，涼風吹我衣。歲月不知老，乾坤何處歸。

九日答朱壽之

與客登高處，節物傷遲暮。不見白衣來，三復秋風句。

竹林

初見錦綳脱，氣已傲霜雪。天寒十萬夫，未聞一死節。

柏徑

歲晚節自抱，足見有心哉。遊人從何處，帶得春風來。

槐亭

蟻穴功名重，或作封侯夢。主人心已閑，不爲黄花動。

稻塍

一水自縱横，厥田無上下。居民不佩犢，歲事在秧馬。

儒

世治其術重，世亂其術輕。太平然後用，用然後太平。

蝶

轉首一場夢，驚心三月春。揚揚枝上蝶，不見惜花人。

熊白

所居無禹廟，有官升典籤。掌亦我所欲，二者不可兼。

十六日夜戲書

貪作梅花夢，都忘柳絮禪。可憐人與月，不似夜來圓。作，臧祚切。

六言絶句

雪庵題錢過庭梅花圖

已把傳神畫譜〔一〕，又看格在詩評。月落難尋清夢，雲空乃見高情。

【校記】

〔一〕傳神：《全金詩增補中州集》卷四七作「神傳」。

示姪輩

諸阮以富相誇，二疏恐財爲病。濟叔不羡金埒，勣兄曾有撾命。

淵明歸去來圖

先生從來寄傲，肯向小兒鞠躬。笑指田園歸去，門前五柳春風。

中秋

三百六旬歲周，一十二度月圓。試問姮娥甲子，和閏到今幾年。

郎文炳心遠齋

竊笑濫巾北嶽，那能補衲中條。自有胸中丘壑，不妨隱向市朝〔一〕。

【校記】

〔一〕隱：原作「穩」，此從文淵閣本、《全金詩增補中州集》卷四七。今按，《晉書》卷八二《鄧粲傳》：「夫隱之爲道，朝亦可隱，市亦可隱。隱初在我，不在於物。」

伯德仲植張長史帖

莫就嚴陵買菜，無勞逸少换鵝。但得雲煙一紙，那在鄴侯書多。

戲沂公巨川

八仙詩裏蘇晉，三笑圖中遠公。選甚逃禪破戒，我師自有家風。

戲武夫韓公二首

論功終是獵犬，見事不如擒虎。我願一識荆州，人道莫逢玉汝。

結柳未送窮車，弊衣先入歌院。雖得蕭何指蹤，難與老子同傳。

老杜醉歸圖二首

尋常行處酒債，每日江頭醉歸。薄暮斜風細雨，長安一片花飛。

百錢街頭酒價，蹇驢醉裏風光。莫傍鄭公門去〔一〕，恐猶恨在登牀。

【校記】

〔一〕鄭公：《全金詩增補中州集》卷四四作「嚴公」。今按，鄭公與嚴公爲同一人。唐杜甫《將赴成都草堂途中有作先寄嚴鄭公》之「嚴鄭公」，指嚴武，字季鷹，華州華陰人。嘗以黄門侍郎鎮成都，節度劍南。以破吐蕃，加檢校吏部尚書，封鄭國公，新舊《唐書》俱有傳。當時杜甫落魄，生計艱難，而蒙嚴氏眷顧，一家得以安身成都，感激之情遂溢於言表。見《全唐詩》卷二二八。鶴鳴此題之二因有「莫傍鄭公門去」語。

史遂良酒債四首

都因焚券家貧，親與當爐人賣〔一〕。問得街頭酒價，索取江頭酒債。

酒誥一篇既出，離騷亦可不作。愧我家無阿堵，笑他人飲狂藥。

滌器不辭親酌，過門無奈客惡。未嘗解下金龜，必能畫得黄鶴。

從來歡伯氣和，何故督郵味惡。陶令無錢但賒，潘子著水不錯。

【校記】

〔一〕爐：《全金詩增補中州集》卷四七作「壚」。

竇子温江山圖

醉裹扁舟煙浪，望中幾屐雲山。長天秋水一色，明月清風兩閑。

貓犬圖

狡兔空有三穴，首鼠漫持兩端。我輩天生健武，從渠股慄心寒。

北窗高臥圖

問字不得兀兀，借書不得陶陶。誰遣人來送酒，枕邊正讀離騷。

雪穀早行圖

積素茫茫縞夜，流光耿耿揚輝。行人抵死貪路，何處家山未歸。

史正之喪子買得

陸郎初見懷橘，阿買頗解識字。或恐西河喪明，忙爲東野收淚。

靈照女

留下一重公案，有女誰似龐家。不試提籃手段，若爲點破丹霞。

錦堂四景圖

春水滿四澤[一]

淼淼舒如羅帶，鱗鱗皺似縠紋。誰道臥龍不起，須臾變化風雲。

夏雲多奇峰

幸得從龍變態，尚何出岫無心。正苦人間畏日，不思天上爲霖。

秋月揚明輝

清光一片如洗，西去姮娥耐秋。可惜廣寒人老，誰將玉斧再修。

冬嶺秀孤松

山前傾蓋獨奇[二]，雪裏盤根歲深。千年老鶴相伴，誰似蒼髯有心。《莊靖集》卷三。

【校記】

〔一〕四：《全金詩增補中州集》卷四七作「泗」。　〔二〕奇：《全金詩增補中州集》作「倚」。

新編全金詩卷八九

李俊民 四

七言絶句

謁秦吴二王廟〔一〕

三月十八日，與馬子温、郭謙甫、楊茂之叔姪、劉濟之、君祥、仲寬、姚子昂、邢文炳同行。

頹垣陊殿夕陽中，血食雖同事不同。揖讓干戈兩陳跡，酹觴抛與落花風〔二〕。

杖藜行處記曾過，草草杯盤野興多。舉目山川縱如舊〔三〕，一場夢抵幾南柯。

【校記】

〔一〕王：《全金詩增補中州集》卷四八作「主」。〔二〕酹：文淵閣本作「酎」。〔三〕縱：《全金詩增補中州集》「總」。

卜居

東鄰西舍兩三家，簌簌牆頭落棗花。慚愧畫梁雙燕子，笑人今日又天涯。

中秋夜夢

中秋前一夕〔一〕，夢入僧寺，往來人物有送别意〔二〕。須臾有一麗人於橐中出一春衫，再四整疊欲相贈。間而雨作，趨避漏室中。其人行歌而至，雨立聽之〔三〕，歌未終而覺，故爲紀之〔四〕。

征衣不用贈春羅，試聽尊前一曲歌。爲問從來雲雨事，如何偏向夢中多。

【校記】

〔一〕夕，《全金詩增補中州集》卷四八作「日」。　〔二〕往來：《全金詩增補中州集》作「來往」。

〔三〕立：文淵閣本作「止」。　〔四〕紀：《全金詩增補中州集》作「記」。

讀項羽傳

鴻溝時暫割山河，楚國山河一半多。欲去故鄉誇富貴，不知沛有大風歌。

糟筍

甕中有地可藏真，子子孫孫麴櫱醺。誰是聖之清者後，此君應負此君君。伯夷，孤竹君之子。

新樣團茶

春風傾倒在靈芽，纔到江南百草花。未試人間小團月，異香先入玉川家。

重午偶題

只爲離騷話獨清，至今猶恨楚君臣。魂招不得歸何處，閑氣都留與艾人。

子猷訪戴圖

雪後山陰本乘興，似非特爲故人來。縱能一見戴安道，舡未回時心已回。

和籌堂途中即事

晚風吹雨過山堂，燈火秋凉好對牀。卻被荒雞笑人懶，一聲催起著鞭忙。

悠悠旌旆出山城，世事驚心幾變更。水郭煙村誰是伴，老夫矍鑠尚堪行。

斗酒中間詩百篇，錦囊新句落誰邊。無窮山水吟難盡，說似畫師僧巨然。指楊舅彥明。

船子和尚圖[一]

千尺絲綸在手中，月明歸去滿船空。寒江豈是魚難釣，釣得還將不釣同。

【校記】

[一]和尚：原作「和月」，此從文淵閣本、《全金詩增補中州集》卷四八。今按，唐代高僧船子和尚著有《撥棹歌》三十九首，見元釋坦法師輯《機緣集》卷上。

和河樓閑望孟州。

去去來來不繫舟，至今師渡幾時休。洗兵豈是天無雨，盡逐黄河入海流。
一夜長空落將星，不知誰抱越人冰。中原可惜衣冠地，自古以來多廢興。

用籌堂韻

清尊莫惜再三開，别後何曾得好懷。爲向緑衣花使道，杖藜不是等閑來。

答滿法師

此身分付水雲間，不見高人得句難。待學江西立公案，便宜築箇小詩壇。

和泰禪〔一〕

淡泊生涯分自甘，十年霜葉碎青衫。忽從問道山前過，牧馬之兒是指南。

【校記】

〔一〕泰禪：《全金詩增補中州集》卷四八作「秦禪」。今按，《莊靖集》卷五《元夜與泰禪洛陽觀燈》亦涉。

橙數珠

水月禪師有「橙數珠，竹如意，恨不見作者」之句，鑿空道其髣髴。

典刑釀出洞庭霜，只取青圓不待黄。凡俗盡從千佛轉，忘言老宿但拈香。從頭細轉梵王經，一串秋香得洞庭。爲報重甦當自惜，莫教落入念珠廳〔一〕。重甦即水月也。

【校記】

〔一〕莫教落入念珠廳：《全金詩增補中州集》卷四八作「菩提有樹共青青」。

竹如意

曾爲彈琴指甲傷，有時曝背竹書光。不復爬癢倩仙爪〔一〕，忍待一朝春筍長。

即時參得指頭禪，説似家風玉版傳。一日佛堂光自放，我師歇在古靈前。

【校記】

〔一〕復：文淵閣本、《全金詩增補中州集》卷四八作「須」。

雪菴二梅圖

老對風光百不堪〔一〕，畫圖彷彿見江南。爲君試草花間賦，未必心腸似雪庵。

【校記】

〔一〕對：《永樂大典》卷二八一二梅字韻引李俊民此詩作「樹」。

贈碧落和講主

蕭蕭古寺掩松關，雨後無人草木閑。埽地家風誰舉似，我師特特爲開山。

跋竇子温江山圖

淼淼澄江欲拍天，參差煙樹老江邊。舉頭不見長安日，一棹秋風載酒船。

過雲臺

夜半風吹霽色開，曉乘殘月過雲臺。連山斷處瞰平野，一線黄流掌上來。

濟源龍潭

塵世悠悠不識真，一潭春碧養潛鱗。可憐無故驚雷起，誤卻山前失筋人。

裴公亭

青山如畫水如藍，自笑平生性僻耽。尊酒留連妨逸興〔一〕，不能一到侍中庵。

【校記】

〔一〕酒：文淵閣本作「前」。

與奉仙觀道士元明道

野鶴飂飂性自高，徘徊塵世豈難抛。棲真舊隱無多地，何處仙山不可巢。

富公草堂

青山重疊水縈回〔一〕，山水中間幾往來。風物不殊人世改，中州何處是崑臺。

【校記】

〔一〕重：文淵閣本作「萬」。

謝楊成之

與客西從濟上回，明朝扶杖到雲臺。一尊相送休頻勸，留作山行軟腳杯。

雨後

春空靄靄暮雲低，飛過山前雨一犂。明日卻尋歸去路，馬蹄猶踏落花泥。

阻風

春風作惡幾時休〔一〕，況值春光欲盡頭。誰謂閑人無箇事，一年長是爲花愁。

【校記】

〔一〕春：《全金詩增補中州集》卷四四、文淵閣本作「東」。

答籌堂見招

須信人間足別離〔一〕，相看能得幾多時。浮雲一片無根蒂，去去來來自不知。

日日相陪鶴髮翁，烏紗白葛道家風。火雲堆向山南去，暑氣蒸人似甑中。

俯仰隨人亦自欺，精神無復似當時。年來世事俱嘗遍，只有閑中味不知。

冠世聲名蓋世功，尋常杯酒坐生風。區區問舍求田客，盡在元龍一笑中。

日日言歸未得歸，白頭纔是入山時。依前卻趁逍遥出，慙愧山靈我不知。

誰謂長河不可通，只消送客一帆風。故人别後情偏重，猶恐相逢是夢中。

【校記】

〔一〕間：文淵閣本、《全金詩增補中州集》卷四八作「生」。

史遂良壽日

任他白髮不相饒，兩頰春紅醉裏潮。今夜鳳凰臺上月〔一〕，未知誰可共吹簫。

【校記】

〔一〕夜：原作「日」，此從文淵閣本、《全金詩增補中州集》卷四八。今按，《莊靖集》卷五《梅花堂小酌與河南府馬師共》：「今夜梅花堂上月，與人作箇好黄昏。」

和王季文襄陽變後〔一〕

將軍横槊面潮紅，一舉淮南掃地空。堪笑楚人無伎倆，至今猶説馬牛風。

【校記】

〔一〕王季文：文淵閣本作「王李文」。今按，《莊靖集》卷五《王季文南邁怏怏不得意書此以緩之》

亦涉。

張翔卿出家〔一〕

絳帕蒙頭讀道書，孫郎見後肯容無。休將僥倖乖名教，天上臞仙即是儒。

【校記】

〔一〕張翔卿：《全金詩增補中州集》卷四八作「張羽卿」。今按，《莊靖集》卷一《贈張翔卿出家》詩序有云：「翔卿，河内人也。籌堂毁其簪冠，使復儒業。」

鼇背元夜

山市家家秉燭遊，風簷齊掛月燈毬。不須更用閑妝點，人在鼇峰最上頭。

許司諫醉吟圖

席地風光引興來，不辭白髮被春催。眼前有句貪拈掇，閑卻梨花樹下杯。

明皇擊梧圖

不使梨園弟子知，太平音在鳳凰枝。一朝野鹿銜花去，長恨秋風落葉時〔二〕。

【校記】

〔一〕落葉：《永樂大典》卷二一三三七梧字韻引「李俊民《鶴鳴文集》」此詩作「葉落」。

秋江斷鴈圖

不堪愁裏見秋光，江北江南木葉黄。誰信朔風猶跋扈，天涯吹斷弟兄行。

遊石堂山與史正之、王廷秀、姚子昂、郭顯道、李廣之同行。

雨後青山畫不如〔一〕，算心人去有誰居。紫雲空鎖神清洞，不見丹崖四字書。邢和璞算心處，歐陽文忠公神清之洞。

【校記】

〔一〕畫：文淵閣本作「盡」。

句龍廟

溪行十里氣如蒸，危檻憑虚不厭登。咫尺仙山在塵世，杖藜來往幾人曾。

陽關圖

一杯送别古陽關，關外千重萬疊山。試問青青渭城柳，不知眼見幾人還。

煙江疊嶂圖

揮毫落紙生雲煙，江北江南水墨天。愛畫主人胸次別，臥遊不用買山錢。

千里江山圖

曾把雲山爛熳酬〔一〕，杖藜隨處賈胡留。如今腳力那千里，水墨中間只臥浮〔二〕。筆下江山取意成，一峰未盡一峰生。憑誰試向行人問，水郭煙村第幾程。

【校記】

〔一〕熳：原作「漫」，此從文淵閣本。〔二〕浮：《全金詩增補中州集》卷四八作「遊」。

答祁定之

歸袖迎風拂面埃，青山望處白雲埋。如何千載離家鶴，學得仙時不便來。

戲贈

布袍襤褸化風埃，是處青山骨可埋。三笑家風幾時了〔一〕，我師容易去還來。

【校記】

〔一〕幾：原作「氵幾」字「□」，文淵閣本注爲「闕」，此據《全金詩增補中州集》卷四八補。

雪中寄

秋空一洗絶纖埃，著脚街頭雪半埋。試問希真門下客，衣蓑曾有葛三來。

不寐

露下中庭鶴睡驚，娟娟缺月照窗明。夜深讀罷牀頭易，紙帳梅花夢不成。

西山問羊

淡泊不禁頻畠飯，尋常無以致氈根。西山繭耳多於石〔一〕，肯與書生踏菜園。

【校記】

〔一〕繭耳：《全金詩增補中州集》卷四八作「濈濈」。

暮秋有感〔一〕

亂鴉無數噪寒林〔二〕，林下風吹落葉深。惟有黄花枝上露，向人猶似泣殘金。

【校記】

〔一〕感：原作「戲」，此從文淵閣本、《全金詩增補中州集》卷四八。〔二〕亂：文淵閣本作「慈」。

即事

將軍下馬氣如虹，書生折腰曲如弓。好山無限歸未得，白雲慚愧渡溪風。

即席〔一〕

秋色南山氣勢高，坐間牛酒話麄豪。自憐萍梗天涯客，俯仰隨人似桔槔。

【校記】

〔一〕即席：原作「即事」，此從文淵閣本、《全金詩增補中州集》卷四八。

陸渾佛髻山

十步都無一步平，往來人似畫圖行。可憐一派温泉水，不與荒山洗惡名。

湯下寺壁

滾滾龍泉自吐吞，誰能箇裏混光塵。再三繞壁尋題句，饒舌山禽不避人。

跋背面彌勒

萬水千山特特來，謾勞皮袋走塵埃〔一〕。橫擔拄杖明州去，世上誰能喚得回。

【校記】

〔一〕謾：《全金詩增補中州集》卷四八作「清」。

題斷碑

節角摧殘臥夕陽〔一〕，豈無神物護文章。一從薦福雷轟後，片石猶爭日月光。

【校記】

〔一〕節角：《全金詩增補中州集》卷四八作「節物」。今按，所謂節角，指碑石文字因筆劃轉折而呈之棱角。《韓愈集》卷五《石鼓歌》：「剜苔剔蘚露節角，安置妥帖平不頗。」

遊青蓮值巨川彥廣二上人出〔一〕

寂寂荒庭落葉堆，與誰重上遠公臺。青山不解留人住，立盡秋風僧未來〔二〕。

【校記】

〔一〕遊青蓮：文淵閣本作「遊青蓮浦」；《全金詩增補中州集》卷四八作「遊青蓮寺」，《（雍正）澤州府志》卷四八録此詩如之。今按，此處青蓮指青蓮寺。《莊靖集》卷二《遊青蓮》：「閑攜方外友，同謁梵王宫。」〔二〕僧：原作「曦」，《全金詩增補中州集》作「人」，此從《（雍正）澤州府志》。

戲曹漢臣

一見高僧話亦高，醉中往往愛禪逃。爾曹自謂曹溪後，不怕曹溪笑爾曹。移得花將碧落栽，一枝開後百枝開。今生也有狂靈運〔一〕，待入東林社裏來。

【校記】

〔一〕靈：文淵閣本作「時」。

碧落院松

霜幹亭亭聳碧空，幾年春雨養髯龍。也能説得菩提法，何處人間有萬松。

雪後送寶泉之碧落

灑面輕風不覺寒〔一〕，天花散落滿人間。慇懃行腳休辭遠，出得城門是雪山。

【校記】

〔一〕灑、覺：文淵閣本、《全金詩增補中州集》卷四四作「酒」、「作」。

陶學士烹茶圖

斗室天寒對酪奴〔一〕，竹間雪鼎與風爐。書生事業真堪笑〔二〕，卻謂粗人此景無〔三〕。

【校記】

〔一〕斗室：原缺，據《全金詩增補中州集》卷四八補。〔二〕笑：原缺，據《全金詩增補中州集》補。

〔三〕卻：原缺，文淵閣本作「莫」，據《全金詩增補中州集》補。

修武鶱林觀《道經》：天上有玉京山鶱林觀。

清晨帶雨阻登臨〔一〕，往事看碑或可尋。不是青牛洞中見〔二〕，人間何處有鶱林。

【校記】

〔一〕清晨：原缺，據《全金詩增補中州集》卷四八補。〔二〕見：原缺，據《全金詩增補中州集》補。

射虎

逐鹿中原鹿已無，功名那在一於菟。分明射中南山虎，李廣元來不丈夫。

答籌堂寄詩有「青燈佳話正當時」之句，見其戀戀之至也，用來韻答。

休嫌堂上聚星遲，懷宮有聚星堂。邂逅人生似有時。雞黍恐忘今後約，預先報與巨卿知。

秋涼急急授衣遲，便是霜林葉落時。夜聽寒砧動離思，恨無針線小蠻知。

參謀王君玉魏文侯冒雨出獵圖

旌旗冒雨入山林〔一〕，畢竟馳驅獲幾禽。自是魏侯言不負，當時只合獻虞箴。

【校記】

〔一〕旌旗：原缺，文淵閣本作「終朝」，據《全金詩增補中州集》卷四八補。

抱樹石

火餘介子身猶在，槁立鮑焦心愈堅。欲向前村問遺叟，石荒樹老不知年。

和王成之梅韻

踏雪尋芳路帶沙，南枝初放兩三花。高樓寄語休吹笛，留取春風與大家。
朝來一雪幂晴沙，行到前村始見花。驛使便將春色去，暗香今夜落誰家。

狂風

春光著物酒如濃〔一〕，白白紅紅眼界中。又是一場蝴蝶夢，能禁幾度落花風。

【校記】

〔一〕如：《全金詩增補中州集》卷四八作「加」。

遊錦堂後園與濟之、君祥、仲寬、子昂共。

妝點園林次第新，野花無數不知名。即時唤起閑中興，慙愧陶家趣未成。

袁景先東歸喪馬

汗血奔馳死即休〔一〕，東郊骨骼有誰收。舉鞭遥指前山路，野草閑花滿地愁。長鞦短轡慣騎驢，人日徒行爲的顱。得失從來等閑事，未知愁得塞翁無。

【校記】

〔一〕即：《全金詩增補中州集》卷四八作「節」。

玉李花

盤根春後幾枝分，似比樹頭花更新。落月試將顏色照，便如傳得謫仙神。

半丈紅

艷冷香清是就中，等閑不肯媚春風。東君也恨無顏色，染出枝頭點點紅。

溪竹

崎嶇一徑逐溪斜，泛泛溪流帶落花。爲問風前雙燕子，銜泥飛去入誰家。

吴神

山頭多少往來人，香火争將瓦鼎焚〔一〕。簫鼓下山人漸遠，晚風吹起一溪雲。

【校記】

〔一〕争將：《永樂大典》卷二九五二神字韻引此詩作「争光」。今按，唐李商隱《七夕》：「争將世上無期别，换得年年一度來。」見《全唐詩》卷五三九。

過古寨〔一〕

繫馬垂楊日半斜，荒村籬落兩三家。可憐華屋生存處，瓦礫堆中幾樹花。

【校記】

〔一〕寨：《全金詩增補中州集》卷四八作「塞」。

山陽與諸友話舊〔一〕

尋芳來入杏花村，見客人人有典刑。不用看碑問前事，坐中一話即圖經〔二〕。

【校記】

〔一〕山陽：原作「大陽」，此從文淵閣本、《全金詩增補中州集》卷四八。今按，秦漢以降，南北皆有「山陽」地名。而此處當在詩人鄉籍澤州境内，《莊靖集》屢見涉及，如本卷《贈陳仲和》引云「喪亂之際，相會於山陽」；卷五《沁園十二詠・七賢臺》「放跡山陽志尚同，至今林下仰高風」、《富覽亭》「自古山陽景佳處，盡都分付與閑人」等等。〔二〕中：《全金詩增補中州集》作「間」。

聽樂 時錦堂小疾。

聞韶還似在齊時，三月猶然味不知。若要得他安樂法，請君聽取四休詩。

郜氏院看花

婀娜花枝不耐寒〔一〕，就中姚魏欲開難。賞心未愜空歸去，更待明朝爛熳看〔二〕。

【校記】

〔一〕婀娜：原缺，文淵閣本作「誰道」，此據《全金詩增補中州集》卷四八補。〔二〕熳：原作「漫」，此從文淵閣本。

長平懷古

趙括雖能讀父書，長平一舉見規模。縱横戰國俱陳跡，只有青山似畫圖。

枯松[一]

爲嫌紅紫汙家風，故向春來學種松。祇恐等閑兒女輩，輒將斤斧損髯龍。

【校記】

〔一〕枯：《全金詩增補中州集》卷四八作「古」。

勸行

衣錦山前往復來，莫教酒興盡時回。前村見説無深巷，留向谿堂把一杯。

留别

耳畔頻頻杜宇聲，馬頭山色翠相迎。一杯不盡留連意，送客風來便好行。

送母受益之洛陽

有心待種洛陽田，早趁西風送客船。借問梅花堂上月，不知别後幾回圓。

寄大師孫仲遠講道經

鶴骨仙人别後臞，無由得近嘯臺居。我師不了孫家事[一]，絳帕蒙頭説道書。

【校記】

〔一〕孫家：《（雍正）山西通志》卷四八録此诗作「公家」。

下太行

山中日日伴雲閑，不見閑雲只見山。君去試從山下望，青山卻在白雲間。

德老瑞竹二首

主人本望鳳來棲，遂把孤根特地移。不念平安猶未報，誰教節外强生枝〔一〕。

籜龍日日斧斤間，可惜孤根托處難。待得上番成竹後，一枝還作兩枝看〔二〕。

【校記】

〔一〕强：《全金詩增補中州集》作「又」。　〔二〕枝：《永樂大典》卷一九八六六竹字韻引此詩作「根」。

山前偶得

白頭來往話難親，琴酒重尋別後雲〔一〕。縱使山英不相棄，奈無面目見移文。

【校記】

〔一〕後：《全金詩增補中州集》卷四八作「路」。

爲徒單雲甫作[一]

萬裏相將鶴髮親，倉惶未拂綵衣塵[二]。眼中滴盡孤寒淚，誰是同門請粟人。

男兒糊口在四方，聚蚊成雷不可當。孝哉潁叔豈無恥，恐君之羹猶未嘗。

【校記】

〔一〕徒單：《全金詩增補中州集》卷四八作「圖克坦」。今按，徒單亦作徒丹，女真「白號之姓」之一，係漢語音譯，字未定型，見《金史》卷五五《百官志》。入清後，以滿語重譯，遂致紛紜。〔二〕未：文淵閣本作「永」。

過碧落寺

流水溪邊一徑通，參差殿閣倚晴空。東林少箇開山祖，何處人間有遠公。

古寺荒凉不記年，庭松相對欲參天。入門不見溪堂主，衹恐蒼髯是老禪。

趙

欲憑從約抗强秦，完璧那能係重輕。兩虎共圖全國計，豈無一術救長平。

紛紛列國事縱横，誰似邯鄲得地形。會罷澠池方氣勝，不思嫁禍有馮亭。

觀射柳

羽箭星飛霹靂聲，追風馬上一枝横。平生百中將軍手，不意今朝見柳營。

戒酒

誰肯收心醉六經，只言酒是在天星。若能讀得離騷後，學取先生半日醒。

遊青蓮分韻得春字

己亥暮春十有八日，劉巨川濟之、瀛漢臣〔一〕、王特升用亨、郭甫仲山、姚昇子昂、史顯忠遂良同遊福嚴禪院，與巨川、彦廣二山主道舊。兵革之餘，不勝感嘆，仍以春山多勝事爲韻賦詩，以紀其來〔二〕。

四面山圍故故青，茶煙榻畔坐忘身。與師貪論安心法，門外飛花送卻春。

【校記】

〔一〕瀛漢臣：《全金詩增補中州集》作「邢漢臣」。〔二〕來：《全金詩增補中州集》作「哀」。

慈氏閣

金碧相輝跨杳冥，憑高佇目記吾曾。勸君試倚欄干望，愧我今無腳力登。

出山

興盡東山命駕忙，斷雲似與雨商量[一]。出門卷地顛風起[二]，送客何須爾許狂。東林景物畫中詩，老恨因循著腳遲。背了青山卻歸去，頭灰面土任風吹[三]。

【校記】

[一]斷雲似與雨商量：《全金詩增補中州集》卷四八作「斷雲微雨兩商量」。[二]顛：《全金詩增補中州集》作「狂」。[三]土：文淵閣本作「上」。

水簾

倒傾蛟室瀉瓊瑰，派落空巖雪浪堆。卷地封姨收不起，素娥垂下玉鉤來。

柳二首

一年春色到溪頭，展盡眉間幾點愁。纔得東君暫時意，笑他張緒不風流。

千絲萬縷弄風柔，爲愛春陰盡日留。杖屨重來有佳處，道人鑿石沼清流。

臨清臺

與諸友憩於臺上，須臾四面雲合，垂垂欲雨。

忽驚平地一聲雷，爍爍驕陽氣欲回。安得霶霈片時雨，臨清臺是望雲臺。
登山興盡早宜歸，況是東風送客時。只有臨清臺下水，怪人來此不留詩。

懷舊

杖藜重到古招提，硤石雲深一徑迷。不見同來舊時伴，怕看雙翠壁間題。

新安

芳草原頭一望空[一]，村南村北落花風。可憐當日堆錢屋，寂寂無人晚照中。

【校記】

[一]草：文淵閣本作「華」。

過二聖王氏故居感戰死者

數仞牆圍石作基，幾年風雨長苔衣。英雄地迫難爲計，血汗遊魂不得歸。

東山道中

採遍山城草木芽，百年老樹盡枯楂[一]。眼前多少閑田地，雨後春耕有幾家。

【校記】

〔一〕槎：文淵閣本作「查」。

擲筆臺

空山老卻涅槃師，擲筆臺前旦過稀。雉子豈知身後事，至今猶傍法堂飛。

太平泉

試從澗底覓根源，剔蘚剜苔得舊泉。人事盡隨流水去，幾時復見太平年。
水邊堪賦濯纓歌，來往遊人分外多。爲問太平何處是，等閑不識起風波。

子榮過家上冢

班超萬里歸無期，張翰雖歸如不歸。君看晝錦堂中相，十五年前一布衣。
名遂功成不肯閑，故鄉曾見幾人還。百年扶杖華顛老，争看錢家錦繡山。

十七日送行

怱怱又別故園春，花落猶隨馬後塵。相對離筵莫惆悵，送行人是欲行人。

勉和籌堂來韻

往古來今秋復春，嬴顛劉蹶總成塵。蝸牛角上争閑氣，笑倒南華夢蝶人。
氣似陽和處處春，但隨流俗混光塵。須知舌在爲身累，非是是非何等人。
四海男兒得志時，歸來一段話新奇。野人不管興亡事，飲恨閑看老杜詩。
漢祖龍興自有時，未應六出計皆奇。採芝人向山中老，不見功名一首詩。

送潁陽史正之之鄧州〔一〕

風俗相鄰鴂舌蠻，杖藜南去早宜還。年今已近强而仕，捷徑休離少室山。

【校記】

〔一〕潁：原作「穎」，此從《全金詩增補中州集》卷四八。

贈陳仲和

吾友仲和，故遼降虎太師之後〔一〕，以蔭補官，累階三品。喪亂之際，相會於山陽，年六十有二。神閑而意適，手持數珠，日誦佛書不輟，真髮僧也。因誦「飽諳世事慵開口，會盡人情只點頭」之句，以此意索詩，因書以示之。

百年浮世落花風，漆水榮華一夢空。拈起數珠都忘卻，大千沙界入圓融〔二〕。

【校記】

〔一〕降虎太師：《全金詩增補中州集》卷四八作「尚和太師」。〔二〕沙：《全金詩增補中州集》作「世」。

和秦彦容韻

花信風傳閬苑香，騰空鶴駕望仙郎。當年誰爲看爐鼎，曾得丹砂入藥囊。

碧落途中遇雪

出郭山行十里餘，據鞍擁鼻一臞儒。飛花落在吟肩上，便是藍關遇雪圖。

山陽值雪〔一〕

掃地陰雲撥不開，北風吹落豆楷灰。相逢父老應相笑，直待山頭白後來。

【校記】

〔一〕山陽：原作「大陽」，此從《全金詩增補中州集》卷四八。

呈濟之

朝醒暮醉幾時休，雞黍人家見客留。聞道麴生行處有，西村明日趁扶頭〔一〕。

【校記】

〔一〕村：《全金詩增補中州集》卷四八作「風」。

留別

故人不寄一枝梅，親到前村雪裹來。興未盡時還又去，爲君更覓暖寒杯。

留別草堂諸友

青山莫厭往來頻，野鶴孤雲自在身。客路傍春風色好，明朝便是遠行人。《莊靖集》卷四。

新編全金詩卷九〇

李俊民 五

七言絶句

和籌堂送別韻二首

山城望斷首重回，猶勸春風馬上杯。有似衛軒當日鶴，羽毛養就卻歸來。

白髮相逢得幾回，離亭苦勸送行杯。元龍不識求田意，徒使青山笑往來。

和河上送行韻

沁南幕客盡詩豪，斧月斤雲得句高。吏部文章笑東野，若爲自比倚松蒿。有「芝蘭元肯伴蓬蒿」之句。

寄別

馬蹄踏破亂山青，送客風回酒半醒。歸路莫將雲外指，大都一十五長亭。

蟻戰圖二首

聲勢何勞鬬似牛，看看一雨到山頭。大家不肯勤王去，只待槐宮壞即休。

膠膠擾擾戰争多，歲月循環得幾何。樹下老人觀物化，夢魂應不到南柯。

畫鶴

兩翅如輪骨已仙，昂昂只合在林泉。且休相逐乘軒去，自有人謀二頃田。二頃田應爲鶴謀。

海棠露

輕風嫋嫋泛崇光，長恨司花不與香。春睡一聲鸎喚起〔一〕，卻教老眼見啼妝。

【校記】

〔一〕鸎：《全金詩增補中州集》卷四九作「鶯」。

張氏肯堂張文定公後。

百年蘭玉水邊村，萬軸牙籤席上珍。同隊魚中見頭角，一朝富貴異於人。

孟浩然圖二首

卻因明主放還山，破帽騎驢骨相寒。詩句眼前吟不盡，北風吹雪滿長安。

蹇驢却指舊山歸，可笑先生五字詩。仕爲不求明主棄，此行安得怨王維。

上陶固嶺

怱怱出郭曉風寒，一片雲收爽氣山。上盡坡陀試回首，人家住在翠微間。

野菊

風露叢中取次芳，愁邊過却幾重陽。秋光到處多無主，不是閑花不肯香。

席次

不到西山二十春，風光別後一番新。再三點檢尊前客，白髮相看有幾人。

驢爲人盜去二首

磨嫌居士謀生拙，碑恨詩人下道看。好在隔花臨水處，爲誰信轡逐金鞍。

長街愁殺鄭昌圖，便是徒行魯大夫。縱復東家借還許，不知泥滑敢騎無。杜詩：「東家蹇驢許我借，泥滑不敢騎朝天。」

淵明歸來圖

一旦倉惶馬後牛，衣冠從此折腰羞。先生不是歸來早，束帶人前幾督郵。

席上戲李巽之

薰風原上麥連雲，簫鼓家家樂社神。半醉尊前喧語笑，老夫愁獨淚沾巾。

和史邦直橋上韻

規模杜預見成功，橫截長流跨彩虹。亭長莫邀來往客，須防中有奪牛公。韓伯林奪牛公。

過龍門

流水潺潺漱石根，又還懷古過龍門。行人但禮龕中像，誰識當年禹作痕〔一〕。

【校記】

〔一〕作：《全金詩增補中州集》卷四九作「鑿」。

夜夢月下與數仙子酌酒仍各賦詩

天風一掃暮雲開，收拾群仙共酒杯。但指今宵是新月，不知曾照古人來。

七夕

雲漢雙星聚散頻，一年一度事還新。民間送巧渾閑事，不見長生殿裏人。

姪謙甫任長安回二首

歸去連昌憶舊遊，長安回望使人愁。只誇楊氏錦繡谷，曾上李家花萼樓。

枝連葉附本同氣，骨親肉疎今幾家。但留濟叔易一卷，與送蔣兄麻兩車。

母師聖醉歸夜溺伊河抱橋柱而死

日日貪杯醉不醒，待將風味學劉伶。可憐王子龕前水，夜半寒光落酒星。

和張文玘四首來詩有「匠手今逢老作家」之句，因用韻和。

景物秋來件件佳，江山都助與詩家。我憐五鬼俱難送，先爲文窮結柳車〔一〕。

白髮詩人喜誕誇，詞源傾倒少陵家。問君讀後書多少，得滿當年惠子車。
書生幢下布衣多，盡是嘲風詠月家。若使烏臺不彈後，看看欲載十牛車。山谷：「文章六經來，汗漫十牛車。」
數間茆舍老生涯，籬落相依四五家。不見近來門外轍，故人應駕角輪車。

【校記】

〔一〕窮：《全金詩增補中州集》卷四九作「章」。

和籌堂送迎偶得四首

懷抱秋來强自寬，相逢賴有舊青山。郊原雨後堪圖畫，句引詩人興不閑。
出門天地望中寬，馬首濃迎著色山。詩句滿前無可道，恨今不復見閑閑。
畫手從來説范寬，何如著眼看真山。天公不欲山無主，分付籌堂好處閑。
詩愁誰道酒能寬，得句多於飯顆山。莫使移文誚長往，工夫那取片時閑。

和平太行路韻四首

六丁驅役鬼神奔，一夜開山掌樣平。多少往來車馬客，尚憂行路澀難行。
鑿開險阻若天成，暫使時間眼界平。却羨長安西去路，青山不管送人行。

千年古道跨山城，可笑人心自不平。容易莫將天險壞，須防閑客此閑行。
自古太行天下險，縱令禹鑿不能平。尋常著腳無安處，何況羊腸路上行。

和君瑞月下聞砧

夜涼枕上夢頻驚，有底秋天不肯明。老眼近來閑淚少，那禁月下擣衣聲。

和籌堂述懷二首

長恨周人詠黍離，不期親到閔周時。一朝小雅廢將盡，何處如今更有詩。
白頭相見話存亡，可惜漫漫夜轉長。煩惱盡無安腳處，出門十步九羊腸。

訪德老二首月下與君瑞、邦直從籌堂攜酒訪德老，既而有詩見示，因用韻和。

夜投破戒遠公家，醉墨成章點不加。堪笑穎師無手段〔一〕，聽琴人似聽琵琶。
一朝不飲奈愁何，月下敲門載酒過。佳句曉風楊柳岸，醉時吟了醒時哦。

【校記】

〔一〕穎：文淵閣本、《全金詩增補中州集》卷四九作「潁」。今按，所謂穎師，指釋氏善弄琴者，或穎或潁，不一而足。唐韓愈《聽潁師彈琴》：「自聞潁師彈，起坐在一旁。」句中「潁」下原注「一作『穎』」。

見《全唐詩》卷三四〇。

老杜醉歸圖

花下騎驢不踏泥，花間醉後復何之。慇懃驥子扶歸去，明日重來別有詩。按王内翰注《宗武生日》：「宗武小名驥子，曾有詩『驥子好男兒』，又曰『驥子最憐渠』。」

保漢公廟

倉惶劉氏未能安，跋扈將軍力拔山。若使楚人如郤子，肯教義士不生還。按《左傳》：丑父令齊侯如華泉取飲。齊頃公與晉戰，爲晉所敗，退而奔走。丑父爲御，晉帥追之將及，丑父請君潛服而去，自著君之飾，坐於車上，而待晉師。晉師獲丑父，知非頃公而欲殺之。丑父歎曰：「自今以後，若有身代君者，皆當如我今受戮。」晉大夫郤獻子義之，歎曰：「臣不難死而免其君，殺之不祥也。宜赦其罪，以成其節。」丑父遂免死而還。齊臣，逢丑父也。

戲呈節使王子告

喚取佳人舞繡筵，醉中往往愛逃禪。我無紅袖堪娛夜，翠被薰香獨自眠。

戲北臺孫講師仲遠

何處閑田不可耕，山頭烽火水邊營。道人高臥雲千頃，留取南臺與鶴鳴。

香梅八首〔一〕鄧妓之小字。匠手有詩，邊仲寧索和，因用其韻。

便敢承當入格梅，爲經詩老品題來。如何偏得東君意，占了百花頭上開。
近將風度學官梅，底事何郎興未來。休道司花無妬忌，又從昨夜一枝開。
被誰説破夢中梅，應有羅浮倒掛來。秖爲怕愁貪睡後，返魂纔向北枝開。
歌拍從誇大小梅，典刑難入箇中來。洗粧不使風塵涴，冷眼詩人莫倦開。
爲憐種性透塵香，收拾閑愁共一觴。向道坐間能賦客，莫教容易見心腸。
不知誰使姓名香，珍重詩人幾詠觴。也學西湖林處士，爲花著莫惱枯腸。
一枝瀟灑隴頭香，分付新愁竹葉觴。紙帳不須尋短夢，天涯倦客已無腸。
自是尋常不肯香，與花同壽百年觴。黄昏樓上誰家笛，吹斷愁人寸寸腸。

【校記】

〔一〕原僅存詩題，注「詩已遺」，據文淵閣本補。

悼蜀〔一〕

劍閣誰知累卵危，厭厭賓主醉無時。蜀人不識忠臣淚，剛道嘉王是酒悲。

【校記】

〔一〕原僅存詩題，注「詩已遺」，據文淵閣本、《全金詩增補中州集》卷四九補。

元夜與泰禪洛陽觀燈

行歌聲裏落梅風，爍爍華燈萬盞紅。何似吾師方寸地，一輪明月小參中。

歷陽侯 范亞父。

韓生去世冠軍廢，獨望楚强心亦勞。謾向鴻門撞玉斗，豈知鹿死在金刀。

酈食其

多少中原逐鹿人，獨憑片舌下齊城。淮陰不喜書生事，能免他年獵犬烹。

四皓奕棋圖

坐看咸陽王氣收，豈無人傑自安劉。都緣鴻鵠心猶在〔一〕，一局閑棋不到頭。鴻鵠高飛，一舉千里。羽翼已就，橫絕四海。

【校記】

〔一〕猶：《全金詩增補中州集》卷四九作「長」。

魏徵

立朝讜議盡良規，誰使君王死後疑。一旦鑾輿渡遼水，即時扶起墓前碑。

王季文南邁怏怏不得意書此以緩之

大家都待倚欄干，摘索幽花草棘間。方便春風無不到，忍教雪裏一枝寒。

代别呼延路鈐

森森戈戟亂如麻，剛把毛錐傍史家。彈鋏去年門下客，白頭今日又天涯。襄陽守史嵩。

梅花堂小酌與河南府馬師共〔一〕

往來不絶鄭崇門，清濁那分北海尊。今夜梅花堂上月，與人作箇好黄昏。

【校記】

〔一〕《全金詩增補中州集》卷四九詩題作「梅花堂小酌同河南馬師」。

過濟源

幾年不到竹梅間，天際歸來兩鬢斑。一片白雲風埽盡，雙明喜見舊青山。

壬寅九日和君玉來韻二首

山城與客醉陶然，日日相陪費萬錢。馬上行人幾時去，一杯我欲助離筵。

書生紙裹亦栩然，欲去街頭恰百錢。寄語西風莫相笑，一杯便是菊花筵。

和段正卿韻二首出入格。

悠然相對酒杯閑，忽有新詩落坐間。喚起東籬無限興，黄花須待與君看。

百計尋閑不得閑，功夫那取片時間。誰知九日龍山客，卻被秋光冷眼看。

秋日有感

節氣先凋一葉桐，人間何處不秋風。梁園勝事隨流水，滿目愁雲鎖故宫。

賈佐之以進士充軍被撻

便從寧越立威名，可信王尼長作兵。著甚不談軍旅事，碧油幢下盡書生。

孤村〔一〕

舍南舍北地多荒，三兩人家麥上場。卷土盡歸箕斂手〔二〕，未應醫得眼前瘡。

【校記】

〔一〕石蓮盦本及文淵閣本、《全金詩增補中州集》卷四九頗多缺泐：「舍南舍北地多荒，三兩□□□□□，□士盡歸箕斂手，未應醫得眼前瘡。」茲以《永樂大典》卷三五八〇村字韻引李俊民《鶴鳴集》此詩爲底本，校以諸本。〔二〕土、斂：土，石蓮盦本及文淵閣本、《全金詩增補中州集》作「士」；「斂」原作「欲」，石蓮盦本如之，此從文淵閣本、《全金詩增補中州集》。

解嘲

尊前共醉潑醅香，下馬誰家白麵郎。見説千金能買笑，老夫那得一錢囊。

王德華默軒

春秋豈敢措一字，賓主不須談兩都。萬事盡皆皮裹著，爲君終日鼓嚨胡。

對棋

到頭不可託安危，那用搜尋局上機。縱出吴宮陣圖外，陰山未免嫁明妃。

送苗世顯歸上黨

故人千里寄書來，長恨天涯喚不回。行路難行澀如棘，歸裝莫待北風催。時河北防秋。

跋魯直帖

雞毛不擇三錢筆，蠆尾揮成一幅書。莫使覲江神會得，因風奪去錦囊虚。

許道真醉吟圖

斷蓬蹤跡寄天涯，老去情鍾戀物華。回首錦江春寂寞，一杯愁裹賦梨花。道真號錦江漁隱。

探官

版圖填寫百官志，楮券類排千字文。堪笑吾儒多伎倆，一時鬻爵僭吾君。

跋馮應之許司諫敳羊帖

還思寫論付官奴，想見臨池興有餘。莫把家雞等閑厭，恐教人笑換羊書。

王庭秀悠然軒

小軒開後快雙明，峭拔南山立翠屏。好是晚來新雨過，白雲堆裏露尖青。

同申元帥遊司馬山〔一〕

千年古廟映崇岡，寂寂空庭草樹荒。見説旱時求得雨，一池由有老龍藏〔二〕。

【校記】

〔一〕《（成化）山西通志》卷一六《集文》録此詩，題作「遊司馬山」。〔二〕由：《（雍正）山西通志》卷二二六《藝文志》録此詩作「應」。

留别

主人把酒再三留，送客風高勢未休。更聽愁眉歌一曲，尊前腸斷小温柔。

寒食戲書

驀見花間弄藥回，同心髻綰緑雲堆。多情更有牆東月，送得秋千影過來。

戲楊成之

客路風霜頗倦遊，出門又是一番愁。行人立馬無情甚，扶上征鞍不自由。

李晉王墳〔一〕

雄名凜凜振沙陀，爲國功深奈老何〔二〕。多少三垂岡上恨，伶人都進百年歌。

【校記】

〔一〕墳：《（成化）山西通志》卷一六《集詩》録此詩作「墓」。〔二〕爲國功深奈老何：《（成化）山西通志》作「爲圖功梁奈老何」。

遊沁園

多少庭臺墮劫灰，勝遊蹤跡幾殘碑。風流人物今誰在，水緑山青似舊時。

申元帥四隱圖

嚴子陵

羊裘隱跡唤難回，曾犯當年帝座來。京洛江湖各天性〔一〕，釣魚臺不羡雲臺。

陶淵明

迎門兒女笑牽衣，回首人間萬事非。自是田園有真樂，督郵那解遣君歸。

孟浩然

平生只有在山緣〔二〕，北闕歸來也自賢。破帽蹇驢風雪裏，新詩句句總堪傳。

李太白

謫在人間凡幾年，詩中豪傑酒中仙。不因採石江頭月，那得騎鯨去上天。

【校記】

〔一〕各：文淵閣本作「樂」。〔二〕在：《全金詩增補中州集》卷四九作「住」。

大顛圖二首

星斗文章世所傳，狂瀾回在禹功前。先生不踏潮陽路，震旦花開幾大顛。

一夕投荒萬里行，增光日月更誰能。相逢盡説空門話，多少人間有髮僧。

三害圖二首

慷慨平西氣不衰，勇於三害欲除時。流芳已入忠臣傳，何處人間更有詩。

挾矢操弓短後衣，揚揚意氣似男兒[一]。欲憑一怒除民害，可惜爲人自不知。

【校記】

[一]似：《全金詩增補中州集》卷四九作「是」。

平水八詠

陶唐春色府西南三里有陶唐廟，每至春月，傾城出遊祭享。

松柏森森護帝宫，至今和氣在河東。詩人不盡當時事，八景圖中見國風。

廣勝晴嵐府北七十里有寺曰廣勝。霍山之陽，寺下有海曰大郎。

等閑過了萬千峰，偃蹇相看意不濃。洗出青山真面目，祇疑海底有天龍。

平湖飛絮府西五里有泊曰平湖。姑山之東，汾水之西，四面皆楊柳如幄。三月上巳，居民祓禊於此。

三月湖邊祓禊亭，依依楊柳雨中青。晚來風起花如雪，春色都歸水上萍。

錦灘落花府西門外有汾水，退灘南北二十餘里皆樹桃，因賦落花詩焉[一]。

春風桃葉復桃根，相妬封姨似少恩。無限亂紅隨水去，人間何處覓仙源。

【校記】

[一]因賦落花詩：原脱，《全金詩增補中州集》卷四九如之，據《永樂大典》卷五八三九花字韻引李俊

民《鶴鳴集》此詩補。

汾水孤帆府西二三里有渡口。

古渡無人鳥跡多，眼前歷歷舊山河。片帆不是秋風客，誰向中流發棹歌。

姑山晚照府西五十里有姑射山，神人居焉。

物外神仙自一家，等閑不許占煙霞。只今冰雪人何處，惆悵山前日易斜。

晉橋梅月府西南二十五里有縣曰襄陵。北門外有橋如虹，左右皆梅圃。

嫩寒籬落似江村，雪裏精神月下魂。橋北橋南路分處，行人立馬待黄昏。

西藍夜雨府北五十五里，洪洞縣之西，有寺曰西藍。近汾水一二里，繞寺多花竹，有水杯池。

暮雲深鎖梵王家，樓閣崢嶸閲歲華。香火半殘僧入定，臥聽窗外落簷花。

錦堂四詠

春水滿四澤

一番雨過緑生肥，正是桃花欲浪時。掠地風來吹不皺，細看面面盡玻璃。

夏雲多奇峰

初見雲從山裏出，須臾雲結勢如山。一聲霹靂催時雨，雲不能閑山自閑。

秋月揚明輝

誰爲天公洗眸子，試將把酒問姮娥。清光一片已如許，斫却桂時應更多。

冬嶺秀孤松

凜凜蒼髯晚節孤，雪中傾蓋若旁無。一經元亮盤桓後，氣壓秦時五大夫。

沁園十二詠

熙熙堂

眼前草木强争春，往日繁華一聚塵。山水中間賞心在，不知誰是肯堂人。

翠蘭亭

蓬艾叢深特地藏，遊蜂何處覓幽芳。楚人大段無分别，不識離騷傳裏香。

暗香亭

三兩横斜鶴膝枝，一朝須有返魂時。試看今後黄昏月，得似西湖七字詩。

七賢臺

放跡山陽志尚同，至今林下仰高風。欲將人物圖中看，恐過生前李衛公。李衛公焚七賢圖。

漱玉池

古人觀水必觀瀾，一滴涓流一滴寒。放取黄陂千萬頃，莫教龍口吐吞難。

江源亭有流杯。

羽觴到處不容停，争看中流落酒星。彼此一時修禊事，未應人物愧蘭亭。

屏俗庵子猷别墅。

世上無人可立談，眼前只有此君堪。當年借得誰家宅，疑是今來屏俗庵。

清暉亭

高山森似劍鋩立，流水平如羅帶舒。人在水光山色裏，笑渠潘閬倒騎驢。

富覽亭

天於萬物豈私我，領略風光天不嗔。自古山陽景佳處，盡都分付與閑人。

桃園

一時得意笑春風，不見春風滿樹空。老去惜花心尚在，爲君留眼看蒸紅。

意在亭

緑水古今流不盡，好山前後勢相連。適來荷蕢者誰子，應笑有心哉此賢。

湧珠泉

淵底睡龍徒有頷，沙中老蚌恐無胎。疾雷驚裂蒼苔地，迸出鮫人淚顆來。

碧落四景

橫峰臥雲

蟄龍起後願相從，便有人間潤物功。一片青山是歸處，無心更逐渡溪風。白雲無心，逐風渡溪耳。

陰壑積雪

漠漠山陰雪擁門，何時天道變寒暄。雖然不是回光地，銷得陽和幾許恩。

寒泉漱玉

瀝瀝山泉枕畔鳴，六根先得一根清。從來只向琴中聽，不識徽絃意外聲。

枯松掛月

門前老樹數難推，獨有栽松道者知。夜半風催山月上，政當鶴睡覺來時。

周昉內人圖九首

吹笙

舊曲聞來似斂眉，料應衹恨賞音遲。梨園傳得新翻譜，著意參差竹裏吹。

汲泉

非關古井不波瀾，衹恨銀瓶一掬慳。欲助長流御溝水，再教紅葉到人間。

倦繡

心情猶在未收時，却顧花間影漸移。不道春來添幾線，日長只與睡相宜。

擣衣

一夕秋風鴈過聲，鐵衣辛苦向邊城。將軍不用和戎計〔一〕，雙杵休辭月下鳴。

剪爪

袖裏纖纖只合存，如何春筍不嫌髡。金釵墜後無因見，藏得開元一撚痕。

彈琴

休言三尺是枯桐，大抵聲音與政通。曾得王君意中事〔二〕，便從絃上和薰風。

學書

數幅雲牋自卷舒，試教落筆看何如。休將彤管題閑句，正要班姬續漢書。

按樂

倚風無力見温柔，初下喧天羯鼓樓。猶向花陰理新曲，君王不惜錦纏頭。

覽鏡

不教朱粉汙天真，長對菱花顧影頻。但把蛾眉掃來淡，尚嫌不似虢夫人。《莊靖集》卷五。

【校記】

〔一〕戎：原缺，據文淵閣本補。　〔二〕王君：《全金詩增補中州集》卷四九作「君王」。

新編全金詩卷九一

李俊民 六

襄陽詠史[一]

古隄

一決江源水自東，長隄隱隱臥如虹。不因傳得襄陽操，人世何由見禹功。（缺）年，平地溢四丈五尺，魏太守胡烈補缺隄以利民。至唐盧鈞爲山南節度，因烈之舊而增培之，俗謂附城。北者爲金鎖隄，南曰白銅隄[二]。

【校記】

〔一〕此題五十二首，爲莊靖流落江南時所作。其中，《襄陽》《南峴山》《中峴山》《萬山》《江漢》等五首僅存詩題。〔二〕「（缺）年」以下云云，《全金詩增補中州集》卷五〇置於題後詩前。文淵閣本卷首載四庫館臣紀昀等按語有云：「詩末間有注語，序不言何人所加，殆即俊民所自注歟。」

白沙湖

聞道沙隄水陷時，茫茫無處覓完隄。當時禹跡依然在，以壑爲鄰笑白圭。張參議詩：「未雨還須徹桑土，白沙湖上水湯湯。」元祐二年，邢恕守襄，詔以「漢有決溢之患，其晝經制久遠之策」。公來訪被水之地，得之東南隅，當漢水之衝，土雜白沙，水至輒陷，民號白沙湖。隄之內，其勢平，一決則兩城相望三十里瀦爲汙澤，近郊之民趨西山，甚至登木杪。

戍邏墾田

屯徹南陽井井田，劍牛刀犢兩功全。石城驚落吴兒膽，野宿貔貅萬竈煙。羊公鎮襄陽，吴人罷守石城，戍邏減半，分以墾田八百餘頃。公之始至，無百日之糧，及季年有十年之積。

樊城

暫來朱序秦還守，初入曹仁漢復攻。顛倒江山今幾主，樊侯依舊襲周封。在襄陽北漢江之湄。張參議：「昔年山甫興周地，想見曹仁霸魏功。」昔仲山甫封於樊城，曹公使曹仁守樊，關羽攻之不能破〔一〕。

【校記】

〔一〕羽：文淵閣本作「侯」。

漢高廟

垓下未聞歌散楚，澤中已見哭亡秦。乾坤到底歸真主，愁殺鴻門碎斗人。在襄陽縣西南鍾山。

光武廟

海内英雄待一呼，雲龍際會入東都。羯奴不識真人事〔二〕，徼倖中原欲並驅。在襄陽東四十五里。

光武，南陽蔡陽人〔二〕，今棗陽縣是也。春陵在棗陽東，望氣者蘇伯阿至南陽，遥見春陵曰：「氣佳哉！鬱鬱蔥蔥。」光武始起兵，還春陵，望舍南火光燭天。今棗陽縣在襄陽東界六十里〔三〕。

【校記】

〔一〕羯奴：文淵閣本作「季龍」。〔二〕蔡：原作「棗」，諸本皆如此。今按，《後漢書》卷一《光武帝紀》上：「世祖光武皇帝諱秀，字文叔，南陽蔡陽人，高祖九世孫也。」唐李賢等注：「南陽郡，今鄧州縣也。蔡陽縣故城在今隨州棗陽縣西南。」〔三〕棗陽縣：原作「棗縣」，脱「陽」字，文淵閣本如之，此從《全金詩增補中州集》卷四四。

昭王廟〔一〕

一間茅屋暗塵埃，香火淒凉幾奠杯。故國到今如傳舍，後人復使後人哀。在宜城東北。唐韓愈作《宜城記》，言之甚詳。愈又有《昭王廟》詩：「丘墳滿目衣冠盡，城闕連雲草樹荒。猶有國人懷舊德，一間茅屋祀昭王。」

【校記】

〔一〕《全金詩增補中州集》卷五〇詩題作「楚昭王廟」。

宋玉宅

離騷經裏見文章，水緑山青是楚鄉。往事一場巫峽夢，秋風摇落在東牆。在宜城縣。

保漢公廟

將將提兵氣自揚，一朝翻爲沐猴忙。得從虎口抽身去，不必雷霆怒假王。在襄陽子城南，世傳紀信忠義祠，今爲州之城隍。

酇城

誰是興劉第一功，我侯只合最先封。當時獵犬猶争甚，得鹿權都在指蹤。蕭何初封在谷城縣。《西漢功臣表》：高祖六年十二月甲申封曹參，以正月甲午封張良，最後封蕭何。

三顧門

將軍命駕出門西，想見門從向日題。山下臥龍誰説破，賞音元直在檀溪。世傳襄陽水西門爲三顧門，先主自此三往見武侯。張參議：「水西門外公來處。」注：「徐庶宅在檀溪之陽，檀溪在襄陽西四里。」

隆中

一朝師出震關東，料敵曹吴幾日功。未畢將軍天下計，乾坤容易老英雄。諸葛亮宅在襄陽縣西二十里。

關將軍廟

鼎足相呑勢未分，誰能傾蓋得將軍。曹吴不是中原手，天下英雄有使君。在襄陽南九里鳳林關。

鹿門山

百年巢穴子孫安，十日長聞九日閑。説破姓名人不識，鹿門山是德公山。有龐德公宅，在襄陽東南三十二里。杜《贈别鄭鍊赴襄陽》詩〔一〕：「爲於耆舊內，試覓姓龐人。」注：「杜詩：昔者龐德公，未曾入州府。襄陽耆舊間，處士節獨苦。」

【校記】

〔一〕詩：原脱，據《全金詩增補中州集》卷五〇補。

龐士元宅

鷹自養來飢肯去，龍從臥後顧須頻。到頭驥足非難展，祇在當時駕馭人。在襄陽。

徐庶宅

誰知方寸去留初，盡把功名付葛廬。舉目檀溪人不見，空傳穀隱念交書。在檀溪之陽。習鑿齒《與謝安書》云：「遊目檀溪，念崔徐之交。」注：先生率其衆南行，諸葛亮、徐庶並從。曹公追獲庶母。庶辭先主曰：「方寸亂矣，請從此別。」

劉表祠

天運端能臥可收，江山形勢數荆州。當時若聽韓嵩策，那得曹瞞享士牛。祠前有墓，在府城東門内。注：曹操與袁紹相持於官渡。韓嵩説表：「起乘其弊。不然，則以州附曹公。今曹公先舉袁紹，然後稱兵以向江漢，將軍必不能禦。」表不從。操征表，表病死，表之子琮竟以荆州降。

谷隱山

衮斧留心漢晉間，豈期穀隱避名難。一人有半隨秦去，不得相離釋道安。注：是時桓温覬覦非望，習鑿齒著《漢晉春秋》以裁正之，後以腳疾廢於里巷。襄陽陷於苻堅，堅素聞其名，與道安堅俱輿而致焉。《與諸鎮書》：「昔晉平吴得二陸，今獲士才一人有半耳。」俄以疾歸襄陽。

龐公祠

踏破衡山急急回，鳳林盡是漉籬材。大家了得無生著，傾出團圞話裏來。唐龐蕴也，祠在鹿門山。本自衡山得馬大師法，來隱。張參議：「家池龍種去無蹤，珍重龐公似德公。」龐德公宅在鹿門山。注：張參議：「擺盡世緣空所有，誰知佛法異還同。丹霞不用傳心印，靈照端能繼父風。」

鳳林

天寶詩人去卻回，果曾北闕上書來。若爲耆舊無新語，明主何曾棄不才〔一〕。孟浩然故居在襄陽縣南十里。注：張參議有「朝宗强欲相牽率，豈識先生玩世心」。

【校記】

〔一〕曾：《全金詩增補中州集》卷四四作「嘗」。

斬蛟渚

久憤江干投水俗，近憂泉室泣珠人。到頭不是池中物，血濺驚波劍有神。晉鄧遐爲太守，襄陽城北沔水中有蛟，常爲人害〔一〕，遐拔劍入水，斬之而去。

【校記】

〔一〕常：《全金詩增補中州集》卷五〇作「嘗」。

夫人城

見説韓門素識兵，故知西北勢先傾。未應有子如豚犬，何在夫人自築城。在今襄陽西北一里。苻丕之攻朱序也，其母韓深識兵勢，自登城履行，謂西北角當先受弊，遂領百餘婢并城中女丁於其角斜築城二十餘丈。寇力攻西北角，果挫衄而退。襄陽號曰夫人城。注：張參議：「五申下令吴姬肅，三遂無譁魯築城。」

誡虎碑

未除不必煩周處，欲刺何須待卞莊。入市如羊聽命去，至今無害到襄陽。宋傅僎字子成，爲襄陽令，有善政。縣多虎，僎常追虎。入城誡勵，虎去不復爲害，邑人爲立碑。注：張參議：「應無白額煩周處，解使於菟字子文。」

杜甫故里

不知故隱幾時離，天寶年間處處詩。過客不須尋世譜，萬山山下看沈碑。杜易簡，預之遠裔。有從弟曰審言，生子閑，閑生甫，世居襄陽。甫徙家鞏縣。按杜詩：「吾家碑不昧，王氏井依然。」注：杜預沈碑峴山之下。

尹氏一門四闕

萱堂猶是忘憂地，烏屋相傳反哺恩。一段家風誰出自[二]，千年鼻祖守闕門。在襄陽縣東南三里。唐尹怦有父曰嗣宗，居喪逾禮，貞觀中旌表。怦年十三，竭力就養。父卒，負土成墳。紫芝産墓側，天子下詔稱揚。龍朔中，刺史改其閭曰南陔里。子慕先，孫仁恕，皆著孝行。萬歲通天中，繼被寵褒，一門四闕。張柬之、張九齡爲之記贊，歐陽文忠公《集古録》言之甚詳。注：東坡《尹可元》詩：「千年鼻祖守闕門」。

【校記】

〔一〕誰出自：《全金詩增補中州集》卷五〇作「自誰出」。

武安君廟

歸去咸陽是老頭〔一〕，如何此地肯重遊。分明祀典無交涉，只合英靈在杜郵。祠白起，在南漳縣。

【校記】

〔一〕老：《全金詩增補中州集》卷五〇作「白」。

修禊亭

相喚相呼上巳遊，國人無日不思周。近來烽火遭三月，那得閑杯逐水流。在峴山半。王子年《拾遺記》云：「江漢之人思周昭王，至春上巳祓禊，集王祠下，如屈原故事。」

漢陰臺

怪來賜也多言甚，笑倒忘機老漢陰。巧拙大都歸一溉，寧教勞力莫勞心。在宜城西三十步。《莊子》：「子貢過漢陰，見一丈人方將爲圃，鑿隧而入井，抱甕而出灌，用力甚多而見功寡。子貢曰：『有械於此，夫子不欲乎？鑿木爲機，後重前輕，挈水若抽，其名爲槔。』爲圃者笑曰：『有機械者，必有機事；有機事者，必有機心。機心存於胸中，則純白不備，神生不定。吾非不知〔一〕，羞而不爲也。』」

【校記】

〔一〕吾非：《全金詩增補中州集》卷五〇作「非吾」。

善謔驛

皆因盃酒與豚蹄，致使他鄉笑滑稽。無限驛亭來往客，獨言齊贅不歸齊。在宜城縣。驛前有淳于髡墓。

滄浪歌

江上揚揚一棹波，衆中清濁笑懷沙。不知歌後滄浪曲，却入騷人屈宋衙。屈原既放，遊於江潭。漁父見之，鼓枻而歌曰：「滄浪之水清兮，可以濯我纓。」

競渡

憔悴沉湘楚大夫，魂招魚腹肯來無。至今江上漁歌在，尚問何由得渡湖。屈原以五月五日赴汨羅，土人追至洞庭，湖欠舟，水莫得濟者〔一〕，乃歌曰：「何由得渡湖。」自此習以相傳爲之戲。

【校記】

〔一〕湖欠舟水莫得濟者：文淵閣本作「湖大舟小莫得濟者」。

抱玉巖

特特來從抵鵲山，一心都在獻芹間。非關楚國真難辨，舉世人皆厭等閑。在南漳縣。卞和得玉於此，以進楚王。王以爲詐，刖其足，乃抱璞泣於荆山。

習家池

日日山公載酒過，醒時常少醉時多。兒童拍手闌街笑，驚破滄浪一曲歌。即高陽池也，在峴山南百步。《水經》云：「沔水東入襄陽習鬱池內。鬱依范蠡養魚法，作大陂，列植竹木，遊燕之名處也。」

的顱溪

得雨蛟龍未易圖，枉勞木禺用機謨。死生畢竟誰堪託，今日纔方見的顱。本名檀溪，在襄陽西四里。劉表因會取劉備，備潛遁，所乘馬名的顱，走墮檀溪中。備急，曰：「的顱可努力。」的顱一踴三丈〔一〕，渡中流，而追者至。按東漢《劉表本傳》云：「表欲臥收天運，其猶木禺之於人也。」注云：「如刻木爲人，無所知也。」前書有本禺龍，音義云：「禺，寄也，寄形於木。元具反。」張參議云：「垓下衆傾騅不逝，合肥橋徹騎能飛。」孫權征合肥，爲張遼所襲。權乘駿馬上津橋，橋已徹板，著鞭超渡，至今合肥名曰「飛騎橋」。

【校記】

〔一〕踴：《全金詩增補中州集》卷五〇作「躍」。

作樂山

悠悠曾不倦登臨，眼底何人爲賞音。白雪一歌猶掩耳，安知梁父是龍吟。酈道元注云：「昔諸葛亮好爲《梁父吟》，每所登遊，俗以『作樂山』名之。」今在襄陽西北二十里。

冠蓋里

道口亭前多貴遊，一時來往亦風流。若能共畫安劉計，豈獨英雄記裏收。漢靈帝時，宜城太山廟有四郡守、七都尉、二卿、五侍中、一黄門侍郎、三尚書、六刺史，朱軒高蓋，同日會於山下。荆州刺史劉表行部，見之甚歡，嘆其豪盛，乃題道口亭爲冠蓋里，刻石銘之。

呼鷹臺

英豪並起望人才，底事將軍謾築臺。倘使曹公肉能飽，如何唤得野鷹來。在襄陽縣東七里，高三丈。表性好鷹，常登此臺，歌《野鷹來》曲。臺之側有司馬徽、龐統二宅。注：「曹公曰：『養士如養鷹，飢即爲人用，飽則揚去。』」

仲宣井〔一〕

試看汲古幾何深，猶有餘波慰渴心。誰把石欄移便坐，並鄰又得一繁欽。在萬山王仲宣故宅。郭帥杲移井欄於戎司〔二〕，其後破碎埋没。李帥奕收拾補甃，置之便坐側，稽考古今歲月，爲之記。按《耆舊傳》：「王粲與繁欽，並鄰同井。杜甫詩云：『應共王粲宅，留井峴山前。』張云：『繁欽有識還歆羨。』」

【校記】

〔一〕井：《全金詩增補中州集》卷五〇作「樓」。　〔二〕杲：文淵閣本作「果」。

兹樓

見説襄陽有古風，可憐耆舊老無功。當年漢主龍興地，盡在登樓四望中。王粲樓。按《襄陽雜詠》：「題曰『兹樓』，蓋取粲《登樓賦》所謂『登兹樓以四望兮』。」《襄陽志》亦因之，而樓不存。

墮淚碑

憤深藉館年年祭，痛切夷陵歲歲祠。不見征南遺愛地，至今淚墮峴山碑。在南峴山上。注：「伍員破楚，鞭尸藉館，郢中立廟。今自湖北至淮西，故楚之地，處處有祠。白起伐楚，燒先王墓。夷陵宜城有白起堰，灌城中，死者流東陂，臭聞遠近，號曰臭陂。」

沉碑

中原人物老書生，塞破乾坤萬古名。俗子不知碑尚在，一朝南渡愧荒傖。在萬山下，杜元凱刻石爲二碑，紀其勳績。一沉萬山之下，一立峴山之上。

晉柏

亭亭霜榦上參天，色黛皮蒼老更堅。當日不知誰手植，到今人與樹千年。在南峴山上，即晉人所植。下有小石題刻，柯榦如鐵。

文選樓

朝朝暮暮蠹書魚，選盡人間得意書。常恐不能精此理，祇緣老杜近樓居。在子城南門。按《祥符圖經》云：「梁昭明太子於此樓撰《文選》，聚才人賢士劉孝威等一十餘人，資給豐厚，日設珍饌。諸才子號曰高齊學士。」又云：「世傳《文選》成，樓下所棄書與樓齊。」注：「杜詩：『熟精文選理』。又，『眼前文字積如山，想見中間筆削難。一自登樓開卷後，滿天依舊斗星寒。』」

解佩渚

相遇江皋事頗奇，一雙佩解去還遺。未能南國無遊女，詠取周人漢廣詩。在襄陽西十里。北臨沔水，有曲隄。按《郡國志》：「鄭交甫至漢皋臺下，遇二女，佩二大珠。交甫求之，二女解佩。行數里，二女及珠俱失。」

弄珠灘〔一〕

江沙一日蚌胎虚，遊女争誇掌上珠。美化不將風俗禁，他年恐作媚川都。楚俗以嬉遊爲事。《襄沔記》：「歲以正月二十一日、二十二日，謂之天地穿日，移市於城北津弄珠灘。」按《南都賦》云：「遊女弄珠於漢皋之曲。」注：《襄陽志》云：「楚女於弄珠灘尋水竅石，穿簪於釵上帶歸。」又云：「楚俗，三月遊南山諸寺，移市於山壽寺。四月八日罷遊，謂之辭山。」

【校記】

〔一〕灘：《全金詩增補中州集》卷五〇作「泉」。

金沙泉

何處山泉味最佳，從來獨説有金沙。楚人遍地宜城酒，莫著淄澠誑易牙。在宜城縣東一里，造酒絶美，世謂「宜城春」，又云「竹葉杯」。

湧月亭

徘徊亭上晚相宜〔一〕，月與高人本有期。不比尋常三五夜，十分圓後是來時。在南峴山。

【校記】

〔一〕上：文淵閣本作「下」。

七言絶句集古

南遊

一片歸心白羽輕，高蟾一場春夢不分明。張泌東風二月淮陰郡，劉商總是關山離别情。王昌齡

自遣

南路蹉跎客未回，樊晃山桃野杏兩三裁。雍陶逢春漸覺飄蓬苦，《才調集》更向花前把一杯〔一〕。嚴憚

【校記】

〔一〕把：《全金詩增補中州集》卷五〇作「酒」。

雨後出郊

柳塘煙起日西斜，鮑溶〔一〕馬踏春泥半是花。竇鞏何處最傷遊客思，武元衡緑陰相間兩三家。司

空圖

【校記】

〔一〕鮑：原作「絁」，此從《全金詩增補中州集》卷五〇、文淵閣本。今按，此句出自鮑溶《隋宮》，見《全唐詩》卷四八六。

寒食

閑身行止屬年華，薛能故國春歸未有涯。司空圖一樹梨花一溪月，《才調集》不知牆外是誰家。郎士元

寒食席次

鞦韆打困解羅裙，韓偓把酒相看日又曛。韋莊處士不知巫峽夢，蓮花妓〔一〕春來猶見伴行雲。韋氏子

【校記】

〔一〕妓：《全金詩增補中州集》卷四四作「奴」。

郭外

寒食悲看郭外春，雲表〔一〕數聲鴉噪日將曛。潘閬山中舊宅無人住，戴叔倫一樹繁花傍古墳。盧綸

【校記】

〔一〕雲表：《全金詩增補中州集》卷五〇作「王表」。今按，此句出自雲表《寒食日》，見《全金詩》卷八二五。

小桃

桃花依舊笑春風，崔護悵望無人此醉同。趙嘏應是夢中飛作蝶，吕温樹頭樹底覓殘紅。王建

看花

兩岸山花似雪開，劉禹錫開時莫放灩陽回。李商隱明朝攜酒猶堪賞，李涉雨漲春流隔往來。劉商

感花〔一〕

無人不道看花回，劉禹錫猶憶紅螺一兩杯。陸龜蒙曾是管絃同醉伴趙嘏來時歡笑去時哀。韋冰

【校記】

〔一〕《全金詩增補中州集》卷五〇詩題作「感春」。

惜花〔一〕

花樹流鶯日過遲，武元衡少年争惜最紅枝。崔塗何人盡得天生意〔二〕，薛能爲報東風且莫吹。李涉

又

繡軛香轣夜不歸，崔塗看花只恐看來遲。韓偓今朝幾許風吹落，楊巨源多在青苔少在枝。崔櫓

【校記】

〔一〕惜花：原作「惜先」，《全金詩增補中州集》卷四四録第二首，題作「惜花」，從之。〔二〕意：文淵閣本作「態」。

暮春

一年春色負歸期，韓偓緑葉成陰子滿枝。杜牧公子王孫莫來好〔一〕，韓琮如今不似洛陽時。崔櫓

【校記】

〔一〕來：《全金詩增補中州集》卷五〇作「求」。

送春

可憐寥落送春心，高駢負郭依山一徑深。李涉燕子不歸花著雨，韓偓小溪猶憶去年尋。山谷

又

二月已破三月來，杜子美常嗟物候暗相催。樊晃幾時心緒渾無事，李商隱終日傳杯不放杯。山谷

遣興

讀徹閑書弄水回，趙嘏緑楊移傍小庭栽。成文幹〔一〕閉門盡日無人到，韋莊便有春光四面來。邵謁

【校記】

〔一〕成文幹：《全金詩增補中州集》卷五〇作「文幹」。今按，此句出自成文幹《柳枝辭》九首之五，見《全唐詩》卷七五九。

下樓

繡簾珠户未曾開，東坡。却向春風領恨回。李山甫。行到中庭數花朶，劉禹錫。遥聞語笑自空來。李端。

招飲

當時朝士已無多，劉禹錫故里心期奈别何。羊士諤不用憑欄苦回首，杜牧且來花裏聽笙歌。東坡

春感

歲歲無如老去何，劉長卿東城南陌强經過。謝皎然不知誰唱歸春曲，曹唐斷得人腸不在多。王建

春怨

已恨東風不展眉，段成式落花惆悵滿塵衣。趙渭南與君試向江邊覓，東坡贏得悽凉索漠歸。吴融

約同歸

故國煙花想已殘，盧弼浮生各自繫悲歡。司空圖青山一道同雲雨，王昌齡步步相攜不覺難。劉禹錫

江村

夜添山雨作江聲，羊士諤緑暗紅藏江上村。韋莊何處人間似仙境，劉禹錫寥寥一犬吠桃源。劉長卿

送客之江陵

獨上江樓思渺然，趙渭南故人去後絶朱絃。山谷西南一望和雲水，竇鞏入郭登橋出郭船。羅隱

贈别

蕭蕭落葉送殘秋，權德輿樓上黄昏欲望休。李商隱滿目暮雲風捲盡，陸龜蒙亭亭孤月照行舟。蓋

嘉運

又

洞庭風軟荻花秋，鄭德璘客散江亭雨未休。岑參南去北來人自老，杜牧此中離恨兩難收。魏野

又

誰家紅袖倚江樓，杜牧白袷行人又遠遊。陸龜蒙今夜不知何處泊，權德輿青山萬裏一孤舟。劉長卿

秋懷

八月霜飛柳遍黄，盧弼鳥鳴山館客思鄉。薛逢十年馬足知多少，雍陶地角天涯不是長。張建封妾

洛中

洛陽猶自有殘春，劉禹錫水北原南草色新。張籍山酒一巵歌一曲，許渾不能回避看花塵。趙渭南

洛中感舊

千里江山一夢回，盧中悔緣名利入塵埃。雍陶年光到處皆堪賞，令狐楚誰與愁眉唱一杯。山谷

席上

春風寂寞旆旌回，武元衡兩度天涯地角來。雍陶重到笙歌分散地，杜牧與人頭上拂塵埃。李山甫

憶昔

憶昔争遊曲水濱，王駕當軒下馬入錦茵。杜子美如今不似時平日，王建風起楊花愁殺人。李益

送客之荆南

千山紅樹萬山雲，韋莊山鳥江楓得雨新。雍陶我自飃零是羈旅，東坡不堪仍送故鄉人。顧非熊

南征

兩行旌旆接揚州，李涉烽火城西百尺樓。王昌齡九姓如今盡臣妾，趙嘏青天猶列舊旄頭。汪遵

老將

蓬根吹斷鴈南翔，盧弼曉鼓鍾中兩鬢霜〔一〕。趙嘏獨倚關亭還把酒，杜牧不堪秋氣入金瘡。盧綸

又

憐君一見一悲歌，劉長卿破虜曾輕馬伏波。趙嘏今日寶刀無殺氣，朱冲和太平功業在山河。吴融

又

門前不改舊山河，趙渭南淚落燈前一曲歌。李群玉更把玉鞭雲外指，韋莊只緣君處受恩多。朱冲和

【校記】

〔一〕鍾：《全金詩增補中州集》卷五〇作「聲」。

感征夫家

臂上彫弓百戰勳，王維居延城外又移軍。令狐楚不知萬里沙場苦，高駢猶自笙歌徹曉聞。王建

從軍

萬里還鄉未到鄉，盧綸受降城外月如霜。李益誰家營裏吹羌笛，蓋嘉運不是愁人也斷腸。戴叔倫

聞角

鐵馬狐裘出漢營，常建瘴雲深處守孤城。劉禹錫無端遇著傷心事，吴融嗚軋江樓角一聲。杜牧

聞笛

山頭烽火水邊營，來鵠祇有牛羊與馬群。蓋嘉運羌笛何須怨楊柳，王之涣忍教嗚咽夜長聞。趙嘏

漢女

大邊物色更無春〔一〕，蓋嘉運碧玉芳年事冠軍。楊巨源人世死前惟有别，李商隱陽臺去作不歸雲。趙渭南

【校記】

〔一〕大：《全金詩增補中州集》卷五〇作「天」。

有别

長對春風裛淚痕〔二〕，《才調集》殷紅馬上石榴裙。張謂〔三〕無端更唱關山曲，王表哀怨教人不忍聞。蓋嘉運

【校記】

〔一〕裛：文淵閣本作「拂」。〔二〕張謂：文淵閣本作「張諤」。今按，此句出自張謂《贈趙使君美人》，作「桃紅馬上石榴裙」，見《全唐詩》卷一九七。

怨别

書來未報幾時還，竇鞏終日昏昏醉夢間。李涉别易會難長自歎，韓偓不堪重過望夫山。真氏

寄遠

桃李年年上國新，李益單于鼓角隔山聞。馬逢一行書信千行淚，王駕不是思君是恨君。武元衡

恨别

悽悽長是别離情，韋莊冰簟銀牀夢不成。温庭筠昨夜秋風今夜雨，盧綸篝燈愁泣到天明。韓偓

又

君問歸期未有期，李益邇來中酒起常遲。韋莊山長水遠無消息，李涉〔一〕指點庭花又過時。韓偓

【校記】

〔一〕李涉：原脱，據文淵閣本補。今按，此句出自李涉《六歎》，見《全唐詩》卷四七七。另，《全金詩增補中州集》卷五〇作「鴻來鴈度無消息」，注撰者「駱賓王」，誤。

感舊

流鶯驚起不成棲，陸龜蒙入到繁華夢覺時。崔塗人面只今何處在〔一〕，崔護魏公懷舊嫁文姬。舒元

又

碧欄干外繡簾垂，韓偓曾識雲仙至小時。李涉見我佯羞頻照影〔二〕，李商隱滿頭猶自插花枝。劉德

又

九陌初晴處處春，趙渭南日高深院斷無人。李商隱尊前花下長相見，劉夢得宋玉東家是舊鄰。王碩〔三〕

【校記】

〔一〕在：《全金詩增補中州集》卷五〇作「去」。〔二〕照：原作「點」，《全金詩增補中州集》作「顧」，此從文淵閣本。〔三〕王碩：原作「張碩」，此從文淵閣本。今按，此句出自王碩《和三鄉詩》，見《全

唐詩》卷七二六。

代送别

隴上流泉隴下分，崔涯目隨征鴈過寒雲。李涉人生適意無南北[一]，王介甫莫向陽臺夢使君。戎昱

【校記】

[一]人生適意無南北：此句出自《王安石集》卷四《明妃曲》二首之二，「適意」作「失意」，然諸本皆如此，或莊靖化用原詩而出新意，姑仍之。

悼征婦

萬里行人尚未還，儲嗣宗百年多在别離間。盧綸當時驚覺高唐夢，李涉爲雨爲雲過别山。李群玉

春夜

春風二月落花時，武元衡憶得前年君寄詩。崔道共道人家惆悵事，牛僧孺向燈彎盡一雙眉。韓偓

睡起

萬轉千回懶下牀，崔氏不辭䳬鴂妬年芳。李商隱酷憐一覺平明睡，羅隱枕破施朱隔宿妝。薛能

無睡

江南江北望煙波，劉禹錫顰黛低紅别怨多。李群玉盡日傷心人不見，許渾臥來無睡欲如何。李商隱

謾書

已共紅塵跡漸疎，李九齡畫簷愁見燕歸初〔一〕。徐凝無端有寄閑消息，杜牧之腸斷蕭娘一紙書。崔氏

【校記】

〔一〕畫簷：《全金詩增補中州集》卷五〇作「畫簾」。

寄情

年光空感疾如流，吴商浩〔二〕同向春風各自愁。李商隱有境牽懷人不會，齊己落花深處指高樓。權德輿

又

曾留宋玉舊衣裳，李群玉雲雨巫山枉斷腸。李太白不爲傍人羞不起，西廂崔夜來新惹桂枝香。裴

思謙

又

寂寥滿地落花紅，京兆女子獨倚欄干花露中。趙嘏征客未來音信斷，張泫年年回首泣春風。王滌〔二〕

【校記】

〔一〕浩：原作「誥」，此從《全金詩增補中州集》卷五〇。今按，此句出自吴商浩《水樓感事》，作「年光空感淚如流」，見《全唐詩》卷七七四。〔二〕王滌：原作「王滌」，文淵閣本如之，誤；《全金詩增補中州集》作「王傑」，亦誤。今按，此句出自王滌《和三鄉詩》，作「年年迴首向春風」，見《全唐詩》卷七二六。

秋夜

擲卻風光憶少年，顧況多生信有短因緣〔一〕。鮑生妾欲知此恨無窮處，羅虬〔二〕星落銀河月半天。趙象

【校記】

〔一〕生：文淵閣本作「情」。〔二〕羅虬：原作「羅蚪」，此從《全金詩增補中州集》卷五〇。今按，此句出自羅虬《比紅兒詩》，見《全唐詩》卷六六六。

有感

風輕簾幙燕争飛，《才調集》到處煙花恨別離。韋莊 倚柱尋思倍惆悵，張泌 映人匀却淚胭脂。韓偓

戲答

公子王孫逐後塵，崔郊 近來方解惜青春。鄭谷 春心不愜空歸去。滕傳嗣 長伴吹簫別有人。劉禹錫

戲遣

雨散雲收一餉間，真氏 不知何處入空山。盧綸 慇懃好取襄王意，戎昱 下蔡城危莫破顏。李商隱

又

枉破陽城十萬家，李商隱 門前初下七香車。王維 自緣今日人心別，鄭都官 隔坐剛抛荳蔲花。軍倅

偶見

莫愁還自有愁時，李商隱 眉斂春山知爲誰。東坡 含淚向人羞不語，崔涯 芙蓉頭上綰青絲。李涉

又

滿身花影倩人扶，陸龜蒙清潤潘郎玉不如〔一〕。楊巨源畢竟多情何處好，韋莊庾樓明月墮雲初。趙渭南

又

雲鬢朝來不欲梳，徐凝娉娉嫋嫋十三餘。杜牧之分明記得曾行處，方干看遍花枝盡不如。趙嘏

【校記】

〔一〕潤：《全金詩增補中州集》卷五〇作「澗」。

聽歌

清歌空得隔花聞，楊巨源寂寞堂前日又曛。趙嘏共待夜深聽一曲，戴叔倫女兒絃管弄參軍。薛能

寄懷

愁雲漠漠草離離，竇庠去國還家一望時。韓琮幾度相思不相見，武元衡雪中梅下與誰期。李商隱

秋怨

且將團扇暫徘徊，王昌齡淚滴閑堦長緑苔。鄭谷春色似憐歌舞地，姚合不論時節遣花開。東坡

悲故宫人

雲慘煙愁苑路斜，孟遲宫鶯銜出上陽花。雍陶朱鉛滴盡無心語，張祜生死深恩不到家。竇鞏

懷古

暮雲宫闕古今情，韓琮芳草長含玉輦塵。韓偓春意自知無主惜，崔櫓落花猶似墮樓人。杜牧

舊遊

山南山北雨濛濛，韋莊十載長安似夢中。李涉今日獨來張樂地，劉禹錫故人墳樹五秋風。杜牧

關中

嶽北秋空渭北川，司空圖一村桑柘一村煙。韓偓行人莫訝頻回首，貫休記得春深欲種田。薛能

過梅溪舊居

遠到音書轉寂寥，徐凝青山隱隱水迢迢。杜牧之村園門巷多相似，雍陶花落梅溪雪未消。靈澈

登山陽郡樓

將軍一去泣空營，乾符童謡槐柳蕭疎繞郡城。羊士諤試上高樓望春色，李涉落花流水嘆浮生。温庭筠

王公樓上會飲

詩酒能消一半春，趙嘏紫微才調復知兵。崔道融黄河九曲今歸漢。薛逢獨上高樓故國情。羊士諤

送客之南宫

蕭蕭風竹夜窗寒，武元衡書劍催人不暫閑。杜巖對酒已成千里客，盧綸斷腸聲裏唱陽關。李商隱

答籌堂

一夕秋風白髮生，《才調集》相思迢遞隔重城。李商隱前歡往恨分明在。韓偓贏得青樓薄倖名。

杜牧

夜集

金鳳羅衣濕麝薰，韋莊裝成掩泣欲行雲。戎昱傍人未必知心事，劉皁一曲狂歌酒百分。高駢

戲書

春風何處有佳期，武元衡花滿西園月滿池。高駢料得也應憐宋玉。李商隱東鄰牆短不曾窺。段成式

重九

事去人亡跡自留，劉長卿白雲猶似漢時秋。岑參如今暫寄尊前笑，劉禹錫明日黄花蝶也愁。東坡

十日遣興

露葉如啼欲恨誰，劉禹錫曉庭空繞折殘枝。鄭谷芳尊有酒無人共，趙嘏臥看南山改舊詩。韋莊

古城

東風漸急夕陽斜，朱鵠馬上懷中盡落花。薛能腸斷入城芳草路，韋莊孤煙起處是人家。東坡

送行

天涯方歎異鄉身，韋莊雲別青山馬踏塵。趙渭南欲問孤鴻向何處，李商隱依依還似北歸人。東坡

宫柳

寒食東風御柳斜，韓翃〔一〕輕盈嫋娜占年華。劉禹錫試看三月春殘後，李山甫不見人煙空見花。韓偓

【校記】

〔一〕韓翃：原作「韓翃」，此從《全金詩增補中州集》卷五〇。今按，此句出自韓翃《寒食》，見《全唐詩》卷二四五。

對花

盡是劉郎去後栽，劉禹錫爲誰零落爲誰開。嚴惲風流才子多春思，戴叔倫半醉閑吟獨自來。高駢

宿横望

遠上寒山石徑斜，杜牧之月臨荒戍起啼鴉。高蟾故鄉今夜思千里，高適每到花時不在家。張祜

妓爲尼

無地無媒只一身，趙渭南蛾眉畫出月争新。高駢春來削髪芙蓉寺，楊巨源從此蕭郎是路人。崔郊

新居

每憶雲山養短才，雍陶蓬門今始爲君開。杜子美落花寂寂黄昏雨，韋莊依舊去年雙燕來。趙渭南

寒食野外

浮雲飛盡日西頹，韋檢莫向花前泣酒杯。趙嘏獨上郊原人不見，成文幹野風吹起紙錢灰。吴融

贈别

緑柳纔黄半未匀，楊巨源灞橋攀折一何頻。皇甫冉相逢且莫推辭酒，白樂天明日忽爲千里人。劉禹錫

柳

還到春時别恨生，張泌渭城朝雨浥輕塵。王維自家飛絮猶無定，羅隱不解迎人只送人。皇甫冉

惜春

自有林亭不得閑，温庭筠長安豪貴惜春殘。東坡〔一〕晚來風起花如雪，劉禹錫爲問無情歲月看。高蟾

【校記】

〔一〕東坡：《全金詩增補中州集》卷五〇作「昌黎」。

春望

半似羞人半忍寒，韓偓風和時拂玉欄干。段成式門前不見歸軒跡，錢起强把花枝冷笑看。張祜

寒食夜雨

風景依稀似去年，趙渭南鳥啼花發柳含煙。顧況夜深斜搭鞦韆索，韓偓獨向簷牀看雨眠。雍陶

早行

一聲歌盡各東西，趙渭南花外煙濛月漸低。陸龜蒙馬上政吟歸去好，韋莊山山樹裏鷓鴣啼。張籍

過友人別墅

少遊京洛共紅塵，李益依舊瓊林照映人。山谷且向白雲求一醉，戴叔倫麻衣草坐亦終身。靈澈

不遇

來往風塵共白頭，戴叔倫誰人肯向死前休。韓退之直教桂子落墳上，賈島富貴何嘗潤髑髏。山谷

又

豈有文章動聖君，丁謂欲將書劍學從軍。温庭筠平生名利關身者〔一〕，翁綬執戟官資笑子雲。孫僅

【校記】

〔一〕者：文淵閣本作「計」。

隱居

此去秦關路幾多〔一〕，李商隱中原無鹿海無波。吴融荷蓑不是人間事，李涉造物小兒如子何。東坡

【校記】

〔一〕此：《全金詩增補中州集》卷五〇作「北」。

訪隱者不遇

忽聞春盡强登山，李涉却笑孤雲未是閑。施肩吾
惆悵仙翁何處去，高駢尋真不見又空還。韋應物

懷韓居士

烏巾年少歸何處，姚合陵谷依然世自移。李涉
上天下地鶴一隻，高駢還在人間人不知。東坡

古道人

鶴骨飃飃紫府仙，東坡香風引到大羅天。牛僧孺
無人寂寂春山路，李群玉洞在清溪何處邊。張顛

遊仙

霧爲襟袖玉爲冠，韓偓委佩低簪彩仗間。劉禹錫
上界真人足官府，韓退之不如歸去舊青山。東坡

李道者

麻衣年少雪爲顔，施肩吾聞説經旬不啓關。韓偓
弄玉已歸蕭史去，趙嘏洞門深鎖碧窗寒。高駢

仙廟

桂冷松香十里間，康求水晶如意玉連環。李商隱年年笑伴皆歸去，盧綸門對寒流雪滿山。韋應物

又

殿臺渾不似人寰，唐永[一]花態嬌羞月思閑。李涉高坐寂寥塵漠漠，劉禹錫秋風落葉滿空山。謝皎然

【校記】

〔一〕唐永：《全金詩增補中州集》卷五〇將此句所注撰者「唐永」同第三句「高坐寂寥塵漠漠」所注撰者「劉禹錫」對調，抄舛。

女仙臺[一]

上青真子玉童顏[二]，李涉石座苔花自古班[三]。王禹偁雲雨今歸何處去，竇庠受人祭享占人山。郭震

【校記】

〔一〕女仙：《永樂大典》卷二六〇三臺字韻引「宋李俊民《鶴鳴集》諸友聯句」此詩作「仙女」。

〔二〕真子：《永樂大典》作「真女」。　〔三〕座：《永樂大典》作「坐」。

聽琴

蟬鬢慵梳倚帳門〔一〕，劉皁〔二〕抱琴花夜不勝春。趙渭南不應更學文君去，李昌鄴擬作梁園坐右人。劉禹錫

【校記】

〔一〕倚帳門：《全金詩增補中州集》卷五〇作「悵倚門」。　〔二〕劉皁：《全金詩增補中州集》作「劉皁」，文淵閣本作「劉卓」。今按，此句出自劉皁《長門怨》三首之三，見《全唐詩》卷四七二。

重九日

二十餘年别帝京，劉禹錫可能朝市汙高情。韓偓秋光何處堪消日，李泫漫繞東籬嗅落英。東坡

九日戲幕賓

一任斜陽送客愁，沈彬〔一〕邊鴻不到水南流。劉禹錫自從身逐征西府〔二〕，張祜破帽多情却戀頭。東坡

【校記】

〔一〕彬：原脱，據《全金詩增補中州集》、文淵閣本補。今按，此句出自沈彬《再過金陵》，作「一任斜

陽伴客愁」，見《全唐詩》卷七四三。〔二〕西：《全金詩增補中州集》卷五〇作「南」。

晚菊

白露寒花自繞籬，羊士諤從他桃李笑開遲。冉宗敏一年秋色吟中過，沈彬門外重陽過不知。齊己

十日對菊

籬菊香寒晚吹笙，孫僅可憐榮落在朝昏。李商隱浮生也共花無别，杜光庭不受陽和一點恩。李山甫

梅

我今移爾滿庭栽，韋莊不向東風怨未開。雍陶回首看花花欲盡，高駢北人初識越人梅。東坡

落梅

每到花時把酒杯，韓偓暮天何處笛聲哀。趙渭南縱然一夜風吹去，司空文明不恨彫零却恨開。杜牧之

塞上

古溝芳草起寒雲，許渾斷續鴻聲到曉聞。令狐楚萬里江山今不閉，李益死生同恨舊將軍。高駢

登樓

東池送客醉年華，吕温獨倚危樓四望賒。李九齡日暮鳥啼人散盡，吴融輕風細雨落殘花。武元衡

花期不赴

雲泥豈合得相親，戎昱還把閑吟慰病身。丁謂一種是春長富貴，杜子美有愁人有不愁人。來鵬

醉眠

糁徑楊花鋪白氈，杜子美日西鋪在古苔邊。王建滿山明月東風夜，韓偓留與遊人一醉眠。鄭穀

山中偶得

棄擲功名脱屣間，孫僅東風吹雨過青山。盧綸行人莫話金章貴，鄭谷久許孤雲作往還。義先

夜飲

虚榻吟窗更待誰，王禹偁酒無多少醉爲期。東坡明朝騎馬摇鞭去，楊憑會有求閑不得時。王建

《莊靖集》卷六。

寄趙楠

余閲《承安庚申登科記》三十三人，革命後獨與高平趙楠庭幹二人在。一日邂逅於鄉邑，哽咽道舊。壬寅五月，庭幹復挈家之燕京，感慨忍淚，書五十六字寄之。

試將小録問同年，風采依稀墜目前。三十一人今鬼録，與君雖在各華顛。君還攜幼去幽燕，我向荒山學種田。千里暮鴻行斷處，碧雲容易作愁天。《莊靖集》卷八《題登科記後》。

題歲寒堂詩〔一〕

家貧子幼如月魄，煩惱林中世途惡。荒墳木拱淚不乾，野店天寒孤莫托。歸來扶杖雪滿梳，山頭化石猶望夫。萱堂忘憂忘亦得，孝哉一雙反哺烏。《莊靖集》卷八《歲寒堂記》。

【校記】

〔一〕《（成化）山西通志》卷一六《集詩》録此詩題作「樂節婦」。今按，歲寒堂系澤州參謀劉禎爲其母

節婦欒氏所建。

集外補遺

贈張仲一

丹鳳啣書下九霄，山城和氣動民謡。久潛龍虎聲相應，未戮鱣鯢氣尚驕。萬里江山歸一統，百年人事見清朝。天教老眼觀新化，白髮那堪不肯饒。元王惲《秋澗先生大全文集》卷八二《中堂事記》下，《四部叢刊》本。

龜鏡山人陳時發

刳腸千歲龜，照膽百鍊鏡。我猷龜我告，我語鏡我應。龜由是可命，鏡由是可聽。既到龜鏡前，請向龜鏡問。《永樂大典》卷三〇〇四人字韻引李俊民《鶴鳴集·龜鏡山人陳時發》，中華書局一九九八年，第二册一七一六頁。今按，《莊靖集》卷一〇載有《龜鏡山人陳時發屏風》，詩失收。

紙詩

慇懃翰林主，揮掃驚風雨。滴滴是玄珠，點破先生楮。《永樂大典》卷一〇一一一紙字韻引李俊民《鶴鳴集·紙詩》,《海外新發現》本,上海辭書出版社二〇〇三年,第二八六頁。

宿仙山朝元觀題示

太行北走開四門,川原落落風煙屯。仙山西峙如虎踞,石嶺東抱猶龍奔。道林中盤百餘畝,顧揖殿寢何雄尊。仙翁得仙事惝恍,碧霞洞主元元孫。百年朝元去不返,寶籙秘泄風雷燉。陰靈訶護石壇古,老雨留漬蒼苔痕。緬懷矯矯東瀛老,變化能大天溟鯤。謝公本是濟時具,誰使臥老東山墩。豐碑不愧蔡邕筆,且拜遺像儼以温。我來夏交樹陰翳,萬橘翠瑣分蘭蓀。平生素有林壑癖,苦厭闤闠埃霾昏。每來福地愛瀟爽,跬步乃與仙凡分。山川景氣得人勝,喜對羽客開清尊。夜深静臥日東出,林影布地翻瑶琨。天風吹空萬籟息,明星當上手可捫。恍然人境兩奇絶,月露一洗清心魂。世間塵土幾千丈,有夢不到瑶臺垠。人生幾何胡不樂,倒自踼束駒服轅。惜哉清景不可駐,一聲啼鴂開林煙。來朝人事隨日出,坐看蟻穴蜂衙喧。

《(乾隆)鳳臺縣志》卷一七,《中國地方誌集成》本,鳳凰出版社二〇〇五年。

剛忠公

剛忠公,姓名及出處未詳。約與李俊民同時。兹輯一首。

悼恒山公

未除妖氣斗牛間，一夜長星落將壇。天意欲將全節畀，人心無奈此時寒。斷頭那肯降朱泚，血指誰思滅賀蘭。立盡太行山上石，我公忠烈不容刊。金李俊民《莊靖集》卷二《和子榮悼恒山韻》附。今按，宣宗興定四年二月，詔令封苗道潤等河朔豪强九人，各爲公爵，兼宣撫使，賜號「宣力忠臣」，總帥本路兵馬，署置官吏，征斂賦税，賞罰號令，便宜行事，以抵禦蒙古。其中，「真定經略使武仙爲恒山公」。見《金史》卷一一八《苗道潤傳》《武仙傳》。

陳仲和

陳仲和，遼太師之後，以蔭補官，累階三品。喪亂之際，年六十餘，與鶴鳴李俊民相會於澤州山陽，有詩唱和。兹輯佚句二。

失題

飽諳世事慵開口，會盡人情只點頭。金李俊民《庄靖集》卷四《贈陳仲和》：「吾友仲和，故遼降虎太師之後，以蔭補官，累階三品。喪亂之際，相會於山陽，年六十有二。神閑而意適，手持數珠，日誦佛書不輟，真髮僧也。因誦云云之句，以此意索詩，因書以示之。」詩云：「百年浮世落花風，漆水榮華一夢空。拈起數珠都忘卻，大千沙界入圓融。」

新編全金詩卷九二

楊弘道 一

楊弘道，字叔能，淄川（今山東省淄博市淄川區）人。少孤，就學鄉里。興定五年，赴試京師，未第。其《幽懷久不寫》《甘羅廟》等詩，甚爲趙秉文、楊雲翼、元好問推許。及往關中，諸名流紛紛以詩贈别，由是名重天下。正大元年，以蔭監麟遊縣酒税。金末避兵，南下飄泊荆楚，嘗爲襄陽府學教諭，繼攝唐州司户。歲乙未（南宋端平二年、蒙古太宗七年、一二三五）十二月北還，寓家濟源。元至元九年，名士王惲言其年八十有三，窮君守道，垂老丘園，合照莊靖李俊民恩例，乞賜處士先生之號云。[①] 此後不久卒。遺山評曰：「貞祐後詩學爲盛，洛西辛敬之、淄川楊叔能、太原李長源、龍坊雷伯威、北平王子正，皆號稱專門。」[②]著有《小亨集》十五卷，四庫館臣從《永樂大典》殘存輯出，釐爲六卷。

楊弘道詩載《小亨集》，以文淵閣四庫全書本爲底本，校以文津閣本四庫全書本（文津閣本）等。兹輯二百九十首。

①元王惲《秋澗集》卷八七《儒士楊弘道賜號狀》，《四部叢刊》本。
②《遺山先生文集》卷三六《小亨集引》，《四部叢刊》本。

有關文獻。

四言古詩

蓄川

蓄川膴膴，閑田可耕。孰非人子，耕我先塋。蓄川膴膴，閑田可藝。孰非人子，藝我塋域。皇天後土，日月照臨。汝耕汝藝，行者傷心。姦回自終，可按可考。利見大人，全我孝道。

五言古詩

古興二首

貞松千歲質，挺生喬嶽陰。青崖樵徑絶，斤斧胡能侵。來者不可測，禍福常相尋。狂風吹暴雨，倒瀉江海深。霹靂根半斷，直幹猶森森。無人爲扶持，默傷仁者心。

平原陷爲湖，浩蕩迷津步。中有斷纜舟，楫舵失先具。風濤無定期，浮沉付冥數。忽忽已三年，未知止泊處。余生天地間，正可以此喻。春郊麥將枯，吁嗟望雲霧。

遣興

庭草泫晨露，孝心悽以悲。清溪有蘋藻，誰當採擷之。黄金入富室，務積不務施。孤鳥東南飛，巢在西北枝。

雜興

槐檀出新火，金鼎羹大胾。螢尾有微明，誰責烹飪事。日月澈層波，老蚌含珍異。采之光照乘，魚目難擬議。李白桃夭夭，上苑春明媚。雨露成嘉實，燕賞歌既醉。無名閑草花，開落自榮悴。莊周談天倪，坰野非棄置。

幽懷久不寫一首效韓子此日足可惜贈彦深

幽懷久不寫，鬱紆在中腸。爲君一吐之，慷慨纏悲傷。辭直非謗訐，辭誇非顛狂。流出肺腑中，無意爲文章。兒時捧書卷，十日讀一箱。少年弄柔翰，開口吐鳳凰。正月號悲風，繐帷掛萱堂。先君官汝陰，九月飛嚴霜。纍纍二十口，丹旐迴南方。余年十一，正月喪母，九月喪父，哀哉。

有叔不讀書，但知禽色荒。呼盧畜鷹犬，置我遊戲場。珠璧不受汙，拂拭增耿光。鬱鬱弭南溪，絳帳縣郡庠。組繡合尺度，道業傳諸生。摳衣無幾何，叉手一韻成。南溪具酒饌，列坐子姪行。青綾覆我身，醉臥家人傍。雲間陸士龍，秋試獨騰驤。南溪先生之弟庭賢，名天瑞，嘗爲益都府經義都魁。明年桂枝春，兄弟雙翱翔。半途失明師，欲濟無舟航。故人何元理，《中庸》。白日照忠誠。勸我從延賞，然後學明經。三年走遼碣，險阻實備嘗。鯨鬣地軸傾，狼狽歸故鄉。鐵馬逐人來，蹴踏般溪冰。朔風振屋瓦，巷陌屍縱横。鳴鏑射迴鴈，冰消溪水清。親朋半凋落，殘月依長庚。婉婉兩稚子，面黥刀劍瘡。田園幸無恙，出郭依農桑。鋤耰干戈裏，三稔無積倉。一官調神京，妻子不得將。風塵復澒洞，齊魯多豺狼。賡歌無家别，揮淚哭途窮。李侯藝九畹，早播芝蘭香。奇字來無趾，側耳屬垣牆。粧鈿剪翠羽，墮珥捨明璫。綴緝不憚煩，既成衣與裳。一朝忽變化，頭角高軒昂。男兒可如此，陋質傾高風。庶幾困而學，否極承變通。師説無賢鄙，事業有專工。苟欲爲貿易，入市審鞠躬。恩袍映野草[一]，道與人俱東。負笈遠方來，岐路無修長。拂衣叩君門，樹屏遮長廊。温言當八珍，令色充壺觴。遠來誠饑渴，蔓説辭乞漿。秉心在黑白，掉舌談青黄。臉紅眼尾斜，引手摩匡牀。自惟珷玞石，不中珪與璋。君家杵臼閑，何事舂粃糠。乃知畜奇貨，韞匵方深藏。仕途得捷逕，改轍歸大商。紛紛輕薄子，仁義久已亡。彼非仁義器，仁義何可當。夫子青雲姿，疑似令人驚。在我固自存，爲君惜清名。冰雪正凝沍，屈指迴春陽。皓鶴毛骨輕，雲静天蒼蒼。

【校記】

〔一〕恩：文津閣本作「青」。

遊寧山寺入小敷谷

層層窣堵波，建標梵王家。寶殿倚絶壁，柏逕通門斜。入山石巃嵸，峽路銜犬牙。長溪轉白龍，架溜行青蛇。迅激巨輪翻，濺瀑生石花。出山望平野，天粘蒺藜沙〔一〕。暝色自遠至，青林欲棲鴉。蟬聲促歸思，亂響如繅車。

【校記】

〔一〕粘：原作「鮎」，此從文津閣本。

大名贈員善卿

小年嘗學詩，中年多詩友。員子豪於詩，而復豪於酒。不知何所見，愛我心過厚。報之以新詩，金石非堅久。

贈李正甫

富貴侈車服，鮮麗生光輝。貧賤竊慕之，勉强終亦非。東家借駿馬，西家借新衣。顧盼驕路人，識者多笑譏。貧賤當勤劬，富貴起細微。俸秩既豐厚，不復布與韋。詩人有佳句，剽盜相因依。逮其能已出，此道方庶幾。

贈季尊師

季君本神人，冥晦居山中。還丹九轉成，顔色如兒童。致虚感元氣，語默與天通。頻歲傷水旱，下民食不充。祈求降雨澤，呼召生雷風。上帝聞其賢，行事多陰功。策名紫虚府，進位稱仙公。騎龍上天去，此樂無終窮。

城隅有一士

南山一何高，北渚青茫茫。可憐佳麗地，荆棘三十霜。芟夷營大宅，列肆來群商。倡優日歌舞，鞍馬照地光。城隅有一士，垝垣繚茅堂。習坎失生理，家人知義方。貌言外卑遜，節行中貞剛。荒凉衆所棄，上帝歆其香。

洛陽别友

群居人間世，品彙各相索。性外更無物，樂處當自識。東州有詩翁，西州有文伯。欲往不計程，相逢心莫逆。茗酪以爲飲，粱肉以爲食。古今入商訂，經傳争辯析。西風旦夕來，面上無畏日。何以詫妻孥，歸裝滿詩什。

般水

般水出南山，輩行澠與淄。雖然未知名，亦有神司之。惟人神之主，主亂荒神祠。冥冥西南去，河伯多禮儀。泝流接伊洛，涇渭同遨嬉。漆沮品秩下，不敢相追隨。朅來通漢沔，增大西南時。泓澄潛怪珍，名號遐方知。馮夷御白馬，導我朝天池。長淮湧巨浪，陰獸翻修鬐。蹭蹬返故溪，歲旱流如絲。敢論尾閭泄，甘受蹄涔欺。三山興雲氣，擁掩從靈旗。云是東海君，按節巡方維。不言恐失人，自獻誠非宜。二者當處一，故作般水詩。

經歷司北軒外新竹房經歷周卿請予賦之。

高人例愛竹，居必置左右。此君有雅操，凜凜歲寒後。黑水埋荒煙，川闊多胤胄。楚山昏瘴雨，石罅挺纖瘦。風俗視樵蘇，斤斧莫恕宥。蓮幕地深嚴，得所逾静秀。青苔春雨足，黄壤潛陽透。瑶楨撲霜粉，稚子解衣繡。羲伯歌朱華，新緑鬱滋茂。群賢贊威德，堡障息烽候。北軒灑蒼雪，飲奕破清晝。我本性介特，禮法以自囿。行年涉强仕，懷玉賈不售。何用羨此君，更積文行富。

玄鳥

太牢祠高禖，墜典今誰修。何處王謝堂，燒痕草芽抽。玄鳥亦自至，故壘不可求。銜泥營新巢，雲海浮蜃樓。甲第金臺傍，過者疑王侯。晨曦明畫棟，珠箔上銀鈎。

石盆石菖蒲

山迴溪流清，瘦莖生九節。參桂伯仲間，芝蘭媿芳潔。重城煙塵昏，客土膏液絶。靈藥不可活，我心方藴結。巧匠刳雲根，汲井注寒冽。青青漸滋榮，歲晚堪采擷。

橙實蠟梅鳳翔普照方丈席上，與竇鶏主簿李時舉同賦。

清霜洞庭實，萬里登君筵。香膚縷黄金，粲粲明秋泉。餘子甘棄置，使與梅争妍。管庫七十家，用則成才賢。

郟城僧院二首示縣令

君昔爲高陵，其治在渭北。烽火照西郊，棲山避鋒鏑。東轅改郟城，浩蕩弄春色。莫厭公事繁，客來方退食。

清晨出都門，西望小峨眉。中途復徘徊，試來一見之。授館蕭寺中，花木榮春熙。竟日無人至，虚庭看遊絲。

送張縣令赴任符離

興定紀年後，治道日修飭。縣令選尤重，非人莫輕得。東陲控淮泗，隱見吴山碧。嘗獲白兔瑞，賀書出韓筆。百里今付君，陽關歌祖席。和風翻行裾，花光照長陌。十年宿重兵，涉春微雨澤。鯨鯢雖陸死，餘孽尚狼藉。二事俱可憂，軍食與民力。君名在蘭省，安能淹此職。勿謂不久留，而遺後人責。常思君子居，一日必加葺。

闒闠子

我本闒闠子，結髮事文章。處世逢厄運，坎軻徒自傷。鷄鳴狗盜間，溷跡潛輝光。凶年大兵後，荒城守空倉。負擔非我事，徒步昔未嘗。四肢不勝勞，憩息坐道傍。仰觀雲悠悠，俯視塵茫茫。東風吹歎聲，麗日爲蒼凉。

凌霄

凌霄失高樹，體弱無所依。幽禽辭其巢，萬里將雛飛。故園霜雪繁，野水稻粱微。孤根幸不死，會有重芳菲。刷羽待高風，要趂花時歸。

鄭縣道中

京東千里平，孟冬如季春。寸草不蔽日，汗滴途中塵。異哉中州地，若與窮髮鄰。誰持種樹書，遍授東京人。

次韻張敏之新居

廢地久不居，荒穢難平治。經營幾朝暮，眼底無棘茨。開門見南山，山若因君移。五言成新詠，初不用意爲。陶謝無異源，韋柳相連枝。平淡含道腴，好味同園葵。賤子少年日，壯志生馬馳。句格喜孤陗，劍鋒白差差。有意不能達，竟日持紛絲。投筆忽自笑，作者安敢期。幸遇斲堊手，運斤與删釐。毁譽不足信，明者貴自知。君昔登瀛洲，物論咸稱宜。忽有萬里行，雨雪歌來思。濟南一茅屋，如在瀛洲時。學道苟無得，淚灑楊朱岐。同年李夫子，尚恨君來遲。萬事一杯酒，共和新居詩。

赴麟遊縣過九成宫

百里蒼山深，地高無畏暑。當時移天仗，巖谷化玄圃。隋唐迭廢興，俯仰成今古。行人過故宫，馬蹄踏柱礎。尚餘粉皮松，野老談女武。玉龍拏層崖，直立嘯風雨。最愛醴泉碑，伯仲厠虞褚。石本遍天下，墨藪刈其楚。年時北風惡，淫火焚邑聚。披榛拾瓦礫，周歲何以處。

稠桑道

悲臺號長風，驚沙暗濁水。枝股百道流，刮削兩崖起。南臥稠桑道，天穽二十里。黄塵深没脛，遊子心欲死。讀書性所樂，困阸苦違己。何日息奔騰，秋堂富文史。

獅子石

奇獸生異域，厥名徒耳聆。百步走魑魅，脞説多不經。世俗或信之，粉繢當户庭。塊然園中石，仿佛奇獸形。强名初不似，園石本頑冥。使君福未艾，百指長康寧。

木芙蓉

南陽氣候温，四序花相續。十月木芙蓉，鮮鮮鏤香玉。花如朝槿妍，葉擬文楸緑。惜哉開既晚，桃李占春煦[一]。

【校記】

[一]煦：原作「旭」，此從《永樂大典》卷五四〇蓉字韻引楊叔能《小亨集》。今按，晉顔闔之《陶徵士

詠》：「晨煙暮靄，春煦秋陰。」見《文選》卷五七。

袁易静春堂木芙蓉

少昊秉秋律，白藏振嚴威。凄其庶物肅，颯然群卉腓。兹花性莫奪，於焉抱貞姿。紛披曲榭陰，布濩蒼沼涯。沚蓮混名族，叢菊相因依。衆芳固殊品，相時各有宜。承露愈幽艷，被霜增華滋。雖微後凋操，詎先秋草萎。臨流誰爲容，倚風猶自持。踟躕翫芳態，爲汝發幽辭。

東坡石鍾山記墨蹟

先生元豐後，筆法陵晉漢。摹擬徧天下，真僞紛相半。嘗經石鍾山，作記濡柔翰。流落百年間，水漬頗壞爛。從何得此本，裝軸成珍玩。卷舒眼增明，百僞莫能亂。夢奠微言絶，箋注多乖叛。先生傳家學，論著入條貫。新經出王氏，但付一笑粲。水經文簡省，陋者亦欺謾。事在耳目外，未可以臆斷。李渤姑無論，道元亦足歎。

繡犬馬圖

乳狗銜雉尾，驄馬繫絲繮。舐筆不敢下，衆史空彷徨。匠人出新意，一寸金針芒。絨縷錯彩色，毛骨浮神光。閨中癡女兒，七夕施新粧。年年拜牛女，乞巧羅酒漿。自從見此圖，不刺雙鴛鴦。

古寺

荒陂廢佛寺，古殿依閑雲。殘僧杖錫去，却駐防河軍。天晴山色遠，地迥河流分。詩成獨立久，壞壁夕陽曛。

玉泉院

密竹不見地，獨園不知門。得門未逢人，絮絮溪聲喧。升階拂塵服，合掌瞻世尊。方袍二三子，磬折禮數煩。飯罷啜佳茗，緩行腹自捫。同遊喜清閟，快飲臥空樽。暗渠出泉眼，細逕通山根。正月筍未生，積葉覆蘇痕。亭午陽光薄，竟日夕陰昏。燃燈照虛室，掃榻眠幽軒。鷄鳴出門去，溪流醒夢魂。據鞍一回首，但見翠浪翻。

祀事不可黷

祀事不可黷，客頻造靈祠。拜跪膝成瘡，堪笑還堪悲。問之默無語，良久方致詞。有身處人間，鬼神疇能知。固當求之人，餘亦嘗求之。千求不首肯，萬求不俯眉。違理而妄求，閉拒固其宜。奈何非妄求，閉拒常如斯。且復祈冥冥，聊以慰所思。言絕仰面哭，涕泗縱横垂。

中庭植梧竹

中庭植梧竹，有意集鸞凰。孤鶴從東來，雪衣曬朝陽。主人驚且喜，拊掌呼獲臧。俾投數粒粟，招鶴下堦傍。鶴雖不解語，其意或能詳。我非鸞鳳侶，竹梧何可當。亦非黄雀儔，數粒安可嘗。戛然欲長鳴，恐遭彈射傷。左右梳修翎，翻身入雲翔。

靈泉院

長原崩赤土，形醜窮且卑。人靈代天巧，竹樹施屏帷。蔭蔚凝青靄，磨戛生凉飔。隱見阿蘭若，寅奉竺乾師。斸塲插殿腳，洞穴安門楣。凌霄燃明燈，吐焰鬋龍枝。芭蕉駐翠鸞，妥尾靈泉池。方甃流不竭，一片青琉璃。㚟㚟架蒼竹，冰箸縣無時。甘冷怯漱齒，雅與烹茶宜。肘腋野人家，屬屬復離離。聞説員莊好，未竟神已馳。去此無十里，水竹尤清奇。窮通常傍人，落日遊子饑。志願恒滯違，不獨在於斯。滯違亦自佳，庶曰昌吾詩。

晨興

晨興意不釋，茫然坐多時。書帙空插架，盤餐懶拈匙。筋骸厭跧跼，曳履下階基。傷心窗外樹，霜葉寄寒枝。

送仲遠

仲遠豪俠人，蹤跡固超越。舉世皆侏儒，獨有專車骨。我獨何爲者，折節希前烈。嘗進圯上履，屢結庭中韈。今夕祖君行，坐愁長庚没。冷落盤溪雲，相思夷門月。

攬秀亭

微宵媚淑景，國香涣瑶英。蘭畹。流光追飛轍，蕣華爛朝榮。木槿。紅粧蔭翠幰，顔色俱傾城。盆池蓮。清泉漬靈藥，細葉開瘦莖。石盆石菖蒲。蒼頑蹲怪石，虎兕伏威獰。師子石。玄夫時曝背，龜。仙馭能長鳴。鶴。碎金溥露白，菊徑。叢玉摇風清。竹庭。使君衣縫掖，頎然早成名。金紫豈不貴，道重外物輕。觀化一亭中，卒歲娱同情。

杏園詩二首

綈袍倦晴晝，看落瓶中花。朝來借長鞭，走踏平堤沙。杏園一片白，不辨枝横斜。嗟餘出最晚，猶及見春華。

青雲二公子，相約聯鑣出。杏園色憔悴，把酒酹春日。攀枝紛墮雪，嚼蘂香如蜜。花落亦無傷，緑陰催結實。

雲巖

新軒有奇石，既異人多聞。何時名雲巖，小字鐫八分。承以青銅槃，槃底藏清芬。雲根浸新汲，巖竇俄氤氲。客來浄掃地，侍香添竇薫。主人竟無譽，觀者心自欣。物既得所主，在君即屬君。細巨盡如此，不須强云云。壽王辯漢鼎，其説非虚文。雲巖新軒石，香乃雲巖雲。

齒揺三首

齒揺眼始暗，庚甲到知非。菽粟價如土，我獨憂年饑。晨舂汗浹背，暮汲月在衣。弛擔長太息，數口將安歸。

出門登長途，風塵飄短組。到家投空囊，霜月照環堵。同胞陷塗泥，委蜕化黄土。山陽多羈客，有客心獨苦。

我本幽棲士，强賡彈鋏歌。俾汝爲馮驩，所喪亦已多。授書不耕穫，藜羹養天和。白圭有淑質，微玷尚可磨。

詠鶴

雲羅偶見羈，憔悴離江浦。剪羽久乃馴，燒地教之舞。圓吭引清唳，似欲訴心苦。客子居城隅，哀吟淚如雨。

聞有將遊崆峒者示之以詩

塊破兩土山，川狹濁涇注。古城隨地形，南方劣千步。客從扶風來，觸目意甚惡。夢想終南山，時詠退之句。睫毛在眼前，昧者不自悟。十室有忠信，貴耳多賤目。笄頭倚青壁，一舍西郊路。昔在帝軒轅，涿鹿赫斯怒。兇豎爲鯨鯢，一戰正王度。猶慙廣成子，清浄理亦具。兹山嘗駐蹕，北面承教諭。何時起宫室，土木儼像塑。年年夏孟月，虚邑事遊聚。凝粧耀巖谷，浮嵐潤巾屨。高亭參青雲，顯敞快瞻顧。蒼松龍欲飛，廢寺金重布。君侯來西臺，二府傾注措。談辯驚賓筵，戈矛森武庫。名山契真賞，駿馬思並騖。當招列仙䕶，爲解升高賦。

悼亡

賡歌長相思，未歌先淚垂。憶昔初裹頭，娶妻濟水湄。綢繆十載間，憂患雜歡嬉。一朝遭喪亂，倉卒不得辭。荒城落日哭，悲在留兩兒。兒癡誠可憐，鞠養失母慈。再娶般溪上，婦道良同規。願從髮抹漆，得到頭梳絲。奈何同穴志，眷戀方再朞。食貧居難安，一官調京畿。分袂未云久，故里嘷狐狸。凌霄失高樹，化作柔楊枝。摧枯與攀折，寂寥兩不知。沉痛傷人心，出門何所之。路逢翁與嫗，傴僂行相隨。感我少年心，兩度生别離。

赴京

柏舟泛清濟，憭慄晚秋時。畏途愁落日，泝流行苦遲。夷門望不見，籠水牽所思。默坐柁樓底，寸心空自知。

送李正甫赴鄂渚詩

武昌在何方，君今去處是。借問誰同舟，秦氏佳公子。我身非匏瓜，安能長在此。相思復相思，滔滔江漢水。

襄陽送秦才叔赴鄂渚詩

高門多驕子，愛君性温舒。南北分彼此，愛君懷抱虚。黯然倍常情，解纜傷何如。從今槎頭鯿，不及武昌魚。

祝心

祝心同灰冷，祝形同木槁。典衣授衣月，身口交相惱。愁來出郭門，散步入青草。南山亦多情，依然向人好。

東林

翩翩傷弓鳥，日暮擇所托。西林不可棲，東林光沃若。上無梟鳶巢，下無狐狸窟。一枝有餘安，風細蟾光薄。

過燕

正月到季月，常厭風爲政。綈袍脱復著，天氣殊未定。花殘無奈何，麥短農事病。客驅長耳來，道路方且迥。故都廢未久，所尚猶可敬。慷慨憂人憂，不但倚豪勁。今兹歲逢酉，古語庶有證。唯酒可忘憂，朝來風色凈。

歸隱

客從長安來，色沮氣不伸。問之何因爾，憔悴居賤貧。忠誠照肝膈，文彩動詞臣。二者苟有一，亦足售其身。後前莫推挽，坎坷秋復春。嘗欲仗一劍，萬里清風塵。從軍亦云樂，神武知何人。又欲挾一策，强國活斯民。夜叉守天關，帝所高難陳。安能舉進士，得失咸悲辛。十年一主簿，鞭箠還吟呻。安能罔市利，狙詐忘吾真。所得雖倍蓰，愧汗霑衣巾。聞説商洛間，山深風俗淳。自計亦已熟，抱書歸隱淪。窮年讀經史，志一疑於神。天道有反正，豈曰長邅迍。諸君勳業了，我道亦精純。禮儀稽在昔，政化持平均。出山應未晚，日月明昌辰。

代茶榜歸義寺長老勸余作此詩。長老性英字粹中，自號木庵。

東方有一士，來作木庵客。嘗觀貝葉書，奥義初未識。叢林蔚青青，秀出庭前柏。滿甌趙州雪，灑向歲寒質。師席有微嫌，授客遠公筆。俾之贊一辭，智井若爲汲。低頭謝不敏，亦頗習詩律。以詩代茶榜，自我作故實。《小亨集》卷一。

新編全金詩卷九三

楊弘道 二

七言古詩

贈裕之

嘗讀田紫芝麗華行，惜哉紫芝今不存。日者見君詩與文，知君在嵩少，神馬已向西北奔。國家三年設科應故事，君亦不能免俗東入京西門。低頭拜君昂頭識君面，碧天青嶂秋月昇金盆。未省田紫芝，何以稱臞元，乃知紫芝文詞固豐艷。至於題品人物猶作涇水渾。入城市井喧，出城草木蕃。嗟我廢學胸次愈迫隘，但覺擾擾俗物遮眼昏。天下本多事，君子宜慎言。譬之山之鄙人終日木石間，而不見璵璠。

李廷珪墨歌

趙節使治邠，平凉運同知張顯之來，晏於公署之凝香閣。致政張相公在座，余亦與焉。節使出示李廷珪墨，席上試墨，余戲以墨汁瀝酒中飲之。明日出此篇，二老皆有和詩。

軺車下逕川，二老歡忘年。夜寒辟易凝香閣，長檠粲粲金花然。平頭奴子捧漆匣，錫圭入手輕而堅。客卿裔孫滿天下，系出隴西獨稱賢。座中有客慚菲薄，藜莧貯腹空便便。朱提飲盞瀝芳液，玄雲霮䨴浮秋泉。一酌濡夢傳之柔翰，再酌霑蕪穢之靈田。祈禳厭勝古亦有，合座拊掌嗤且憐。君不見將軍飲酣出刀矟，作氣欲斬横海鱣。客卿如靈俾我慧悟加諸前，待渠宣力恢復舊封域，雅什願讀車攻篇。

寄鞏州司農少卿李執剛

潦水已除泥尚濕，疽瘡既平膚尚赤。去年田瑞據鞏州反。細烹糜粥食疲人，明示金科懲暴客。朝廷好爵不輕授，夙夜小心憂重責。政成合還起民謡，一片青青襄武石。

投鄧州節副劉光甫祖謙

仲秋八月離平凉，隴月光寒涇水黄。弱妻抱子乘瘦馬，服玩附行猶一囊。鄠郊藍水不敢住，東南深杳隺嵬藏。洛南十月戎馬嘶，市人散走如驚獐。攜妻抱子竄山谷，倉卒不暇持資糧。山高樹密積葉滑，側足數步顛且僵。倒身枕臂天欲曉，頭上肅肅飛嚴霜。勞筋苦骨數百里，今日得升君子堂。一囊服玩不復顧，數册猥槁情難忘。君能貸我一茅屋，忍饑默待時明昌。

戲答遊麟之

遊麟之，之麟遊，欲去未去邊風秋。鳳翔壁壘壯如鐵，從此始免爲俘囚。驚魂悸魄返其體〔一〕，故當北望山林羞。奈何健筆恣嘲弄，大篇長句令人愁。

【校記】

〔一〕其體：文津閣本作「恒幹」。

若人三首〔一〕

襟懷顔面不相謀，作僞心勞示德休。堂上已棲巢幕燕，堦前猶繫蹊田牛。常居經史爲奇貨，欲陷衣冠入濁流。暗室伏機微笑出，定知人有破家憂。

勢利場中論結交，喣愉便辟僞如毛。乃知貧是試金石，更覺剛欺切玉刀〔二〕。害物陰謀深可畏，附炎諂笑一何勞。布衣脱粟資高臥，洗眼殘年看爾曹。

哀痛淄州城再破，千里蕭條斷煙火。當時逃難逾黄河，二紀歸來非故我。眼前十口不安生，白頭又復辭先塋。若人方寸包藏惡，害物慘於城陷兵。

【校記】

〔一〕此題三首，原分置兩處，第三首編入《小亨集》卷二，另二首編入卷四。《永樂大典》卷三〇〇六人字韻引楊叔能《若人》組詩三首，完整準確，從之。　〔二〕更：文津閣本作「便」。

望南極

老人深居未嘗出，我欲見之不度德。斗量明珠秤稱璧，越羅蜀錦千萬匹。紫沈白檀隨海舶，輯之燎之半天赤。香霧中間嚴奠瘞，如此庶幾見髣髴。汝家搜索有何物，布囊破裂筐底脱。心知不能情未已，夜夜中庭望南極。

題老子廟

乾壕石壕過峻阪，骨煩筋殆思寬平。蒼崖小殿揭金牓，冷泉高樹夕陽明。流俗相傳禱靈藥，妄以沙土欺聾盲。但知經過記歲月，小字壁間題姓名。

甘羅廟

峻阪欲盡長坡迎，後山未斷前山横。甘羅廟下四山合，太始鬼物成天城。道傍一峰立突兀，瘦木上下攢飛甍。此郎片紙附遷史，勳業不足煩題評。尚憐稚齒據高位，因使細人輕晚成。

山間一笑爲絶倒，多少豎子談功名。

南陌梅花詩示張守道守道見和復用前韻

春寒茅屋晨興遲，起來倩人爲折枝。緬懷騷客賦蘭菊，蓋喻忠信期君知。聖賢垂訓惡無禮，東家不敢鑽穴窺。早梅香好動詩興，已恐落英嗟後時。故園桃李委塵土，怨調曾託長相思。小兒蟣蝨滿黄髪，何處亂山尋玉巵。

疑夢

書封圓細書旨勤，書中字字非虚文。鴻鵠垂翅志霄漢，飲啄不肯隨雞群。堂前趨走典謁者，堂上軟語芝蘭薰。出門月朔忽月晦，敬聽命召寂無聞。覆蕉求鹿不知處，自猜身是淳於棼。官街馬過不聞聲，但見飛蓋飄青雲。

鷓鴣

鷓鴣鷓鴣生炎方，有耳未嘗聞北翔。鷓鴣鷓鴣何形色，北人見之應不識。前朝鼓吹名鷓鴣，上稽下考不見書。而今歌舞聞見熟，試爲後生陳厥初。東京有臺高百尺，北望驚吁半天赤。塞垣闗楗夜不扃，河南河北無堅壁。鷓鴣飛入酸棗門，青衣行酒都民泣。長淮東注連海潮，終南山氣參青霄。大田多稼際沙漠，幽州宫闕何嶕嶢。金天洪覆需雲潤，內自封畿外方鎮。霜葉煙花秋復春，妙選細腰踏繡茵。優絲伶竹彈吹闋，主人起舞娛嘉賓。玉帶右佩朱絲繩，牌如方響縣金銀。低頭俯身卷左膝，通袖臂摇前拜畢。露臺畫鼓靈鼉鳴，長管如臂噴宫聲。初如秋天横一鶚，次如沙汀雁將落。紅袖分行齊拍手，婆娑又似風中柳。鶻鵃有節四換頭，每一换時常少休。次四本是契丹體，前襟倏閃靴尖踢。或如趨進或如却，或如酬酢或如揖。或如掠鬢把鏡看，或如逐獸張弓射。蹁躚蹩躠更多端，染翰未必形容殫。主人再拜歡聲沸，酌酒勸賓賓盡醉。僚屬對起相後先，襟裾凌亂争迴旋。鶻鵃爲樂猶古樂，大定明昌事如昨。風時雨若屢豐年，五十年來人亦樂。勿言鄭衛亂雅歌，人樂歲豐如樂何。朱門兵衛森彌望，門外聞之若天上。隗臺梁苑煙塵昏，百年人事車輪飜。倡家蠅營教小妓，態度纖妍渾變異。吹笛擊鼓闤闠中，千百聚觀雜壯稚。昔時華屋罄濃歡，今日樂堋爲賤藝。白頭遺士偶來看，不覺傷心涕霑袂。

懷春怨

妾身可以化石，妾手可以縫裳。薑桂失地而猶辛，桃李非時而不芳。睡起倚門嘗佇立，翩翩蝴蝶過鄰墻。

邂逅

過燕不見世子丹，過趙不見平原君。煩襟清濯易水風，破袖欲拂恒山雲。天生奇才無古今，邂逅辭氣如蘭芬。北遊得此亦可樂，擊築奮鎚何足云〔一〕。過保州，初識郝伯常；過真定，初識高雄飛、劉道濟。

【校記】

〔一〕擊：原作「繫」，此從文津閣本。今按，《史記》卷八六《刺客列傳》：「至易水之上，既祖，取道，高漸擊築，荆軻和而歌。」

金陵徐信之牧牛圖

誰貌吴牛馱牧豎，建業徐生寓深趣。母子孤特失儔侣，行行暫息煙中樹。九十其犉何處尋，或訛或寢隔山林。牽柔折脆方爲劇，詎識離群舐犢心。

贈裕州防禦

皇帝二載歲乙酉，八月花川墮天狗。田瑞據鞏州反。宥親釋黨可攻心，田瑞之父在甘谷，釋不殺。結趙連蜀憂掣肘。運芻輸粟正嗸嗸，擐甲執戈徒赳赳。聊城朝飛仲連箭，矯制赦城中。夏人暮擲惠琳首。借籌功大克渠魁，失馬過輕傷利口。防禦時爲行省郎中，陝西和買馬在鞏州，城降多爲將士掠取之，坐此而罷。天鑒長懸日月明，皇恩更賀丘山厚。萬家特旨畀韋虎，千里長謡得杜母。憶昔軺車到鳳翔，特遣朱衣邀馬走。金刹刳橙催賦詩，鳳翔曾照方丈席上，請余賦橙實蠟梅。銀盃行酒無停手。許遊蓮幕厠英髦，欲瀉蘭湯洗塵垢。武陵回首山縱横，薦福打碑雷震吼。余到平凉，防禦已罷職。馬首東之詎可留，雞肋空持復何有。嘶風驚聞沙塞馬，挈家來覓商巖叟。控弦突騎若憑虛，戰格連雲如拉朽。洛南屠滅彼何辜，渾谷奔忙誰敢後。仰攀危磴蝸篆壁，下墜深阬杵投臼。血屬有幸脱微軀，傢俱豈能存敝帚。恩全終始屬賢良，仁濟困窮多福壽。借君寶劍買黄牛，苟全性命歸南畝。

賞菊張濟道家分韻得菊字

鹿車西來聲轢轆，夜夜空山草間宿。今年蝗旱草亦無，懷川竹林如帚禿。旅人懷抱從何知〔一〕，失喜君家籬下菊。況逢名勝宜盡歡，談笑未終眉暗蹙。賦詩把酒獨移時，日下風淒體生粟。吁嗟世上無唐衢，若有唐衢見應哭。

【校記】

〔一〕何：原作「可」，此從文津閣本。

詠晴

二月已破春將殘，連朝風雨春猶寒。煙消日出好天色，城隅花柳猶堪觀。萋萋芳草平沙路，乘興招君共君步。恨無樽酒助清歡，賴有溪藤書鄙句。荒城勢與河流灣，憑高望遠開愁顔。天低野闊樹如薺，幾點翠色符離山。寓形宇内宜自適，吾土他鄉奚所擇。與君同立東風中，一笑相看誰是客。

常武殿試護衛歌

夷門上傾遼水渾，東方日出天下明。湯盤既銘德日新，萬國貢篚來燕京。朱門霜戟崇元勳，鳳毛麟角歌振振。白弓長箭紅鶴翎，紫薇垣外羅天兵。鯤鵬變化實通津，百年聖神相繼承。正大天子壽萬春，恒山風暖河源清。爰得方召爲虎臣，虎穴生子被奇文。殿前較藝羽衛陳，弓弰拂弦霹靂聲。聚星玉版湛玄雲，宣城紫毫點姓名，高門繼世承天恩。

謁詩

我夢神遊入官府，少年掖翁出東廡。傍人相指竊笑語〔二〕，掖翁少年乃宗武。須臾呼我傍簷楹，聞汝頗有能詩聲。奈何低首就驅役，時爲刑部委差官。更勿赴我詩壇盟。慙惶趨出肩背縮，倀倀步繞山之麓。忽聞笑語愕睨之，小橋流水環青竹。仙人雜坐陳壺觴，舉酒揖我邀我嘗。數盃萬慮都不記，怳然寢室明晨光。人生大抵如夢爾，夢飲陶陶寤猶喜。益知飲酒可忘懷，市東走訪劉夫子。寧州劉玉潤甫。先生衰髮不勝簪，研丹點句傳青衿。世緣消盡唯好飲，縱欲酌我囊無金。元年建亥月，官有陳省雜。滄州陳歌和之。嘗欲醉先生，省雜豈苟合。元年建亥月，官有吕諮議。真定吕鑑仲賓。嘗欲醉先生，諮議亦誠意。陽月風日如春熙，梅花三兩開南枝。二官清要少公事，願從先生一訪之。

【校記】

〔一〕指：文津閣本作「仍」。

雪晴夜半月出戲效李長吉

瘦日已匿崑崙西，太虛漫漫污濁泥。濃愁蠹心欲成粉，耳根似覺殘蟬嘶。孤螢尾暗蝸聲静，銀闕照耀神驚迷。冷光直上三萬丈，團黄一點通靈犀。天花飄盡桂花發，陽烏却避城烏啼。樹枝不動印空碧，凝雲樹外横長堤。

琪樹歎

初見琪樹梢出牆〔一〕，再見琪樹花飛香。凉風蕭蕭雁南翔，峴首山前多稻粱。龍沙高馬肥如羊，漢陽漢陰爲獵場。旅雁哀鳴野水傍，琪樹晚實天早霜。不獨琪樹少顏色，中州草木皆萎黄。

【校記】

〔一〕梢：《永樂大典》卷一四五三六樹字韻引楊弘道《小亭集》作「稍」。

王子端溪橋濛雨圖

皇風皞皞吹王民，樂哉大定明昌人。文章與時相高下，黄山竹溪麗而醇。秦碑晉帖落萬紙，明珠白璧非常珍。興陵佳氣成五色，聖孫龍袞居紫宸。三十六宫誦佳句，翠簾不捲楊花春。子端振衣起遼海，後學一變争奇新。黄山驚歎竹谿泣，鼎鐘騷雅潛精神。雲山煙水無常形，潑墨不復求形真。挽弓楊葉百中後，衆人擊節高人顰。君不見傳呼畫師閻立本，池上愧汗霑衣巾。丹青馳譽尚如此，溪橋濛雨徒自塵。淄川賤士長安客，品題不慮傍人嗔。《小亭集》卷二。

新編全金詩卷九四

楊弘道 三

五言律詩

晚晴

一雨破煩暑，獨園涵晚清。高人澹無慮，客子若爲情。殘照望中下，亂蟬聲裏明。冥冥百靈散，何處覓虧成。

次韻趙司理山甫

身喜霑皇化，心慚讚老成。青衫初借著，白髮已潛生。會計唯期當，康寧未暇營。如何清夜夢，常繞大堤行。

留别劉伯成王景伯

公幹文無敵，羲之字有聲。三年今日别，千里隻輪行。學海君能至，爲山我未成。受田如古制，應伴野夫耕。

别仲經

相逢嘗共被，東縣與西州。無策不成事，有身空遠遊。如君勤問學，度日亦窮愁。濡沫能微濕，生涯善自謀。

麟遊秋懷

敗葉落還落，北山深復深。暮雲封遠恨，凉吹和微吟。鏡裏雙蓬鬢，霜餘一絮衾。求仁又何怨，安取四知金。

遣興

襄鄧留多日，淄青即故鄉。落花縈綺席，飛燕拂雕梁。巢穩由知擇，風飄未可量。履新冠已敝，上下豈無常。

答張仲髦

韓杜遺編在，今誰可主盟。故人相敬愛，健筆過題評。風鐸不成曲，候蟲常自鳴。吾詩正如此，未敢受虚名。

陪趙節使遊自雨亭

西郊迎使節，飛蓋轉崇墉。石逗楚天雨，山巢炭谷龍。清溪羅帶曲，雜樹錦幃重。更覺晉公樂，張參政。幅巾兒姪從。

贈鄭尊師

茫茫雲著地，滅滅雨交天。篁竹連河上，青茅盡海邊。棲遲聊應化，放曠且談玄。相對蒲團坐，清風爲肅然。

遊石龍窩

何處浮休宅，山公從葛强。蒼崖晴散雨，紅樹晚凋霜。翠琰尋詩讀，銀瓶湯酒嘗。兹遊乘逸興，不覺到斜陽。

贈馬升公

學出韜鈐外，身從筦庫還。著書期後世，辟穀臥空山。渺渺追前列，區區若是班。尚爲妻子累，時復見人間。

贈吕鵬翼

燕市重來日，東風兩鬢皤。行穿鞍馬過，意厭客塵多。青眼常相見，朱門不重過。如君古漆井，澄湛已無波。

風雨夜泊

舵鳴風逆水，大纜再維舟。競起如相約，喧呼久未休。收燈蔭漠漠，聽雨夜悠悠。料得茅齋裏，家人爲我愁。

次韻田長卿

欲伴秦人隱〔一〕，桃源何處尋。俯慙魚在藻，仰羨雀投林。未有絲生鬢，寧無血染襟。回頭望鄉國，靄靄暮雲深。

【校記】

〔一〕伴：文津閣本作「作」。

和鑑上人

畏日照城郭，誰家庭户清。禪房留過客，詩筆見高情。仙果根株異，湘絃節奏明。如風行水上，文理自天成。

次韻趙晉卿二首

寒更不易旦，松竹滿庭風。未寢覺燈暗，欲挑憐燼紅。四鄰飛化蝶，一室學冥鴻。吾道本如此，孰爲窮與通。

寒更會有旦，松竹静無風。一室虚生白，半窗明映紅。能文韓吏部，歸隱漢梁鴻。吾道本如此，孰爲窮與通。

喜聞特賜麻知幾及第知幾名九疇。

麻子明經術，詩名亦遠揚。連年不中第，掃跡欲深藏。廣譽開宸極，新恩照勑黄。少時以病罷，歸路益生光。

抱璞

抱璞人間世，從渠知不知。但能安義命，何用禱神祇。乳下子初育，桑柔蠶亦孳。衆人應昧此，擾擾競奔馳。

重到碭山示白文卿久不歸所寄麥，故有是詩。

不解營微利，元非市井人。麥秋農事遠，花月客途貧。路隔魚山水，衣餘亳社塵。小兒無倚賴，夢裏鹿臺春〔一〕。

【校記】

〔一〕鹿：《永樂大典》卷一三三四四示字韻引元楊叔能《小亨集》作「塵」，誤。今按，清顧祖禹《讀史方輿紀要》卷四九《河南》四《衛輝府淇水縣》：「鹿臺在縣東北。劉向曰：『朝歌城中有鹿臺，大三里，高千尺。』志云：今縣之南陽社有鹿臺，縣東北吴里社有鉅橋，皆殷紂積粟處。」

示亨甫

静退非今日〔一〕，疎慵自昔年。平君心上地，全我性中天。文史閑來讀，形神困即眠。夢中歸故里，瑶草碧和煙。

【校記】

〔一〕靜：文津閣本作「進」。

偶作

碧草含秋意，黄雲起暮容。歸鴉昏且噪，去雁遠無蹤。杯酒因循醉，明人邂逅逢。身名猶碌碌，正望日疎慵。

鄰野

故宫成市井，卜宅地非偏。門掩依茅棟，身閑樂性天。苔花侵砌上，瓠葉蔭窗前。有子營家事，何須二頃田。

阻隆曲寨

十月雷驚蟄，黄雲接地陰。冰銜丹水細，山擁武關深。濡沫思靈沼，傷弓失鄧林。通途施陷穽，之子獨何心。

麻刺史復職

長風起天末，奄忽捲浮雲。冰雪春自釋，芝蘭久彌薰。廉頗時再用，鄒湛世無聞。一掬峴山淚，樽前分付君。

荆楚

荆楚三年客，風塵七尺軀。青蠅點白璧，赤水得玄珠。息謗能無辨，酬恩正勉圖。憂勤生逸樂，魚稻老江湖。

嵊城

嵊城看月色，望極若微陰。光射星辰暗，氣迷閭巷深。人和爲善守，蟻附覺難侵。我亦耽詩者，圍中不廢吟。

送王飛伯

吟詩何所得，白髮早生頭。始覺虚名誤，應爲達士羞。梁園遇飛伯，俊氣挾清秋。嵩洛引歸思[一]，因余故少留。

【校記】

〔一〕嵩洛：文津閣本作「嵩路」。

送麻信之

愛客出天性，君來心事違。窮愁詩興淺，風雨杏花稀。相對忘饑渴，高談訂是非。穰城二月尾，吾亦欲東歸。

贈彈琴吕道士

蝸舍侵闤闠，興居厭市聲。靈宫有琴隱，一室若冰清。境静三尸伏，調孤一鳳鳴。從今數來往，毋送亦毋迎。

樂道

白首來何暮，青衫寵若驚。浮榮能幾日，高節冠平生。良史不虚美，真儒集大成。讀書多樂事，六十眼猶明。

吾道

衆好常違俗，孤清且自成。食苗維皎皎，止棘信營營。莫爲虚名誤，宜因微罪行。何思復何慮，吾道付神明。

弔彦深

何物如金惜，醫來欲致功。難遮前路黑，驚見缺壺紅。北渚遺居室，東郊寓殯宫。勞心成底事，五十六年中。

弔解飛卿

一昔傳君逝〔一〕，聞之久愴然。孤兒幾滅性，孀姊已華顛。與客謁茶去，客謂安陸趙仁甫。點酥嘗自煎。如何從此别，誰識是終天。

【校記】

〔一〕昔：文津閣本作「旦」。

夏雨

坐對雲峰起，已欣風腋清。螟蝗猶未殄，天地豈無情。轟磕雷音轉，蜿蜒電影明。滂沱洗煩暑〔一〕，災害不能成。

【校記】

〔一〕煩暑：文津閣本作「繁暑」。今按，《南史》卷五三《武陵王紀傳》：「季月煩暑，流金鑠石，聚蚊成雷，封狐千里。」

擊柝

擊柝者誰子，夜天星正繁。絳紗明燕寢，黄耳警豪門。雀鼠耗倉粟，豺狼踰塞垣。客窓求睡隱，嗟爾漫喧喧。

月下聞笛

三弄傳遺譜，誰當清夜吹。香飄丹桂子，聲裂翠筠枝。嗚咽星河動，悠揚風露悲。侵晨拂明鏡，緑鬢恐成絲。

潁州西湖

曲岸奩明鏡，微風皺碧羅。誰將比西子，我獨憶東坡。亭古落塗塈，露凉荒芰荷。放生仁號在，魚鼈賴恩波。

鴈

肅肅南飛鴈，微生也解謀。草黄沙磧遠，水闊洞庭秋。霄漢人何慕，關山客自愁。夕陽堪入畫，零亂下汀洲。

澄心齋詩

退食公園後，焚香即燕居。鏡明含萬象，水净見群魚。幕府當荆楚，官曹塞簿書。靈臺塵不到，作計未爲疎〔一〕。

【校記】

〔一〕作：《永樂大典》卷二五三七齋字韻引元楊叔能《小亨集》作「爲」。

題子産廟

相鄭稱遺愛，雲亡感聖人。養民殊夏日，出涕比祥麟。故國多喬木，虚堂若有神。褰裳病徒涉，歲暮客愁新。

劉節副内鄉新居

去職未云久，幽人時到門。劇談臻性理，隨意具盤飧。鑿井城隅宅，買牛江上村。聖朝深眷遇，安得守田園。

夢庵

吾子元居屋，經營頗用心。移花紅滿檻，種竹翠成林。愛畫分三品，收書費一金。十年方有此，安可夢中尋。

寓濟源

幾年無定止，生理與誰謀。欲結黄茅屋，如營白玉樓。詠歸沂水暮，招隱桂叢幽。鄉里稱爲善，懷哉馬少遊。

風霾

牆下開蔬圃，盤飧得助多。春畦不甲坼，沴氣奪陽和。青失南山色，白生北渚波。暮年能委順，彼亦奈吾何。

唁高士美

士美名嶷，嘗宰藍田。承左司局赴京中路，爲商帥之所困辱，時洛南方被兵。

王室方求士，轅門亦選材。劻勷逢彼怒，偵伺望塵迴。士命輕如紙，詩名冷若灰。君歸無所贈，長折淅江梅〔一〕。

【校記】

〔一〕淅：原作「浙」，文津閣本如之，刊誤。今按，内鄉有淅水，在南京路鄧州，見《金史》卷二五《地理志》。

病樹吟

病樹僕河濱，長吟喻此身。摧殘凡幾日，濕朽不堪薪。兩府風煙接，十年往復頻。故人憐我老，相見益相親。

過濟南宿洪濟院贈海州果上人因寄鄉中親友

滄海居何遠，慈雲出未還。將遷僧寶塔，改葬空老。就禮佛頭山。邂逅逾三宿，夤緣見一斑。預聞親舊在，喜色破衰顔。

重到靈巖寺

七歲嘗來此，於今五十年。當時隨杖屨，名刹在林泉。已廢嗟何及，猶存亦偶然。先塋耕墾後，濃露濕荒煙。

故人

疾風巢再毁，烏鵲却飛迴。嗟我豈殊此，故人安在哉。重遭難食厄，遠冒畏途來。莫問交疎密，交疎亦可哀。

哭劉叔京

甲庚俱舊識，類聚不同方。過客傳皆死，知君今獨亡。無兒爲繼世，有弟託遺孀。吾道微如縷，傷時復自傷。

哭王子正〔一〕

匹婦主中饋，雖貧生理存。一編藏麗則〔二〕，隻影卧黄昏。漫下陳蕃榻〔三〕，虚needs文舉樽。北平家世絶，銜恨入荒原。

【校記】

〔一〕哭：元顧嗣立《元詩選癸集》癸之甲《楊處士弘道》作「挽」。　〔二〕一編藏麗則：《中州集》卷七《王元粹》小傳引此詩作「五言造平淡」，《元詩選癸集》如之。　〔三〕漫：《元詩選癸集》作「謾」，通。

宿普照寺

被酒暑增劇，漱茶神少清。旅人須授館，侍者詎忘情。方篋鋪霜滑，虚爐界月明。晨興求紙筆，枕上有詩成。

次韻孟駕之清明會飲城西桃花下

出郭到花塢，何勞人遠尋。已降詩筆健，更怯酒杯深。名士仍知己，清談可净心。新篇誰協律，别後欲長吟。

濟瀆廟

焰焰謝仙火，北風吹欲然。重源靈跡在，喬木性天全。殿宇瞻遺構，碑詞閲舊鐫。後來知有考，鳳鳥至何年。

慈湖客夜

凉意江城早，秋聲客夜多。露凋佳樹木，月照舊山河。争戰何時定，功名兩鬢皤。湖邊營壘近，隔水聽笙歌。

醴泉寺詩

賢相讀書處，黌堂更不開。嘗聞先子説，直到暮年來。失路穿谿澗，褰裳出草萊。山形蒼玉玦，古殿倚崔嵬。老柏參天色，流泉直殿迴。樹從何代有，水自上方來。破日期留宿，殘僧病可哀。索然高興盡，欲去尚徘徊。

七言律詩

留别高君玉

羡君中歲早知還，擇勝棲身意自閑。二頃良田十畝竹，一溪流水四圍山。客中把酒聊乘興，愁裏題詩亦强顔。明日東風吹破袂，仙居回首白雲間。

投黄司李

未脱來時舊衽衣，語言面目復何施。無心求僭士人服，餬口可爲童子師。過世有緣蒙顧遇，窮途乏力仗扶持。漢江十月蕭蕭雨，一夕顛毛半作絲。

六月十四日濟瀆廟即事

霖雨方能救旱田，廉纖不稱立秋前。南風颯颯披蒼竹，四海浮浮起白煙。雲漢數章因盡廢，神靈諸説定虚傳。缾罍一勺清源水，慙愧他家望有年。

記所見

歷下高亭久已灰，尚堪登覽有荒臺。艷歌相勸十分飲，優戲能供一笑咍。北渚蓮舟迴棹速〔一〕，華山煙雨過城來。翠鈿紅粉愁霑濕，俄頃斜陽射酒杯。

【校記】

〔一〕速：文津閣本作「遠」。

別楊信卿

邂逅株林酒一杯，汴梁同見菊花開。浪遊我逐何人至，應舉君隨計吏來。漆店夢迴風瑟縮，鐵樓歌罷月徘徊。又還客裏成離别，後夜思心半握灰。

客夜

晦月未生星滿天，夜凉就枕露簷邊。漏聲迢遞蟲聲外，愁思纏綿睡思前。羹釜慮遭丘嫂厭，綈袍倘有故人憐。丈夫此事常慵説，强託新詩句裏傳。

贈刁益之

當年投筆去儒宫，雲翼摶霄負積風。魏闕殊恩縻好爵，冀方偉績攝元戎。侯藩户部悲歌外，宰樹家山醉眼中。應接尚無衰憊氣，不應便作囁嚅翁。

陜州贈楊正卿

亳社相逢歲已深，别來名氏映儒林。揚雄既奏河東賦，子賤嘗鳴單父琴。洪水豈知人墊溺，南山不與物幽沈。東風重會棠陰下，白髮滿頭塵滿襟。

贈王數學

誰將陽一對陰二，天地亦無如數何。自有生民君子少，歷觀往古亂時多。希夷愁極乘驢笑〔一〕，康節懷深擊壤歌。窮變變通吾未究，君家易總尚存麽。王遠知事。

【校記】

〔一〕驢：原作「騾」，此從文津閣本。今按，北宋以降文獻屢見陳摶希夷騎驢故事，未聞乘騾。

贈劉潤甫用新秋遣懷詩韻

三多鍒鍊到精純，傑句雄篇若有神。琴枕贊成傳後學，蠡盃賦就繼前人。賦警句云：似華而樸，若脆而堅。瀛洲渺渺嘗迷路，頭髮蕭蕭不滿巾。倦對青衿把雞肋，杖藜思卓故鄉塵。

秋懷

幾年遷逝困徒行〔一〕，强倚西風齅菊英。夢幻軒裳非實相，簸揚箕斗但虛名。倦談圯上逢黄石，欲向山中覓赤城。四海無人託孤劍，蒼天白日照忠誠。

【校記】

〔一〕徒：文津閣本作「途」。

贈朱彦暉

嘗讀香山醉吟傳，一觴一詠最關身。平生用此忘憂患，老去安於處賤貧。自作白丁辭酒伴，竭來青社得詩人。與君況復生同代，尚友千年似隔晨。

送句曲外史張君歸華陽

送君高舉入華陽，古洞陰蟠石路荒。蔽日旌幢朝旎旎，飛空環珮夜琅琅。餐霞已試登仙訣，祝竈還修卻老方。見説陶公雖隱去，猶將道德佐齊梁。

贈楊飛卿

三百周詩出聖門，文爲枝葉性爲根。不憂師説無匡鼎，但喜吾宗有巨源。我自般溪移歷下，君從汝海到東原。東原歷下風煙接，來往時時得細論。

贈盧希甫

般陽兵後步之青，古驛荒寒粥夜烹。四舍分程曾借宿，一杯數種不知名。諸野草子。二千里外新歸客，三十年前舊友生。賓館莫嫌來往數，中途霜露已無情。

青社别友

濼源清駛鑽城流，一襆蕭然上客舟。瀕海地荒風送雨，幻身家遠病逢秋。久知作事常難遂，無挾投書亦漫求。别後因閑若相憶，中山西北是齊州。

施淮馬與鑑上人

嗟嗟牝馬老而羸，況復雙瞳障腦脂。相下得之來汶上，暑天忽爾到寒時。貧家芻秣應難繼，末路庖廚不忍爲。若踏金田宜努力，庶成善果脱毛皮。

贈元伯

栩然清夢遶芳蘭，逆旅天教識鳳鸞。一榻既因徐孺設，緑琴來對子期彈。下喉久厭江瑶柱，入手欣逢銅彈丸。既悟詩人最佳處，肯誇淫潦卷狂瀾。

贈李慶之

聞道懷人謝寵榮，南風吹我入巖扃。樹迷村落千重緑，山切雲霄五朵青。徒步歸程無定日，相逢屈指計周星。去年十月商於路，欲説愁君不忍聽。

贈馬君美

波揚溟渤駭長鯨，何處熙熙物自春。山下有田皆種德，天涯遊子欲親仁。雲煙荏苒風塵遠，林壑幽深虎豹馴。數册閑書一茅屋，此中便可著閑身。《小亨集》卷三。

新編全金詩卷九五

楊弘道 四

七言律詩

春陰

夢迴鷄唱已多時，怪底書窗曉色遲。黄道六龍潛有耀，青郊三峴淡無姿。蘂連芳萼粘金粉，葉著柔枝妥翠眉。問柳尋花乘逸興，却愁歸路雨絲絲。

隨分林泉

緑净青蔥户牖邊，問誰於此卜終焉。江雲陰薄晨炊熟，野燒光寒夜燭然。詞賦麗淫誇陸海，傳奇虚誕記壺天。徵君知足心常足，踐履南華齊物篇。宜禄原上一醫者，忘其姓名。

壬辰閏九月即事

西山逃難日如年，草動風聲止又遷。惴惴側行崖際石，回回屢涉谷中泉。縱橫蔓刺膚流血，憔悴妻孥命在天。疲極和衣相枕藉，夜寒輾轉不成眠。

竹庭

點點莓苔一逕深，書窗但覺更蕭森。凉飈暗墮霏微雪，晴影匀篩瑣碎金。解籜拂雲咸有節，披風鳴雨總無心。主人愛惜勤封殖，今日那知失故林。

贈鄧帥〔一〕

順陽江上早梅開，一夕風吹斗柄回。漢日舒長鈴閣静，楚天空闊野鷹來。奇才既已蒙三顧，羈客何須賦七哀。好結茅齋爲小隱，無心求比少城隈。

【校記】

〔一〕《永樂大典》卷一五一三九帥字韻引楊叔能《小亨集》此題有「二首」，即第一首五言古，第二首七言律，而四庫館臣按詩體分置本卷與卷四兩處，姑仍之。

題舞陽侯廟

薦誠何處仰威稜，遺像乾維柏影清。短砌南薰披草色，空庭西照碎禽聲。攀鱗雖遘風雲會，得鹿嘗寒帶礪盟。曲逆未迴聞顧命，將軍方免學韓彭。

定庵

社燕賓鴻秋復春，竄身南國避兵塵。露凉汴水蘋花老，風暖蘄陽柳葉新。遷徙靡常嗟我病，吉安無計與君鄰。親朋凋喪家鄉遠，羞見定庵庵裏人。

贈仲經

端平二年清明後出襄陽，攝唐州司户。是歲十二月上旬北遷，寓家濟源。吾友所寄書隔年方達，屠維大淵獻五月相遇於齊河，復有雙布之贈。長句四韻，少酬佳貺云。

南北應無再見期，雲翻雨覆事難知。大堤歸客來何遠，盤谷幽居信到遲。當暑纖絺將厚意，連朝情話慰相思。多君已享江湖樂，不忘鄢陵處陸時。鄢陵留别詩有「濡沫能微濕，生涯善自謀」之句，故云。

寓居書懷

疎栽枯棘作籬藩，鄰舍相望不設門。去燕來鴻爲客慣，佩蘭懷玉與誰論。河名無定亦歸海，草曰寄生猶有根。但得生涯能地著，何嫌山谷數家村。

送鄭飛卿

晉亡氏族入遼東，吾祖君家事略同。曲阜臨淄非故國，烏丸白霫有華風。百年勝負興亡裏，幾處悲歡離合中。别後相逢無定在，太行山色翠連空。

先疇

二紀流離不自由，得歸中路復淹留。今年再踏東秦地，昔日嘗居南雍州。夢裏青衫霑雨露，覺來華髮望松楸。先疇亂後誰爲主，何處躬耕待有秋。

修武春日

春事年年墮渺茫，今年蜂蝶亦深藏。已從漫與寬詩律，更覓無何入睡鄉。病麥可能風底緑，枯雲徒向日邊黄。北郊秀色堪凝眺，塵坌連朝失太行。

九日邠州公宴席上奉呈趙節使張相公趙節使子文諱伯成，張相公信夫名行信，以參知政事出爲邠州節度使致仕。

尚父城東涇水南，秋香飄動府潭潭。羇懷却喜逢重九，此席應難得再三。縫掖縵胡賓畢集，臺星列宿影相參。罰觥滿酌申嚴令，要把黄花入鬢簪。

臨安楊文秀見惠柏油煙墨而號玉泉者以詩謝之

鸞鳳宿時香葉蕃，卻因有用斸蟠根。蒸蒸膏潤資然燭，馥馥煙清在覆盆。珍劑秘傳江左法，若人疑是華陰孫。從來吾族多高義，故遣陳玄欵蓽門。

弔元老

康姓顯於山西。妻父諱震字震亨，幼孤，當以廕得官，過時不就。性嗜酒，善畫山水，交遊當世士大夫，咸得其歡心。寓居濱之屬邑利津。泰和丙寅，客死東光。歸其骨，藁葬濟水之濱。一子元老，始六歲，惸惸無所歸，從余來淄川。貞祐元年十月望日，以羸疾卒。傷其父無後，哀其子夭死，作詩以弔之。

風調冰清有典刑，傷哉白首見飄零。魂隨寒骨來千里，世系遺孤始六齡。宿草荒蕪應滿地，柔蘭凋落忽空庭。旅人若訪中郎後，讖語淒凉詠曙星。

苦雨示楊仲名

草屋堦平水倒門〔一〕，終風苦雨錯朝昏。採薪已斷山前路，棲畝空懷野外村。范釜正憂無物爨，杜囊何用一錢存。豐年復有在陳厄，風伯雨師真少恩。

【校記】

〔一〕草、倒：文津閣本作「茅」、「到」。

汴京元夕

一朝别鵠動離聲，伉儷三年曉夢驚。當日想君應被害，此時憐我不忘情。杜鵑啼血花空老，精衛償冤海未平。追憶月明合巹夕，何堪燈火照春城。

冬雨

北風常颺六花飛，煙靄溟濛失所宜。爐火宵殘聞佩響，簾氈晨揭看絲垂。正當江上梅開日，還似枝頭子熟時。七十衰翁嗟未見，考祥何處有人知。

題暮雲樓閣圖

深山何用起樓居，雲表參差象兩都。西晉衣冠崇老氏，後秦風俗事浮屠。人情有感形歌詠，匠手無心作畫圖。闕里蕭條灰燼冷，淡煙殘日下平蕪。

同袁副使遊西城

杖藜徐步小溪傍，屬玉雙飛水滿塘。喬木蒼煙餘故國，敗荷衰柳更殘陽。惜無濁酒供秋興，誰借扁舟趂晚涼。再約小亭終一到，與君連日倒壺觴。

滄浪之水舞雩風，四海何人識此翁。堅坐久拚拋世事，暫來渾欲挽詩窮。青山與我真知己，白髮臨流少化工。今日從容天地裏，一杯春露笑談中。

劉倉副家讀其祖廢齊文集

西職閑曹二十春[一]，掛冠歸守塚前麟。試評八載齊皇帝，何似終身宋大臣。白霽哀章俄在殯，鵲山珠玉不成塵。百年事往陳編在，愛惜留傳屬後人。

【校記】

〔一〕二：原作「六」，此從文津閣本。今按，所謂西職閑曹，即詩題「倉副」，在任二十春已屬不短，當無六十年可能。

蘭

葉披花結弱如擢，澤國茫茫正可哀。秀色亦知歸菡萏，穠芳未必勝玫瑰。使君浩蕩乘高興，小畹殷勤欲自栽。畹，三十畝也。藝蘭覽秀亭下，故變文曰小畹。著意幽香無覓處，暗中不覺襲人來。

天際識歸舟圖平涼行省左右司肅機堂壁畫。

天邊高岸一亭幽，江上輕煙疊嶂愁。風好可憑乾鵲噪，潮平遥映白鷗浮。公堂毆斥三庚暑，意匠經營萬頃秋。神逐境移應有夢，盈盈仙子抱箜篌。

馬都幹梅花

江上淒風糝玉塵，江梅千本隔城闉。不堪幽夢迷前路，分惠清香賴故人。夜静挑燈看疎影，天寒温水借陽春。他時有酒須同賞，花底休分主與賓。

除日立春

送寒開歲隔晨昏，時節相催繡轂翻。鳳曆下籌推數始，麟經援筆記正元。陰陽闔闢無非道，學術參差有異門。吾老但知隨所遇，併收和氣到芳樽。

從鄧帥遊百花洲

絳旆恐驚鷗鷺飛，緑楊陰外駐驂騑。平輿穩勝雙鸞背，極目新張萬錦機。碁局分曹消永晝，酒樽遲月蘸清漪。奉陪宴賞成新詠，佳興無因到諷譏。

酬劉京叔祁

瘦鶴巢西彩鳳東，差池雲路有時同。倏然放意囂塵外，久矣識君文字中。洧水絮飛傾蓋後，梁園氷釋贈詩工。情知不得鄰丹穴，又整霜毛向曉風。

四皓廟

綿蕝儀成上下和，玉觴爲壽醉顔酡。寵姬愛子惑方甚，賢傅謀臣無奈何。商嶺白雲封舊隱，漢宫鴻鵠動悲歌。高墳兩兩臨遺廟，灌木陰森罥蔓蘿。

意行

黄葛衣輕信意行，荒煙殘照淡回汀。金沙灘面印綦跡，瑶草結梢擎鷺翎。終日溪山常闃寂，無風蘭芷自芳馨。騷人佩服幽人宅，千古仍存舊典刑。

同李吉甫載酒泛順陽江

沃土居人號素侯，青林十月似初秋。山明朝日常東抱，江到南陲亦懶流。細草平沙閑立馬，輕舟短棹不驚鷗。將軍愛客須沉醉，醉裏題詩記勝遊。

圓融庵

余不解佛法，圓融庵主求説偈言，勉强應之。如造像生花，但得傍人言，仿佛其真可也。聊以此説自恕云耳。

月雖死魄朔初逢，冰正堅凝臘未終。結就茅茨爲佛事，削成基址自神工。生明冉冉光凝望，解凍深深緑浸空。客至不妨閑打坐，入窻面面響宗風。

故里詩

故里蒿萊野鹿呼，翛然幽鳥下庭除。困亨何恤澤無水，姤遇可傷包有魚。歷下金蘭唯仲叔，門前雲錦萬芙蕖。不知衎衎時相會，曾念荒城久索居。

赴千乘記舟中所見

西郭溪流放畫船，北城門甃出清漣。長山翠壁排空立，高苑蒼波與海連。霜渚透光揩鏡翳，風蒲沉影裊爐煙。羇懷本自多悲感，滿意詩成復粲然。

次韻元伯雪

聚星堂畔霏霏雪，高會賓僚宴郡城。若引昔賢爲故事，可能白戰出奇兵。寒枝欲宿鳥還去，曉逕迷蹤人未行。收拾殘膏和君句，庶幾相慰苦吟情。

上楊尚書户部名慥字叔玉

科試榮身道甚夷，敝車羸馬若爲馳。聖俞仕宦由門蔭，德裕譏評敢自欺。惡醉已能真止酒，固窮初不坐躭詩。謀生但有依農事，二頃良田未可期。

遣興三首

誰達誰窮誰後先，揚揚戚戚失之偏。白雲出岫本無意，彩雉照溪私自憐。莫擬指囷思魯肅，何須伏弩殺龐涓。西山深穩有佳處，細斸黄精煮澗泉。

雪滋壠麥雨滋桑，五月薰風九月霜。山擁潼關遮陝右，地傾河水浸睢陽。英雄封建分諸國，主客安和渾五方。莫道書生無用處，也能歌雅美宣王。

拍案玲瓏色益奇，雪中曾賞歲寒姿。玉壺沉水動詩興，庾嶺梅花勞夢思。得得折來當眼底，欣欣傳玩副心期。朝昏又厭尋常見，卻憶瀟湘斑竹枝。

哀子

髻齔哀哀失所天，衣衾草草殯荒煙。西南流寓三千里，東北攀號二十年。負土起墳常在念，刻銘納壙未能遷。此生已矣知無奈，唯願華顛孝道全。

達内鄉見縣令裕之

馬蹄踏破洛南川，回首山城一片煙。入夜前途如抹漆，有時峻嶺若登天。困眠肅肅飛霜底，饑傍泠泠流水邊。行盡塞垣三百里，眼明初見玉堂仙。

中都二首

龍盤虎踞古幽州，甲子推移僅兩周。佛寺尚爲天下最，皇居嘗記夢中遊。清明穀雨香山道，脆管繁弦平樂樓〔一〕。莫對遺民談往事，恐渠流淚不能收。

繁華消歇湛恩留，忍見珠宫作土丘。海日西沉燕市晚，塞鴻南度薊門秋。恭光父子三綱絕，安史君臣百代讎。善惡相形褒貶在，世宗更比孝文優。

【校記】

〔一〕脆：文津閣本作「翠」。今按，唐白居易《霓裳羽衣歌和微之》：「清絃脆管纖纖手，教得霓裳一曲成。」見《全唐詩》卷四四四。

日落

日落蒼然煙滿城，聚觀如堵沸如羹。長春火樹銀花合，不夜瓊樓璧月明。未及轉頭飛電過，方將掩耳迅雷驚。青衿記得曾看此，此日中州正太平。

蒼陂吟

蒼陂萬頃溉良田，誰決枝渠注別川。臨事縱能知有命，逢秋未免歎無年。隄防力復何勞止，稼穡功成若自然。欲受餘夫五十畝，忖心慙在老農前。

渼陂

空翠堂中望陂水，岸回山列若無窮。鏡銅新拭寶奩坼，機絲未張雲錦空。一飯常懷源少府，勞生更甚杜陵翁。鳥飛魚泳方自得，慙愧此身如轉蓬。

宣聖廟桃李盛開約鄉中親舊同飲花下

春來桃李便承恩，況復儒宫穩託根。喪亂不堪憂故國，英華猶覺在吾門。奈何日月馳雙轂，思與親朋罄一樽。共趂東風花下飲，此間雖小勝名園。

將歸阻雨用木庵送行詩韻

麥苗春晚尚如絲，甘澤嘗嗟應候遲。六事桑林懷聖德，一篇雲漢賦周詩。驕陽入夏爲霖雨，遠客通宵役夢思。賴有湯休詩句好，披吟正是憶家時。

寒食

去年寒食已無家，陌上風塵卷落花。今歲清明還是客，城隅煙雨暗殘葩。年來年去催衰白，花落花開足歎嗟。風雨閉門無所適，心田方寸亂如麻。

五言長律

自述

爲氏因封邑，名家出華陰。行藏由治亂，用舍自浮沉。五代生民極，末年流毒深。華夷兩牢穽，宇宙一刀砧。泯滅青牛跡，寂寥白鶴音。日升消薄霧，雲斂出高岑。開國榮持節，歸田足賜金。名駒追老驥，稚栝秀長林。鼓角催朝暮，星霜換古今。却辭石熊麓，來卜籠溪潯。温飽童耆樂，馨香祖禰歆。一朝人事變，萬里塞塵侵。火燎傾巢燕，弓驚鎩羽禽。半攜陳國鏡，百感少原簪。擬賦蕪城賦，長吟梁甫吟。蕭條君子澤，恒久士人心。誰把焦桐木，收爲緑綺琴。坐中驚倒屣，樓上快開襟。才藝如毫髮，忠誠或倍尋。相知誓相報，歲月莫駸駸。

贈鄧帥

藝苑昭詞彩，經筵味道醇。縱横隨緩頰，踴躍執蒙輪。博學通幽隱，奇才邁等倫。故當稱俊偉，未足静風塵。何術興王室，中原有世臣。雲龍遘嘉會，花葉茂長春。上下承恩遠，東西出將頻。英聲蜚漢楚，威德洽周秦。嚴警驅貔虎[一]，雅歌集鳳麟。靈襟澄瀚海，汎愛到窮鱗。賤子能安命，虚名詎起身。商山深欲隱，宛馬到何神。恍惚三生夢，朝昏九死鄰。帥師迴烈焰，習坎得通津。花氣薰蘭閣，麻衣拂繡茵。晨炊優歲計，春服趁時新。遷逝同王粲，賢良愧郤詵。散才那致此，遇物見行仁。報德知無地，修身益自珍。抱孫聞有喜，麟趾頌振振[二]。

【校記】

[一]驅：《永樂大典》卷一五一三九帥字韻引楊叔能《小亨集》作「歐」。 [二]麟趾：《永樂大典》作

「詩尾」。

赴平凉留别趙晉卿

塵世無家客，山城落帽風。朱門森畫戟，綺席拜仙翁。宴樂容疎放，提攜失困窮。層樓寒色白，畫閣夜光紅。迎日花枝活，朝天馬首東。璧圭班四嶽，元凱翊重瞳。忍淚辭公子，凝眸送塞鴻。仲宣詞賦在，子美草堂空。日月孤飛鳥，乾坤一轉蓬。他時若相憶，回首望崆峒。

别鳳翔治中艾文仲

制：榷酒而征商，吏部差監務二員，曰監曰同。常以五月中，官給本造周歲所用之麴。九月一日，新舊相代，監務相呼，我代者爲上交，代我者爲下交。余自京兆從劉監察光甫到鳳翔，而府帥郭公仲元囑文仲，請余教其子姪於府學。麥既熟，上交不至，辭，赴麟遊造麴。八月，上交至而罷。監務造麴已竟，雖上交至，例不當罷，蓋彼貨吏而罷余也。將往邠州，以詩告别。

細柳青絲裊，孤雲白練輕。枝隨金縷斷，影趂繡衣行。日麗南山樹，煙迷北斗城。精熒太白色，嗚噎稾泉聲。邃館薰風細，長檠絳蠟明。廣庭趨府史，虚席讓書生。疇昔文爲業，因緣筆代耕。識途隨老馬，調舌囀雛鶯。小邑那堪處，微官有底榮。低頭拾瓦礫，放手棄瑤瓊。肺渴煩蒸煑，心疲劇繞縈。虎頭非我相，鷄肋有人争。甑墮何勞顧，途窮輒愴情。一身常坎輞，半載廢經營。積雨乾坤濕，高風物象清。紵麻難卒歲，山水杳歸程。朔漠銜風黑，崑崙殺氣横。啓明編皂隸，斜照列公卿。懷德因施惠，酬恩亦竭誠。他時驄馬過，終始服高名。

《小亨集》卷四。

新編全金詩卷九六

楊弘道 五

五言絶句

寓意

白道穿雲去，青郊占地耕。塹深屯棘刺，得得斷人行。
花有凌霄者，誰當瘠土栽。可憐無所附，寂寞草間開。

南澗

欝欝蘊高樹，茫茫見碧岑。風聲成萬籟，雲影落輕陰。

仲冬

迎水地卑濕，仲冬連夜風。茅堂何以處，春在小爐紅。

題張仲謙畫卷

疊嶂寒林杪，招提滿暮煙。漁歸猶反顧，飛鴈背江船。

同張介夫楊信卿賦龍德宫詩

步入西園裏，秋風草木長。牛羊識牢檻，廢殿榜凝香。

闃然草蟲圖

遂性方爲樂，逢災未必愚。人生何異此，一幅草蟲圖。

遣興

暮齒無筋力，嗷嗷哺衆雛。緬懷皇甫冉，嘗勸陸潛夫。

七言絶句

贈希白

青柯坪上弄雲煙，盧氏山中又幾年。道學愈精身愈困，布衣憔悴漢江邊。

贈免官安置者

萬騎貔貅關塞晚，兩班鵷鷺禁闈春。覺來飽食黄粱飯，却看邯鄲夢裏人。

遣興

正愁玄鳥巢軍幕，又見白魚逐釣絲。座側有人顰蹙去，更煩熟讀董京詩。

慈湖客夜

江頭明月照人孤，腸斷風前繞樹烏。夜夜春潮隨月上，不將客信到慈湖。

孟浩然像

先生詩價動江湖，乘興西遊到玉除。解道氣蒸雲夢澤，却言多病故人疎。

偶題三首

藏名匿跡黄塵中，日抱書案心冥濛。牆頭花變兩三色，又是一年看春風。

巨木埋根數百年，蔚然蒼翠上參天。不歸宫闕充梁棟，也作龍舟濟大川。

海上雲來徧地陰，波間漏日瀉黄金。水車倦踏傷淫潦，無奈連天雨正深。

讀志林

休教行已愧屠沽，爲學當爲君子儒。俱是傍人門户立，艾人且莫笑桃符。

謾題

都門幾度見秋風，楓柘連山樹樹紅。江海此時回首望，黄花滿地酒尊空。

鄭圻

鄭圻西峻周東傾，丘陵破碎山縱横，千山萬山過函谷，却放秦川如掌平〔一〕。

【校記】

〔一〕放：文津閣本作「教」。

贈衛處士

甘石書存懵不知，老來更與世相違。夜凉天雨清如水，嘗欲因君識少微。

宿浚儀公湖亭四首

夜宿湖亭水氣凉，四更風露濕衣裳。空濛霧重前山暗，屋角斜明是月光。

兩兩三三白鳥飛，背人斜去落漁磯。雨餘不遣濃雲散，猶向前山擁翠微。

幾年鄉夢隔江湖，此日登臨興不孤。小艇欲行無遠近，不愁歸醉要人扶。

能文亦有張公子，往歲俄加道士衣。載酒白雲山下路，擬將毫翰與同揮。

出京

女弟數行傷别淚，翰林兩首送行詩。辛勤徒步關西去，回首觚稜日出時。

飛鳳曲

丹穴嘗聞有鳳凰，粲然五色備文章。暫時得見却飛去，悵望碧霄空斷腸。

題桃花島圖

記曾海上浴湯泉，遥望神山幾點煙。却對畫圖疑是夢，推移寒暑十三年。

楓落吴江冷詩會中題，因戲效之。

澤國霜餘氣象清，蕭蕭丹葉動秋聲。綸鉤收盡絲千尺，應有空船載月明。

旅懷

道途風日令人老，巖壑雲霞笑我忙。誰解清泉煮白石，願尋高隱問靈方。

宿流泉院

凌山曉發暮流泉，東院巖隈有爨煙。供佛雙池荷葉小，乃知兹地不宜蓮。流泉院二，相距三百餘步，土人謂之東池頭、西池頭。西院今無僧居，東院曰洪福。大定三年名額刻石，龕於殿之西壁凌山，院在東阿東北。

倦繡圖

五緎未竟小花枝，欹坐無言若有思。風暖日長人自困，也應如我撥書時。

興平道院

坳堂翠積草生平，時有中庭鳥雀行。日影滿堦全不定，好風輕泛樹頭聲。

次韻裕之元夕山村見寄

山人不得住山村，敗履常穿畫戟門。歌舞滿堂非我事，枉教紅燭照昏昏。

登舞陽市樓

解襟舉酒見南山，山際風來五月寒。渾似吾鄉三伏日，望都樓上倚欄干。

迎祥觀即事二首

牽牛延蔓覆簷青，涼氣著人如酒醒。天外晚風收積雨，石爐澄水白泠泠。

紙錢灰冷女巫歸，庭樹陰斜覺日移。二尺短碑堪與語，石香爐下獨揩頤。

寒江獨釣圖

颯颯霜風亂鬢毛，沄沄溪水照綈袍。百年不惜身空老，懶向滄溟掣巨鼇。

舟行二首

羞澀行囊賃客舟，初期十日到齊州。歸心晝夜如流水，灘淺風狂不自由。

盡室東隨賈客船，天教歸老舊園田。三河千里無青草，歲在虚危定有年。

舟中遇雨

斜風掠盡一重煙，雲雨溟濛水接天。懊惱葛衣渾濕却，船頭還聳作詩肩。

奇石

年將四十尚無聞，自覺趨蹌不入群。間向水灘尋細石，旋揩沙土看奇紋。

彦深家榴花

小院深沉晝掩扉，薰風注意海榴枝。新詩題罷空歸去，不見纍纍著子時。

湅帛圖

内樣衣裳金縷紋，營營何事女工勤。料應純被周南化，不識閑愁作夢雲。

來復生正大三年丙戌九月九日，生於平涼府。

竹萌遺籜化爲蘆，常恐青林歲晚疏。今日又看新筍出，節圍膚色頗相如。

七月十七日夜步息壼簪坊歸二更矣

白紵衫輕兩袂風，市橋凉露滴梧桐。朱門不鎖清秋月，棄與閑坊静曲中。

調李長源

何時一斗鳳鳴酒，滿酌與君洗不平。男兒年少鬢如漆，日落胭脂坡上行。

謝茂先家藏王禧伯疏林沐雨圖

伸臂纔能引卷窺，修篁如截葉低垂。行雲不散山堂暮，常記鈎窗臥看時。

東風

陰消陽長否還通，消長循環默化中。天且不言春自好，群芳總已屬東風。

再至鳳翔普照寺

清秋風露曉淒淒，氣徹天高日易西。誰把玉簪收拾去，緑雲猶傍曲欄低。

門帖子

壬辰年門帖子

不求高爵列王臣，不願金珠坐遶身。但願全家度災厄，白頭重作太平人。

甲午年門帖子

儒館庇身蹔廢學，官倉供米竟無功。授田儻復先王制，從此歸耕畎畝中。

戊戌年門帖子

曾由直道踏亨衢，豈謂終身出險途。從此知非亦知命，鏡中休鑷白髭鬚。

己亥年門帖子

寒泉遠汲憐兒小，白粲親舂愧婦勤。餽食從今低舉案，莫教人識五噫君。

辛丑年門帖子

生長般溪溪上州〔二〕，一朝滄海忽横流。黍離麥秀悲歌裏，華髮歸來萬事休。

癸卯年門帖子

兒子形軀似我長，新年祝爾願康强。但能碌碌全門户，莫羡人家晝錦堂。

甲辰年門帖子

歲在龍蛇何足慮，庭蹤蘭玉最堪傷。故將西漢緹縈事，説與君家老孟光。家世男少女多，余暮年止一男，復有五女。

乙巳年門帖子

蒲城來往愧年除，賴尾柔毛從酒壺，唯有曹君不相棄，故穿深巷送屠蘇。曹字善良。

丙午年門帖子

素貧貞士老還鄉，覓食求衣借屋忙。三事就中先有一，立錐地上蓋茅堂。

丁未年門帖子

數歲常懷未濟憂，欲還東府與西州〔二〕。廚邊井淺泉甘冷，大半因循爲爾留。

戊申年門帖子

南坊妬寵如宮妾，北里争妍若市娼。唯有西鄰安義命，東風也自到茅堂。

己酉年門帖子

己酉再逢鬢未皤，平生艱險飽經過。全家無恙自天祐，娼嫉之人如命何。《小亭集》卷五。

【校記】

〔二〕州：文津閣本作「舟」。

集外補遺

李太白詩

長庚昔入夢，名與少陵齊。陳隋諸作者，稍覺氣焰低。軒昂傲權貴，反爲嬖幸擠。璘也一青蠅，安能點白圭。採芝謝家英，白骨埋黃泥。《永樂大典》卷九〇二詩字韻引楊叔能《小亨集》，中華書局一九九八年，第一册三七一頁。

效孟東野

聞昔有廉士，井飲投青錢。嗟餘七尺身，眠食須人憐。夜歸借臥榻，朝起尋炊煙。喟然長太息，俯仰羞前賢。曲肱一榻上，夢與汗漫期。或登高山顛，或步清溪湄。形開日已晏，身世交相悲。願言長不寤，夢裏心怡怡。我願如蚯蚓，食土能充腸。我願如鷦鷯，自然羽而翔。人生豈不貴，歲暮天雨霜。不知冬日短，但覺冬宵長。緼袍不息恥，恐汙君衣裳。糲食不自難，恐辱君膏粱。青蠅點白石，白璧亦無光。一人向隅泣，一室皆感傷。《永樂大典》卷九〇二詩字韻引楊叔能《小亭集》，中華書局一九九八年，第一册三七一頁。

讀徐漢臣詠雪詩二首

潁守多賓客，玄冬燕賞時。聚星成故事，刻梓播妍辭。吾子追遐躅，儒官下絳帷。高吟三十韻，擬學二賢詩。

前朝閥閲有光輝，南國衣冠欲奮飛。兩地因緣春夢斷，百年事業壯心違。四民尖職士爲最，數口無依誰與歸。賓髮蒼浪五十一，天教去採故山薇。《永樂大典》卷九〇二詩字韻引楊叔能《小亭集》，中華書局一九九八年，第一册三七一頁。

青梅

詩名籍籍何益，吾道悠悠可哀。莫謂閑身已老，齒牙不憚青梅。《永樂大典》卷二八一〇梅字韻引楊弘道《小亭集》，中華書局一九九八年，第二册一四七八頁。

東坡墨梅

玉溪輕蘸横斜枝，枝頭淡月顰宫眉。短軸一幅有二絶，東坡畫出西湖詩。《永樂大典》卷二八一三梅字韻引楊弘道《小亭集》，中華書局一九九八年，第二册一五〇八頁。

空村謡[一]

淒風羊角轉，曠野埃塵腥。膏血夜爲火，望際光青熒。頹垣俯積灰，破屋仰見星。蓬蒿塞前路，瓦礫堆中庭。殺戮餘稚老，疲羸行欲倒[二]。居空村問汝，何以供朝昏。氣息僅相屬，致詞難遽言。往時百餘家，今日數人存。傾筐長鑱隨日出[三]，樹木有皮草有根。舂磨沃饑火[四]，水土仍君恩。但恨誅求盡地底，官吏有時猶到門。《永樂大典》卷三五八一村字韻引楊弘道《小亨集》，中華書局一九九八年，第三册二一〇一頁。

【校記】

〔一〕空：《中州集》卷八《張介》小傳引此詩作「荒」。〔二〕倒：清顧嗣立《元詩選癸集》癸之甲《楊處士弘道》録此詩作「傾」。〔三〕傾：元蘇天爵《元文類》卷四録此詩作「頃」，《元詩選癸集》如之。〔四〕舂：《元文類》作「春」。

章谷村

洛南千户邑，章谷一家村。屏跡山川僻，無時霧雨昏。短簷垂葦箔，老樹並柴門。日汲清泉飲，汲多常恐渾。《永樂大典》卷三五八一村字韻引楊弘道《小亨集》，中華書局一九九八年，第三册二一〇一頁。

清心堂

清心老人已仙去，家人灑掃清心堂。清心養德生百祥，後世有子如圭璋。其子才卿登進士第。君不見深中多數阻城府，自謂萬事能周防，撫摩童稚涕泗滂。身後世結號風霜，清心老人思之詳。《永樂大典》卷七二四〇堂字韻「清心堂」下引「元楊叔能詩」，中華書局一九九八年，第三册二九九二頁。

寄邢彥忠

憶昔到鄆城，肅拜見壽髯。南榮漉新酒，觴我臨前簷。半酣出詩卷，句律麟經嚴。酌酒讀君詩，取魚熊掌兼。吟聲流水滑，吻舌兵鋒銛。君體爲之動，真歡置虚謙。日駕一再周，長安見秋蟾。酷愛終南山，蒼玉刻角尖。豈知君在下，密藻寒魚潛。我亦寓窮巷，旅食唯虀鹽。捧檄就拘縶，但未施髡鉗。安能走謁君，會合比鶼鶼。《永樂大典》卷一四三八三寄字韻引楊叔能詩，中華書局一九九八年，第七册六二九七頁。

寄雲甫

馬嘶人喧雜，適從何處來。坐談恣胸臆，白日號風雷。有身不讀書，荆棘荒靈臺。蘧篨戚施輩，但解霑殘杯。吾子如大防，横遏狂瀾迴。士以氣爲主，豁達心膽開。聞之喜不寐，東望心悠哉。持正不苟合，於此觀奇材。《永樂大典》卷一四三八三寄字韻引楊叔能詩，中華書局一九九八年，第七册六二九七頁。

竇璧

誰言河水濁，鳴鏑約秦境。官軍鬧如蟻，城守申嚴警。竇璧一匹夫，欲汲困短綆。慷慨欲自效，行臺可其請。從徒二十八，設伏獨園静。邏騎百蹄翻，倏來落電影。勇士貴一決，猶豫失馬猛。賞功不踰日，簫鼓喧市井。英風激衰輭，胡以倍凄冷。元鮮于樞《困學齋雜録》，《叢書集成初編》本，中華書局一九八五年。

新編全金詩卷九七

房皞

房皞，字希白①，號白雲子，平陽（今山西省臨汾市）人。金末寓盧氏②，避兵入宋。後北歸，隱於鄉，爲河汾諸詩老之一。皞與弘道經歷相似，交情亦深。同在江南時，皞外出謀生，弘道有《送房希白序》③。弘道卒，皞作《哭楊叔能》詩。嘗著《白雲子集》行世。兹輯四十六首。

房皞詩載《河汾諸老詩集》卷五《白雲子房先生皞希白》，以文淵閣四庫全書本爲底本，校以四部叢刊初編本（影元本）、清郭元釪《全金詩增補中州集》卷五五《白雲子房皞》（《全金詩增補中州集》）、清顧嗣立《元詩選二集》甲集《白雲子房皞》（《元詩選》）等有關文獻。

---

①《永樂大典》殘帙録其詩，均署「房灝」。皞、灝音同，意猶廣而浩蕩。房氏本名皞，或流亡南宋時易名灝。

②清顧嗣立《元詩選》三集《白雲子房皞》：「希白家盧氏時，客至，烹一鷄，其雄繞舍悲鳴三日，不飲啄而死。」中華書局一九八七年，第二四頁。今按，中華書局本《續夷堅志》卷二《貞鷄》「希白宰盧氏時」之「宰」，無所依據，當是「家」之訛。

③《小亨集》卷六，《文淵閣四庫全書》本。

江上行

浮雲澹澹心悠悠，杖藜來作江邊遊。商人打鼓催行舟，洪波不斷東南流。木葉蕭蕭荆楚秋，勸君休上王粲樓，日落滄江增暮愁。

賣劍行贈韋漢臣

滄海波未澄，無人斬長鯨。韋郎三尺玉，匣中鳴不平。蛟龍一出雷雨隨，翕忽變化清四夷。可惜有才不見用，青天白日將何爲。酒酣起舞抱劍哭，肅肅悲風動茅屋。不如南山學種田，自古青萍換黄犢。

扣角歌贈史吉甫

剥剥剥，扣牛角。自從破却黄雞殼，陰陽二氣分清濁。巽則爲風震則雷，流者成川峙者嶽。易道常行日用閒，醉夢昏昏人不覺。伏羲不得已而畫，文王不得已而重。叔世不及上世隆，夫子不言人益蒙，著成大傳開盲聾。譬如日出滄海東，無物不在光明中。峨嵋山人史居士，來到公安大智寺。手攜牛角欲何爲，發明三聖心中事。人言康節是前身，但不家居洛之涘。胸中一部皇極書，造化功夫際天地。舒之則彌滿六合，卷之則不盈一握。近之則在乎目前，遠之則入乎冥邈。有人來問先天學，扣牛角，剥剥剥。

貧家女

貧家女，德性温柔寡言語。終年辛苦不下機，身上却無絲一縷。倡家女兒百不會，只向人前賣嬌態。繡裀端坐青樓中，銀燭熒煌照珠翠。書言福善與禍淫，未必天公有此心〔一〕。盜蹠長年顔子夭，古來顛倒非獨今。高處是崑崙，低處是東溟。崑崙推不倒，東海填不平，物之不齊物之情。貧女莫羨倡女榮，不義富貴浮雲輕。持身但如冰雪清，德耀荆釵有令名。

【校記】

〔一〕公：《元詩選》作「工」。

送王升卿

傷哉船子峰頭月，昨夜團團今夜缺。月華猶自不長圓，人生安得無離别。世上憂端千萬許，惟有别離心最苦。盧川春晚送君行，落花爲我啼紅雨。四海紛紛尚戎馬，我曹只合歸林下。如椽大筆今無用，日課新詩自陶寫。嵩陽佳處如畫畫，溪可漁兮田可稼〔一〕。我欲從君覓隱居，却恐山靈嫌俗駕。

【校記】

〔一〕溪：影元本、《元詩選》作「浮」。

題呂仙亭

岳陽城南呂公洞，道人見客無迎送。事少方知日月長，身閑未覺功名重。竹影松陰生午涼，山色湖光設朝供。高吟下視世間人，幾人不在黄粱夢。

寄呈岳陽諸友

稟性太褊率，不受塵事觸。自小遠市廛，僻居在嵓谷。人間嗜好心，舍書百不欲。一飽更奚求，簞瓢隨分足。失脚墮世路，纏糾若徽纆。人以官爲榮，我以官爲辱。平生喜高潔，爲官近卑俗。平生喜曠達，爲官窘邊幅。平生喜疏散，爲官貴圓熟。平生喜忠鯁，爲官多諂曲。澆漓當此時，古道那可復。鷦鷯巢一木，偃鼠飲滿腹。誰能朱門中，區區匃粱肉。折腰趨下風，不厭解印速。青山喚我歸，早晚謝羈束。一尊石上酒，浩歌對松菊。

題張信之見山堂

自古朝市人，罕與山相會。山豈欲遠人，人自與山背。張侯創新居，正在闤闠内。何以得青山，坐上日相對。胸中有丘壑，眼前無障礙。人物既蕭散，山不問內外。晚來天氣佳，收目入清快。乾坤無一塵，草木有多態。千里好風來，幾縷殘霞在。拄笏當此時〔一〕，未覺功名大。

【校記】

〔一〕拄：影元本作「柱」。

慶王鼎玉生子

魏侯照乘珠，卞氏連城玉。此物豈易得，君家貯滿屋。平生積德深，天錫以多福。熊羆入夢頻，不待封人祝。長者已雄偉，幼者更清淑。指日看騫騰〔一〕，誰爲犀角禿。願君剩買書，學語便教讀。斯文久不振，六經要再續。人生宇宙間，百歲一瞬速。美惡暫時休，何者爲榮辱。且引昔寧馨，遶院種松菊。陶潛歸去來，有子萬事足。

【校記】

〔一〕騫騰：影元本、《元詩選》作「騫騰」。

戊子

萬事人間已飽諳，一身猶自客天南。行非楊秉三無惑，性似嵇康七不堪。俗學爲名多外飾，聖人養德貴中函〔一〕。有時静坐深思省，三十年前總是慚。

【校記】

〔一〕函：《全金詩增補中州集》作「含」。

寄段誠之

咫尺春風三十三，不如歸卧舊煙嵐。浮雲富貴吾何慕，陋巷簞瓢分所甘。多語數窮深可戒，虚名無用不宜貪。寥寥孔學今千載，賴有斯人可共談。

次前韻寄王升卿

谷口人家十二三，家家窗户得晴嵐。千章雲木秀而野，一脈泉流清且甘。徇俗到頭終是病，躭書自古不名貪。作詩爲問東溪友，樽酒何時愜笑談。

辛卯生朝呈郭周卿段復之

甕面醯雞積有年，近來霧豁見全天。出言最忌談人惡，入德尤宜去自賢。回也屢空趨聖域，參乎一唯得心傳。佛岐老徑雖高絶，不及中庸道坦然。

贈趙山甫

寇盜連年劇蝟毛，一身無處可奔逃。陳平自合西歸漢，葛亮焉能北事曹。嗟我命兼才共薄，仰君名與德俱高。幾時一笑滄浪畔，右手持盃左手螯。

哭楊叔能

仰看飛鴻俯看鱗，訃來不覺淚沾巾。風塵末路尤多難，山澤臞儒只合貧。亂後有誰收恨骨，眼前無復見斯人。襄陽舊隱依然在，花落空庭冷淡春。

和李正甫九日韻〔一〕

論著哀時總可哀，不如且放笑顔開。留連風月憑詩句，管領江山有酒盃。我欲處身如此處，君言裁恨若爲裁。從今但有錢三百，相約高樓盡醉迴。

【校記】

〔一〕和：影元本作「送」。

憶新牆劉德淵

雲煙杳靄水微茫，何處青山是岳陽。白髮滿頭空自老，黄塵兩脚爲誰忙。同盟鄂渚言猶在，偕隱廬峰興未忘。近有倦遊詩數首，西風吹不到新牆。

思隱

得箇黄牛學種田，蓋間茅屋傍林泉。情知老去無多日，且向閑中過幾年。詘道詘身俱是辱，愛詩愛酒總名仙。世間百物還須買，不信青山也要錢。

寄王文炳

愛客孔文舉，能詩陸士衡。十年求識面，千里飽聞名。鬱鬱芝蘭秀，蕭蕭風露清。幾時樽酒畔，容我話平生。

和楊叔能之字韻

遭亂重相見，寬心不用悲。江山佳麗地，人物太平時。白蟻千家酒，黄花九日詩。鹿門不可隱，吾道欲安之。

丙申元日

三十八年過，星星白髮多。干戈猶浩蕩，蹤跡轉蹉跎。世事堪長嘆，吾生付短歌。江湖從此逝，煙雨一漁簑。

辛丑巴東元日

舊日逢春喜，而今怕見春。紅塵長路客，殘病老夫身。政拙難書考，家貧只累人。自憐頭上髮，更比去年新。

秋夜

百計求安未得安〔一〕，此心須在鬢凋殘。漫漫長夜渾無睡，蟋蟀堂深秋雨寒。

【校記】

〔一〕求：影元本作「未」。

自遣二首

幾見秋風幾見春，一愁未已一愁新。閑中點檢平生事〔一〕，唯有清貧不負人。

甕面浮香處處春，任他時事百端新〔二〕。自知野鹿山麋相，不是麒麟閣上人。

【校記】

〔一〕檢：影元本作「撿」。　〔二〕時：影元本作「特」。

別西湖

聞説西湖可樂饑，十年勞我夢中思。湖邊欲買三間屋，問遍人家不要詩。

題張濟之勝覽軒

誰言山色可忘憂，誰道澄江銷客愁。試倚闌杆西北望，浮雲依舊暗神州。

讀杜詩三首

後學爲詩務鬬奇〔一〕，詩家奇病最難醫。欲知子美高人處，只把尋常話做詩。

穹礴冥搜枉費功〔二〕，天然一語自然工〔三〕。況兼詩是窮人物，好句多生感慨中。

千里奔馳蜀道難，艸堂賓主罄交歡。怒冠三掛簾鈎上，誰謂將軍禮數寬。

【校記】

〔一〕鬬：影元本作「鬪」。　〔二〕穹：《全金詩增補中州集》作「磅」。　〔三〕然：《永樂大典》卷九〇三詩字韻引房灝詩作「成」。

春日觀菜

手種蕪菁欲療饑，春來頗怪發生遲。東風貪長新桃李，未有功夫到菜畦。元房祺《河汾諸老詩集》卷五《白雲子房先生皞希白》

集外補遺

寄西湖

昔年曾向西湖住，日夕閑行湖上路。東風二月梅花開，香得孤山無著處。六尺瘦藤雙翠屨，眼前物物皆詩具。被人牽挽出山來，荷衣盡爲緇塵汙。世態翻騰不如故，青鏡無情又衰暮。富貴浮雲何有哉，一盃且樂閑中趣。長江浩浩東南注，夢寐孤山飛不去。若見梅花頻寄音，黃金煉出相思句。

別西湖二首

滿城羅綺照青春，湖上風光日日新。人在畫船泥樣醉，安知西北有兵塵。

書生老眼厭風埃，天遣臨安看一回。便是西湖不留客，也曾身到日邊來。《永樂大典》卷二二六四湖字韻引《中州元氣集》房灝《寄西湖》云云、《别西湖》云云，中華書局一九九八年，第一册七八七頁。今按，《别西湖》三首，其中之一已見集中。

讀友人詩六首

客從長安來，夢寐嵩少間。誤入梁王都，繁華亦可觀。清晨登吹臺，豁豁詩眼寬。回頭一西顧，三十六青山。

天垂日月光，人目藉以明。夜深黑如漆，誰不摸索行。異哉學仙子，視明恐目盲。終日暗室中，癡坐守冥冥。

自古賢聖人，立行貴適中。所以千萬年，人感教化功。西山聳夷節，東魯揚惠風。清和亦奚罪，後世隘與恭。

天地有定位，醉眼迷東西。望道未之見，自魯還適齊。安車由坦途，不聞有顛隮。胡爲遶丘壑，披蒿尋幽蹊。

有客從東來，攜我陟峻嶺。或上如緣壁，或下如墮井。四望雲霧深，天藏秘佳景。歸來返平川，紅日正炳炳。

揚子草太玄〔二〕，知音一何寡。寥寥千載後，僅得邵與馬。費盡二公辭，不贖蘇子罵。玄尚且如斯，況不及玄者。

【校記】

〔一〕揚：原作「楊」，此從《漢書》卷八七《揚雄傳》。

漫成

膰肉不至孔子行，醴酒不設穆生去。聖賢志豈在酒肉，酒肉之中禮所寓。主人待客禮已亡，客若不去真苟聚。丈夫生有萬里氣，豈肯低眉市虛譽。與其舐痔得車多，曷若行車丐於路。我之爲我當自持，窮達聽天必無固。或乘雲天登蒼梧，或遊東海隨煙霧。杖頭一掛一壺酒，滿目江山總詩具。浩然一點天地間，我大物小坦無懼。不然須入鹿門山，徑謁龐公棲隱處。蓋頭風雨茅三間，妻學辟纑兒織屨。石田瀕水得數畦，病力猶堪種芎芋。弊衣糲食任平生，天下何思復何慮。一毫既不詘於人，綽綽胸中有餘裕。

讀杜詩

白水魚竿鶴髮翁，世間底處覓英雄。縱横雖有如椽筆〔一〕，不入麗人眼目中。

【校記】

〔一〕椽：原作「緣」，刊誤。今按，《晉書》卷六五《王珣傳》：「珣夢人以大筆如椽與之，既覺，語人曰：『此當有大手筆事。』俄而帝崩，哀册謚議，皆珦所草。」

漫題

白髮已刁騷，赧顔懶折腰。身如枯木瘦，心似穀芽焦。歲月長漂泊，生涯慣寂寥。年來忘肉味，豈是爲聞韶。

偶得

節過重陽景自殊，斜風細雨曉寒初。黄花自逐秋光老，白髮還同世事疎。百念已灰時去矣，一身多病盍歸歟。幽居自是無車馬，獨對餘尊對道書。《永樂大典》卷九〇三詩字韻引房灝《讀友人詩六首》云云、又《漫成》云云、又《讀杜詩》云云、又《漫題》云云、又《偶得》云云，中華書局一九九八年，第九册八五六四頁。

紅梅

天生玉骨更朱顔，一種春風顯兩般。草木也隨時事變，豔粧要入俗人看。《永樂大典》卷二八〇九梅字韻引《中州元氣集》房灝詩，中華書局一九九八年，第二册一四六二頁。

王鼎玉索賦蕚緑梅

一株香雪冠溪南，萬紫千紅總覺慚。只爲平生太清絶，白頭纔得著青衫。《永樂大典》卷二八〇九梅字韻引《中州集》房灝詩，中華書局一九九八年，第二册一四六七頁。今按，現存諸本《中州集》未見房皥詩。

新編全金詩卷九八

段成己 一

段成己，字誠之，號菊軒。絳州稷山（今山西省運城市稷山縣）人。段氏爲稷山望族，曾叔祖鐸，正隆進士，官至華州防禦使。祖汝舟，父恒，以德學聞。成己少時與兄克己並以才名。興定中，遊汴京，禮部尚書趙秉文識之，目曰「二妙」，且大書「雙飛」二字。成己登正大七年進士第[①]，調宜陽主簿。金亡後，與兄隱居河津龍門山中。會文友，結詩社，吟詠唱酬。克己殁，徙居平陽。中統元年，授平陽路儒學提舉，未赴。至元七年，爲曹之謙所輯《元遺山詩集》撰序[②]。至元十六年卒，年八十一。成己與其兄詩詞合刊爲《二妙集》八卷。元代名士吴澄序曰：「河東二段先生心廣而識超，氣盛而才雄，其藴諸中者，參象德之妙；其發諸外者，綜群言之美，其有感於興亡之詩，則陶之達、杜之

①元同恕《榘庵集》卷六《段思温先生墓誌銘》謂成己、克己「同登金正大七年進士第」，無所依據。元虞集《稷山段氏阡表》稱「成己登正大進士第」，未及克己，見元蘇天爵《元文類》卷五六，上海古籍出版社一九九三年；元吴澄《吴文正集》卷三四《元贈奉議大夫驍騎尉河東縣子段君墓表》記「成己正大七年進士」，亦未及克己。《文淵閣四庫全書》本。

②《永樂大典》卷九〇九詩字韻録「段成己集元遺山詩引」，中華書局一九九八年，第九册八六〇五頁。

憂，蓋兼有之。」①兹輯一百九十九首。

段成己詩載《二妙集》，以文淵閣四庫全書本爲底本，校以石蓮盦彙刻九金人集本（石蓮盦本）及文淵閣四庫全書本元房祺《河汾諸老詩集》卷七《菊軒段先生成己誠之》（《河汾諸老詩集》）、清郭元釪《全金詩增補中州集》卷五八、五九《菊軒段成己》（《全金詩增補中州集》）、清顧嗣立《元詩選二集》甲集《菊軒先生段成己》（《元詩選》）等有關文獻。

吾兄同仲堅采鷺鷥藤於午芹之東溪因詠詩見示前代詩人未嘗聞賦此者此花長於田野籬落間人視之與草芥無異是詩一出好事者將知所貴矣感嘆之餘敬次其韻有與我同志繼而述之不亦懿乎

微雨灑郊坰，百卉欣竝育。幽花發溪側，間錯金珠簇。徐看是鷺藤，香味濃可掬。忍饑出新句，大笑負此腹。遺落榛莽間，采擷誰見蓄。情知無俗姿，安能悦衆目。先生日來往，東溪路應熟。一經題品餘，名字耀巖谷。遇合良有時，不才異山木。

① 《二妙集》卷首，《文淵閣四庫全書》本。

吕氏用静齋

兩崖夾嵯峨，一水中委蛇。是間有高人，静與山林期。結茅並溪石，故跡司空遺。因人愛其山，佳處應自知。心閑境隨勝，眼静山增奇。寥寥丈室中，日用夫何爲。不書咄咄字〔一〕，高詠休休詩〔二〕。無人書一編，有興酒數巵。便是一生了〔三〕，安問蓍與龜。依依中條雲，夢想紫芝眉。昨朝寄書至，謂我來何時。急營買山錢，已覺從君遲。他年兩繩床，分忍西山饑。

【校記】

〔一〕字：《全金詩增補中州集》卷五八、《元詩選》作「事」。　〔二〕詩：《全金詩增補中州集》、《元詩選》作「詞」。　〔三〕是：石蓮盦本作「足」。

壽夢庵張信夫

一杯甕頭春，持壽丹山客。洗盞置客前〔一〕，共坐林下石。酒酣語益真，道合意自適。東風吹醉眼，高興寄空碧。人生天地間，迅若駒過隙。胡爲就羈縛，惴惴從物役。何如夢室中，一笑百憂釋。棄置勿復道，旅懷陶兹夕。

【校記】

〔一〕置：《全金詩增補中州集》卷五九作「至」。

蒲城董公余素不識其何如人也一日袖橫軸所謂龍窩圖者同仲堅來過而以詩見謁〔一〕余雅不能文詩尤非所長者加之老病日久縱不避拙惡亦安能爲他人雕肝腎邪〔二〕渠請益堅余重違封意且念其勤姑因所見以敘之云爾〔三〕

封生攜客來，謁我蓬蒿裏。軒軒抗塵俗〔四〕，不知誰氏子。所生吾既賢〔五〕，伊人亦云喜。探懷出新圖，一語煩舉似。蹇予不能文，三請意未已。溪山有素期，入眼盡其美。層雲蔽重淵，萬木夾兩涘。飛流瀉絶壑，千丈垂幅紙。餘霏散如霧，點滴亂紛委。何物竅其傍〔六〕，相傳龍所止。廟貌寄空山，何代爲經始。年深祭血乾，亂久誰復祀。威靈昔所聞，對面隔千里。誠通感必應，雖遠猶在邇。巍巍窟宅尊，安臥久不起。何當洗甲兵，倒挽豳溪水〔七〕。

【校記】

〔一〕來過：《全金詩增補中州集》卷五八、《元詩選》作「見過」。〔二〕雕：石蓮盦本作「摧」，《全金詩增補中州集》、《元詩選》作「椎」。〔三〕爾：石蓮盦本作「耳」。〔四〕抗：《元詩選》作「亢」，通。〔五〕生：諸本作「主」。〔六〕傍：石蓮盦本、《全金詩增補中州集》作「旁」。〔七〕豳：原作「幽」，此從石蓮盦本、《全金詩增補中州集》。

余懶日甚不作詩者二年矣間者二三子以歌詠相樂請題於吾兄遯庵遂以歲月坐成晚命之因事感懷成五章以自遣志之所之不知其言之陋也覽者將有取焉

負暄頹簷下，病骨喜新霽。微風動天宇，木葉隕虛砌。緬懷平生事，奔走愧非計。投身田野間，心跡得少憩。時榮豈不慕，省躬自當逝。薇蕨滿春山，猶可以終歲。

罷書掩關臥，窗牖亂清樾。風枝驚宿鳥，絫絫畏顛越。葉聲走前庭，誤聽雨未歇。不知霜已重，但覺寒切骨。耿耿不能寐，起坐候明發。試問夜如何，虛簷轉殘月。

晨起坐高齋，鳥啼幽寂破。小兒具文墨，信手供日課。既無寵辱驚，又不至寒餓。自量亦云幸，到此能幾箇。更欲希世榮，所望毋乃過。蒲團正温厚，得穩且安坐。

連蹇拙進宦，艱難昧理生。一事且不免，況欲二者並。忍窮分所安，不爲世所縈。床頭一卷書，静洗胸次平〔一〕。偶逢會心人，欵欵話中情。瓶儲喜不空，今年賴西成。

青山如有情，向人呈偃蹇。我本山中人，一出偶忘反〔二〕。崎嶇半天下，始覺居山穩。力極勢有迴〔三〕，若不費推挽。稅駕長自茲〔四〕，千里豈雲遠。舉手謝山靈〔五〕，應笑歸來晚。

【校記】

〔一〕静：諸本作「浄」，通。〔二〕反：《全金詩增補中州集》、《元詩選》作「返」，通。〔三〕有：《全金詩增補中州集》、《元詩選》作「自」。〔四〕長：諸本作「良」。〔五〕靈：《全金詩增補中州集》、《元詩選》作「英」。

詸雙峰興上人

堂堂雙峰師，不受世塵汙。禪坐三十年，俯仰無愧處。平生大事畢，欲留不可住。適來水中漚，水行漚復聚。適去火上煙，煙散火如故。徜徉天地間，去來隨所遇。我懷未能忘，正隨分別趣〔一〕。涕餘會貞心，三嘆出門去。

【校記】

〔一〕隨：《全金詩增補中州集》卷五九作「坐」。

贈呼延長原

我來負犢巔，投跡汾水濱。亂餘寡儔侶，所遇皆所親。一行未易完，忍更求其純。矯矯呼延生，棟宇接近鄰。雖云符詛師，頗異尋常人。疾苦在力救，貴賤情一均。功成不責報，第恐傷吾仁。曠懷寓杯酒，不計醨與醇。一酌萬事畢，肝膽平輪囷。酒酣奮長袖，滿坐生陽春。

人皆笑汝狂，我獨愛汝真。參苓吾所須，收爲藥籠珍。吾聞先天術，原委有本因。後人罕知學，莫復窺其津。華陀起東漢，扁鵲名西秦。二君本儒者，卒以醫自神。願生繼高躅，勉勉勿因循。

贈研師寄寄翁

有客杭城客〔一〕，不知何人斯。自云來西秦，著腳汾之湄〔二〕。放浪三十年，野鹿不受羈。是身寄虚空，欻若駒隙馳。竄名書研間，聊寄吾寄爲。遊戲出三昧，我豈甄陶師。心成應之手，觚揹各異宜〔三〕。萬象且胚渾〔四〕，一一非人私。妙凝天地中，不甎亦不坯〔五〕。探懷出蒼璧，炯炯光陸離。摩挲湛秋水，隨手生寒漪。雖鑿混沌竅，太璞猶未漓〔六〕。回首銅雀瓦〔七〕，千載垢有遺〔八〕。坐令吕與張，羞受牛後嗤。便當什襲藏，奚必古見奇。待價不求售，特易詩人詩〔九〕。卷餘兩牛腰，得之猶恐遲。歸來飯甑空，一字不救饑。咀嚼謳枯腸，似高還似癡。商財與蠟屐〔一〇〕，優劣孰等夷。不如且置之，安事屢解頤。翁聞爲一笑，此事非所知。苟可適吾欲，君詩不當辭。

【校記】

〔一〕杭城客：石蓮盦本、《全金詩增補中州集》卷五九作「抗塵容」。今按，據詩中「自雲來西秦，著腳汾之湄」云云，此「杭城」非「杭州」，姑仍之，俟考。〔二〕湄：石蓮盦本、《全金詩增補中州集》作

「麋」。〔三〕擿：石蓮盦本、《全金詩增補中州集》作「樀」。今按，「樀」古同「擿」。〔四〕萬象：石蓮盦本作「萬家」。〔五〕坯：《全金詩增補中州集》作「壞」。今按，「坯」古同「壞」。〔六〕太璞：《全金詩增補中州集》作「大樸」。〔七〕雀：石蓮盦本、《全金詩增補中州集》作「臺」。〔八〕遺：《全金詩增補中州集》作「餘」。〔九〕特：《全金詩增補中州集》作「持」。〔一〇〕商財：《全金詩增補中州集》作「障篦」。

刁少府優善堂

取人戒不周，取善貴不遺〔一〕。理能兼衆美，何必勞營爲〔二〕。奈何當途人〔三〕，好以智自私。身勤事仍左，終日徒紛披。君侯本將種，磊落真男兒。延英闢賓館，下問質所疑。優善題其顏，美意良可知。永懷正子賢，千古猶一岐。休休好善心，一出忠厚資。片善或可取，不厭蓬茅卑。人輕千里遥，願吐胸中奇。投誠盡實理，入耳無諛辭。從容談笑間，萬事無不宜。三年報政成〔四〕，齪齪何其遲。潛令十萬家，共煦晴春曦。退食自高堂〔五〕，何慮復何思。

【校記】

〔一〕貴：《全金詩增補中州集》卷五九作「戒」。〔二〕營：原作「縈」，此從石蓮盦本、《全金詩增補中州集》。今按，唐白居易《官舍小亭閑望》：「持此聊自足，心力少營爲。」見《全唐詩》卷四二八。〔三〕顔：《全金詩增補中州集》作「堂」。〔四〕成：《全金詩增補中州集》作「後」。〔五〕自高堂：

《全金詩增補中州集》作「坐南堂」。

梁國祥静樂堂〔一〕

穰穰區中人，役心名與利。於身竟何有，乾没無少置〔二〕。叔敬有耳孫，犖犖與時異。一官不肯覓，閑居養高志。築室塵境中，中有塵外意。方其厭囂湫〔三〕，歸來得小憇〔四〕。床頭一卷書，静洗紛華累〔五〕。苟能樂其樂，寧復事吾事。見客不吝情，有酒即成醉。爲問東華塵，何如北窗睡。清風吹我懷，萬事覺無味。誰知方寸間，自有清凉地。

【校記】

〔一〕梁國祥：《全金詩增補中州集》卷五八、《元詩選》作「題梁氏」。〔二〕無：《全金詩增補中州集》、《元詩選》作「不」。〔三〕湫：《全金詩增補中州集》、《元詩選》作「啾」。〔四〕得小憇：《全金詩增補中州集》作「行少墍」，《元詩選》作「行少墍」。〔五〕静：諸本作「浄」，通。

陳子正容安堂

陳子少英邁，逸氣不可挫。典型肖乃翁，出語輒驚座。行止非所能，造物任掀簸〔一〕。功名鷹在韝，歲月蟻旋磨。區區一邑中〔二〕，十載供吏課〔三〕。結廬慕淵明，志向有許大。潑墨寫形似，終日相對坐。一室足我容，百念付慵墮。青山出簷楹〔四〕，流水出其左〔五〕。植花數十叢，種竹千百箇。事來若機張，事去如甑墮[六]。浩然方寸間，不受一塵汙。豈無二仲賢，閑暇日相過。有酒相獻酬，有詩互賡和。溪山入笑談，珠玉霏咳唾。徜徉天地間，一物莫非我。醉來語益真[七]，卿去我將臥。主人正高枕[八]，山鳥莫啼破。

【校記】

〔一〕掀簸：原作「掀簸」，此從諸本。今按，《二妙集》卷一段克己《贈答封仲堅》：「暑雨畏霖潦，霜風苦掀簸。」另，石蓮盦本、《全金詩增補中州集》「任」作「聽」。〔二〕邑：石蓮盦本作「室」，《全金詩增補中州集》卷五八、《元詩選》作「邑」，注「一作室」。〔三〕十：石蓮盦本作「千」；吏，諸本作「史」。〔四〕出：諸本作「隱」。〔五〕其：《全金詩增補中州集》、《元詩選》如之，注「一作階」，《河汾諸老詩集》即作「階」。〔六〕甑：《全金詩增補中州集》、《元詩選》如之，注「一作瓶」，《河汾諸老詩集》作「缾」，同「瓶」。〔七〕益：《全金詩增補中州集》、《元詩選》作「更」。〔八〕枕：《全金詩增補中州集》、《元詩選》如之，注「一作眠」，《河汾諸老詩集》即作「眠」。

送張世傑赴京兆幕府

雨雪方載塗，霜風裂膚肌。丈夫四方志，遊子千裏期。簡書豈不畏，孀親髮如絲。恩義兩相奪，欲行還遲遲。世榮豈不慕，此心難遽夷。大分既有定，僶俛安得辭。伊人遇知己，第恐負所知。去去勿重陳，摶扶良自兹[一]。苟能以義養，猶足慰親思。

【校記】

〔一〕摶：原作「搏」，此從石蓮盦本、《全金詩增補中州集》卷五九。今按，《莊子・逍遥遊》：「鵬之徙於南冥也，水擊三千里，摶扶摇而上者九萬里，去以六月息者也。」

馮生成之自燕歸平陽賴寂照先生獲脱奴役復齒士列將復歸燕主吾友濟夫來謁詩姑序其槩以答云

英英大爲君〔一〕，雅志在千里。坎窞不得前，而姑止於此〔二〕。出處雖兩途，動静無二理。燕坐三十年，初不離朝市。了了方寸間，湛然若秋水。馮生適何來，眉目差可喜。自云衣冠後，家破偶不死。失身坑阱中，摇尾凡幾祀。過者日千百〔三〕，藐焉不一止。忽逢盤谷翁，引手惟力致。力極勢未回，既出幾復委。不知何因緣，又入先生耳〔四〕。一見不忍遺，即命加冠履。奴虜豈所安，推己乃知彼。惻然動於中，棄金猶棄粃。少屬豺虎場〔五〕，永謝泥與滓。乞詩答盛德，此意良亦美。顧我欲何言，一笑不如己〔六〕。先生世外人，於汝初何竢。苟能肩一心〔七〕，綺語奚足恃。屈信固有時，此政在知己。勿如越石父，以是驕晏子。

【校記】

〔一〕爲君：石蓮盦本、《全金詩增補中州集》卷五九作「馮君」。〔二〕而：原作「向」，此從石蓮盦本、《全金詩增補中州集》。〔三〕過：石蓮盦本作「遇」；千百，《全金詩增補中州集》作「千萬」。

〔四〕又：《全金詩增補中州集》作「得」。〔五〕屬：《全金詩增補中州集》作「辱」。〔六〕如：《全金詩增補中州集》作「知」。〔七〕肩：《全金詩增補中州集》作「堅」。

崧陽歸隱圖

落落出世人，視世猶糠粃。獨惟愛山緣，一念未渠已。嘗行崧陽道，經覯略可紀。有山皆孱顔〔一〕，有水盡清泚。寒籐絡古木，奇花間芳枳〔二〕。風從四山下，紅緑亂紛委〔三〕。雲日互蔽虧，百態呈怪詭。微泉不知處，叢薈鳴宫徵。山鳥忽驚飛，落花空巖裏。静聞雞犬聲，人家應在邇。百年能幾日，山間有餘晷。孰知桃花源，不出武陵水。回首視人間，囂囂足塵滓。便擬結椽茅，匆匆迫行李。一來汾沮洳，留滯綿幾祀。幽懷眇難忘〔四〕，澹墨寄形似。舊遊一經眼，來往差可喜〔五〕。此心本無著，夫豈爲物使〔六〕。昔何從而來〔七〕，今從何而止〔八〕。翛然來往間，於是得之子。幻影竟安用，我亦聊爾耳〔九〕。一笑兩忘言，庭花萎堦戺。《二妙集》卷一。

【校記】

〔一〕顔：原作「頑」，此從諸本。今按，《漢書》卷五七《司馬相如傳》所載《大人賦》：「沛艾糾螑仡以佁儗兮，放散畔岸驤以孱顔。」唐顔師古注：「孱顔，不齊也。」〔二〕間：《全金詩增補中州集》卷五八、《元詩選》作「開」。〔三〕紛委：石蓮盦本作「紛萎」。〔四〕眇：原作「耿」，諸本作「渺」。今按，「耿」爲「眇」之訛字；「眇」與「渺」通。〔五〕來：《全金詩增補中州集》、《元詩選》作「未」。

〔六〕夫：原作「天」，此從諸本。〔七〕何從：石蓮盦本作「從何」。〔八〕從何：《全金詩增補中州集》、《元詩選》作「何從」。〔九〕聊爾耳：《全金詩增補中州集》作「聊爾爾」。

送尋正道歸蒲中

江頭楊柳才堪折〔一〕，陌上行人還又別。春光不解苦留人，兩岸楊花飛白雪。江風摇摇吹緑波，欲别未别傷如何。勸君且住聽我歌，後日重來白髮多。

【校記】

〔一〕頭：《全金詩增補中州集》卷五八、《元詩選》如之，注「一作邊」。

楊生深甫以醫鳴河汾遯庵先生以下皆贈以詩生吾黨士也觀其意似不以淺近自期者故予之所述不特稱道而已也

楊生頭角非凡子，少以醫名動州里。胸懷了了中可人，容貌恂恂外如鄙。前徽未艾足憑藉，論議滔滔有原委〔二〕。人身造化一天地，敢謂精微盡於此。中情蓹覷不自安，願就先知問其旨。遯菴先生天下士，挈攜陬維爲指似。古人桃源不難到〔三〕，但恐中心復中止。千金再拜一言重，採掇方書究終始。姓名會看滿人間，滾滾西馳若汾水。

【校記】

〔一〕原：石蓮盦本作「源」。〔二〕桃源：《全金詩增補中州集》五九作「由此」。

松溪幽隱圖

何宮遺搆山之隅〔一〕，長松蔽映千萬株。中有一徑穿縈紆，冷風蕭瑟無時無。人間赤日如洪爐，恍如仙景來蓬壺〔二〕。蹤跡一墮聲利區，回首自覺泥途汙。歲月因循歸計迂，松溪想像勞形模。可憐塵夢今始蘇，空對溪山慚畫圖，一日歸來聊自娱〔三〕。

【校記】

〔一〕宮：石蓮盦本作「官」。〔二〕如：石蓮盦本、《全金詩增補中州集》卷五八作「疑」。〔三〕歸來：石蓮盦本、《全金詩增補中州集》作「來歸」。

壽賈總管

紫髯茁頤膽滿軀，胸懷落落真丈夫。古稱山西出將種，我公家世皆吾儒。朝家未録勳臣後，時時射虎西山隅。一官平水今幾年，鄉閭自覺疲氓蘇〔一〕。驥塗千裏會須展，小邦未足勞馳驅。繡衣錦帽不復見，人言怨也終平吴。此時此日生鵷雛，鬱葱佳氣充公閭。當筵擊築聲嗚嗚，滿堂賓客聯簪裾。天公催花爲嘘枯，要及花下傾金壺。春風花開人不孤，年年人與春風俱。

【校記】

〔一〕自：諸本作「坐」。

送賈德遠北上并序。

生親老家貧，輟晨昏定省之養以入京師，其心將有得而歸，爲親榮也。雖其親之心亦然，而一生之勞〔二〕，故不暇計。忘勞以悦乎親，生之志也。若生者，其以義養者與。於其行，乞言以爲别。吾老矣，言不見用於世，雖無吾言〔三〕，顧於生何缺？生意堅而無倦色，姑序其事以慰其行云。

賈生歷落非庸子，坐守窮廬足文史。山田磽確無百畝，日課諸郎力耘耔。瓶儲顛倒得幾何，晨夕安能具甘旨。抱關擊柝有不擇，知效一官聊爾耳〔三〕。霜風栗冽歲雲暮，水宿山行二千里。及親而仕古所樂，敢以崎嶇憚行李。明年花發聽君還〔四〕，綵戲階庭爲親喜。《二妙集》卷二。

【校記】

〔一〕生：石蓮盦本、《全金詩增補中州集》卷五九作「身」。〔二〕雖無吾言：《全金詩增補中州集》作「雖無言」。〔三〕知、爾耳：《全金詩增補中州集》作「智」、「爾爾」。〔四〕聽：《全金詩增補中州集》作「望」。

新編全金詩卷九九

段成己 二

贈答詩社諸君

賣藥韓康伯，能詩張志和。真鋼須百煉，明鏡要重磨[一]。眼底如君少，閑中得子多。兵連猶未解[二]，莫厭數相過。

【校記】

[一]明鏡：《全金詩增補中州集》卷五九作「明月」。[二]解：《全金詩增補中州集》作「斷」。

漫成二首

一榻了窮冬，吾生喜易供。盡教人笑拙，最苦客妨慵。無寐閑欹枕，忘言醉倚筇。可憐猿與鶴，歲晚肯相從。

時序驚何速，形骸强自持。整冠毛屢脱，束帶孔頻移。蹭蹬成空老，吟哦不救饑。百年行已久，一笑欲何之。

和答木庵英粹中〔一〕

四海疲攻戰，餘生寄寂寥。花殘從雨打，蓬轉任風飄。有興歌長野，無言立短橋。敝廬獨在眼〔二〕，殊覺路途遥。

【校記】

〔一〕英粹中：《全金詩增補中州集》卷五九作「吴粹中」，刊誤。今按，釋性英字粹中，時稱英粹中或英上人，號木庵，金末詩僧。見《遺山先生文集》卷三七《木庵詩集序》。〔二〕獨：石蓮盦本作「猶」。

送王子壽之平遥三首

卜築謀南邁，回轅遽北之。有情慚見厚，無語只空悲。易忍行時淚，難堪别後思。明年鴈來日，屈指數歸期。

宿靄添行色，晨鐘戒促裝。去期何太迫，引語不成章〔一〕。戲彩憐文度，扶衰賴孟光。臨汾一巵酒，目斷隴雲長。

識面時何晚，論心分已深。相期同卜築，豈料遽分襟。别日宜加飲〔二〕，因風莫吝音。家山有成約，聞健早來尋。

【校記】

〔一〕引：《全金詩增補中州集》作「别」。　〔二〕飲：石蓮盦本、《全金詩增補中州集》作「飯」。

壽李濟夫

夫子何爲者，昂藏不入時。眼前諸事罷，膝下兩兒嬉。落落真難合，悠悠聽所之。黄花一杯酒，歲喜與君持。《二妙集》卷三。

蕭少府挽詞并引。

隰倅蕭君，余不識其何如人也。余初入城府，謁余於客邸，敝衣敗絮，渺然一寒生爾。爾後時時於朋遊中見之，貌益恭，氣益和，與之言，確然有守而不踰乎中，其加於人豈一等也。一日，卒於平陽之學舍，府僚張侯而下皆有挽章，吾友公度邀余同賦，義不可辭，且蕭君母氏在堂，臨年而失賢子，行道之人聞之爲之出涕，以相其哀焉，況平昔常所往來者。爲出一章以弔，但辭鄙義拙，不足以發明蕭君之德業，例奉繐帷，以瀆爲愧。

蘭杜摧芳不待秋，令人灑淚怨靈修。門前弔客多青眼，堂上孀親半白頭。共説才華爲衆許，豈期仁義是身讎。一抔冥寞重泉土，野老相傳説故侯。

總管李侯移鎮京兆某久不能即門屏奉巵酒以賀爲慊謹作拙惡以餞行軒〔一〕

一劄飛書下日邊，龍移方伯鎮長安〔二〕。晉城父老心皆泣，秦地奸豪膽已寒。千里馳驅容驥展，九霄空闊看鵬摶。十年潦倒登門客，臥病無由挽去鞍。

【校記】

〔一〕某：石蓮盦本、《全金詩增補中州集》卷五八作「病」。另，《全金詩增補中州集》「慊」作「歉」，通。

〔二〕鎮：《全金詩增補中州集》、《元詩選》作「殿」。

和師巖卿遷居之韻

君看行路古來難，人鳥其間得少安〔一〕。三窟未成那用狡，一枝粗穩不須寬。破除夢境原無國〔二〕，收拾詩盟舊有壇。秋菊春蘭俱可喜，等閑乘興一憑欄。

【校記】

〔一〕人：石蓮盦本、《全金詩增補中州集》卷五九作「木」。另，《全金詩增補中州集》「少」作「小」。

〔二〕原：石蓮盦本作「元」。

伯和告别北邁欲得一言以資行槖惓惓之意蓋不能違也病臥中殊無好懷漫以此贈

聽唱離歌一再行，翩翩裘馬戒晨征。據鞍耿耿壯夫志，去國遲遲遊子情。野店人稀休奠枕，山蹊路險莫貪程。一鞭行色西風順，萬里秋空片鶚横。

李公子誕日賦詩爲壽

歲晚喬松益倔强[一]，幾經風雪幾經霜[二]。鬢毛不與秋同老，名字長隨菊共香。階下芝蘭相照映，人間岐路極微茫。願君參取東坡法[三]，有病安心是藥方。

【校記】

〔一〕益：《全金詩增補中州集》卷五九作「蓋」。〔二〕經霜：《全金詩增補中州集》作「冰霜」。

〔三〕法：《全金詩增補中州集》作「意」。

張提舉子華報政中臺賦詩爲餞第荒淺良愧也

廟堂遣使出分巡，撫養遺黎尚舊人。今日不虚前日舉，去時仍是到時貧。一心耿耿公家務，兩鬢蕭蕭驛路塵[一]。鞭筭自君家世事[二]，蹄涔未足到天鱗[三]。

【校記】

〔一〕驛：石蓮盦本作「客」。〔二〕鞭箕：石蓮盦本作「鞭莫」，《全金詩增補中州集》卷五九作「鞭策」。〔三〕到天麟：《全金詩增補中州集》作「騁騏麟」。

送婁郎中秀實北上〔一〕

氣壓元龍百尺樓，摶空鵰鶚政高秋〔二〕。珥貂自屬封侯相，借箸咸推決勝籌。會計不勞談笑了，功名未肯等閑休。并州豪俠流風在，慚愧儒冠謾白頭〔三〕。

【校記】

〔一〕婁郎中秀實：《全金詩增補中州集》卷五九作「婁郎秀實」。〔二〕摶：原作「搏」，此從石蓮盦本、《全金詩增補中州集》。〔三〕謾：石蓮盦本、《全金詩增補中州集》作「漫」，通。

壽李濟夫

往來詩酒晉城間，白首相看尚昔年〔一〕。鳩卜一枝如我拙，驥思千里屈君賢。床頭文史猶堪樂，眼底芝蘭正可憐。但願太平身健在，西風長醉菊花前。

【校記】

〔一〕首：《全金詩增補中州集》卷五九作「日」。

送總管李侯北上

姓名合上郭公臺，落落襟懷間世才。飛騎屢朝天上去，好音時向日邊來。中心都爲明時盡，東閣當因好客開[一]。萬里鵬程從此始，垂天雲翼看徘徊。

【校記】

[一]當：《全金詩增補中州集》卷五八作「常」。

辛丑清明後三日詩社諸君燕集於封仲堅别墅談笑竟日賓主樂甚然以未得吾兄弟數語爲不足既而遯庵兄有詩余獨未也主人責負不已因賦以應命云二首

燕子歸來人未歸，平生事業與心違。天翻地覆春仍好，雨打風吹花又稀。淡抹平林煙苒苒，亂飄香雪絮霏霏。可憐光景誠虚擲，坐對虚尊到夕暉。

善惡人情已飽諳，岸紗宴坐看晴嵐。折腰不是淵明懶，作吏原非叔夜堪[一]。老去一觴猶有味，病來萬事更何貪。從頭悉讀行年記，慚愧春風四十三。

【校記】

[一]原：《全金詩增補中州集》卷五八作「元」。

題張氏雄飛亭

大署佳名揭棟甍，相君英氣見平生。心隨燕雁共千里，志效齊禽眇一鳴。昭代誰人飛鶚表，滄溟何日徙鵬程〔一〕。會乘風便扶摇上〔二〕，但恐垂天翼未成。

【校記】

〔一〕徙：《全金詩增補中州集》卷五九作「縱」。　〔二〕上：《全金詩增補中州集》作「去」。

紅梅二首

誰點冰梢絳雪團，黄昏和月倚闌干。羞隨桃李争春意，要伴松筠傲歲寒。冷艷只宜閑處著，淺妝難入俗人看。天心固惜和羹便〔一〕，空抱枝頭一點酸。

淡掃胭脂碎玉團，天生異物著江干。月邊標格嬌增韻，雪底精神巧耐寒。春意祇應容易見〔二〕，人情還作等閑看。可憐棄置蓬蒿外，倚仗東風鼻一酸。

【校記】

〔一〕固惜：《全金詩增補中州集》卷五八作「未借」。　〔二〕祇：《全金詩增補中州集》卷五九作「底」。

送仲堅漢臣二子過南澗歸賦是詩

螻蟻微生脱怒濤，一茅容膝盡逍遥。宦情更比詩情薄，目力聊憑酒力消〔一〕。心類候蟲寒更切，鬢隨霜葉病先凋。兒童失笑翁慵甚，送客今朝卻過橋。

【校記】

〔一〕目：石蓮盦本、《全金詩增補中州集》卷五八、《元詩選》作「日」。

寒食後有感而作二首

二月山城尚薄寒，冬衣未解嘆衰殘。賞心更比年時減，酒量全非舊日寬。點點花隨春共老，悠悠詩興夢俱闌。此身只合山間了，勳業何勞鏡裏看。

薄命書生不足論，春來憔悴寄荒村。花間也作南華夢，眼底還無北海尊。風掠平波寒剪剪，雲拖殘雨晝昏昏。興來偶逐歸禽返，燈火人家半掩門。

送史生仲恭北上

裘馬翩翩事遠遊，少年豪舉氣橫秋。愛君早有四方志，爲我能無一日留。擊築悲歌增感慨，倒瓶濁酒浣離愁。他時相憶勞回首，何處風沙認晉州。

仲堅將去平水成行之夕飲於史氏之山齋〔一〕

得子膠膠擾擾間，往來未熟各衰顏。百年更有幾回醉，一月都無數日閑。不放肝腸中白墮，將何面目對青山。相逢且盡今朝樂，明日紅塵復市寰。

【校記】

〔一〕成行、夕飲：《全金詩增補中州集》卷五九作「啓行」、「會飲」。

齋居偶成二首

赤子誰能捋虎鬚，溪山好處颺輕裾。頭顱久覺非侯相，顔面從教與世疏。一榻清風塵土外，半軒黄菊雪霜餘。明經自爲兒孫計，敢與鴻儒論石渠。

湛如古井冷無波，鈍若吴鈎澀未磨。半紙功名蝸左角，百年身世蟻南柯。天翻地覆親曾見，暮四朝三多幾何〔一〕。萬事轉頭供一笑，向來事業盡蹉跎。

【校記】

〔一〕多：《全金詩增補中州集》作「都」。

冬夜無寐書以自適

四壁催頽手重泥，一枝隨意即成棲〔一〕。歸來已化千年鶴，老去慵聽半夜雞。世事榮枯都是幻，物情長短不須齊。寸心耿耿何人會，隱見西窗月色低〔二〕。

【校記】

〔一〕即：《全金詩增補中州集》卷五八、《元詩選》如之，小字注「一作足」。　〔二〕見：諸本作「几」，或是；《全金詩增補中州集》、《元詩選》「西」下小字注「一作寒」，「月色」下小字注「一作片月」。

用韻答封張二子三首

有斤誰斵鼻端泥，借榻聊從地主棲。萬事成虧均野馬，半生癡黠等醯雞。文章自笑非時樣，道德空期與古齊。老懶正疑閑處著〔一〕，高名無用不如低。

心如墮絮已沾泥，身似驚禽未得棲。壺缺何須歌老驥〔二〕，冠高不復帶雄雞〔三〕。黄公遁跡終辭漢，范蠡逃名徑入齊。回首平生事堪笑，少年豪氣北山低。

草鞋不踏禁街泥，一把黄茅足穩棲。賦性可憐如野鹿，驚心未免聽朝雞。是非畢竟何時定，出處從來自不齊。坐斷寒更吟未了，爐灰雪積火潛低。

【校記】

〔一〕疑：《全金詩增補中州集》卷五九作「宜」，或是。　〔二〕須：《全金詩增補中州集》卷五八、《元詩選》作「煩」。　〔三〕高：諸本作「成」。

再用前韻

勞生擾擾燕分泥，常逐東風到處棲。止渴望漿那及酒，供炊無米敢言雞。仙人墮淚空辭漢，處士爲書已贅齊。陋巷自無車馬到，衡門從此不嫌低。

再用渠字韻二首

兒女憐翁競挽鬚〔一〕，侯門何事曳長裾。功名於我非所願，風月與人良不疏。絳灌自能扶漢業，綺黄只合老商餘。耳根一洗塵囂净，漉漉寒泉玉漱渠。

倚門吟嘯撚冰鬚，吟罷山堂月滿裾。活計蕭條秋水冷，鬢毛衰颯暮林疏。難將朽質供時用，幸有藜羹給歲餘。自笑妄生分別想〔二〕，清溝未必勝河渠〔三〕。

【校記】

〔一〕競：石蓮盦本作「竟」。　〔二〕想：石蓮盦本作「相」。　〔三〕河渠：石蓮盦本作「汙渠」。

和答丹山夢庵張丈二首

抖擻征衣衣上塵，歸來白髮一番新。剩將酒向愁邊酌，却恐人嫌醉裏真。世事飽諳惟欲睡，詩情謾苦只能貧。歲寒松柏東風外，付與千林自在春。

幸自無人識姓名，忍將兩腳鬧中行。原從有我安排了〔一〕，强欲趨時作麽生。案上一編聊慰眼，世間萬事不關情。此心唯有沙鷗信，來往江頭自不驚。

【校記】

〔一〕原：石蓮盦本作「元」。

中秋之夕封生仲堅衛生行之攜酒與詩見過各依韻以答二首

萬籟聲沉暮靄收，長河瀉浪洗清秋。遥天千里淡如水，明月一輪光滿樓。隨意傾銀成勝賞〔一〕，誰家横玉調新愁。可憐白首蟾宫客，羞對嫦娥説舊遊。

夜凉河漢静無聲，澄澈天開萬里晴。蟾吐寒光呈皎潔，桂排疏影甚分明〔二〕。良宵方喜故人共，醉語那知鄰舍驚〔三〕。一片詩魂招不得，九霄直與月俱清。

【校記】

〔一〕成：《全金詩增補中州集》卷五八注「一作課」，《元詩選》注「一作謀」。〔二〕甚：《全金詩增補中州集》、《元詩選》注「一作極」。〔三〕那：原作「乃」，此從石蓮盦本、《全金詩增補中州集》。

翌日二子見和復韻以答四首

短髮蕭蕭散不收，老來何意更悲秋。常年有酒或無月，今夕乘晴好上樓。懶對嬋娟談往事〔一〕，祇將笑語替清愁。冷光願照金尊裏，記得開元太白遊。

忽聽城樓暮角聲，飛空片月快新晴。雲煙斂跡無纖滓，星斗收光不敢明。千里共看人已老，一枝難穩鵲頻驚。醉吟坐到三更盡，病骨不禁秋氣清。

香霧霏霏晚漸收，冰輪碾破一天秋。便邀東海騎鯨客，同上西家拍酒樓〔二〕。不向此時拚一醉，更於何處散千愁。年年八月如今夕〔三〕，永結無情汗漫遊。

好將弦管試新聲，月正圓時天正晴。光射酒杯浮瀲灧，香飄桂實甚虛明。拂衣醉舞人争看，抵掌狂歌鳥暗驚。邂逅尊前成一笑，勿論誰濁與誰清。

【校記】

〔一〕懶：石蓮盦本、《元詩選》作「休」。〔二〕拍：《全金詩增補中州集》卷五九作「賣」。〔三〕八：《全金詩增補中州集》作「人」。

丁未立春日與彦衡景純史生飲坐中彦衡有詩且需余和爲賦此

花枝摘索費詩催，自笑吟懷老未灰。白髮漸如殘雪滿，朱顔不逐早春回。可人襟韻來三客，入眼風流欠二梅。有酒問身强健在〔一〕，莫教閑却手中杯。

【校記】

〔一〕問：《全金詩增補中州集》卷五九作「聞」。

翌日再用前韻簡二三子〔一〕

長吟未了雨來催〔二〕，雪積寒爐火漸灰。一點枝頭紅尚淺，半痕溪面緑初回。行擔酒債還思杜，坐得詩窮反笑梅〔三〕。報答風光無好語，對時虛覺費清杯。

【校記】

〔一〕二三子：《全金詩增補中州集》卷五九作「二子」。〔二〕了：《全金詩增補中州集》作「老」。〔三〕反：石蓮盦本、《全金詩增補中州集》作「大」。

獨坐有懷往昔復次前韻二首

短髮刁騷不受催，坐看浮世幾飛灰。流年冉冉人空老，世事悠悠首重回〔一〕。天遠望窮歸去雁，地寒瘦損折殘梅〔二〕。等閑無計驅愁得，除向壚頭酒一杯〔三〕。

快飲休嗔急管催，昔人不飲已成灰。轉頭晚景無多子，屈指春風又幾回。撥悶直須煩麴糵，和羹宜且買鹽梅〔四〕。莫言兩手渾無用，花下猶堪把酒杯。

【校記】

〔一〕世：《全金詩增補中州集》卷五九作「往」。〔二〕地：石蓮盦本作「池」。〔三〕酒：《全金詩增補中州集》作「試」。〔四〕買：《全金詩增補中州集》作「置」。

衛生行之少負俠氣與余兄弟相遇於艱難之際自抑惴惴常若不及迨今五年矣家貧而益安豈果有所學乎不然何其舍彼而取此也生正月十六日誕彌日也因賦詩以贈爲一笑樂且以堅其志云〔一〕

低心不肯逐時趨，坐覺瓶儲歲屢無。試手耕紝新事業，傳家弓冶舊規模。膝前癡騃憐文度，酒後粗狂憶阿奴。生弟襲之，嗜酒而狂，生每容之。但願年年身健在，一尊長得與君俱。

【校記】

〔一〕常若不及：《全金詩增補中州集》卷五九作「常若不足」。

再用杯字韻二首

緑髮潛爲白髮催，賞心半逐壯心灰〔一〕。已拚事業因循却，又放風光寂寞回。春意等閑遺病木，曉寒特地妬芳梅。病來止酒人應笑，忍對良辰負此杯〔二〕。

人間聲利任渠催，烈焰何嘗發死灰〔三〕。世態翻雲悲易變，年華如水挽難回。驚心舊曲空聞笛，點額新妝不見梅。百轉枯腸思一溉，虚名方信不如杯。

【校記】

〔一〕半：石蓮盦本作「未」。〔二〕對：《全金詩增補中州集》卷五九作「耐」。〔三〕焰：石蓮盦本作「燭」。

送山人李生湛然之燕

驚心浩浩塞雲寒，珍重儒冠莫浪彈。相府豈能容阮籍，館人那解識馮驩。無書可上裘空敝，有夢難通刺欲漫。且好駐君千里駕，小齋如斗足容安。

戊申四月書於史氏仲恭別墅

飄飄天地一腱儒，問柳尋花未要扶。老去生涯三徑在，向來意氣一分無。尊前乍喜紅潮頰〔一〕，鏡裏那知雪滿鬚。睡起北窗成獨笑〔二〕，人間岐路足崎嶇。

【校記】

〔一〕紅潮頰：《全金詩增補中州集》卷五九作「潮紅頰」。〔二〕獨：《全金詩增補中州集》作「一」。

午芹道中

渺渺江風吹葛衣，愛閑長與世相違。青絲步障柳千樹，碧玉屏風山四圍。入眼江花如慰意，近人沙鳥信忘機。虚名到此成何事，一笑平生始覺非。

漫書二首

山翁只合坐山房，四壁蕭然一木床。心爲感時空渺渺，鬢因懷舊變蒼蒼。人間日月驚何速，物外光陰本不忙。一枕北窗眠正穩，却疑身世在羲皇。

擾擾膠膠人自忙，心閑無地不清凉。雨邊戰陣蚍蜉鬧，花底生涯蝴蝶狂。幸有文書遮老眼，豈無藜藿療饑腸〔一〕。從教門外蓬蒿滿，不見白丁計亦良〔二〕。

【校記】

〔一〕藜藿：《全金詩增補中州集》作「藜莧」。　〔二〕良：《全金詩增補中州集》作「長」。

五月朏日書以自適二首

隴月娟娟白板扉，溪風颯颯冷麻衣。藜床坐月人空老，鐵研磨穿計已非。叔夜自難堪作吏，季鷹那解早知機。但教方寸長無事〔一〕，一酌清泉亦自肥。

身貨休論兩孰多，留連光景且婆娑。榖藏得失不相遠〔二〕，蠻觸功名能幾何。悶復往尋醅甕飲〔三〕，醉來慵擊唾壺歌。扁舟舊有江湖趣，肯著藍衫換一簑〔四〕。

【校記】

〔一〕長：《全金詩增補中州集》卷五九作「常」。〔二〕藏：石蓮盦本、《全金詩增補中州集》作「臧」，通。〔三〕復：石蓮盦本、《全金詩增補中州集》作「後」。〔四〕肯著：石蓮盦本作「須著」，《全金詩增補中州集》作「須把」。

次韻周景純先生見寄之什

閑尋閑計適閑情，日月催人慨易傾。築室未能依表聖，卜鄰先喜得君平。慚非世用甘藏拙，謬得時稱豈是誠。我與西山相信久，不須更與白鷗盟。

元日夜與二三子小酌

一尊相對意如何，却恨歸來白髮多。萬事到今從鹵莽，一年好處莫蹉跎。閑收暮景供清酌，醉挽春風入浩歌。多謝東君不嫌客，也教衰朽得陽和。

幽懷用夢庵張丈韻四首

此懷耿耿付東流，蒲柳形骸不耐秋。老去始知身是幻〔一〕，病來漸覺鬢絲稠。青蠅點物驅還至，白鳥猜人挽不留。收得閑愁供晚睡，西風吹夢冷悠悠。

自嘆行藏久謬悠，多君雅志在林丘。一生斷向閑中了〔二〕，百計何勞分外求。總把行年償酒債，更將餘力費詩籌〔三〕。膠膠擾擾人間世，一笑尊前萬事休。

百年過眼半羈旅，一日逢人九嘆嗟〔四〕。叔夜不堪長抱病，馮驩何苦久無家。飄零身世風頭絮，淡薄人情春後花。擬把餘生釣江海，爲煩嚴子借魚槎。

起來乘霽看年華，便著芒鞋代鹿車〔五〕。白水明邊鎔落日，碧天盡處散餘霞。決明點檢無多實，甘菊商量有數花。滿酌一杯都不計，人間萬事足安蛇〔六〕。

【校記】

〔一〕是：石蓮盦本、《全金詩增補中州集》卷五九作「世」。〔二〕了：《全金詩增補中州集》作「老」。〔三〕力：石蓮盦本、《全金詩增補中州集》作「日」。〔四〕一：《全金詩增補中州集》卷五八、《元詩選》作「十」。〔五〕鞋：《全金詩增補中州集》作「鞵」，同；代，《元詩選》作「待」。〔六〕蛇：《元詩選》作「跎」。

封仲堅挽詞三首

幾年爲我駐行輈，一閉幽宫挽不留〔一〕。望望故丘君飲恨，煢煢遺息衆爲憂。皇天無路申三問，隙地何人借一抔。重對平時舊遊處，野煙荒草秖增愁。

藏身無地古難堪，賻葬何人爲脱驂。樊子未來誰主後〔二〕，緹縈猶在勝生男。十年往事如春夢，千古遺經憶夜談。一片羈魂招不得，暮天黯黯冷雲曇[三]。

昔嘗屈指計前期[四]，今守窮廬竟死爲。多病每慚調護力，餘生誰救急難時。匠斤欲運莊周泣，鄰笛遥聞向秀悲。一片嵌巖磨不磷，更堪重讀孟郊詩。

【校記】

[一]閉：石蓮盦本作「閟」。[二]樊子未來：《全金詩增補中州集》卷五九作「伯道可憐」。[三]天、雲曇：《全金詩增補中州集》作「雲」、「幽龕」。[四]嘗：《全金詩增補中州集》作「常」。

薛寶臣生朝

曉砌初開十二蓂，一尊介壽爲君傾。昔聞存義能從政，今見元欽又繼兄。謝傅階前瓊樹秀，老萊堂下綵衣輕。莫言小邑徒勞耳，萬里青雲第一程。

送張器之北上二首

匹馬翩翩出漢關，春來塞草幾芊綿。人憐季子貂裘敝，自誓桑生鐵硯穿[一]。羊角會摶溟海上，鴻毛行遇順風前。吾軍正賴君增氣，萬里青雲穩著鞭。

眯眼風沙去路迷，又攜書劍過山西。片心耿耿摧尤壯，六翮翩翩養復齊[二]。千里會看黄鵠舉，一枝休嘆綵鸞棲。丈夫自有乘車日，司馬橋名不浪題。

【校記】

〔一〕硯：石蓮盦本作「研」。〔二〕復：《全金詩增補中州集》作「後」。

蘭氏晚節軒二首

幾年會計屈微官，五斗才堪給酒錢。野鶴風標寒愈峭，巖松節目老方堅〔一〕。石腸未省隨時轉，鐵面何常與世妍〔二〕。回首風煙三徑晚，典刑當作畫圖傳。

都把升沉不置懷，一尊時對好山開。張公雅有江湖志，崔子本非丞貳才。爲政從渠嗤拙宦，買田已自賦歸來〔三〕。高情想像常如在，不逐春風没草萊。

【校記】

〔一〕節目：石蓮盦本作「節操」。〔二〕常：石蓮盦本、《全金詩增補中州集》卷五九作「嘗」，通。

〔三〕已自：石蓮盦本作「自已」。

贈醫者

術以醫名行以儒，爲人不肯著方書。共高世外封君達，自許山中陶隱居。轉首恥爲他日計〔一〕，論心愧未古人如〔二〕。有兒還解傳家否，試問門前長者車。

【校記】

〔一〕轉首：石蓮盦本作「掉首」，《全金詩增補中州集》卷五九作「掉手」。〔二〕愧：石蓮盦本、《全金詩增補中州集》作「羞」。

壽尊兄遯庵先生

筆頭風雨斡千鈞〔一〕，早歲嘗充觀國賓。避事就閑真得計，有才無用且藏身。虚名到底將安濟，涉世而今不厭貧。白髮相看老兄弟，暮年同作太平人。

【校記】

〔一〕斡：原作「幹」，刊誤，此從石蓮盦本、《全金詩增補中州集》卷五九。

送王載之

鞍馬丁年事遠遊〔一〕，北州未穩復南州。胸懷落落馮驩鋏，塵土翩翩季子裘。擊築悲歌增感慨，倒瓶濁酒浣離憂。一編笑我衡茅底，坐送光陰到白頭。

【校記】

〔一〕丁年：《全金詩增補中州集》卷五九作「今年」。今按，漢李陵《重報蘇武書》：「丁年奉使，皓首而歸。」見《全上古秦漢三國六朝文·全漢文》卷二八。

自壽

霏霏晴雪點吟鬢，颯颯秋風戀客裾。拙計每爲妻子笑，病多還覺友朋疏。行年如此事無幾，破屋翛然家有餘。濁酒一杯吾自樂，人間富貴不關渠。

雨後漫成二首

羈思紛紛不易裁，晚凉扶病獨登臺。翩翩幽鳥避人去，殷殷雷聲送雨來〔一〕。已拚此身閑裏老〔二〕，且將笑口酒邊開。安車待聘非吾事，休作姑山隱逸猜。

詩情牢落不堪裁，人物風流愧玉臺。門外寂無肥馬到，枕邊剩有好山來。年華滚滚身如幻，世事膠膠眼倦開。擬把餘生寄江海，沙頭鷗鷺莫驚猜。

【校記】

〔一〕殷殷雷聲送雨來：雷聲，《全金詩增補中州集》卷五八、《元詩選》作「輕雷」。〔二〕拚：《全金詩增補中州集》、《元詩選》作「判」，石蓮盦本作「分」。

再和二首

凉月娟娟玉半裁，曉風吹夢下瑶臺。笛兼鄰杵相和切，秋共羈愁一併來。到處溪山容我懶，違時顔面向誰開。少陵可笑行藏拙，獨倚危樓剛自猜。

癭杓天然不用裁，日傾新醖剥蓮臺。幾回醒酒風纔過，一霎催詩雨又來。兩脚只堪閑處著，寸心贏得片時開。此身有類傷弓鳥，曲木無情亦暗猜。

三和二首

壯志如今日抑裁〔一〕，功名不復夢雲臺。平生回首事安在，一葉驚心秋又來。不引壺觴聊自勸，未知懷抱若爲開。浮名畢竟成相誤，盍作閑居鴆毒猜。

世事紛紛乃剸裁〔二〕，何如無事醉春臺。脅肩一笑亦良苦，有田幾時歸去來。百念都隨灰燼冷，一尊聊爲聖賢開。從今便入農桑社，園友溪翁莫見猜。

【校記】

〔一〕抑：石蓮盦本作「撙」。〔二〕乃剸裁：石蓮盦本作「巧剸裁」，《全金詩增補中州集》卷五九作「巧劃裁」。

四和二首

嘗把閑身静品裁，殘生何幸脱輿臺。田園依舊喜重到，松菊就荒傷獨來。懶散從教塵事廢，襟懷難對俗人開。自量不肖非逋客，爲報山靈且莫猜。

林外炊煙細若裁，詩情引上賦春臺〔一〕。螢從楊柳梢頭墮，雨向梧桐葉上來。華髮蕭蕭秋更老〔二〕，衡門寂寂晝慵開。終南佳處吾將老，仕宦休爲捷徑猜。

【校記】

〔一〕春：石蓮盦本、《全金詩增補中州集》卷五八、《元詩選》作「詩」。〔二〕老：《全金詩增補中州集》、《元詩選》作「短」。

五和二首

世事浮雲不受裁〔一〕，羊裘重覓子陵臺。隨人明月娟娟静，吹面凉風特特來。多技漫勞寧似拙，兩眉深鎖不如開。床頭忘却糟床酒，誤作蕭蕭夜雨猜。

素位無心入聖裁〔二〕，姓名不到郭公臺〔三〕。閑揞藜杖看雲度〔四〕，静掃松軒待月來。未把酒杯頭懶舉〔五〕，試拈書册手慵開。荒才自信非鄒樂，安處青山有底猜。

【校記】

〔一〕世事：《全金詩增補中州集》卷五八、《元詩選》作「身世」。〔二〕素位：石蓮盦本作「一位」。另，《全金詩增補中州集》卷五九此句作「樗櫟無心入匠裁」。〔三〕到：《全金詩增補中州集》作「列」。〔四〕揞：石蓮盦本作「移」，《全金詩增補中州集》作「攜」。〔五〕頭：石蓮盦本作「傾」。

張七賢圖〔一〕

七賢不與竹林期，人物風流各一時。妙語霏霏皆作者，高情落落更何之〔二〕。山川如畫靈猶在，溟渤飛塵世屢移。欲薦菲辭無處問，黄流千里夕陽遲。

【校記】

〔一〕張：《全金詩增補中州集》卷五九作「題」。〔二〕情、何：《全金詩增補中州集》作「懷」、「安」。

贈琴士任先生

翛然天地一臒仙，誤落紅塵二十年。萬事成虧雲過眼，一身蹭蹬雪盈顛。科頭欲寫卷中趣〔一〕，洗耳試聽徽外絃。他日遂君林下約，月明風露凈娟娟。

【校記】

〔一〕科頭：石蓮盦本作「扶頭」，《全金詩增補中州集》卷五九作「支頭」。今按，唐代教坊歌樂分部分科，頭目謂「科頭」，後指歌伎樂工。五代王定保《唐摭言》卷三《散序》有「常宴則小科頭主張，大宴則大科頭，縱無宴席，科頭亦逐日請給茶錢」語。

藥郎中萱草堂〔一〕

共道傳家以義方，長留春色在萱堂。静宜有壽何須祝，樂自無憂不待忘。華蕚光輝連二妙，瓊林照映列諸郎〔三〕。要看靴笏床俱滿〔三〕，歲月靈椿未易量。

【校記】

〔一〕藥郎中：石蓮盦本、《全金詩增補中州集》卷五九作「樂郎中」。〔二〕瓊林：石蓮盦本作「璉琳」。〔三〕要看靴笏床俱滿：靴，《全金詩增補中州集》作「腰」。

容安軒〔一〕

走遍人間行路難，歸來始覺此心安〔二〕。半椽自覆人應笑，兩膝足容吾已寬〔三〕。階下蘭生猶可佩，籬邊菊老盡供餐。微軀此外無多事〔四〕，一炷清香篆曲盤。

【校記】

〔一〕《全金詩增補中州集》卷五九詩題作「容庵」。〔二〕心：《全金詩增補中州集》卷五九作「身」。〔三〕吾：《全金詩增補中州集》作「我」。〔四〕多事：《全金詩增補中州集》作「餘事」。

總管隴西公歸自趙城以雪途行役見命賦此以獻

曉鞍催發五更鐘，王事匆匆不易從。雪氣空濛迷馬首，霜威跋扈襲裘茸。誰家村落雞頻唱，到處園林鳥絶蹤。却憶雲山舊棲地，擁衾高臥養吾慵。

萬夫長李侯西覲回作詩爲賀二首

帷幄雍容擁萬夫，雄襟英概漢臧吴。獠兒坐失重巖阻，戰士争先九折驅。去日旌旗填蜀道，歸時笳鼓競堯都[一]。謬爲門下登龍客，擬頌勤勞愧腐儒。

坐擁貔貅十萬夫，雍容帷幄看投壺。威風栗烈前無敵，膽氣輪囷大滿軀。銅柱直期標百粵，連城潛覺失全吴。江南公事行將畢，願獻扁舟范蠡圖。《二妙集》卷四。

【校記】

〔一〕競：石蓮盦本作「竟」。

新編全金詩卷一〇〇

段成己 三

乘興杖屨山麓值梅始花徘徊久之因折數枝置之幾側燈下漫浪成語簡諸友一笑云三首〔一〕

戲蝶遊蜂總未知，小窗低亞兩三枝。夜闌燈下横疏影，渾似西湖月上時。

漏泄春光人未知，輕紅已透最高枝。洗妝自有天然態，盡道冰容不入時。

幽香不許俗人知，纔是東風第一枝。誤認文君新睡起〔二〕，讀書窗下立移時。

【校記】

〔一〕屨：《全金詩增補中州集》卷五九作「履」。　〔二〕起：石蓮盦本作「足」。

光得道中〔一〕

行行不覺到斜陽，顧影頻驚爾許長。返照此身還此是，莫因外景使承當〔二〕。

【校記】

〔一〕得：《全金詩增補中州集》卷五九作「德」。〔二〕使：石蓮盦本、《全金詩增補中州集》作「便」。

和答陳子京二首

擾擾浮生等聚嬉，風波千丈渺無涯。掩關一卷床頭易，冷眼從渠笑絶癡〔一〕。

雲山咫尺阻同嬉，望斷音容天一涯。聞道城居最堪隱，想君爲計未全癡〔二〕。

【校記】

〔一〕從：石蓮盦本作「徒」。〔二〕計：原作「討」，此從石蓮盦本、《全金詩增補中州集》卷五九。

梅花十詠〔一〕

憶

初謁瓊漿記昔年，迎門一笑想嫣然。夜來雪暗前村路，恨滿東風意不傳。

夢

神女塵緣久未忘，飄然隨月到高唐。歡情未接還驚覺，雲雨陽臺空斷腸。

尋

玉想形容霞想裾，雲英自與世姬殊。幾年來往藍橋路，搗盡玄霜得見無。

探

未嘗親到謝家堂，風韻何由識謝娘。説與選花場上客，須知林下勝閨房。

乞

漏泄春光洛水傍，紫雲名字襲人香。可能惠我黄昏伴，休笑分司禦史狂。

嗅

玉骨那堪瘴霧傷〔二〕，好將經卷伴南荒。坡仙鼻孔清如水，老覺朝雲道氣長。

浸

洛浦飄飄信有神，凌波忽覯一枝春。摩挲老眼看微步，旎旎香生羅韈塵〔三〕。

浴

洗盡鉛華見玉環，肌膚冰雪照人寒。臨風脈脈嬌無力，輕裛香羅半未乾。

惜

襟袂翛然風味酸，北人誰識蔡姬賢。可憐抛却清伊月，埋没邊沙二十年。

【校記】

〔一〕十詠：實爲九詠，與克己同題而缺「折」一首。另，石蓮盦本録有詩題「折」，而詩句俱缺泐。

〔二〕堪：《全金詩增補中州集》卷五八、《元詩選》如之，注「一作愁」。〔三〕旎旎：《全金詩增補中州集》卷五九作「旖旎」。

花木八詠

海棠風

宿酒微醒不自持，君王催唤太真妃。醉紅睡起依然在，忙倩羅紈爲解圍。

楊柳煙

九原唤起李夫人，誰炷仙香爲返魂。一撚宫腰渾瘦損，舞衣微帶瑞雲痕。

荷葉露

泉客將歸返故淵，西風渺渺碧波寒。主人情厚無他贈，一把真珠泣翠盤。

葵花日

戀戀天光下玉階，明妃初出漢宫來。情知生死歸無路〔一〕，一點芳心誓不回。

菊花霜

六宫試手學梅妝，曾見飛英點額傍。香粉嚼餘濃不散，唾花誤染縷金裳。

芭蕉雨

憶别春容已十年，回文錦就倩誰傳。都將一掬傷心淚，灑向蠻溪數幅牋。

梅花月

别後盟言不忍寒，舊官到底勝新官。情緣未斷還相見，人復團圓鏡復完。

山茶雪

飄飄天上謫仙人，嘗作金鑾侍從臣。老大風流殊未減，錦袍如舊白頭新。

【校記】

〔一〕生死：石蓮盦本作「至死」。

龍門八題

禹門雪浪

峽東洪流起怒濤，亂翻晴雪與雲高。徐看行處元無事，小處區區枉用勞。

雲中暮雨〔一〕

古壘雲藏一徑微，河山依舊昔人非。貪徵往古興亡事，不覺城頭雨濕衣。

疏屬晴嵐

雲拖殘雨斂前峰，翠色寒光溢幾重。慮有詩人偏著眼〔二〕，時施膏沐爲渠容。

雙峰競秀〔三〕

雲外亭亭聳翠環，天荒地老兩峰間。若教工部嘗經眼〔四〕，未肯將詩譽玉山。

神谷藏春

山間草木四時新〔五〕，一脈清溪不染塵。忽見漁郎驚借問，却疑儂是武陵人。

仙掌擎月

月出山頭未數竿，仙人掌上玉團圓〔六〕。瑞光冷射三千丈，絶勝碧蓮峰下看。

姑山夕照

日鎖群峰欲下遲，籠葱一片冷胭脂。醉吟著我扁舟尾，畫出坡遊赤壁時。

汾水秋風

一曲劉郎發櫂歌，歡情未已奈悲何。只今回首空陳跡，依舊秋風卷素波。

【校記】

〔一〕《河汾諸老詩集》卷六此詩歸克己。

〔二〕慮：石蓮盦本、《全金詩增補中州集》卷五九作「應」。

〔三〕競：石蓮盦本作「並」。〔四〕嘗：《全金詩增補中州集》作「常」。〔五〕新：《全金詩增補中州集》作「春」。〔六〕團圓：諸本作「團團」。

蒲州八詠

蒲津晚渡

城下行舟一箭輕，城頭落日半竿明。河流洶洶風仍急，時聽浮空欸乃聲。

虞阪曉行

林下晨雞第一聲〔一〕，隴頭殘月伴人行。未知局促鹽車下，老驥蕭蕭又幾鳴。

舜殿薰風

煩暑人間不可支，暫來陊殿獨委蛇。南風一拂清如水，猶似當年解愠時。

首陽晴雪

薇歌一曲對西山〔二〕，萬古清愁老翠巒〔三〕。望斷空巖人不見，光摇銀海玉峰間〔四〕。

東林夜雨

煙雨濛濛暮靄凝〔五〕，院庭深悄若無僧。林稍一點熒熒碧，知是層樓供佛燈。

棲巖疊巘

山色熒青不染塵，何年精舍構嶙峋。也知偏入閑人眼〔六〕，爲現雲間清淨身。

媯汭夕陽

媯水橋邊日下遲，蘢蔥一片冷胭脂。山川良是風猶古，想像英皇下嫁時。

王官飛湍

冷雲深處漾寒清，千仞懸流玉練明。車馬往來山下路，何人到此濯塵纓。

【校記】

〔一〕下：《全金詩增補中州集》卷五八、《元詩選》作「外」。〔二〕西：《全金詩增補中州集》卷五八如之，注「一作青」。〔三〕清愁：《全金詩增補中州集》、《元詩選》如之，注「一作千秋」。〔四〕間：《全金詩增補中州集》、《元詩選》如之，注「一作寒」。〔五〕暮靄凝：石蓮盦本、《全金詩增補中州集》卷五九作「古梵林」。〔六〕偏：石蓮盦本作「徧」。

幽居奉借遯庵尊兄嚴韻呈隱之潤之二英弟一粲三首

解鞍借榻避風埃，淨拂風軒待我開。詩句墮前還忘却，聯書歲月記曾來。

浮榮過眼等浮埃，尊酒相逢一笑開。門外紅塵高萬丈，莫教一點鬢邊來。

小軒如斗静無埃，面向青山好處開。漫道幽人招不得，一尊今日爲君來。

和李生湛然聞杜鵑有感之作

五更枕上夢魂清，初聽催歸第一聲。我本無家更安往，任渠啼血不關情。

張信夫夢庵并引

子張子寓跡於里西之精舍，以夢名其室，且命余訂之。夫人之方夢也，念念相因，萬境現前。一得其意，則揚眉軒目，傲然以爲樂；一失其意，則喪神沮氣，愁悴以爲憂。昏昏没没，冥行於夢境之中，初不知夢之爲夢也。惟其不知也，故爲憂樂之所汨。及涣然而覺，始知向之汨吾心者皆虚妄也〔一〕。世之人貪得而患失，廢精神，耗思慮，終日弊弊焉，顛倒錯亂於憂樂之域而不自覺悟者，庸非夢邪？蓋寐者斂睫之夢也，寤者瞠目之夢也。是以達人大觀，寤寐兩忘，雖視其人，猶以夢幻〔二〕，況區區之物烏足累其心哉。姑作是詩而爲之戲，亦以自釋爾四首。

憶昔邯鄲道上行，半生回首夢初驚。而今始覺非真實，過眼浮雲萬事輕。

覺時常笑夢時訛，夢覺其間争幾何〔三〕。聊爾藏身大槐國，閑看明月上南柯〔四〕。

一身栩栩復蘧蘧，爲蝶爲周我自如。寤寐人間等遊戲〔五〕，此心無地不華胥。

世味迷人人不知，紛紛蕉鹿競争爲〔六〕。山翁正坐山堂上，笑問黄粱第幾炊。

【校記】

〔一〕皆：《全金詩增補中州集》卷五九作「之」。〔二〕猶以夢幻：《全金詩增補中州集》作「猶以爲夢幻」。〔三〕争：《元詩選》如之，注「一作寒」。〔四〕閑：《元詩選》如之，注「一作卧」。〔五〕等：石蓮盦本作「第」。〔六〕競争爲：石蓮盦本作「竟奚爲」。

和楊彦衡見寄之作六首

幾年奔走趁槐黄，兩腳紅塵驛路長。夢破邯鄲成獨笑，半生回首只空忙。

西風浩浩塞塵黄，白髮緣愁若箇長。客夢五更驚忽斷，打門縣吏索租忙。

一裘誰爲製玄黄，無可奈何秋夜長。我自忍窮方未暇，不知蠻觸戰争忙。

一葦初航十里黄，故園歸計渺何長。可憐兀兀青燈下，還似當年舉子忙。

小園蘇茹待秋黄〔一〕，不事虀鹽味自長。口腹累人良可笑，何能終歲爲渠忙〔二〕。

幽跡無心學綺黄，荒才涉世本非長。年年來往燕然道，却爲山林有限忙。

【校記】

〔一〕蘇：《全金詩增補中州集》卷五九作「蔬」。姑仍之，俟考。〔二〕何：石蓮盦本、《全金詩增補中州集》作「可」。

古瓶梅花爲總管李侯賦〔一〕

錦帳銀瓶漫玉肌〔二〕，風流應自有人知。夜深窗下横疏影，絶勝西湖月上時。

【校記】

〔一〕《全金詩增補中州集》卷五九詩題作「古瓶梅花」。〔二〕漫：石蓮盦本、《全金詩增補中州集》作「浸」。

送馮資深歸西山五首

人間蠻觸日干戈，暮四朝三都幾何〔一〕。此去莫憂瓶粟罄〔二〕，西山雨足蕨薇多。

蕭蕭華髮老書生，久欲歸田計未成。喜聽日邊消息好，故山容得子真耕。

幾年思慮漫營營〔三〕，重見西山眼倍青。胸次無塵元自好，床頭況有洗心經。

候門稚子喜歸來，暖熱那無酒一杯。抖擻滿身塵土盡，襟懷還對好山開。

別離最苦暮年時，百歲中來不易支〔四〕。此去故園行樂處，詩成毋吝寄相思。

【校記】

〔一〕都：《全金詩增補中州集》卷五八、《元詩選》如之，注「一作能」。〔二〕此、莫：《全金詩增補中州集》、《元詩選》如之，注一作「歸」、「不」。〔三〕幾、思慮：《全金詩增補中州集》、《元詩選》如之，注一作「三」、「消息」。〔四〕百歲：石蓮盦本作「百感」。

徽宗墨竹

野禽背立歲寒枝，想見當年落筆時。吮墨綴辭俱喪國，九泉笑殺李家兒。

贈師嚴卿〔一〕

老大溪山入夢頻，彊憑圖畫寫情真。歸與不及身彊健，山有英靈恐笑人。

【校記】

〔一〕《全金詩增補中州集》卷五八詩題下有注：「一作書師嚴卿蒲中八詠圖」。

蘭氏自然齋

萬事榮枯一笑間，情知使尼定誰關。編茅依石寬如斗，臥看溪雲出岫還。

明皇蹴鞠圖〔一〕

志在馳驅禍已胎，笑顏况更爲誰開。貪争飛鞠鞭驄去〔二〕，不覺踰垣有鹿來。

【校記】

〔一〕石蓮盦本詩題作「明皇小決圖」;《全金詩增補中州集》卷五八、《元詩選》作「張郎中明皇小決圖」。 〔二〕驄,諸本作「驢」,指小驢。

周生景純贈菊數本因拾舊事依韻答之二首

陳國君臣醉宴時,可憐璧月照瓊枝。薔薇露濕仙裳重,笑對君王索好詩〔一〕。

萬里文姬去國時,秋霜也到歲寒枝。歸來滿面黃塵暗,恐入西風馬上詩。

【校記】

〔一〕對:諸本作「殢」。

張世傑經歷牧牛圖三首

緑陰深處戲童兒,牛自東西兒不知。休説兒童無伎倆〔一〕,人間何事不兒嬉。

斷煙荒草淡無姿,寫入人牛自在時〔二〕。毀瓦一歡聊爾耳,不知何者是盈虧。

兒自嬉遊牛自眠,葛洪磯畔舊因緣。三生石上精魂在,一夢回頭又幾年。

【校記】

〔一〕童:石蓮盦本、《全金詩增補中州集》卷五九作「狂」。 〔二〕入:《全金詩增補中州集》作「出」。

楊茂之志適軒二首

坐笑行吟困即眠〔一〕，心遊隨處莫非天。是中真意何人會，隱几蓬窗正嗒然。

人心自有一羲皇，説著元來話更長〔二〕。詩句墮前還忘却，坐看林影轉虚廊〔三〕。

【校記】

〔一〕笑：《全金詩增補中州集》卷五九作「嘯」。〔二〕話更長：石蓮盦本作「更話長」。〔三〕林：石蓮盦本作「杯」。

秋日牡丹爲友人賦病久無佳思姑作俳語三章以應命對觴一呼盧可也〔一〕

訴盡中情爲雨詩〔二〕，可憐誰識漢文姬。歸來已覺秋風曉〔三〕，標格猶應似舊時。

秋雨瀟瀟無限思，妄憑羽客覓環兒。蓬萊日月非人世，不記梧桐落葉時。

公子初離季隗時，丁寧私語兩心知。從渠歲律春秋變，一點真心死不移。《二妙集》卷五。

【校記】

〔一〕對觴一呼盧可也：《全金詩增補中州集》卷五九作「對觴一軒渠可也」。〔二〕爲雨詩：石蓮盦本作「爲兩詩」，《全金詩增補中州集》作「在兩詩」。〔三〕曉：石蓮盦本、《全金詩增補中州集》作

「晚」。

暇日意行姑射山下奉借遯庵先生夜堂聽雨韻簡詩社諸君[一]

散策步幽巖，所過良可喜。戀戀蝶繞衣，涓涓泉入耳。俯仰天地間，一物莫非己。暄妍坐閱春事芳，飄飄思與春風長。呼兒置酒飲花下，風來滿袖攜花香。白白紅紅紛澗谷，恍然身世如河陽。東風吹落山頭雨，山鳥催歸共人語。拂苔便欲枕流臥，却恐傍人笑孫楚。眼看六合塵土滿，歸袂翩翩去何所。乘風更擬凌清空，人間無處尋方蓬。《二妙集》卷六。

【校記】

〔一〕夜堂聽雨韻：石蓮盦本作「山堂聽雨韻」，《全金詩增補中州集》卷五九作「聽雨堂韻」。

集外補遺

題張郎中明皇小決圖

天寶承平事久無，弄丸驢背恣驅馳[一]。不期一笑宫中戲，傳作人間小決圖。

【校記】

〔一〕恣：《全金詩增補中州集》卷五八、《元詩選》作「自」。

蘇氏承顔堂

登仙不羡飛雙鳧，宰官不樂紆金珠〔一〕。行年四十著綵服，悲啼效作兒聲呱。丈夫豈無四方志，倚閭望望心何如。家國無事壽觴舉，慈顔得酒增和舒。客來草具對客食，殺鷄奉母其賢乎。榮華富貴固所願，有子能盡如君謨。至誠不動古未有，悦親自得神明扶。茁哉冬生孟林筍，團焉日出姜泉魚。古來孝感有如此，今人蓋以古爲模。嘗聞古有色難戒，愛深容色何愉愉。詩成不覺涕淚俱，爾有母遺傷獨無。他年誰作孝友傳，請録吾語爲君書。

【校記】

〔一〕紆：《全金詩增補中州集》卷五八、《元詩選》作「紓」。

題秋暮山行圖

亂山嵂崒争清妍，寒林寂歷相綿聯。人間黄塵千萬丈，一點不到山林邊。秋光澹薄秋氣爽，浮雲積翠何蔥芊。高風淒其脱木葉，向來面目仍增娟〔一〕。江流一曲抱山麓，孤舟斜日棲江湍。行人何適來，負擔腰膂蹐。犖确石頭路，蹇驢鞭不前。人家前途渺何許，望之不及憂悁悁。問公何從得此本，筆勢仿佛營丘傳。我本山中人，見之心惘然。嶔崟歷落真可笑，對畫題詩思昔年。

【校記】

〔一〕增娟：《全金詩增補中州集》卷五八作「嬋娟」。

送孫仲文行臺之召

仲也何人斯，不滿六尺長。言議問英發，入耳音琅琅。胷懷湛秋水，面目嚴清霜。讀書及城旦，寓跡鳧鷺行。自公少餘暇，婉娩奉高堂。甘旨未及親，有飯不敢嘗。顔色或未怡，綵衣戲親傍。執喪三年中，哀慕如新喪。回思顧復勞，此意何時忘。日聞辟書下，且喜還且傷。捧檄念吾親，不覺涕泗滂。拔英外臺選，列布皆珪璋。掾吏須幾人，亦必求循良。世人豈無才，要以德自將。糾擿誰弗能，吾心恐無常。詩人有明誡，茹柔吐其剛。孝爲百行先，子孝吾既詳。苟能推此心，前路未易量。慇懃養雲翼，行矣勿忽忙。

醒心亭

牕前流水玉泠泠，牕下高人酒半醒。喚省邯鄲枕中夢，如看王湛案頭經。翛然自得天遊趣，恍若那知地境靈。説似功名場上客，倦遊時節一來聽。

跋三堂王自寫真

解衣盤礴真畫史，不待濡毛知可矣。葛巾草服常畫我〔一〕，意欲置我山崖裏。虎頭於今幾百年，與渠誰後復誰先。倏然蜕跡乘風去，一笑相逢喜拍肩。

【校記】

〔一〕常：《全金詩增補中州集》卷五八作「嘗」，通。

跋秦得真墨

晴牕不用辨犀紋，墨妙秦郎已飫聞。翠餅瑩如鴉背浄〔一〕，玉圖香鄙麝臍薰。永寧賜弟今猶少〔二〕，易水無良古亦云。老我媿非揮翰手，兩丸投贈負伊勤。《河汾諸老詩集》卷七《菊軒段先生成己誠之》。

【校記】

〔一〕鴉：原作「雅」，此從《全金詩增補中州集》卷五八、《元詩選》。今按，「雅」古同「鴉」。

〔二〕弟：《全金詩增補中州集》作「第」。

平水神祠

不到靈祠十五年，水光山色尚依然。京人莫説西湖好〔一〕，不溉民田溉福田。明李賢等《大明一統志》卷二〇《平陽府·祠廟》引「金段成己詩」，三秦出版社一九九〇年，上册第三一二頁。另，民國孫德謙《段氏二妙年譜》卷二亦録，《求恕齋叢書》本，文物出版社一九九二年。

【校記】

〔一〕好：《段氏二妙年譜》作「子」。

新編全金詩卷一〇一

李庭一

李庭，字顯卿，號寓庵，華州奉先（今陝西省渭南市蒲城縣）人。少時有詩聲，應詞賦進士舉。弱冠，兩預鄉薦，一赴廉試。遭金末喪亂，避兵商鄧山中。金亡，徙居平陽，教授生徒。甲辰歲（蒙古太宗乃馬真后稱制三年、一二四四），辟陝右議事官。未幾，辭歸鄉里，與楊奂諸名士遊。中統元年，署陝西講議。至元七年，授京兆教授。十九年（一二八二）卒，年八十四。元初名士王博文評曰：「公雖以文章名世，而沉潛於理性之學，言無瑕玷，行不崖異。一舉足必以忠信誠實爲本，故與物無怨惡，不即人而人即之。其自得之深如此。」①嘗著《寓庵大全集》若干卷、《材羣玉山集》三十卷。現存《寓庵集》八卷。兹輯二百四十三首。

李庭詩載《寓庵集》，以《藕香零拾》本爲底本編録，校以有關文獻。

---

①元王博文《故諮議李公墓碣銘》，《寓庵集》卷末附，《藕香零拾》本，中華書局一九九九年，第三六〇頁。

五言古詩

送姚德寬大使還解

維昔金運衰，四海兵浩浩。真人起朔方，氛祲付一掃。姚侯并門秀，風雲見幾早。因時正鹽莢，爲國佐征討。雍容佩金節，積功滿十考。一心了無諍，萬事但稱好。著身貔虎群，竟以明哲保。傳家有佳兒，拂衣遽高蹈。功成名復遂，身退乃天道。白雲既無拘，青山可娱老。何須訪羨門，方寸即蓬島。

題扈正之愚軒

賈誼逐以才，晁錯死以智。才智豈不佳，反爲身之累。甯武智而愚，誰能企高致。顔子叡而愚，卒爲傳道器。扈君曠達士，老練世間事。鷙禽屢傷弓，良醫三折臂。結廬曲江上，庭宇幽且邃。牓其軒曰愚，蓋以愚自戲。外愚中不愚，顔甯無以異。奴耕與婢織，生理足自備。清風一枕眠，明月三杯醉。敝屣禄萬鍾，浮雲馬千駟。冥冥天際鴻，仰觀令人愧。

古詩二十一首

涉渚采春蘭，蘭生不盈握。我欲持贈君，路遠安可託。昔者承君恩，良厚不爲薄。今君在萬里，音書兩冥寞。我憂君不知，我意君不察。蘭葉何青青，馨香隨風發。安得入君懷，爲君解煩結。悠悠終莫致，脈脈心不絶。

髮衰日已白，形衰日已槁。誰於形髮間，不隨形髮老。浮雲日夕變，青山依舊好。此理非智求，不在讀書早。欲看杜陵花，須上長安道。

娟娟圓月明，照見我心懷。明月豈不美，我懷自不佳。黄河決金隄，東南流入淮。誰令州與縣，化爲狼與豺。人命賤如土，委棄不得埋。憂來望中宵[一]，北斗當空排。欃槍不可視，默默下西堦。

農家初闢地，日夕把犂鋤。荆棘揔芟刈，新苗漸成區。勤勞不自息，瘠土爲膏腴。懵彼後來人，不念前人劬。耕耘付童稚，倉廩隨時虚。遂令禾黍場，化爲榛與蕪。昔以一人耕，成此百畝居。如何有百畝，不能養其軀。牛犢辭故舍，華屋爲丘墟。牧豎不忍視，落日空躊躇。

蘆葉何挺挺，稻葉何垂垂。至寶不外眩，高才恒自卑。酈生白首狂，甯子扣角悲。胷中有所負，何必常人知。念彼輕薄兒，衣冠空陸離。氣隨黄金盡，皇皇竟何之。古來觀人者，不輕微賤時。

早起坐東軒，晨風吹我衣。初日出海上，蒼凉無赫輝。翳翳新木榮，交交群鳥飛。禾黍蔽原野，秋實已離離。雖非己所植，私欣雨暘時。亂離得安處，貧賤何足悲。

上山行採薪，下山行採蘭。採薪易粟歸，採蘭棄草間。雖有君子心，不如桃李顔。方知出山賤，不如長在山。我欲遺所思，路遠風雨寒。嗟哉不能顧，俯之淚汍瀾〔二〕。道傍華表柱，下有百年墓。不知何代孫，伐賣墳前樹。伐樹尚可忍，畏官留禁步。棄地與他人，遺骸一朝露。薄葬古所敦，雖貧反能固。堂前兩株樹，朱夏結層陰。相看坐終日，愛此歲寒心。故人離亂間，寄我孤桐琴。不辭涉遠道，以我爲知音。登山覺山高，汲井知井深。不經洪爐然，不識真黄金。丈夫同患難，方知尺與尋。傷彼市廛人，滃滃安足諶〔三〕。荷花未出水，荷葉已田田。何不飄流去，中有藕絲牽。荷葉牽藕絲，欲去不得去。客子萬里行，棲遲在中路。豈無田與廬，豈無親與故。丈夫既出門，雖親弗能顧。去爲人所憐，歸爲人所慕。安能隨燕雀，低飛度朝暮。嫋嫋秋風起，摵摵庭樹鳴。浮雲有涼意，白日向西行〔四〕。路有羈旅人，自言久徂征。去年役交河，今年戍彭城。上功在幕府，官職未分明。長鎗不得用，黄金有餘榮。荆棘被原野，流水不復清。無官亦歸去，天下何時平。遊子念故里，日夕心懸懸。微軀不自保〔五〕，遠道何當旋。援琴欲撫之，一撫兩絶絃。蒼天一何高，海水一何深。山高與水深，不如遊子心。安得雙羽翰，歸飛投故林。婉婉良家子，娟娟好顏色。芳年不自愛，誤爲鄰里識。一朝入漢宫，引過長楸側。雖然不得憐，名在宫人籍。已矣復何言，芳菲從此畢。

蘼蕪生水濱，緑葉何委蛇。誾以蘭與芷，被彼清江湄。清江起洪流，化爲濁水泥。憔悴勿復道，飄零渺難期。所願蘼蕪草，微根當自持。

浩浩天地間，二氣相推移。流行不暫息，主物迺其宜〔六〕。天地不生物，用此將安施。斯人七尺軀，不與衆物齊。聰明百骸具，豈但食與衣。晨興暨夕息，凛然當自持。

被髪晞朝陽，棲遲陟行路。春風吹百草，歲月忽已暮。客從海上來，潔白如秋露。吹笙駕玄鶴，縹渺雲中度。教我服華池，令我顏色固。

童子十二三，汲水西澗阿。水深不可汲，白石生清波。俯首濯雙足，既行亦既歌。上山採紫芝，下山牽緑蘿。手持一尺箠，捷若猿猱過。恐是黄初平，驅羊下前坡。我欲往詢之，奈此頑劣何。

幽幽山中寺，釋子二三人。晨興擊鐘鼓，諠諠誦靈文。齋罷各分散，寂然無所聞。或坐長松間，或行清澗濱。采花獻佛前，不喜亦不嗔。山頭日未出，有客來扣門。自雲西州士，牧牛三十春。問之無可言，長歌下青雲。

晨起坐西齋，群峰浄如寫。初暘上其巔，白雲在其下。復有丹碧林，闌斑綴原野。微風披拂之，庭户亦瀟灑。優遊得清翫，顧我何如者。夢幻既非真，榮枯諒成假。諸緣隨所遇，悠悠往蘭若〔七〕。

亭亭長松樹，白雲護其顛。飛鳥不敢下，茯苓已千年。蒼鼠從何來，便捷不可言。倏忽在其後，倏忽在其前。睢盱利指爪，枝葉無由全。念彼歲寒姿，受此微物牽。驅之不得去，撫之徒自憐。

丞相出午門，大夫已來迎。兄弟同一家，無相猶以争。豈曰無他人，雖賢不如親。晨出與暮歸，以保我弟昆。

【校記】

〔一〕中宵：《永樂大典》卷九〇二二詩字韻引李庭《寓庵詩藁》作「中霄」。今按，所謂中宵，指中夜，與下句「北斗當空排」合。至於中霄，意猶中天、高空。〔二〕汍瀾：《永樂大典》作「汎瀾」。〔三〕諶：原作「湛」，與詩意詩韻不合，此從《永樂大典》。〔四〕向：《永樂大典》作「東」。〔五〕不：《永樂大典》作「下」。〔六〕主：《永樂大典》作「生」。〔七〕悠悠、往：《永樂大典》作「悠然」、「坐」。

送唐括萬户出西門

淵淵伐征鼓，煌煌過丈旗。將軍乘大馬，劍戟行相隨。吉日既就道，輜重同時移。送者念疇昔，行人傷别離。丈夫次戎旅，私情何足悲。勳名在多故，斬伐勿愆期。不驕亦不歉，堂堂乃王師。勵子英妙年，慰我憂虞思。身輕君命重，行矣無遲遲。

玄妙觀設醮贈王真人

散花寥陽殿，琅琅振瑶音。雲璈間笙磬，香煙結層陰。帝真馭華軒，鸞鶴下來臨。三元慶嘉會，五老書丹忱。秉誠宣妙範，流津滌中襟。耀靈昭景貺，信禮稽首欽。

寄中峰兩道者

中峰兩道者，落髮山中住。不知今幾年，忘却來時路。夜静星斗寒，獨坐長松樹。欲往從之遊，冥冥隔煙霧。

玉淵

霍山冠河東，帝遣鎮兹土。其下有濫泉，浩浩自太古。長渠注町畦，平地散膏乳。熙熙兩縣民，比屋飽秔稌。傅巖久寂寞，誰解作霖雨。藉此無盡波，紓爾旱歲苦。飛亭瞰洪源，碧色浮棟宇。昔人題玉淵，無乃見其麤。我將易新名，濟物功可取。榜爲永賴泉，萬世配神禹。

此玉淵在河東。

七言古詩

送麻君信之歸河東

葳蕤九苞鳳，璀璨五色麟。由來瑞物應圖牒，千古一出驚時人。河山蘊蓄英秀氣，端爲王國生奇珍。惜哉命不與時偶，悠悠白首埋風塵。愛君一何深，識君恨不早。東風二月汾水頭，一見襟懷即傾倒。揭來平陽城，得酒即相覓。亭亭玉樹倚蒹葭，自愧才華非匹敵。一朝送我還故鄉，慨然相贈雲錦章。到今六七年，篋笥蘭蓀香。不意春來重會面，一罇未盡還相餞。秋鴻社燕兩匆匆，别恨蒼茫滿秦甸。乾坤罝網方彌路，黄鵠高飛莫回顧。煙霞從昔少人争，太華中條有佳處。長安倦客亦思歸，屈指秋風定拂衣。一曲紫芝千古意，與君分采兩山薇。

上馬行

有馬有馬黄金羈，公莫上馬公莫疑。鸞翔虎躍日月動，掣電驚雷神鬼奇。人間靈物洞恍惚，朝刷扶桑莫咸池。只愁控御失其道，古人已逝能者誰。豈無王良與造父，側立審視求其宜。紛紛少年勤遠略，便欲赤手驂蛟螭。攀鞍執策不自料，衆人從吏來相催。翩然上馬悔莫及，千里萬里無還期。黄河流水不可度，太行積雪安能馳。疾驅前途荆棘暗，却反故步煙塵迷。

徒御不來天欲暮，茫茫四顧斯何時。公莫上馬公且來，山中酒熟山花垂。長衫大帽風日好，輕鞋短杖春遲遲。童子雖嫌行步緩，老夫未覺精神疲。流水悠悠川上過，白雲漾漾天邊移。欲往即往歸即歸，有馬有馬他人騎。

跋支道林馬圖

衲僧愛馬疑千載，好事相傳入圖畫。一場譏評去聲幾時休，到底無人爲開解。道人心鏡湛虚明，照物何曾有留礙。等閑觀色似觀空，不離前塵得三昧。養生還自解牛悟，全德或因畜鷄解。我今説破老師心，從此披圖莫生怪。

題商山四皓圖

出商顔，定漢儲，高名千古與山俱。書生白首成何事，枉著狂言穢畫圖。

效鮑參軍體

蛛絲結網緑綺琴，謂是絃絶無知音。美人今朝拂拭去，金徽玉軫動人心。上絃别鶴下離鸞，翠房便娟春日閑，青絲白馬何當還。

謝商參政惠銅雀瓦硯

左山相公清且廉，惟餘好古心無饜。家藏奇硯不知數，馬肝鳳味盈箱奩。建安鄴瓦年最遠，愛惜不啻黄金兼。長鬚持贈慰衰朽，以貴下賤何其謙。一朝奇寶墮掌握，坐覺光彩生窮簷。既不能草賦擬三都，頓使洛陽紙價添。又不能作碑福先寺，要令一字酬三縑。庸虚何以當此贈，赧然愧汗衣空沾。聊書鄙語報勤厚，博公一笑爲掀髯。

遊廣勝寺東巖

年來百念如寒灰，老眼慵向時人開。猶有愛山緣未斷，芒鞋信步東巖隈。東巖幽勝甲晉境，寒藤枯木生蒼苔〔一〕。誰鑿雲根泄海眼，驚波深瀉如奔雷。衲僧具眼覷天奧，作亭闖爾臨淵洄，亭中空洞納萬象，收奇攬秀無遺材。倚欄清坐洗塵念，灑然冰雪涵靈臺。上方一目盡千里，勞筋未暇窮崔嵬。百年名刹燼一炬，可憐金碧成蒿萊。世間興廢豈足道，會看穹壤論三災。短生乘化不暫駐，須臾變化隨風埃。心知所歷皆夢境，題詩漫識吾曾來。下山一笑便陳跡，但見白塔蒼煙堆。

【校記】

〔一〕枯：《永樂大典》卷九七六六巖字韻引李庭《寓庵詩》作「古」。

送孟待制駕之

渥窪龍媒天馬子，墮地一日能千里。月中折得最高枝，回首銅駞荆棘裏。學館淹留三十年，白髮青衫誰料理。否極而泰乃固然，一夕天書墮窗几。掃盡塵氛日月開，金鑾玉署須英才。萬言倚馬可立辦，當使號令驅風雷。長楊羽獵未要作，丹扆箴規固不惡。丈夫致主必唐虞，太平勳業看真儒。

題古豳龍窩圖

古木陰森山突兀，下有千尋老蛟窟。養成頭角儘崢嶸，未得雲風且盤屈。蝦躍蟹跳相靳侮，鼻息如雷正齁鮐。一聲霹靂飛上天，普灑甘霖蘇萬物。

息軒

黄塵滚滚平陽道，去馬來牛幾時了。小軒高枕謝勞生，曠達如君今亦少。窗明几静無一事，三幅黄紬擁清曉。身如古廟瓦鑪閑，性似碧潭霜月皎。息之一字亦安用，萬法本空人自擾。都將此理付無言，簷外秋風摇碧篠。

題劉光甫河山形勝圖

大河之源出崑崙，伏流地中其水渾。一曲一直九千里，遠歷西域來中原。龍門千古仰聖作，兩山宛然疏鑿痕。客舟萬艘付萬死，蛟龍慘淡愁飛魂。蒲關鐵牛駕長虹，牛力不支一已奔。東經茅津勢逾壯，激石射岸雲濤翻。首陽太華遥相望，陝郊蒲阪俱名藩。古來秦晉二大國，恃此天險傳世婚。三門河面天上落，底柱屹立迎朝暾。有如咸池濯日後，梁公儼然烈言言。客從西來慣登陟，艱難萬狀難具論。忽開横軸坐見此，破墨者誰留東軒。國子先生不憚煩，按圖尚惜遺孟門。豈知河東有雄觀，天橋落落居上垣。河流拍岸政湍猛，漸如蝕月鉤許存。狂瀾俯首就束縛，雖百雲夢以氣吞。有時水底雷電擊，明朝數州雨翻盆。上有層巒下重淵，劍戟森然鼙鼓喧。奈何河山真表裏，水墨不沐詩人恩。東徐吕梁周盟津，五嶽更有它山尊。祇知齊國有管晏，不覺我亦如公孫。君不見靈槎上天漢張騫，貳師假途征大宛。安得壯士挽天河，一時爲君洗乾坤。光甫初云：「先大夫所畫止於關陝之間，蓋素所見也。」馮祭酒子俊題詩於前，又述孟門之險，亦君之鄉也。公嘗以火山之天橋繼其後，各以鄉中之河山争勝，以此故略具云。

李進之迂軒

先生心古貌亦古，干戈滿地冠章甫。既不學敝裘季子佩印走六國，又不學緑幘少年挾彈遊三輔。一軒塊坐工績文，庭院不知漂麥雨。長鬚倚門私自語，作奴莫作詩奴苦。新吟初不療寒飢，猶誦唐詩課兒女。書生憐人不自憐，以江濟水吾猶汝。莫嘲醬瓿覆玄文，焉知後世無子雲。

獨遊清窟

溪水無聲巖樹碧，古苔滿地花狼藉。我來蕭散淡無營，獨立看雲倚蒼石，嗒然物我兩俱忘，宛然枯蝸黏壞壁。一聲嘑鳥喚人歸，隱隱殘陽下山脊。

楊妃菊

漁陽鐵馬嘶函谷，夜半青騾催幸蜀。可憐倉卒馬嵬傍，三尺生綃縊紅玉。沈香花萼變荆杞，燐走螢飛鬼宵哭。妖魂一去復誰招，脈脈餘妍託秋菊。生前艷冶惑君王，後身精靈鍾草木。長生私語杳難憑，萬古東籬怨幽獨。瑶肌被酒暈仍在，粉頰生香睡初足。晚來凉吹動纖枝，猶舞霓裳舊時曲。當年傾國與傾城，尤物移人詎爲福。至今嘉藹擅虚名，徒使癡兒生愛慾。秦川野叟妄習畫，老眼看花如隔縠。援毫未暇賦閑情，且對南山吸醽醁。

答邊巨源

蹇予平生酷愛閑，雅思臥雲對青山。天公慊慵故相惱，長使奔走塵埃間。塵埃蔽目世路險，左機右穽行良艱。長蛇磨牙蠆摇尾，同人鬼域潛榛菅。含沙射影期必中，巧若羿彀無虚彎。閉門久厭童稚聒，如帶桎梏囚重圜。中宵好夢落林藪，扁舟弄月清溪灣。何時煙蘿一茆屋，烹煮芝朮扶尫孱。登危躡險筋力健，追逐猨狖窮躋攀。振衣長嘯萬峰頂，擾擾聚蟻悲人寰。不然懷書叩閶闔，薦引正直誅邪姦。滌瑕蕩穢布新令，坐使萬姓開愁顔。惜哉兩事俱未遂，向來緑鬢今華斑。因君問我寫伊鬱，臨紙老淚空潺潺。

題戴嵩牧牛圖

儂兒生辰清溪曲，雨笠煙蓑一生足。春風緑草滿汀洲，千角吴牛隨意牧。牧牛去來牧牛去，往來慣蹋溪頭路。溪深牛背穩於舟，手掉荆鞭渾不懼。畫師畫汝豈無情，羨汝安閑得此生。讀書覓官祇自苦，畢竟無憂不如汝。

又

諸君同賦戴嵩牧牛圖，效閑閑體。

東皋雨足沙草肥，爾牛來思朝露晞。或訛或鳴恣所適，愛犢自是全天機。阿童牛背吹横竹，聲入秋風斷還續，憑誰採取笛中曲，留與詩人歌考牧。

吊李彦成二首

聖人立論誰能破，善必降祥淫必禍。先生高義衆所推，抱病一生長坎坷。太虚誰握造物柄，報施如斯無乃左。蹠耆回夭使人疑，欲問穹蒼無路可。賴公平日道力堅，洗滌萬緣惟宴坐。心如古井自安閑，身似空花儘開墮。適來適去總翛然，壽夭窮通甯計那。我慙俗學未有得，無恙頑皮强包裹。不知旅枕寄邯鄲，猶聳吟肩來飯顆。苶然疲彼幾時休，安得如公脱纏鎖。一杯濁酒酹東風，我弔公耶公弔我。

天蒼蒼，地茫茫，紛綸人物滿八荒。此身蕞爾寓尋尺，何啻一粒在太倉。烏飛烏飛兔蹶蹶，暮往朝來無暫歇。百年倏爾寄須臾，何似劍頭吹一吷。富貴榮華都幾時，九原塚墓空纍纍。了知生死皆夢幻，來何足喜去何悲。近世誰人明此理，河東通儒李夫子。平生道學造精微，真得南華骨中髓。我初踵門來見公，一談便契將無同。公今乘化返真宅，顧我猶在勞生中。佳城鬱鬱荒山底，一首挽詩聊爾爾。擿蓬不必問髑髏，我信先生未嘗死。

題甯戚扣角圖

星河耿耿天氣凉，短衣飯牛哀歌長。扣角一聲激清商，永懷堯日依末光。嘗聞巢父逢堯讓，洗耳河邊掉歸鞅。東皋雨足草連雲，且與浩歌牛背上。

贈李濟夫

結交貴以心，相識不在面。平生求友徧四方，惟子始終無少變。世間英俊達機權，順世趨時若丸轉。朝爲管鮑暮仇讎，僅與市人争一綫。天乾地涸兩窮鱗，吐沫相濡定何戀。乃知道義未全泯，耿耿交情久方見。十年晉陽城，閲盡輕肥兒。賞音一夔足，紛紛徒爾爲。何以持贈君，千載青松枝。願君保貞心，勿逐時世移。

贈王壽之

髯兄少日人中豪，文章談論天姿高。讀書萬卷更讀律，掉頭不肯爲蕭曹。一行挾策作舉子，紛紛憂患如牛毛。晚年欲學柳下惠，屈身小職甘哺糟。我謂髯兄君勿恥，向日都非今日是。早知刀筆勝儒冠，不向寒山翻故紙。文班揚馬行顔閔，餓死蒿萊竟誰問。一編城旦作梯媒，篋有黄金腰有印。

韓邦傑清音亭

青山四合如圍屏，下有百折流泉鳴。泉鳴非宫亦非徵，中含太古之遺聲。今人好今不好古，此地久曠無人争。勸農使者有高趣，居官不爲官所攖。遊心雅在塵垢外，茅亭巧構臨寒泓。空山夜寂秋月明，耳邊淙淙復琤琤。初疑庖犧五十絃之瑟，又類女媧十三簧之笙。絲耶竹耶兩莫辨，但覺灑然境與心俱清。迺知山水中間元有自然之雅曲，不待五音六律足以移人情。伯牙已矣不復生，水仙一操空留名。爾後惟有漫郎得此意，南礵水樂千載無虧成。九原英靈如可作，相邀徑上清音亭，一樽濁酒聊同傾。

薦士爲希晏作。

崑崙駭浪從天下，魚躍龍門争變化。誰令蝦蟆作威福，無翼黄金飛半夜。豈知林壑有佳士，偃蹇蒼煙索高價。竹花不實甯飢死，腐鼠區區謾勞嚇。薦賢有墨賴誰磨，撫劍悲歌駭鄰舍。擬欲排雲叫帝閽，守關虎豹令人怕。知君學道深履踐，淳德今爲二程亞。素衣不染洛陽塵，凜凜高標齊太華。優遊諷議大官側，餘論齒牙當一借。異時安石起東山，鄙夫敬爲蒼生謝。

城頭曲

長安城堅鐵不如，女墻隱隱凌空虚。萬夫運土千夫築，朝完暮緝良勤劬。詰朝魯箭飛輕羽，半夜貔貅散風雨。自焚一炬更可憐，不見重樓見焦土。百年人事等閑休，殘日荒煙動客愁。壕中春水年年緑，時有漁郎擲釣鉤。

雪谷早行圖爲鄧彦清賦

鄧君北來自汾水，遠寄故人書一紙。手持雪谷早行圖，邀我題詩借褒美。我初少年酷愛山，夢裏見山心亦喜。有時杖屨遊山間，路轉峰回興無已。一朝四海風塵昏，抛擲田園竄荆杞。窮冬蹋雪過南山，玉樹瓊林一千里。蹇驢破帽畫圖中，忍凍吟詩飢欲死。天教漏網盡餘齡，否極而亨固其理。長安市上酒如川，日日醉眠呼不起。黄紬被底有華胥，深怕南山來夢裏。還君此圖君且止，渡水穿雲吾老矣。

送長源李弟西歸岐陽

秋風落落關樹遥，秋河耿耿晨星高。比鄰誰家翦刀響，遊子一夜歸且勞。人間畏途足風濤，長裾何適不自豪。秦中舊遊若相問，爲我鄭重今繞朝。

含玄殿謡

南山蒼蒼渭水黄，含玄殿上春草長。鬅頭野老駕羸牸，曉犂耕破宫中牆。宫中行人屢回首，西望長安小於斗。喧喧車馬鬧紅塵，畢竟幾人金石壽。《寓庵集》卷一。

新編全金詩卷一〇二

李庭二

五言律詩

過白嶺華巖寺

按行來北嶺，弭節過兹山。野寺斜陽裏，鐘樓古樹間。入門流水細，獨坐老僧還。共倚闌干望，翻憐白鳥閑。

七言律詩

送徐子方郎中

劍外方屯十萬師，運籌帷幄要英奇。人材惟有徐孺子，士論共推劉穆之。雲棧路危休叱馭，錦江花好賸留詩。廟堂正闕經綸手，旦夕除書下玉墀。

送鮑郎中

干戈一息指南陬，正是男兒報國秋。趨走蘭墀雖密邇，笑談油幕也風流。霜嚴岷嶺朝揮策，月冷巴江夜泊舟。南斗妖氛須快掃，早傳吉語到中州。

送李郎中二首

傾蓋相逢甫隔年，驪駒聲裏又離筵。人生聚散真無定，世事翻騰亦可憐。顧我分無蘇子印，贈君聊舉繞朝鞭。東州耆舊如相問，爲說昏昏只醉眠。

世路風波日益深，權門噂嗒老難任。勞生笑我淹黄卷，待士承君吐赤心。五載感恩空有淚，一詩餽贐愧無金。翱翔臺省應非晚，猶覬飛章起陸沈。

送楊郎中

西漢儒宗揚子雲，遥遥華胄豈無人。著書不得玄文力，筮仕還居要路津。已播仁風安四蜀，更施膏澤灑三秦。閭閻疾苦君應悉，細草封章達紫宸。

送李子玉郎中之大理

聖代兵威暢海涯，英才奉命殿南陲。莫辭路徑穿豺虎，要使功名勒鼎彝。雨露行霑蠻境土，人民初識漢旌旗。捷音定逐春風至，竚看除書下玉墀。

寄省部郎中高柔克

萬里秋風一鶚飛，如君才器正當時。蕭曹事業真遊戲，孔孟門庭要護持。疲馬敢思逢伯樂，斷絃何幸得鍾期。桑榆景迫身猶健，異日須酬國士知。

送徐郎中之蜀

玁玁霜風捲旆旃，一鞭行色指巴川。軍中正仰裴丞相，幕下仍登魯仲連。已辦運籌梟逆虜，不妨横槊賦新篇。凱還定在春前後，竚看除書下九天。

送金郎中

一杯濁酒送君行，莫聽陽關墮淚聲。男子致身須富貴，古人刻意只功名。休辭蜀道登天險，要使蠻方指日平。奏凱歸來應不遠，梨花樹底醉清明。

送楊焕然赴召秦中兼簡

已爲鱸魚早退休，未容野水寄孤舟。衣冠北渡無多子，詞賦東原第一流。天護漢儲留用里，人瞻秦府是瀛州。花時爛賞龍池罷，因過清門覓故侯。

送高雄飛北上二首

簡在王庭早歲知，到今恰作送行詩。元無貢禹彈冠意，政似毛生捧檄時。司馬且依東道主，鷩猨毋效北山移。他年經濟功名了，歸養鷄窠亦未遲。

鶴髮甯能抗鶴書，鄰翁力疾勸脂車。情知大器無近用，還媿清溝映濁渠。螢雪不孤稱武庫，風雲應也護儲胥。鳳兮既上人争睹，高，名鳳。豈望王門但曳裾。

送宋文卿北上二首

聞道營田得力來，河南五稔佐行臺。積成紅腐饒軍餉，放出黄雲掩劫灰。已見鶚章爲地好，竚看鸞誥自天開。長裾戀戀争先祝，領得春風早早迴。

虎豹休憎上九天，含香曾近御牀前。暫勞櫪下追風驃，一作「足」。安用人間使鬼錢。自古郎官猶宰縣，至今員外也去聲屯田。歸期政把黄華酒，便與經營到百船。

送宣課粘合正卿北上二首

黄色眉間一點嘉，北風驕馬歎龍沙。春秋朝會新王命，文武衣冠舊世家。綸綍自分卿月掌，斗牛須問客星槎。歸期定在春前後，一作「高著鄉人眼」。桃李重開錦上花。

英才教育人皆樂，獨愧皤然兩鬢絲。樹映階除真有子，門盈庠序豈無師。何時賓閤東開日，政值征車北上時。記取仲宣遥望處，未歸頻讀送行詩。以正卿新請教子，故有是作。

送石子璋北上

滄海横流不見邊，徒杠石倒賴藤纏。何人解補中原道，老馬重過敕勒川。河朔賞音依舊好，趙州詩句斬新鐫。東垣儘有磨崖在，更看繩橋第二篇。

送李德新北上

不躡槐華二十年，静中却遂讀書緣。共知驥伏須千里，誰料鵬摶又一天。有詔特超毛義檄，更寒休計廣文氈。此行要試經綸手，好整巍冠入講筵。

送張耀卿北上

旌車走徧太行東，晚得嘉賓自幕中。莫比草茅參國論，已從槖籥補天工。四時葱嶺書年雪，六月松林解愠風。久識天孫機上石，更休擎下斗牛宫。

寄郝紹先外郎

天眷西平雨露偏，賓僚妙選必英賢。關中政仰蕭丞相，幕下仍登魯仲連。一硯寒冰晨草檄，滿樓明月夜籌邊。快須努力平逋寇，青史功名屬少年〔一〕。

【校記】

〔一〕青：《永樂大典》卷七三二九郎字韻引元李庭《寓庵集》此詩作「清」。

送劉謙外郎

少年錦帶佩吴鈎，乍别庭闈作遠遊。疋馬飄零天一角，歸心摇蕩月三秋。綵衣行遂寧親喜，白酒聊忘去國憂。明日關河邈千里，爲君重倚仲宣樓。

神英劍李文玉。

利器來從闐國西，澄波三尺白差差。見韓詩。埋花荒徼餘千載，假手英材此一時。持報私讎非烈士，削平大難即男兒。莫教化作蛟龍去，要看成功刻鼎彝。

神殺劍楊子實出舊作「蒯緱羞殺朱門客，彈鋏聲中兩鬢絲」。

紫電青萍未易求，天教神物耀中州。匣藏惟恐寒蛟吼，壁掛常令老魅愁。高義幾人知季札，孤忠千古只朱遊。願君勳業超前輩，穩占凌煙最上頭。

送宋大使

四海疲民未息肩，九重聖主正思賢。風雲適遇千齡會，鸞鶴高飛萬里天。顧我尚淹原憲巷，羡君先著祖生鞭。皂囊極上安邊策，咫尺除書墮日邊。

弔平陽崔教授

三絶韋編老不休，力窮聖學造深幽。胸中拍塞書千卷，身後淒涼土一丘。生也有涯能幾許，斃而得正復何求。素車迢遞無由到，灑淚題詩寄舊遊。

弔郭器之二首

丁年聲價動文闈，白首無成坐數奇。筆掃千軍空自負，學傳三篋竟何施。黄壚樽俎驚前夢，繐嶺風煙阻後期。顧我平生心似鐵，數行老淚爲君垂。

獨騎瘦馬逐公侯，誰念文園久倦遊。百指煎熬真若海，一官落拓亦何樓。塵封錦瑟因緣斷，骨掩黄泉意氣休。平日英靈應未泯，宜將至樂問莊周。

弔紫陽先生

亂來人物久凋零，一代文章獨老成。謾説著書窮造化，可憐無位到公卿。清風爽氣還靈嶽，賸馥殘膏丐後生。誰割囊金刻遺稿，坐令千載見高名。

弔陳季淵

妙齡豪邁氣衝天，萬里亨衢祖逖鞭。疋馬從軍纔幾日，大招掛壁已三年。一場旅夢邯鄲枕，四海詩名趵突泉。八極神遊復何恨，不須灑淚弔新阡。

弔王君寶

桂折蘭摧不待年，道邊空歎直如絃。一朝寵命來天上，千古佳城墮馬前。無復賓朋過故里，唯餘狐兔走新阡。綀裙嘑濕孤兒血，誰草長書爲薦筵。

弔郭好問郎中

萬斛鹹鹺隱禍胎，梟羊肉飽玉鱗摧。捨生取義雖傷勇，觀過知仁亦可哀。白骨銜冤無處訴，蒼天有眼幾時開。英賢取監元非遠，覆轍應須戒後來。

弔孟駕之待制

黄甲題名正妙齡，心期平步到公卿。忽驚日月天邊改，竟使麒麟地上行。一幅長書留禁坐，千秋英骨閟佳城。遺孤惟有西華在，誰動當年故友情。

弔遊商卿興元人。

世間生死本尋常，零落如君獨可傷。千里徒勞懷故國，一棺畢竟葬他鄉。塵封黄卷因緣斷，魂入青山怨思長。平日交遊誰最厚，道邊嘑煞綀裙郎。

弔麾公

方袍遊戲寓塵寰，六秩光陰俯仰間。幻化色身雖有壞，妙明覺性本無還。雲來雲去天長净，花落花開樹自閑。畢竟性靈何處在，一輪秋月照姑山。

送商宣撫東歸

陌上方傳五袴歌，遽呼歸騎整鳴珂。六年美政誰能繼，一片清明得已多。秦國終難留士會，齊人應久待鄒軻。高眠莫作東山計，四海疲民要撫摩。

送王大用都事之東川

瀲灧離杯滿意傾，送君迢遞赴邊城。紅塵鞍馬三千里，黄葉關河第一程。志節每因難處見，功名要及壯年成。凱還定在春前後，鴻鴈來時早寄聲。

送趙都事

玉音一旦落彤墀，正直聲名草木知。素抱皋夔匡國志，適逢堯舜渴賢時。榛荆蔽路須芟刈，蘭蕙當門要護持。九萬鵬程從此始，一飛端擬到天池。

送焦僉事赴闕

軺車遠自日邊來，金節煌煌佐外臺。威慴豺狼應膽破，歡生田里覺春迴。三年已展澄清志，萬乘方思幹濟才。比到皇州花正發，除害宜對綺筵開。

題同氏孝友堂

堂上逍遥白髮親，堂前兄弟綵衣新。一杯椒酒有真樂，終日壎篪皆好春。名教既無慚孔孟，家聲端合繼荀陳。殘年企慕心猶在，早晚營錢去買鄰。

遇仙橋

湛湛溪流浸古苔，仙真相遇此徘徊。一瓢玉液逡巡就，七朵金蓮次第開。雲海難尋歸去路，乾坤惟有劫餘灰。只應華表千年鶴，會爲家山一再來。

海東青

朝對天東暮海西，握拳一夕不沾泥。眼涵秋水凌霜鶻，衣染春風壓錦鷄。飛騎有門臨水放，頭鵝無路與雲齊。長楊掌上精神在，未信而今首便低。

劉彥樸索月旦評詩

亂後人才久混并，誰能著眼向高明。汝南莫詫先賢傳，陝右重新月旦評。妍醜固難逃水鑑，重輕終不離權衡。却防暗裏曹瞞至，世上姦雄要指名。

挽康唐鑑

憐子擔簦過鎮陽，嗟予已罷紫薇郎。秋闈舊入參軍夢，泰和乙丑未試前，有郤公者夢康與予歲解，既而果然。老境重升達者堂。同寓文廟故也。每論五行求子母，忽驚一病到膏肓。時危留得山濤在，定保孤兒不負康。

挽吴德明公太原石州人，承安初中乙科，崇慶末始赴召。南渡回，丙午春捐館，竟不曾還家。

憐君薄命重君才，老腳初登郭隗臺。三戰不支逢虎怒，六騑俄去失龍媒。漢家翻覆雲千里，燕市浮沈酒一杯。遥憶兩楹春夢斷，英靈須到石州來。一作「全節卻從天付與，北風不放鶴書來」。

曹京父清暉亭

牆下溪流屋上山，高亭穩著茂林間。波光雲影相摇蕩，谷鳥沙禽互往還。已拚千金待賓友，更分餘粟濟惸鰥。人中曠達如君少，鄙吝聞風亦厚顔。

送太原鹽使徐進之

鶚薦初登北路徐，王言褒美拜新除。萬家自溢牢盆利，一府行空訟䛡書。富媪孕靈真不負，漕臺舉善果何如。明年奏課魁天下，晝錦煌煌耀里閭。

卵瓶

鳳凰遺卵入青冥，陶匠規模製此瓶。夏繭結成渾具體，秋瓜采得即真形。佩壺愧我無才思，調鼎知君有典刑。微物深慚瓊玖報，願藏篋笥寶千齡。

寄雷彦正監察

拂曉除書出漢宫，憲司新起紫髯公。從來不負將軍腹，今日宜乘御史驄。威懾豺狼應斂跡，名喧臺閣自生風。赤心報國從兹始，要使家聲繼乃翁。

僦屋

三十年居北斗城，有家無舍可憐生。每慚燕子營巢穩，不及蝸牛載屋行。一寸荒田無計得，萬間廣廈幾時成。拂衣明月南山去，高樹巢雲老太平。

謝奥屯元帥就趙莊相訪

寂寞荒村客到稀，山樵野牧共忘機。忽驚天上黄金節，來訪田中白板扉。豈特鄉間增慕羨，便疑林壑有光輝。他年父老談奇事，親見元戎下布衣。

寄竇子升學士

平水分襟四十年，雲泥蹤跡渺相懸。嗟予汨没塵中老，羨子逍遥物外仙。聚首莫諧今日願，論心更結後生緣。三千里外無媒客，北望題詩一泫然。

上簽省相公二首

先世陰功被萬民，天教繼踵出名臣。胸中兵甲元無敵，筆底龍蛇信有神。已把清名留四蜀，又驅和氣入三秦。金貂七葉從今始，掌上驪珠已可人。

虎攫龍拏得志秋，世間長物只儒流。三更老雨盧仝屋，八月凉風季子裘。到處送人爲太守，幾時騎鶴上揚州。君侯有眼明於月，誰謂隋珠是暗投。

劍佩

劍佩揚揚入廟堂，百年禮樂暗消亡。惟應東海帆檣阻，遂使中原草樹荒。九鼎不移周社稷，兩都誰讀漢文章。青山緑水非前日，滿眼清愁接渺茫。

和姚尚書

蟻宫得意無多味，蝸角追奔有底忙。都把生涯付醽醁，莫將行止問穹蒼。山頭雨過丹青濕，花外風來錦繡香。嘯傲林丘聊自適，不須尸祝擾庚桑。

寄張尚書

憶昔長安拜下風，相逢相别太匆匆。雲泥頓覺九霄隔，魚鴈都無一信通。幸已致身全富貴，政宜垂手援孤窮。坐令暖氣回寒谷，盡在君侯咳唾中。

清明有感

歲月如流老可驚，此身更得幾清明。吟詩對酒心雖在，問柳尋花計未成。壁上久閑靈運屐，牀頭深負景山鐺。不應猨鳥山林性，終向樊籠過此生。

阿房宫

六國平來志益驕，擬將宫闕壓前朝。力營肯恤秦民苦，勢盡還遭楚火燒。月照荒城秋悄悄，風摧落木曉蕭蕭。土階三尺平生了，長使人心憶帝堯。

上張按察

地闢天開日月光，政資耆德振臺綱。威名久仰暴公子，直氣共推王義方。一夕清風生白簡，千秋遺愛在甘棠。重瞳竚想調元手，定逐春風入帝鄉。

賀王按察以陝西都運使就改此職

丹詔飛來白日邊，繡衣光彩照華筵。平生素有澄清志，今日新操糾察權。當路豺狼應掃跡，得時鵰鶚正摩天。就中喜殺孤寒士，從此依劉更幾年。

贈鹿泉隱者

返哺烏嘑滿樹風，迴頭一夢大槐宫。致身寵辱虧成外，得味清虚澹泊中。泉上猶存千歲鹿，山中復見五噫鴻。東華縱有香塵在，留與他人蹋輭紅。

閱世

時危尊賤豈由天，忽上青雲忽九泉。腰下恰懸蘇子印，民間已罷鄧家錢。紛紛世變誰能料，悄悄羈懷實可憐。歸向老妻愚子説，寒葅糲飯任吾年。

劉彦樸贈紫竹杖

九節亭亭紫玉殷，寄來新自漢中山。適從處士提攜後，遽落詩人掌握間。雅稱穿花尋酒伴，更宜和月叩禪關。籠冠草屨成三友，林下相從伴我閑。

送楊御史

霄漢雲收日月開，澄清天下屬英才。太平宫府久不見，獨步中丞今始來。宋江淹事。草木氣蘇三日雨，豺狼膽碎一聲雷。繡衣快逐春風去，趁飲朝堂輭腳杯。唐郭子儀事。

冬夜不寐寄彦成二首

撥盡鑪灰覺夜長，半庭殘月炯如霜。枯腸政坐成茶祟，短夢無由達睡鄉。不速自來詩易就，欲收還去念難防。何時一擬襄陽老，重叩南華學坐忘。

半庭殘月晃疏櫺，癡坐寒齋似冷蠅。遮眼朦朧數行字，伴人岑寂一龕鐙。衰年漸與睡鄉隔，妄念還依覺海澄。爲報山妻莫相誚，慇懃供養在家僧。

題談子文秀蓭軒

舊日城南尺五天，菟裘於此卜終焉。可人花木餘三徑，隨分風煙了一廛。朝霽得山秋更好，晚涼臨水夏猶偏。籃舁直候招呼去，人道淵明未若賢。

題商山四皓圖

鹿冠蓬鬢傲金貂，心與商顔夜月高。正厭鮑魚腥玉璽，更堪人彘汙金刀。玄纁既至幡然改，羽翼才能惡此逃。回首巖花幾零落，功名一笑付兒曹。

渭水道中

鞭催瘦蹇蹋晴沙，路入青林一徑斜。翠巘倚空千萬疊，黄茅映竹兩三家。嘲嘲哳哳山禽語，白白紅紅野草花。却喜太平還有象，叢祠春賽響琵琶。

題董彦才易簀戒子納書後并序。

退庵先生長於僕數歲，初以詞賦應進士舉，同試長安。其後會於陝，再會於平陽，故熟知其爲人，蓋疏通周慎君子也。正大間，用宰相薦書補西臺掾，一時聲名藉甚，士大夫咸以遠大期之。惜乎遭值變故，胸中所藴，百不一施，齎恨九原，良可悲也。然臨終方寸不亂，戒飭其子，丁寧明瞭如此。英靈之氣，決不沈没，亦足以驗平昔存養之功矣。今夫圜冠方履讀聖人書，往往自謂能窮理盡性，及一旦易簀之際，鮮有不顛倒迷錯者。聞退庵之風，能無愧乎？因作詩以道其事云。

試手西臺便老成，吏才儒術兩崢嶸。干戈莫展平生藴，山斗空留後世名。一紙遺書彰絶筆，千秋英骨閟佳城。誰言精爽從兹盡，月掛天心夜夜明。

送同周道之邠省外祖鶉野先生

孔孟云亡道不傳，直從韓子到伊川。闡揚聖學三千卷，振起醇風五百年。正氣幾隨薄俗壞，横枝賴有外孫賢。篋中亟發凌雲草，莫待雷霆取上天。

寄宋文卿二首時在大梁屯田。

堆鹽庭院夜深寒，羅雀門牆晝掩關。揚子素貧玄草在，馬卿多病酒杯閑。衰年涉世猶糊口，往事逢人已厚顔。明日登樓重回首，五噫歌罷看西山。

老思生入玉門一作宋門關，賦更哀於庾子山。洛下衣冠蓬轉裏，梁王臺殿黍離間。鵬摶想快三千里，驥伏甯攀十二閑。魚雁不來空悵望，滹沱冰合朔風寒。

寄甯端甫

一别同年歲月深，雲泥今日異升沈。大鵬已展垂天翼，老馬空懷戀豆心。繡被擁香君醉卧，蓬窗聽雨我孤吟。救民自是吾儒事，洗耳西風俟好音。

寄孟玉澗

逢人問我鶯猶在，白髮蒼顔薜荔衣。舊日情懷清夢斷，故人音信曙星稀。小窗梧竹知何處，遠道風煙未得歸。多感畫圖相贈與，形容已比向來非。

寄王百一二首

應教松林更著書，體中春到又何如。聽知人去須思汝，寄得詩來已起予。湛露固應勝醴酒，秋風猶恐憶鱸魚。北堂花外西樓月〔一〕，壓倒知章舊鑑湖。

禾黍於今滿故宫，草茅疇昔過新豐。青衫歷徧人間世〔二〕，白首翻成塞上翁。有意坐依豚犬輩，無方遠避虎狼叢。略來炙背晴簷底，閑著雕蟲戲小童。

【校記】

〔一〕堂：《永樂大典》作「潭」。　〔二〕徧：原作「偏」，刊誤，此從《永樂大典》。今按，本集本卷《王内翰挽詞》有此語：「經師論議史臣才，歷徧熙朝館閣來。」

再用送邦彦韻道懷遠寄

憶昔班荆會鄧州，何心託子楚之遊。他時天上須開眼，今日人間只點頭。老馬尚銜秦地草，白雲猶憶漢時秋。釣魚船上千行淚，不爲清朝不得侯。

趙景温還燕以詩寄梁都運

北來南去幾征鴻，十載燕山在眼中。邂逅相逢三語掾，平安首問五噫公。解貂貰酒誰家子，擊筑行歌故國風。落日黄金臺下過，也應無處説詩窮。

寄毛顯卿

華髪蒼顔兩病翁，長因杯酒鬬英雄。愛君真率如元亮，笑我疏狂似次公。轉首睽違經歲久，幾時談笑一樽同。昔人命駕輕千里，咫尺長安在目中。

寄從戒師李大年

窮居索莫少知音，二老風流肯見尋。妙藥時聞康子饋(一)，醇醪屢荷遠公斟。南來嗟我計尤拙，北望思君情轉深。何日一尊重會面，停杯細話别離心。

【校記】

〔一〕聞：《永樂大典》卷一四三八一寄字韻引此詩作「蒙」。

含玄殿

巨棟層簷切絳霞，昔年宫殿阿婆家。雲埋蒼海將頹日，淚濕黄臺幾摘瓜。劫火併燒還快意，妖魂如在悔窮奢。區區一賦誇雄麗，千古令人笑李華。

咸陽懷古

連雞勢盡霸圖新，兀兀宫牆壓渭濱。指鹿只能欺二世，沐猴那解定三秦。倚天樓觀餘焦土，落日山河幾戰塵。今古悠悠同一轍，不須作賦弔前人。《庶齋老學叢談》引此詩〔一〕。

【校記】

〔一〕此注原置於題後，係後人所加，兹移於詩末。另，清顧嗣立《元詩選癸集》癸之乙《李諮議庭》詩末注：「盛如梓云：語意格律俱妙，有唐體。」

過洛陽

恩多自斷殺身酬，聞道隆中召武侯。外禦豈期生内變，後圖猶擬雪前羞。鼎湖龍去九霄遠，雪窖鴈來雙鬢秋。慚愧詩人懷古意，離離禾黍賦東周。

長安耆年圖二十二人到今零落殆盡惟予獨存感歎之餘因題是詩

二十一人皆鬼録，此身獨在豈非天。青錢不得龍頭選，白髮空逾亥首年。樽俎笑談良已矣，畫圖形像只依然。比方諸老如差勝，盼得昇平在眼前。

九日登咸玄殿

萬疊南山翠作堆，故宫登覽思悠哉。清霜籬落黄花老，紅葉關河白鴈來。弔古莫沾襟上淚，澆愁須盡掌中杯。情知今日咸玄殿，壓倒當年戲馬臺。

萬壽宫

傑閣雄樓映碧山，藥畦蔬圃水潺潺。軒藏修竹不知暑，鶴與孤雲相伴閑。見説兵塵連海外，豈期蓬島在人間。何時磨滅俗緣盡，來向仙人問大還。

寄徒單雲甫

山斗高名四十秋，晚年始得上瀛洲。胸中學問傳三篋，天下英豪放一頭。定有謀猷酬帝眷，肯將藻繪混時流。草茅亦抱陳忠志，老病無階接儁遊。

別後寄平陽諸公四首

識字雖多不救飢，遑遑此去欲何之。季鷹自合歸來早〔一〕，初子猶慙隱去遲。脆管繁絃休入夢，矮梅高竹政宜詩。布帆無恙行人健，預報故山猨鶴知。

臨歧草草具杯盤，緑酒雖傾慘不歡。歲久始知交契重，老來更覺別離難。煙迷晚樹人初遠，路入春蕪眼漸寬。自笑平生聞道淺，陽關聲裏涕汍瀾。

一寸歸心折大刀，短轅長路敢辭勞。疲駑脱鞚精神健，老鶴辭籠羽翼高。詩社催科餘舊欠，醉鄉閲户有新逃。到家恰是清明節，却拆紅泥對小桃。

乍別親朋易感傷，却登高處望平陽。深情密契三千日，痛飲狂歌幾百場。豺虎縱横難再會，河山迢遞永相望。年年多少南飛雁，莫惜音書寄兩行。

【校記】

〔一〕鷹：原作「膺」，此從《永樂大典》卷一四三八一寄字韻引李庭詩。今按，季鷹指張翰鱸魚膾故事，典出南朝宋劉義慶《世説新語·識鑒》。

通明閣

萬瓦鱗差壓秀楹，李白詩：今作蚊龍盤秀楹。巍巍層構類天成。俯臨曠野千峰小，高與浮雲一樣平。陸海風煙藏勝境，塵寰歲月愧虚名。兹遊奇絶真堪紀，不負揚鞭過兩京。

又

勢壓秦關百二雄，層簷高棟倚晴空。烏沈落月蒼茫外，身在霏煙縹渺中。塵世自迷亡鹿夢，仙山元有化人宫。憑誰乞我飛霞佩，徑上扶摇萬里風。

王内翰挽詞

經師論議史臣才，歷徧熙朝館閣來。往事盡隨流水去，高名豈逐泰山頽。少微妖氣應何速，滄海狂瀾誰與迴。萃美亭前松柏恨，夜臺何必就廉臺。公死於泰山之萃美亭，東州士夫將卜葬於此，重違孝子之心而止。

送道者還王祖師庵

路入蒲關春草長，終南歸隱祖師堂。雲開絶頂諸峰小，竹閟危亭五月涼。華表鶴來塵世换，山陰鵝去舊池荒。傷心最是乘風地，秋樹蟬號月滿廊。

蕭公弼鍊師生朝

遊戲銅駝不記春，漆瞳閱盡世間人。詩中放浪陶彭澤，教外風流賀季真。九轉丹成聊應物，五噫歌罷更憂民。掀髯一笑南華老，却向逍遥説大椿。

送蕭鍊師公弼赴北庭之召二首

誰使蒲輪下九天，希夷政自日高眠。白雲未信能留住，青海情知也有緣。今代中原猶汗馬，古人遺戒若烹鮮。衝風萬里龍沙雪，好護一作「珍重」囊書上細氈。緣字韻，又作「白雲眷戀應無計，碧海瞻依也有緣。」

彌天四海俱曾召，末後焚香待謫仙。政欲燕閑談妙理，豈專服食引長年。山間舊説通三顧，履下今聞受一編。應被佩觿童子笑，不言白日上青天。被，一作「有」。

送太霞真人歸崆峒

四十年來演道經，世間草木亦知名。未騎白鶴遊三島，暫駕青牛過兩京。百舍遠來方願見，五漿先饋不須驚。崆峒聖跡依然在，會看高風繼廣成。

聞捷二首

天兵十萬擁貔貅，西域妖氛指日收。幕府方傳都護令，藁街已挂叛臣頭。聲馳朔漠三千里，喜溢中原四百州。遥想龍庭稱壽處，百官齊捧紫金甌。

旭日當空萬國明，倡狂逆竪敢横行。轍中方展螳螂臂，天外俄轟霹靂聲。萬里捷音來隴徼，一番喜氣滿秦城。九重早下班師詔，四海蒼生望太平。

贈喬舜臣

君家鼻祖政龔黄，曾屈牛刀渭水陽。千古清名配蓮岳，百年遺愛在桐鄉。斷碑零落嘗揮涕，賢裔風流此對牀。試築高門容駟馬，老夫猶及見諸郎。

被檄鞫問典牧司盜羊興定間。

不用癡兒證父攘，多歧何處覓亡羊。觸藩笑我初無定，窺岸憐渠不自量。誰復乘田尋孔子，大都在位負文王。幾時鞭起山間石，寄謝金華人姓黄。

挽石末參政〔一〕

力守孤城今已矣，徘徊不決豈棲棲。只疑尹鐸能存趙，不意田横自殞齊。百鍊寶刀輕出匣，千尋鐵鎖竟沈泥。山川故國浮雲外，惟見年年水滿溪。《寓庵集》卷二。

【校記】

〔一〕詩題「石末」，《金史》卷五五《百官志》作「石抹」，係女真「白號之姓」漢語音譯，字未定型。

新編全金詩卷一〇三

李　庭　三

七言絶句

奥屯元帥北覲八首

飄飄旌旆過天山，晉尾秦頭指顧間。一夜千門傳好語，相公又著錦衣還。

月户雲窗窈窕人，舞衫歌扇一番新。賸拚桑落千鐘酒，與洗龍沙萬里塵。

關河響動記當年，父老相呼拜馬前。遺愛至今家有像，不須劍佩畫凌煙。

唾手功名萬户侯，煌煌虎節照清秋。男兒到此平生足，只欠經營萬里舟。

百年一夢寄南柯，到底榮枯較幾何。萬事直須將禮遣，不妨屈意避廉頗。

清霜迤邐上華簪，睚眥干戈苦日尋。何似風恬波静處，白鷗相對兩無心。

擇地休營緑野堂，捐金莫買雪堆莊。歸時處處堪行樂，桃李清陰滿故鄉。

燕雀猶懷賀廈心，幾年青眼辱知音。丘山厚德將何報，聊獻狂言當誦箴。

劉伶荷鍤圖

荷鍤相隨死便埋，生生死死兩悠哉。長安陌上塵如海，醉殺何曾爲酒來。

陳季淵參議作海青詩有修翎如劍斫雲開之句徒丹雲甫以斫雲公目之七首〔一〕

妙齡聲價已摩空，無數珠璣咳唾中。今日真成管窺豹，一斑時見斫雲公。

腦脂遮眼困英雄，裂月撑霆句轉工。造物戲人良有意，大名將畀斫雲公。

名高湖海老元龍，百尺樓頭氣象雄。千古英靈埋不得，三生重作斫雲公。

遺山落筆坐生風，惟許儋州禿鬢翁。白玉樓成仙去早，惜渠不見斫雲公。

區區郊島兩秋蟲，露濕螢飛琢句工。若論横空盤硬語，何曾夢見斫雲公。

七篇奇語播寰中，千古陳言一掃空。唤起騎鯨老仙伯，也應首肯斫雲公。

自從此老入關中，百二山河勢轉雄。我輩便當焚筆硯，大家迴避斫雲公。

【校記】

〔一〕徒丹雲甫：即《寓庵集》卷二《寄徒單雲甫》。徒丹，《金史》卷五五《百官志》作「徒單」，女真「白號之姓」之漢語音譯，字未定型。

題王講師虚室

道人方丈有天遊，一榻蕭然萬事休。畢竟離朱窺不見，季咸妄意測壺丘。

江亭會飲圖

折腳繩牀老瓦盆，絶勝騎馬五侯門。江東李白詩無敵，尊酒何時與細論。以卷首有裕之、仁卿二詩故云。

送翟教授赴延安三首

才氣無雙信蜀珍，幾年流落困黄塵。腹中滿貯青箱學，莫惜殘膏丐後人。

魯邦雖小建芹宫，濟濟衣冠在眼中。莫道山城孤迥處，溪邊亦有舞沂風。

光風霽月滿南州，一旦濂溪有北流。但使遺黎入陶鑄，坐令强獷變和柔。

用郭外郎韻十六首

尋春重過曲江東，爛熳繁華在眼中。寂寞此心誰會得，少年場上白頭翁。

滔滔歲月逝波東，往事迴思一夢中。自笑平生喙三尺，老來翻作囁嚅翁。

君才獨步陜西東，筆落珠璣咳唾中。跛鼈定難追逸驥，謾誇坡老和陶翁。

細草幽花灞水東，籃輿坐我畫圖中。歸來酩酊無佳句，良愧當年六一翁。歐陽詩：「已到庭西逢太守，籃輿酩酊插花歸。」

春衫貰酒畫樓東，朱碧紛紜醉眼中。坡詞：「我醉初不知，但覺紅緑眩。」日暮馱歸驢背穩，路人指笑是詩翁。是趁題所逼，致不揆如此。

嬌兒索飯泣門東，不信凝塵滿甑中。搜斷枯腸無好語，生涯已是少陵翁。

信有仙人碧海東，玉樓銀闕瑞煙中。爲嫌上界多官府，且向人間作醉翁。

昔隨計吏走關東，屢入宣和禁苑中。陵谷變遷今幾度，試憑銅狄問仙翁。

丁年落筆賦河東，曾入鴻儒顧盼中。老去布衣誰比數，黄塵憔悴一衰翁。

千古繁華逐水東，銅駞埋没棘叢中。傷心欲問前朝事，不見連昌舊老翁。

一壟舊隱滸丘東，千丈蓮峰指顧中。早晚重尋遂初賦，瓦盆沽酒伴鄰翁。

春光淡蕩滿秦東，亭名。已拚形容痛飲中。排悶新詩隨意掃，要將公案學涪翁。山谷詩：「排悶有新詩，忘歸去逸徑。」

纔見旌旗出漢東，復聞風火起湟中。欲知邊塞征人苦，請問新豐折臂翁。

比年恩詔下山東，百萬人家喜氣中。一見昇平死無恨，不羞扶杖尾田翁。

金鼓明年過浙東，行人江上版圖中〔一〕。便宜條奏吾儕事，勿謂無人繼弱翁。

五雲明處日升東，豪傑都歸控馭中。爲謝元和諸學士，莫矜相業笑漁翁。

【校記】

〔一〕行人江上：《永樂大典》卷七三二九郎字韻引元李庭《寓庵集》此詩作「江山行入」。

彦仁參謀袖擕房祖太極宫提點李廣道畫像并墓表遠來求詩姑題二絶以應命李號北山退翁

閱盡銅駞陌上人，歸來高卧北山雲。遥知夜半乘風去，不受人間馬鬛墳。

太極重遊鬢已華，承平日月記仙家。種桃道士歸何處，惆悵劉郎賦落花。

庚子元日三首

今日欣逢庚子年，太平期在十年前。早來似覺春光好，拂拂東風入酒筵。

窗前一夜雨瀟瀟，曉起晴光淡碧霄。百鳥不嘑風色静，老僧來説好年朝。

每憶清朝元會日，五更鐙火御街前。當時無限風雲意，今日僧窗聽雨眠。

送亢公講主奉敕修白馬寺三首

經來白馬教初傳，千載高僧續舊緣。江北江南今一統，至元遠勝赤烏年。

勝緣幸遇明天子，福地還興古道場。指日蒿萊化金碧，人間重睹白毫光。

凌雲古塔鬱崔嵬，百寶青蓮次第開。方便應緣心事了，松枝回指早歸來。《寓庵集》卷三。

集外補遺

中峰寺見芙蓉

迢迢高澗水，下注清冷池。池上何所有，上有芙蓉枝。芙蓉何娟娟，緑葉敷紅滋。不生湘漢間，左右隨風披。如何在空谷，若與幽人期。素心果如此，孤獨將無辭。《永樂大典》卷五四〇蓉字韻引《寓庵稿》，中華書局一九九八年，第一册八八頁。

偶成

時往草木幽，事寂門巷閉。飛鳥來親人，故作可憐意。

風雨蕭然一室虛，床頭惟有舊時書。官閑不理西曹事，自取芸香辟蠹魚。

春色堂堂不必疑，浮雲流水任東西。曉來一陣催花雨，村北村南布谷啼。
春色年年自往來，偶然行上妙高臺。可憐荆棘參天裏，一朵桃花獨自開。

五言四首

顔色不如前，舞袖無心著。寄語撾鼓人，莫撾紅芍藥。
自舞不知羞，欲罷更垂手。今日看他人，乃知前日醜。
對酒莫舞劒，坐上客欲起。爲有傷心人，如何要人喜。
梨園人散後，處處霓裳舞。惟有李龜年，逢人淚如雨。

絶句

夢覺西齋鶴影孤，最憐殘月掛高梧。一窗凉氣如清霧，起看菖蒲葉上珠。

漫題二首

日暮山光合，雨餘溪水清。可憐桃李樹，猶有故鄉情。
溪水東流去，春愁可柰何。美人今不見，門外落花多。

無題二首

世事真難託，微宗只自憐。文章登第日，淮楚用兵年。薄宦春雲外，歸心夕照邊。長安無近使，回首意茫然。

幽居無客至，倚杖問韶華。滿地生芳草，開窗見落花。衰年常畏酒，多病復思家。獨立無聊賴，空墻散夕鴉。

讀樂天詩

寒齋坐無事，閑觀樂天詩。一篇復一篇，終帙不知疲。撫卷想其人，百慮春冰澌。便如飲醇酎，心體俱融怡。夫君古達者，聞道超希夷。胷中浩然氣，不爲富貴移。立朝著直節，終始無磷緇。窮通等一致，未見喜與悲。放浪林野間，自比榮落期。香出月明夜，洛水花開時。沉酣溺杯杓，諷詠多詩辭。襟懷既夷曠，文字無嵚崎。雖言未嘗言，真是忘言師。人生能幾時，飄若風中絲。巧拙仝一死，虛名亦奚爲。得酒且開顏，萬事姑置之。作詩不必工，醉墨徒淋漓。禨翻我自穩，任使俗人嗤。《永樂大典》卷九〇二詩字韻引「李廷」《寓庵詩稿》之《偶成》云云、《五言四首》云云、《絶句》云云、《漫題》云云、《無題》云云、《劉彦樸索月旦評詩》云云、《讀樂天詩》云云，中華書局一九九八年，第一册三六四頁。今按，「李廷」爲「李庭」之誤。其中《劉彦樸索月旦評詩》已見《小亨集》卷二。

養浩齋

名配乾坤了不磨，古今惟有一鄒軻。寄言養浩軒中叟，必竟心中似得麽。心中一作胸襟。《永樂大典》卷二一五三五齋字韻引《寓庵詩》，中華書局一九九八年，第二册一一六一頁。

春草齋詩

脈脈微雨收，習習東風早。十日不出門，滿地生芳草。柔緑散餘馨，深居愜幽抱。故舊來者稀，寂寞城南道。《永樂大典》卷二一五四〇齋字韻引元《寓庵集》，中華書局一九九八年，第二册一二一九頁。

三衢道中宿含輝宫有懷故人

餘靄散平川，遥林隱高閣。道士出相迎，開門松子落。故舊值干戈，蹤跡應飄泊。思君生夜寒，坐久衣裳薄。《永樂大典》卷三〇〇五人字韻引李庭《寓庵集》，中華書局一九九八年，第二册一七二三頁。

禁煙

不賞從亡已負賢，那堪抱木死岩前。燒殘魂魄千年後，却向人間看禁煙。《永樂大典》卷四九〇八煙字韻引元李庭《寓庵集》，中華書局一九九八年，第九册八七九七頁。

送李敬夫外郎

淵源聖學用功深，藉藉聲名藹士林。决事但遵三尺法，肥家寧顧四知金。勞生笑我淹黄卷，好士惟君是赤心。寄語青雲舊知己，幾時垂手援湮沉。《永樂大典》卷七三二九郎字韻引元李庭《寓庵集》，中華書局一九九八年，第三册三一〇一頁。

送裴子法北行

疋馬區區萬里行，知君雅志爲蒼生。聖朝若問經邦策，好草囊封勸罷兵。《永樂大典》卷八六二八行字韻引李庭《寓庵集》，中華書局一九九八年，第四册三九八七頁。

踢弄

鼓笛喧填四面催，飛猱健捷幾千回。半生巧藝都呈盡，百尺竿頭穩下來。《永樂大典》卷一三〇八三弄字韻引李庭《寓庵集》，中華書局一九九八年，第六册五六四八頁。

擬古寄王壽之

天命固已定，智力安能移。居易以俟命，儌倖胡可爲。獲禽羞詭遇，鑽穴賤相窺。無益分内事，徒令雅道虧。人生天地間，一身乃知寄。兒女多奚爲，自迷婚嫁累。懷哉塵外客，蕭散煙霞地。往來從之遊，敝屣豈難棄。明堂久不架，大匠空華顛。朝夕一盂虀，智不如栝棬。山苗與澗松，結根良偶然。時命可柰何，君子當樂天。

寄江西同年諸公

宇內非無友，同年誼最深。俱辭京洛去，渾似絶絃琴。散亂迷清思，寂寥沉雅音。江湖路如線，行人何處尋。不寄數行字，誰能知我心。平生論疇昔，豈謂值如今。《永樂大典》卷一四三八一寄字韻引李庭《寓庵稿》，中華書局一九九八年，第七册六二七五頁。

寄王彦良

聞名久欲見，入門如故交。未語各相笑，眉目皆吾曹。清言涼風生，雅度秋雲高。别去忽不見，今來生二毛。

寄奉化趙性傳

一月居官席未安，小舟隨月到城間。偶逢丞相留人住，深感大夫思我還。沙田不雨即無水，州市出門惟見山。烏秈白蟹長汀上，却羡諸公日且閑。

寄張敏之五絶

河朔昏昏醉夢間，常山日日望燕山。黄金臺上空秋草，屬國歸來鬢已班。

物外長春日月長，秋來梁燕出宫墻。步虚聲散爐灰冷，雨滴空堦送夜凉。

御園晴日野花開，故國霜風塞鴈來。九鼎十年牛礪角，江南唯有子山哀。公嘗作《哀九鼎賦》。

憶逐梁王下吹臺，共憐何日使車迴。豈期亂後孤臣在，却荷深情慰遠來。

欲過都門謁故人，一尊濁酒再論文。秪愁月落西陵曉，白髮宫人哭塞雲。《永樂大典》卷一四三八一寄字韻引李庭《寓庵稿》，中華書局一九九八年，第七册六二七五頁。

里社席上偶成

漁樵誰主復誰賓，莫道南朝忝從臣。數口青門依絳帳，十年白帽看黄巾。立同狐貉寧無恥，唾落珠璣不救貧。且向筵間持酒待，蹋歌歌罷是陽春。《永樂大典》卷二〇三五三席字韻引李庭《寓庵詩集》，中華書局一九九八年，第八册七六二〇頁。今按，「寓庵詩集」原作「寓齋詩集」，抄誤。

山中元夕

萬壑無風夜氣澄，柴門簫鼓忽喧騰。殷勤爲問天邊月，何處人家更有燈。《永樂大典》卷二〇三五四夕字韻引李庭《寓庵集》，中華書局一九九八年，第八册七六三六頁。

遺善堂

人生有彝性，好善本自然。一爲外物誘，遂爾迷厥天。悠悠衰俗中，孰能返純全。伏膺念遺訓，乃覯子之賢。遺訓果何雲，見善俾日遷。善心顧豈遠，但坐私欲牽。四端既擴充，天理歸周旋。受用終其身，復爲來者傳。子子及孫孫，所遺無窮焉。名堂豈不佳，力行貴勉旃。私言亦自警，歸以銘五前。《永樂大典》卷七二四二堂字韻引「元李顯卿詩」，中華書局一九九八年，第三册三〇二四頁。另，楊鐮主編《全元詩》第二册三九六頁録此詩，小傳云：「李顯卿，東平人。父爲浙省掾，因居杭州。通辭章，善制曲。至正元年以父蔭爲錢穀官。生平見《録鬼簿》卷下。」案曰：「元人李庭字顯卿，號寓庵，有《寓庵集》，《永樂大典》存其佚詩數十首。今存《永樂大典》引李庭詩，均云出自『李庭《寓庵集》』。暫將《永樂大典》卷七二四二所引元李顯卿詩，歸元曲家李顯卿。」今按，此説似有臆測之嫌。一是明人編纂類書，或名或字，多有率意爲之者，現存《永樂大典》殘帙不勝枚舉；二是《永樂大典》所引歌詩，一般出自明初以前别集與總集，未聞曲家李顯卿嘗有詩集行世，或稍具詩學而留下過影響。兹改從詩人李庭顯卿名下，并辯之如前。

題樊川歸隱圖

赤心報國已無慊，白首休官更覺賢。杜曲田園花似錦，長安風月酒如川。元駱天驤《類編長安志》卷九《勝遊·樊川》「胡相别墅」，中華書局一九九〇年，第二八三頁。

題甘河遇仙宫

湛湛溪流漬古苔，仙真相遇此徘徊〔一〕。一瓢玉液逡巡就，七朵金蓮次第開。雲海難尋歸去路，乾坤惟有劫餘灰。只應華表千年鶴，會爲家山一再來〔二〕。元李道謙《甘水仙源録》卷一〇，撰者署「京兆府學教授李庭」，明正統《道藏》本，文物出版社等一九九四年，第一九册八一三頁。

【校記】

〔一〕仙真：清顧嗣立《元詩選癸集》癸之乙《李謚議庭》録此詩作「真仙」。〔二〕會：《元詩選癸集》作「曾」。

説經臺

説經人去已千年，木杪遺臺尚巋然。寰海至今傳妙旨，猶龍無復見真仙。風號地籟笙竽合，日照山花錦繡鮮。須信谷神元不死，晚來幽鳥替談玄。元朱象先《古樓觀紫雲衍慶集》卷下《名賢題詠》，撰者署「李顯卿」，明正統《道藏》本，文物出版社等一九九四年，第一九册五六八頁。另，《（民國）周至縣誌》卷一《地理》亦録，歸「楊奂」，《中國方志叢書》本，臺北成文出版社一九七〇年；《永樂大典》卷二六〇四臺字韻引「元寓齋詩」亦録，屬「白華」，中華書局一九九八年，第二册一二四〇頁。今按，《古樓觀紫雲衍慶集》卷下《名賢題詠》所録，已包括楊奂《戊子秋遊樓觀》；至於白華，其仕履未涉陝西，亦未見同全真家交往。當是大明館臣將白氏《寓齋詩》與李氏《寓庵詩》混同所致。

冬日山村

枯木扶踈夾道旁，野梅倒影浸寒塘。朝陽不到溪陰處，留得横橋一板霜。明佚名《詩淵》，署「宋李顯卿」，書目文獻出版社一九九〇年，第三册二三一六頁。

新編全金詩卷一〇四

辛沂

辛沂，字魯伯，洛陽（今河南省洛陽市）人。與遺山元好問、庸齋薛玄爲友①。遺山有《甲寅十二月四日出鎮陽寄辛魯伯》詩②。至元初，遊關中，姚燧爲序送行③，不久卒。伯魯才表豪氣，抱負奇節，時人壯之。以其同全真道士交往，被視爲徵士④。兹輯詩三首。

題甘河遇仙宫三首

休羡曹溪一勺甘，西江吸盡是空談。遇仙橋下洋洋水，正泒元來有指南。
泒出終南不少休，源泉混混遍中州。反涇合渭東歸海，要向蓬萊頂上流。

①元程鉅夫《雪樓集》卷一六《薛庸齋先生墓碑》，《文淵閣四庫全書》本。
②清施國祁《元遺山詩集箋注》卷七，《四部精要》本，上海古籍出版社一九九三年。
③元姚燧《牧庵集》卷四《送辛先生序》，《文淵閣四庫全書》本。
④元王惲《秋澗集》卷五九《碑陰先友記》，《四部叢刊》本。

未遇真仙可奈何，易牙有口謾蹉跎。操瓢試向橋邊飲，水味過於酒味多。元李道謙《甘水仙源録》卷一〇，撰者署「洛陽宰沂上」，明正統《道藏》本，文物出版社等一九九四年，第一九册八一三頁。

楊時煦

楊時煦，字春卿，亦字采亭，號庸齋，薊州玉田（今河北省唐山市玉田縣）人。金末避地河南，金亡北渡居燕。中統初，辟提舉河間常平倉事，改衛輝勸農使。辭去，隱於鄉，教授生徒，弟子多有達者。至元四年，起爲興文署校讎，未赴，卒於家，年六十四。庸齋樂於助人，有布衣孟嘗君之譽。一時名流如陳時可、梁斗南、魏璠、元好問、杜仁傑等皆與之交。嘗著《庸齋集》，有詩千餘①。兹輯三首。

蒙溪

一庵盡領五臺山，山在雲煙紫翠間。老竹生孫梅結子，來遊此地不知還。元駱天驤《類編長安志》卷九《勝遊》引楊庸齋詩，中華書局一九九〇年，第二九〇頁。

---

①元魏初《青崖集》卷五《庸齋先生哀挽詩序》，《文淵閣四庫全書》本。

盧溝河

長河飛下九天來，萬古滔滔繞隗臺。浪滾横衝滄海去，勢雄直截此山開。枇陵獨□鰲頭豆，匯岸難防腳底雷。曾見西風飄一葉，恰如仙子泛槎迴。元熊夢得著、北京圖書館善本組輯《析津志輯佚·河閘橋樑》：「朝鮮河，此亦名盧溝河。然《大一統志》與《天京事略》並無朝鮮河。楊庸齋詩云云。」北京古籍出版社一九八二年，第九七頁。

題盧溝橋

石齒相銜跨兩隄，半宫隱隱卧虹霓。閲殘浮世千獅子，踏破晴霜萬馬蹄。氣象北連山腳遠，波濤東壓海門低。年來斫盡青青柳，依舊闌干玉削齊。元熊夢得著、北京圖書館善本組輯《析津志輯佚·河閘橋樑》：「盧溝橋在京南三十里。水源出金口，即渾河。水至盧溝，波濤湧洶，狂瀾疊出，石齒相角。上架石梁，平砥如平，上有獅子闌楯。楊庸齋詩云云。」北京古籍出版社一九八二年，第九九頁。

郭鎬

郭鎬，字周卿，號遺安，華州蒲城（今陝西省渭南市蒲城縣）人。蘭泉張建外孫。自幼力學舉業，三預京兆府薦，一赴廉試。遭貞祐之亂，挈家遷徙無常處，不易所學。與麻革、李庭、段成己諸名士交往，淵源講習有素，爲詩平淡含蓄。金亡，隱居鄉里，教授生徒。中統初，授陝蜀行中書省左右司員外郎，尋以疾辭歸鄉。至元五年卒，年七十五①。嘗著《遺安先生文集》行世②。兹輯二首。

樓觀

木杪蒼煙向日開，半空金碧照崔嵬。丹砂火冷井仍在，紫氣影沉人未回。萬古風煙歸史筆，一番猿鶴傍經臺。自憐不得飛仙術，徒對西風賦七哀。

説經臺

自停玉塵幾經年，人去臺存倍黯然。不爲青牛會税駕，豈聞黄耳亦登仙。首言擬却當時馬，繼論如烹大國仙。文字五千今尚在，玄中又復見重玄。元朱象先《古樓觀紫雲衍慶集》卷下，明正統《道藏》本，撰者署「郭周卿」，文物出版社等一九九四年，第一九册五六八頁。

---

① 金李庭《寓安集》卷七《陝蜀行中書省左右司員外郎郭公行狀》，《藕香零拾》本，中華書局一九九九年。

② 元王惲《秋澗集》卷四三《遺安郭先生文集序》，《四部叢刊》本。

薛玄

薛玄，字微之，號庸齋，下邽（今陝西省渭南市臨渭區下邽鎮）人①。弱冠入少華讀書，晝夜誦習。又從理學家遊，以明理學稱。金亡，爲中書令耶律楚材所知，先後聘爲應州教授、軍儲轉運使。戊戌歲（蒙古太宗十年、一二三八），紫陽楊奂仕河南路課税所長官兼廉訪使，辟爲幕府。甫閲歲，徙洛西，教授生徒。與辛愿、張德直、元好問、姚樞、杜仁傑等講貫古學。中統初，平陽宣撫使召，不起；再以河南提舉學校官即家授之，亦不拜。至元八年卒。嘗著《易解》《中庸注》《聖學心學編》《皇極經世圖説》《道德經解》《陰符經論説》《適意集》等。兹輯三首。

題歸潛堂三首

肯構茅堂養道真〔一〕，滿前俗事罷紛紜。磻溪夜釣波心月，汾曲春耕隴上雲。長笑熊羆勞應夢，肯教猿鶴怨移文。斬新傳得安心術〔二〕，萬壑松風枕上聞。

① 元程鉅夫《雪樓集》卷九《薛庸齋先生墓碑》、卷二二《洛西書院碑》，《文淵閣四庫全書》本。另，《歸潛志》署「蒲城」；元鮮於樞《困學齋雜録》作「華陰」。今按，下邽、蒲城、華陰在金爲縣，同屬京兆府華州，見《金史》卷二六《地理志》。此從程氏墓碑。

奔走紅塵二十年，歸來參破浄名禪。忙開菊徑成嘉遁，静閉柴門草太玄。千嶂雲嵐真輞谷，一川風月小壺天。旱時若用商巖雨，應徧齊州九點煙。故山泉石穩棲遲，緯國才名恐四馳。節信情高方著論，淵明心遠更能詩。素琴黄卷真餘樂，明月清風無老時。只恐葛龍潛不定，一聲雷雨躍天池。金劉祁《歸潛志》卷一四，撰者署「蒲城薛玄微之」。

【校記】

〔一〕肯：元蘇天爵《元文類》卷六録此詩作「獨」。〔二〕斬新：《元文類》作「近來」。

杜瑛

杜瑛，字文玉，霸州信安（今河北省霸州市信安鎮）人。金末，避兵河南緱氏山中，讀書講學。金亡，居汾晉間，教授生徒。與辛愿、李獻卿、楊奂等爲友，涵肆六經百家之書，探究古今治亂之理。蒙古中書粘合珪開府彰德，聘爲幕賓。己未歲（蒙古憲宗九年、一二五九），蕃王忽必烈召問取宋之策，對以爲國者當重法、兵、食三事。中統初，詔徵之，辭。又起爲大名、彰德、懷孟等路提舉學校官，亦辭。杜門謝客，以修學著書爲事。至元十年卒，年七十。臨終囑其子於棺中置《杜甫詩集》一編，題誌石「處士杜緱山墓」云①。嘗著《緱山文集》十卷、《春秋地理原委》十卷、《語孟旁通》八卷、《皇極

---

①元蘇天爵《滋溪文稿》卷二二《元故徵士贈翰林學士謚文獻杜公行狀》，中華書局一九九七年；元胡祗遹《紫山（轉下頁）

引用》八卷、《皇極疑事》四卷、《極學》十卷、《律吕律曆禮樂雜志》三十卷等。兹輯十六首。

留春曲

絮飛冷雪龍蟠玉〔一〕，花殞香摧鳳銜燭。批頰深林叫新緑，倚闌人唱留春曲。春光欲去如死灰，明年暖風吹又來。何如日日長相守〔二〕，典衣共醉花前杯。殷勤留春春不住，白日西馳水東注〔三〕。鏡中絲髮奈老何，君當持盃我欲歌。元蘇天爵《元文類》卷四，上海古籍出版社一九九三年。另，清郭元釪《全金詩增補中州集》卷七二亦録，誤歸劉祁名下，上海古籍出版社一九九四年。

【校記】

〔一〕冷雪：《全金詩增補中州集》作「冷屑」。〔二〕守：清康熙《御選元詩》卷三録此詩作「思」。

〔三〕注：《御選元詩》作「去」。

弔故宫

月上觚稜椒壁濕，飢烏啄碎琅玕石。劫灰飛盡海揚塵，廢殿荒臺土花碧。洛陽書生汴梁客，一夜春風頭欲白〔一〕。尊中賴有酒如泉，醉倚寒窻破愁寂。元蘇天爵《元文類》卷五，上海古籍出版社一

（接上頁）大全集》卷一八《緱山先生杜君墓誌銘》，《三怡堂叢書》本。

九九三年。

【校記】

〔一〕春：《元詩選》作「秋」，小字注「一作春」。

秋思

壯心忽忽劇懸旌，秋氣能令客子驚。白鴈不聞雲外過，清霜先向鬢邊生。銅駝巷陌周東土，金鳳樓臺鄴北城。千古繁華俱一夢，空餘草木戰風聲。元蘇天爵《元文類》卷六，上海古籍出版社一九九三年。

征南口號

春早雲南麥已黄，瀘江蒸霧水如湯。馬蹄半帶陰山雪，變作人天六月凉〔一〕。元蘇天爵《元文類》卷八，上海古籍出版社一九九三年。

【校記】

〔一〕人天：《元詩選》作「人間」。

鄴南城

王氣銷沈井逕荒，北風日夜刮枯桑〔一〕。羖飛天上河聲斷，犬吠陵頭日色蒼〔二〕。陸地百年滄海變，西陵千古暮雲長。嗚嗚敕勒平川水，寒遶陰山恨未忘。

【校記】

〔一〕刮：《（嘉靖）彰德府志》卷一録此詩作「叫」。〔二〕日：《（嘉靖）彰德府志》作「石」。

西陵

望眼憑高入杳冥，偶隨飛鳥到西陵。波聲冷撼蒼厓石，霜氣晨凝老樹冰。自謂摸金神可侮，豈知破塚鬼還憎。却憐横槊英雄志，留與詩人説廢興。

湯陰道中

城連蔓草就陂陀，匹馬玄黄兩鬢皤。兔穴廢埸新事改，燕巢老樹舊恩多。嵇林鬼物防直棘，羑水天風鼓恨波。顧我本非塵土客，雲山隨意聽高歌。

曉出相州

夢中鄉國血沾襟，愁裏光陰雪滿簪。客路風霜蕩水闊，詩囊塵土飯山深。花開自樂本無事，雲去復來猶有心。聞健擬從嵇阮醉，山陽暮雨竹成林。

登古鄴城

杖底行雲拂古苔，袖邊風雨溼輕埃。風聲尉帥黄龍去，水勢朱家白馬來。往事無端隨世變，野花依舊向人開。九原喚起陳書記，坐對三臺共一杯。

環翠亭宴飲

坐客終朝望眼西，好山高與暮雲齊。鶴鳴漁浦天風急，鼇背仙宫海浪低。千古地形雄妹土，一川煙景勝耶溪。歌聲喚起凌波夢，蓮葉香深路恐迷。

三臺懷古二首

巋然雙塔夕陽明，慨想曹瞞舊典刑。九錫初非基禪讓，三分猶自愧英靈。水從石槨沈邊白，山在香囊分處青。空使羯奴誇壯健，西陵草木爲誰醒。

白鳥飛邊望眼寬，興來一吸酒杯乾。土花漬雨鐵梁澀，蔓草接秋冰井寒。樹拂曉風摇北土，水涵落日蹴西山。書生豈識興亡事，片瓦摩挲認建安。清顧嗣立《元詩選》三集《杜處士瑛》，中華書局一九八七年，第四二一頁。

花藏寺

僧吟唄語鬼還驚，城外僧居亦地靈。雪壓瓦溝松有塔，風翻樹頂柏無鈴。事多妄動看栽藥，心未能安聽誦經。但恐歸來業緣在，塵埃昧眼盡冥冥。

墨竈寺

真性空明月在潭，俯看人世局塵函。水通石竇溪無底，地入山門路半銜。見説朝衣赴東市，擬將野服老西嵓。夢中盡是詩中趣，笑挽閑雲倚碧衫。《永樂大典》卷一三八二四寺字韻引《續相臺志》杜瑛詩，中華書局一九九八年，第六册五九二八頁。

題彰德晝錦堂

輪囷日下五雲飛，此是先生唱第時。龍上青天蛇有力，鼠潛舊穴馬空肥。縱横邊議三千牘，照耀身名六一碑。壞壁百年遺像在，郡人争看錦爲衣。元迺賢《河朔訪古記》卷中，《叢書集成初編》本，中華書局一九八五年，第三三頁。

安濟橋有感

龍臥蒼江勢欲飛，馬銜寒雨凈無泥。影沈雲掩半邊月，路險天横千丈泥。入世變更仙跡在，水神畏避浪頭低。憑欄灑盡傷時淚，落日太行山色西。《(正德)趙州志》卷二，《天一閣藏明代方志選刊》本，上海書店一九八九年。今按，詩題原缺，《(光緒)趙州志》卷一六《藝文志》録此詩作《安濟橋有感》，從之。

陳邃

陳邃，字季淵，號畸亭，京兆(今陝西省西安市)人。壬辰歲(金天興元年、一二三二)，流寓宣德，淪爲衣寒之士①。後歸陝右，宣授樞密院參議、征西參軍。同名士楊奂、來獻臣、邳大用、張徽、郭鎬、李庭等樽酒論文，燕樂相聚②。遺山與之年輩相若，引爲知己，其《醉中送陳季淵》云：「愛君只欲苦死留，不道南飛何所樂。書生弓馬能幾何，乃今寶校金盤陀。」③。至元十一年卒。其詩文清豪可諷，爲時所稱，嘗著《陳季淵詩集》行世④。兹輯九首。

題甘河遇仙

蒼髯如戟眼如冰，凜凜豐標漢歲星。應是老仙元有分，更遭羽客解通靈。一瓢神糞開玄鏡，

---

①元姚燧《牧庵集》卷二七《醫隱閻君阡表》，《文淵閣四庫全書》本。
②元駱天驤《類編長安志》卷九《勝遊》，中華書局一九九〇年，第二八四頁。
③《遺山先生文集》卷五，《四部叢刊》本。
④元戴表元《剡源集》卷八《陳季淵詩集序》，《文淵閣四庫全書》本。

萬古中原拜祖庭。聞道劫餘糜爛者，多因此水救來醒。元李道謙《甘水仙源録》卷一〇，撰者署「宣授樞密院参議陳邃上」，明正統《道藏》本，文物出版社等一九九四年，第一九册八一三頁。

題廉相泉園四首

瘰木傳津返盛容，痿花挾潤舞春風。有泉如此儘堪老，何事蒼生重惱公。

亂朵繁莖次第花，牡丹全盛動京華。紅雲一片春風好，便是山中宰相家。

郊原獵獵駐雙旌，林媪溪翁説姓名。一股玉淙飛不斷，讀書窗下野泉鳴。

秦人解道相君賢，一去朝天忽九年。最好歸來頭未白，廉泉初不讓平泉。元駱天驤《類編長安志》卷九《勝遊》：「教授李庭爲之記，征西参軍畸亭陳邃題其詩四絶云云。」中華書局一九九〇年，第二八四頁。

題李氏牡丹園

雁塔西邊處士家，經年培育牡丹芽。一枝先折趙飛燕，群豔尚陪陰麗華。幽徑小欄通曲醮，危絃促柱殿清茄。聞身健在伸眉好，明日狂風掃落花。元駱天驤《類編長安志》卷九《勝遊》，中華書局一九九〇年，第二八五頁。

龍額山

顛崖突出衆峰前，隱躍潛龍枕爪眠。怪木秋凋頭露角，寒泉春湧口流涎〔一〕。身横雲外三千尺，眼看人間幾百年。莫待始皇驅入海，早升雷雨上青天。

【校記】

〔一〕口流涎：元傅習《元風雅》前集卷四録此詩作「鎮龍涎」。

萬壽山

萬壽山頭尺五天，空同直下小如拳。五更霧冷乾坤濕，六月風酸甲子偏。細草已肥燕地馬，奇兵先鎖漢江船。行人莫問征南事，俯看蘇杭在眼前〔一〕。

【校記】

〔一〕俯：元傅習《元風雅》前集卷四録此詩作「墮」。

海東青

怒挾孤風海外來，修翎如劍斫雲開。潛身陡縮千尋起，得意雄攀一點回。萬里老拳無脱腦，滿鞲英氣不凡才。山狻野雉休回首，神物無心到草萊。清顧嗣立《元詩選癸集》癸之癸上《陳濟淵》，小傳無考，名下小字注「陳一作張」，中華書局二〇〇一年，下册第一六五四頁。今按，「陳濟淵」即「陳季淵」，「濟」爲「季」之誤。金李庭《寓庵集》卷三《陳季淵參議作海東青有修翎如劍斫雲開之句徒單雲甫以斫雲公目之》涉及其字、詩題及詩句，俱可証。另，元傅習《元風雅》前集卷四録此詩題作「海青」。

李　治

李治①，字仁卿，號敬齋，真定欒城（今河北省石家莊市欒城區）人。名士李遹子。登正大七年詞賦進士第，調高陵簿，辟知鈞州事。壬辰歲正月，鈞州陷，微服北渡，流落忻崞間。聚書環堵，精研天文象數、名物之學。往來西州，寓志文字間。與元好問、張德輝爲摯交，往來酬唱。蒙古忽必烈居潛召之，問政治得失及地震災變，對以辨忠佞，立紀綱，省刑罰，慎征伐。晚家元氏，買田封龍山下。當局屢以學士召，就職期月，堅辭還山。至元十六年卒，年八十八②。著述豊富，尤精於數學，頗有建

① 清施國祁《吉貝居雜記》：「遺山集《寄庵碑》：『先生子男三人，長曰澈，方山抽分窯冶官劉出也；次曰治，自幼有文章重名，正大中收世科，徵事郎高陵主簿，王出也；次曰滋，崔出也。』按碑文，兄澈弟滋，則仁卿名『治』無可疑者，且與字義正合。自此碑外，所見諸書無不作『冶』者，不知其訛自何始。考仁卿生於大定二十年庚子，至正大七年庚寅登收世科，已五十有一歲矣。同榜自詞賦李瑭、經義孟德淵外，有劉從禹虞卿、孟攀鱗駕之、任亨甫嘉言、龐漢茂宏，見於記序碑文者數人。金亡北渡，能以道德文章確然自守，至老不衰。且觀其中統拜職後，與翰林諸公書云：『翰林非病叟所處，寵禄非庸夫所食，官謗可畏，幸而得斂跡深山，木石與居，鹿豕興遊，斯亦老朽無用者之所便。』其本意大可見矣。蓋在金則爲收世科之後勁，入元則占改曆之先機，生則與王滹南、李莊靖同爲一代之遺民，死則與楊文獻、趙閑閑並列四賢祠祀，而後人不察，錯稱其名。吁！可悲已。余曰：近刻仁卿所著《測圓海鏡》《益古衍段》二書，前題爲『翰林學士知制誥同修國史』，雖仍舊刻，亦失於改正。」見民國羅振玉《雪堂叢刻》，北京圖書館出版社二〇〇〇年，第一册七〇二頁。

② 《元史》卷一六〇《李治傳》，中華書局一九八三年。另，元蘇天爵《國朝名臣事略》卷一三亦詳述其事迹，中華書局一九九六年。

樹，現存《測圓海鏡》十二卷、《益古衍段》三卷及《敬齋古今黈》八卷等。兹輯十一首。

觀主人植槐

主人有佳樹，移植庭之隅。繁柯雖翦去，不敢觸根株。朝溉復夕灌，乳井幾成枯。諷諷角弓詩，古人能起予。愛樹尚如此，愛士當何如。元蘇天爵《元文類》卷三，上海古籍出版社一九九三年，第五八頁。

楊白花

帝家迷樓春晝長，紫笙吹破百花香。葡萄凝碧琥珀光，燕語鶯啼空斷腸。枕帷紅淚灑瀟湘，玉鏡臺前添午粧。茜羅綬帶雙鴛鴦〔一〕，蝴蝶趂雪上釵梁，千里萬里雲茫茫。元蘇天爵《元文類》卷四，上海古籍出版社一九九三年，第六八頁。

【校記】

〔一〕茜羅：清顧嗣立《元詩選癸集》癸之乙《李學士冶》録此詩作「茜裙」。

瀟湘夜雨

遠寺孤舟墮渺茫，雨聲一夜滿瀟湘。黄陵渡口風波暗，多少征人説故鄉。

墨海棠

漢宫愁絶冷鞓菝，一蘸劉郎兩鬢絲〔一〕。甲帳夜寒銀燭短，六銖雲帔獨來時。元蘇天爵《元文類》卷八，上海古籍出版社一九九三年，第一〇七頁。

【校記】

〔一〕蘸：原作「醮」，此從《元詩選癸集》癸之乙所録此詩。

贈李之和

立牝機關不死根，自消自息自氤氲〔一〕。暖於焰焰九微火，輕似飄飄三素雲。白玉池心流曉潤，紫金鑪口裛餘熏。未知與道相應否，試作新詩一問君。金李治《敬齋古今黈》卷二：「鼂寓崞山之同川，嘗與李鼎之和論及於此，之和邃於性命者也，似有印可意。予因贈之以詩云云。」中華書局一九九五年，第二六頁。

【校記】

〔一〕氤氲：民國陳衍《元詩紀事》卷三録此詩作「氤氳」。

用字謎

三山自三山，山山皆倒懸。一月復一月，月月還相連。左右排雙羽，縱横列二川。闔家都六口，兩口不團圓。

井謎

四十零八箇頭，一頭還對一脚。中間全無肚腸，外面許多棱角。金李治《敬齋古今黈》卷一：「近世伶官劉子才，蓄才人隱語數十卷。謎固小技倆，然其諷詠比興，固與詩人同義，而在士大夫事中，亦談笑之一助也。嘗聞『用字謎』，既久，止記一二句，今爲足成之云云。嘗擬作『井謎』云云。此末聯亦借前人語也。」中華書局一九九五年，第六頁。

追憶閑閑文獻二老作

百年喬木鬱蒼蒼，耆舊風流趙與楊。爲向榆關使君道，郡中合有二賢堂。元蘇天爵《元朝名臣事略》卷一二《內翰李文正公》，中華書局一九九六年，第二六三頁。

七星巖

巖公舊隱名七星，幽閴寥廓真仙庭。峨峨雲蓋結雙頂，天風不動聞流鈴。字青石赤尚奇偉，撝訶守護煩山靈。不是人間玉局所，今貯天上琅函經。我疑山澤自通氣，又疑蟄户藏雷霆。曾聞洞府仙所話，歲與下土收蝗螟。旱時禱雨叩輒應，古井猶帶蛟龍腥。土釀飄飄槪可想，地籟瑟瑟猶堪聽。世間樓觀豈不有，窮極技藝紛紅青。何如石空堅且好，萬古仙跡留芳馨。

我來到此洗俗慮，仰視玉宇摩青萍。盧敖尚許隨學道，驂鸞駕鳳遊蒼冥。清顧嗣立《元詩選癸集》癸之乙《李學士治》，中華書局二〇〇一年，第一四五頁。

楊威

楊威，字震亨，太原太谷（今山西省晉中市太谷縣）人，後徙磁州武安（今河北省邯鄲市武安市）。嘗從軍陝右，以勞充帥府議事官。金哀宗天興末，北渡寓長清，校訂名醫劉守真《保命集》，刊行於世。中統初，召爲中書省詳定官①。因言事未聽，辭歸鄉里，教授生徒。震亨治《春秋》義，爲文思致甚敏，詩亦其所長，嘗著文集若干卷。兹輯詩一首。

①元王惲《秋澗集》所記楊威鄉籍頗紛紜。（一）卷八〇《中堂事記》上：「詳定官三人，楊威字震亨，太原太谷縣人。治《春秋義》。」（二）同卷：「詳定官楊威以星變陳書省官，宜解機務，以避賢者，不然且有大咎。」小字注云：「先生名威字震亨，洛之永安人。資剛直敢言，通天文知兵。金末嘗從軍陝右，以勞充帥府議事官。至元十年，襄陽降，安撫吕文煥過磁，先生以詩讓之，有云云。吕以白金贈之，不受。壽八十，終州教官。有文集若干卷。其爲文思致甚敏，詩乃其所長云。」（三）卷四三《磁州采芹亭後序》：「先生名威字震亨，承安人。姿剛直，有文章議論。少嘗以蕃兵爲儒將，有功西夏。建元初年，中書嘗召爲詳定官。已而言事……。不聽，遂拂衣南歸，教授鄉里，壽八十終於家。」今按，「太原太谷縣」或爲原籍，後徙磁州武安；「洛之永安」未知所據。「洛州」與「磁州」同屬河北西路真定府，「洛」或「洺」之誤。至於「承安」，當是「武安」之誤，屬磁州，即采芹亭所在。而同書所記同一人鄉籍竟涉三地，分屬山西、河南、河北。姑述之如上，以備參考。

贈呂文煥

連陰六十日，平地一尺水。今朝與明日，淋瀝尚未止。此者天垂戒，其中有至理。降將呂太尉，飯畢行欲起。偶爾得會面，舍館接汝爾。自言鎮襄陽，於此今五紀。爲惜萬人命，此來非爲己。聖主錫深恩，高爵還故里。一飯尚有報，盡忠從此始。余謂我國家，萬方同一軌。得之與不得，東南一隅耳。向使君不來〔一〕，宋曆能有幾〔二〕。人生苟富貴，直筆一張紙。見説李陵生〔三〕，不若張巡死〔四〕。元王惲《秋澗集》卷四三《磁州采芹亭後序》，《四部叢刊》本。

【校記】

〔一〕向使君不來：《秋澗集》卷八〇《中堂事記》上引此句作「設若汝不來」。〔二〕宋曆：《中堂事記》作「宋祚」。〔三〕見説：《中堂事記》作「須知」。〔四〕不若：《中堂事記》作「何若」。

杜仁傑

杜仁傑，字仲梁，亦名之元，字善夫，號止軒，濟南長清（今山東省濟南市長清區）人①。父忱，貞

---

①元蔣子正《山房隨筆》，《叢書集成初編》本，中華書局一九八五年。另，其事蹟亦見清顧嗣立《元詩選》三集杜仁傑小傳，中華書局一九八七年。

祐三年進士，授京兆録事判官，未赴，卒①。仁傑登正大間進士第②，未求選調。後避兵亂，與麻革、張澄等隱於内鄉山中，同縣令元好問相與倡和，切磋文字③。金亡，嘗爲東平嚴實門客，爲其父子敬重。然不屑仕進，屢徵不起。爲人豪宕滑稽善謔，才學宏博，氣鋭筆健。元初名士王惲譽之「細吟風雅三千首，獨擅才名四十年」④。子元素，官至福建閩海道廉訪使。仁傑以子貴，卒贈資善大夫、翰林學士承旨，謚文穆。兹輯三十五首。

杜仁傑詩載清郭元釪《全金詩增補中州集》卷五二、清顧嗣立《元詩選》三集《善夫先生杜仁傑》等，以《全金詩增補中州集》爲底本，校以《元詩選》及其它有關文獻。

和信之板橋路中古風二首〔一〕

岸風折枯藤〔二〕，野日明遠燒。山晚雲煙深，遊子悲險峭。平生文字僻，所歷入吟嘯。急景不

① 金康曄《金故承郎京兆府録事判官杜公墓誌銘》，見周郢《新發現的杜仁傑史料輯證》，載《杜仁傑文獻與研究》，山東省内部資料出版物準印證二〇〇六年第一〇號，第二三八頁。

② 長清五峰山洞真觀立有《戊申歲紀海衆信士姓氏之圖》碑，載助緣者若干，包括「進士杜仁傑」。見陳垣等《道家金石略》，文物出版社一九八八年，第五〇〇頁。今按，此處戊申指蒙古定宗三年（一二四八）。另，金哀宗正大年間選舉三次：元年、四年、七年。而仁傑登第榜次未明，姑列正大中。

③《遺山先生文集》卷三七《張仲經詩集序》，《四部叢刊》本。

④ 元王惲《秋澗集》卷一七《挽杜止軒》，《四部叢刊》本。

貸人，佳處領其要。木杪來江光，中途甜逍遥。佳人在空谷，尺素昔見招。徒老黄塵中，愧爾漁與樵。永懷梁甫吟，日暮風蕭蕭。

【校記】

〔一〕詩題原作「和信之板橋路中」，《元詩選》有「古風二首」四字，從之。〔二〕折枯藤：《元詩選》作「坼枯凌」。

禹城道中

自發醯雞覆，蓬心得少瘳。乾坤一尺箠，今古幾全牛。歲月憐丹竈，雲山笑白頭。此生真欲老，何地不菟裘。

病中枕上

忽忽臥幾月，遂成疏懶名。却因久病後，更覺萬緣輕。月落牕影動，夜寒燈暈生。狸奴似相慰，分坐守殘更。

送信雲父

居士身輕日，秋天木落時。山青雲冉冉，川白草離離。涉世心將破，懷人鬢已絲。相逢琴酒樂，應怪久違期。

病中憶坦夫兄

共脱壬辰亂，他鄉見愈親。論才惟有子，知己更無人。避世相看老，通家未擬貧。竹林平日約，早晚得爲鄰。

從軍

野闊牛羊小，天低草樹平。吴疆連晉境，漢卒雜蕃兵。月合圍城暈，風酣戰陣聲。中原良苦地，上古錯經營。

雨中寄高無塵

久客饒孤悶，連陰動浹旬。行雲應已倦，細雨亦傷貧〔一〕。飄泊嗟吾道，飢寒任此身。人家酒應熟，誰爲問南鄰。

【校記】

〔一〕貧：《元詩選》作「頻」。

雪後書事

雪罷山原浄，日晴風景新。一川花氣午，萬壑水聲春。天地開華國，關河失戰塵。無邊春色裏，惆悵獨行人。

至日

松竹浣花裏，桑麻杜曲田。蒼茫辭蜀地，辛苦見秦天。死去誰憐汝，生還事偶然。但甘終壠畝，待聘豈前賢。

宿金線泉

官舍值淫雨，客衣驚早秋。洩雲迷灌木，行潦帶清流。蛛網翻新霽，蟬聲咽暮愁。古今何限事，白首對滄洲。

中秋夜宿普照寺喜周卿至

久客厭孤寂，跫然聞子來。夜凉風縮瑟，雲破月徘徊。舊事休重説，新詩且細裁。幾年無此夕，獨欠兩三杯。

無題

老淚河源竭，憂端泰華齊。苦吟知有恨，細寫却無題。事與孤鴻北，身攜片影西。催歸煙樹外，不用向人啼。

滄浪亭觀雨

蕭蕭北風吹北牕，浪浪秋雨瀉秋江。癡蠅不飛集枯幾，飢鼠屢出翻空缸。雜花葉底開無數，佳木門前立自雙。散地自知心地遠，賞音誰解足音跫。

病中呈裕之

十載猶能復笑談，歸來重覓讀書龕。耒陽白酒君應具，勾漏丹砂我自慚。民訟幾何消自苦，一作古。山城雖小得窮探。也知清儉難持久，好趁秋風醉菊潭。

自遣二首

少日襟懷悔自豪，暮年志節詎須高。敢將議論輕疑孟，閑得工夫細和陶。酒盡枯腸還磊磈，詩成白髮轉刁騷。皇天汲汲誠何意，也共人生一體勞。

畚鍤家園手自操〔一〕，雖無多景足償勞。十年種竹翻嫌密，一日栽松恨不高。是處求田消一頃，尚誰有夢到三刀。得名身後良癡計，盡擬浮沉付濁醪。

【校記】

〔一〕畚鍤：《元詩選》作「畚築」。

讀史偶書〔一〕

楊彪不著鹿皮冠，元亮還書甲子年。此去亂離何日定，向來名節幾人全。中原消息蒼茫外，故里山河涕淚邊。六國帝秦天暫醉，魯連休死海東壖。

【校記】

〔一〕讀史偶書：《元詩選》作「讀前史偶書」。

延津待渡寄仲温參議

一望河干一慨然〔一〕，戰塵如霧水如天。要知别後思君處，長在孤城落日邊。

【校記】

〔一〕干：《元詩選》作「平」。

夜宿鄆城

殘月和燈照敝帷〔一〕，踈風乘隙入征衣。恰逢遠客思歸日，正是家人説夢時。

【校記】

〔一〕敝：《元詩選》作「弊」，通。

長門怨

天上神仙也別離，人間那得鎮相隨。不須貴買臨邛賦〔一〕，只想君王未見時。

【校記】

〔一〕邛：原作「卭」，「卭」之訛字，此從《元詩選》。

魯郊

六十衰翁更莫閑〔一〕，好將華髮映青山。穆生自合尋歸計，不在區區醴酒間。

【校記】

〔一〕閑：原作「閒」，《元詩選》如之。今按，「閒」通「閑」，亦通「間」，此處當作「閑」。

解嘲呈元明府〔一〕

江氣冥冥江雨飛，潛夫四月著冬衣。野荼蘼謝薔薇發，山鷓鴣啼杜宇歸。青髩漸隨愁共減，素心長與慢相違。四方餬口非吾事，自識飄零有是非。

【校記】

〔一〕解嘲：此從《元詩選》。

髮黄有感

飄蕭中年髮，既少何用白。蒼黄未甚絲，明知不更黑。妻孥恐生悲，勸我課鉏摘。眷然撫鏡鑷，青山墮虛席。清郭元釪《全金詩增補中州集》卷五二，上海古籍出版社一九九四年。

謝嚴相

高臥東窗興已成，簾鉤無復掛冠聲。十年恩愛淪肌髓，只說嚴家好弟兄。

有掌兵官遠戍於外其妻宴客笙歌終夕

高燒銀燭照雲鬟，沸耳笙歌徹夜闌。不念征西人萬里，玉關霜重鐵衣寒。元蔣子正《山房隨筆》：「杜善甫，山東名士……遊嚴相之門，嚴迺濟南望族，善甫爲所敬重。一日，讒者間之，情分浸乖，杜謝以詩云云。嚴悟非其過，款密如初。時有掌兵官遠戍於外，其妻宴客笙歌終夕。善甫詩曰云云。聞者快之。」《叢書集成初編》本，中華書局一九八五年。

遊靈巖寺

澗冰消盡水聲喧，山杏開時雪滿川。老木嵌空從太古，斷碑留語自前賢。蓬萊不合居平陸，兜率胡爲下半天。金色界中無量在，可能此地了殘年。《（道光）長清縣志》卷一六《靈巖志略》，撰者署「本邑徵士杜仁傑」，《中國方志叢書》本，臺北成文出版社一九七〇年。

遊裴公亭二首

雲物連朝苦未收，西來邂逅及春遊。兜羅世界濛濛雨，水墨江山淡淡秋。千載偶云今日勝，萬邦多難此亭幽。尚書詩句閑閑字，消得羈人迅速流。

形勢西南窟宅幽，大行爲界限中州。百年道路成何事，四海干戈有此遊。竹上鳳凰非鳥雀，水中蝌斗是蛟虬。只應今夜齋宫宿，直上天壇最上頭。清顧嗣立《元詩選癸集》癸之癸下，撰者署「杜止軒」，小傳無考。中華書局二〇〇一年，下册第一七七四頁。

題五峰山

青崖何亭亭，險絶不可狀。中有仙人臺，會此簇天仗。千年跡已陳，剪滅復誰刱。賢哉王真隱，志欲鏟疊障。林中萬古灘，手獨闢空曠。得非借天巧，無乃煩鬼匠。向來樵木場，今爲錦繡帳。泉鳴灌木杪，人語飛鳥上。居人固自輕，過客誠難忘。時危乍便静，景勝翻增愴。信宿已過期，久留非涉妄。明日黄塵中，回頭失崑閬。《(雍正)山東通志》卷三五之一上《藝文志》，撰者署「杜仁傑」，歸入「元」，《文淵閣四庫全書》本。

太平頂

柴望山川歲例東，因加一簣最高峯。前王不作煩民事，季世空留刻石工。擾擾世人私自祭，雍雍大禮議誰從。秦皇漢武何爲者，也在魚龍曼衍中。《永樂大典》卷一一九五一頂字韻引《泰山雅詠》杜仁傑《太平頂》，中華書局一九九八年，第五册五〇三七頁。

誠明真人登泰山嶽頂

驅馳長路久徘徊，乍入山行輒快哉。暑雨不禁秦法酷，好風疑是故人來。茫茫人世紅塵隔，望望天門翠壁開。直欲登臨窮絶頂，祝君重舉萬年杯。《永樂大典》卷一一九五一頂字韻引《太山雅詠》「杜頂誠明真人登泰山嶽頂」，中華書局一九九八年，第五册五〇三七頁。今按，所謂杜頂，當是杜仁傑，以其詩入「頂」字韻而抄誤。詩題之「誠明真人」指張志敬，全真道教第五代掌門人。參见周郢《新發現的杜仁傑史料輯證》，載《杜仁傑文獻與研究》，山東省内部資料出版物准印證二〇〇六年第一〇號，第二三八頁。

遊珙谷寺與裕之分韻得巖字。

珙山有聞刹，何物命寶巖。已將水作梯，更以珠爲簾。金門望不極，光恠時得瞻。向來得朋地，故人先有占。玆遊豈偶然，窮覽寧敢厭。此景復此客，取魚熊掌兼。初登指乍染，稍邃蔗愈甜。隨步盡篁竹，歌仄入修纖。中潭閟秋色，落葉即鏡奩。老木山鬼形，拉颯垂蒼髯。其根絡恠石，拏彼千歲蟾。路窮擁抱合，萬古龍飛潛。最愛西北峽，爲我豁滯淹。驚濤忽噴薄，白日飛雨沾。塊坐未淹晷，衣袖翠已粘。居者去不返，清福乃爾廉。過客欲久留，世故縈凉天。飲餘窪尊散，嗣泉誰與添。

善應寺道中同裕之賦。

樹點紅羅幄，山呈緑玉䝂。清溪一流水，獨木幾横橋。老病自知止，隱居誰見招。中途遇知幾，相從莫辭遥。《永樂大典》卷一三八二四寺字韻引《相臺志》杜仁傑詩，中華書局一九九八年，第六册五九二七頁。

題長水西洛書賜禹之地羅正之石刻

張生卓犖真好奇，呼我出城觀禹碑。平生雅足濟勝具，梯飈磴蘚吾何辭。雙筇窈窕到碑下，嘆息疇曩煩嗟咨。山腰圓抱鐵甕腹，石面倒偃紅玻瓈。捫煙揣霧隨指濕，凜凜古氣衝人衣。天生神禹未易詰，世人妄作黄熊兒。洛書先時墮禹腹，謂是天賜何其漓。龍門自古天所啟，謂是禹鑿何其疲。向來行水本無事，四海爲壑天爲池。誰以茫昧貫後疑，道人潛來偶見之。字形漫滅不盡識，歲月惟有蒼苔知，溪風颯颯餘清悲。《(民國)洛寧縣志》卷七《藝文·詩》，撰者署「元杜仁傑」，《中國方志叢書》本，臺北成文出版社一九七〇年。

佚句

失題

賢哉王真隱，手獨辟空曠。孟繁信《重輯杜善夫集》輯自《(民國)五峰志略·祠觀》：「金興定初，羽士王志深自棲霞奉母田氏來此，開闢山場，創修五皇殿及東西兩樓，鑿池引泉，號洞真觀。元杜仁傑詩云云，獨歸其功於王志深。其丘、范草創於始，王志深乃拓而廣之耶。」濟南出版社一九九四年，第一六〇頁。

新編全金詩卷一〇五

王喆一

王喆，字知明①，號重陽子，原名中孚字允卿，京兆咸陽（今陝西省咸陽市）人。世爲右族，家貲巨富。自幼習儒，入京兆府學。善屬文，通經史，喜弓馬。天眷初，爲小吏，改名世雄字德威，後棄職而去。正隆四年，自謂於甘河鎮遇仙者，得傳秘語，悟道出家，遂改名喆，自稱王害風。大定七年，抵寧海傳道，相繼收丹陽馬鈺、長真譚處端、長生劉處玄、長春丘處機、伞陽王處一、太古郝大通、清净散人孫不二等爲弟子。又至文登、查山等地建七寶會、金蓮會等，創立全真道教。九年冬，攜弟子西

① 金完顏璹《終南山神仙重陽真人全真教祖碑》：「真人名喆字知明，應現於咸陽大魏村。」另，金劉祖謙《終南山重陽祖師仙跡記》所記如之，並見元李道謙《甘水仙源録》卷一，明正統《道藏》本，文物出版社等一九九四年，第一九册七二三頁、七二六頁。今按，金王喆《重陽教化集》卷一《贈丹陽》有云：「隨王喆，喜齊肩，同行同坐各搜玄。」注：「在關中，名並两吉（喆），字知明；到寧海，又添一吉（嚞），字智明。」而密國公與劉翰林兩傳揭示了當時仍以名「喆」行世。

歸。次年春，病逝汴梁，年五十八①。著有《重陽全真集》《重陽教化集》《重陽分梨十化集》等。兹輯五百五十首。

王喆詩載《重陽全真集》《重陽教化集》《重陽分梨十化集》，以明正統《道藏》本爲底本，校以清光緒《重刊道藏輯要》本（輯要本）及其它有關文獻。

七言律詩

結物外親二首

一姪二子一山侗，連余五箇一心雄。六明齊伴天邊月，七爽俱邀海上風。真妙裏頭拈密妙，晴空上面躡虛空。東西南北皆圓轉，到此方知處處通。

一弟一姪兩箇兒，和余五逸做修持〔一〕。結爲物外真親眷，擺脱塵中假合屍〔二〕。週匝種成清淨景〔三〕，遞相傳授紫靈芝〔四〕。山頭並赴靈華會〔五〕，我趂蓬萊先禮師。

① 金亡後，王喆事跡經全真弟子竭力宣揚，已經神化，如金秦志安《金蓮正宗記》卷二《重陽王真人》、元李道謙《七真人年譜》、元劉天素《金蓮正宗仙源像傳·重陽子》等等。明正統《道藏》本，文物出版社等一九九四年，第三册三四八頁、三八一頁、三七三頁。

【校記】

〔一〕和：金秦志安《金蓮正宗記》卷二《重陽王真人》録此詩作「連」。〔二〕塵中：《金蓮正宗記》作「人間」。〔三〕景：《金蓮正宗記》作「境」。〔四〕芝：《金蓮正宗記》作「枝」。〔五〕並赴、龍：《金蓮正宗記》作「迸出」、「靈」。

先生於寧海軍裝伴哥街市乞化背紙一大幅上書此二詩以誘馬鈺同去乞覓

圈眼王三乞覓時，被人呼作害風兒。五般彩色於身見，一點靈光只自知。貼觀一收八句字，指期須顯七言詩。長街兩面諸豪富，不道靈歸是阿誰。

白爲骸骨紅爲肌，紅白裝成假合屍。昨日盡呼重陽子，今朝都看伴哥兒。別軀異骸皆非悟，換面更形總不知。世上枉鋪千載事，百年恰似轉頭時。

孫公求問

於身切莫論賢愚，好對三光認太初。剔正四門通教化，弼端一性便開舒。清涼境界逍遥住，閑暇光陰自在居。奪得仙丹超造化，有餘真樂證無餘。

答戰公問先釋後道

釋道從來是一家，兩般形貌理無差。識心見性全真覺，知汞通鉛結善芽。馬子休令川撥棹，猿兒莫似浪淘沙。慧燈放出騰霄外，照斷繁雲見彩霞。

吕公欲退吏求問

掌條行法每兢兢，恰似臨淵履薄冰。三逕好歸投侍奉，一身從妙做清澄。静中煅鍊開心月，得處光明放慧燈。自有真師來度汝，玉峰山頂去昇騰。

王公問五門

五蘊山頭闖五門，氣神交結碧桃渾。决令見性靈兼慧，定是於真瑩不昏。外物青霄應久聚〔一〕，空中朗月永長存。青童捧出金丹妙，唯許元初自討論。

【校記】

〔一〕外物：輯要本作「物外」。今按，所謂物外，釋道二教指世俗外之佛老境界。宋釋道原《景德傳燈録》卷八：「禪師亦遠俗塵，神遊物外，契無相之妙理，化有結之迷途。」姑仍之，以備參考。

馬公問平等

往來須認定盤星，出入還應辨斗青。見彼過如余口過，願人靈似我心靈。自通天地神尤爽，得覩烏蟾性轉馨。便是修行真妙訣，若能依此達天庭。

張姑求問

九葉金花永展舒，八渠瓊水任相於。七門得得俱通達，四象明明總寂虛。一粒神丹歸正路，二條銀綫結元初。光輝燦爛知分付，果證無餘樂有餘。

磨鏡

磨鏡爭如磨我心，我心自照遠還深。鑑迴名利真清淨，顯出虛无不委沉。一片靈光開大道〔一〕，萬般瑩彩出高岑〔二〕。教公認取玄玄寶，掛在明堂射古今。

【校記】

〔一〕大：原作「火」，此從輯要本。〔二〕瑩：輯要本作「雲」。

和落花韻

不謀輕舉望昇飛，碧洞無勞閉玉扉。久厭世情名與利，素嫌人世是和非。須知謹謹修心地，何必區區街道衣。門外落花任風雨，不知誰肯悟希夷。

題紅白牡丹

紅白絞綃剪作團，青羅帳上穩排安。清香遠噴无差别，異質雖殊各正端。塵世久遺三島種，時人休作兩般看。我今折得同歸去，步步雲霞代彩鸞。

遲法師注道德經

遵隆太上五千言，大道無名妙不傳。一氣包含天地髓，四時斡運歲辰玄。五行方闡陰陽位，二曜初分造化權〔一〕。窈默昏冥非有説，自然秘密隱神仙。

【校記】

〔一〕二曜：原作「三耀」，此從輯要本。今按，《重陽教化集》卷二《丹陽繼韻》：「二曜相交真自悦，心中朗徹知人哲。」

劉仙求問

悟徹韶華六已通，能將一己會飄蓬。閑閑不用焚香火，得得何須看教風。好把靈明開遠近，便令性曜出西東。投真换假光輝至，步步蓮花接上宫。

邢公問七十二歲修行可否

便如百歲未爲遲，只在心中換過時。今世不能全了達，來生應許做修持。臨行一點須搜正，收取三光亦復隨。只是投新遺舊舍，能除新舍得靈芝。

示學道人

修行只被巧心多，却把金剛唤阿矬。外貌人前誇俊雅，内容目下愈蹉跎。性中難以開金訣，真理焉能悟玉科。枉把妻男空棄捨，將來罪業看如何。

贈劉蔣張夷仲[一]

爲受張良講道經，便遊勝景得清泠。足穿水石通漣路，面瞰雲山展畫屏。萬户人家三島瑩[二]，百般花草一般馨。我今回首公休恠，却趂中南碧洞庭。

【校記】

[一]劉蔣：原作「柳蔣」，刊誤。今按，劉蔣爲村名，在陝西終南山，全真道教發祥於此，王喆詩詞屢見涉及，如《重陽全真集》卷二《終南劉蔣姚二官設醮》等。　[二]島：原作「鳥」，此從輯要本。今按，《重陽全真集》卷一《問清閑》：「作伴爲鄰歸去後，任遊三島訪蟠桃。」

春雨

一澤如膏賀太平，天垂廕祐洽民情。行雲作蓋三光射，和氣呈祥萬彙生。滌出慧心尤寂静，洗開道眼愈分明。攜笻便踏雲霄路，請箇清閑倒玉觥。

訓愚魯

學仙英俊喜逢遭，戇魯應當苦煮熬。開暗須吹心上火，發蒙難淬笑中刀。如能省悟從余訓，若肯歸依是我曹。吉吉吉人王喆總，無思無慮樂陶陶。

化造鐵罐錢

若使於身滅黑煙，八都山上認三田。静來便是歸虚寂，鬧處那由覓妙玄。木上如求金上虎，水中須養火中蓮。諸公要識刀圭法，願助王風鐵罐錢。

題逍遥軒

逍遥逍遥這逍遥，笑煞松篁信任敲。從此白雲來洞口，不須緑水遶山腰。溺江才子空嗟濁，投閣詞人謾解嘲。還識這般知這箇，龜毛兔角一齊抛。

楊公求問

七尺堂堂假合親，衣餐恰恰比三人。莫誇骨格尋常貌，便認金容丈六身。覺悟西方通妙用，曉明東度結圓因。化形千尺應無礙，好向凡間轉法輪。

送軍判弟求安樂法

欲求安樂稟良因〔一〕，須是心開離垢塵。鬧裏莫令縈損氣，静中應許食全神。自然認得三光秀，决定通和四序春。外假瑩明内真樂，凡人不覺做仙人。

【校記】

〔一〕安：原作「要」，此從詩題及輯要本。

上兄

同胞誰悟水中金，己卯壬辰各自尋。顧我已歸雲水老，勸兄休起利名心。恩山愛海何時徹，火宅凡籠每日侵。莫爲土坡牽惹住，蓬萊别有好高岑。

修行助饑寒者唯三事耳乞覓上行符中設藥下空如此無作用亦未是

乞覓行符設藥人，將爲三事是修真。内无作用難調氣，外有勤勞易損神。不向本來尋密妙，更於何處覓元因。此中搜得長春景，便是逍遥出六塵。

王公求放生

知公能作自身觀，物命於人没兩般。只是形骸分别異，便令飛走復全完。仁同山嶽横恩嶺，德洽江河注福湍。陰理无差皆盡報，捧其仙壽在仙壇。

題麻真人觀

躬參真聖望崑崙，戀影嵐光鎖太虚。秀氣鋭招閑客至，害風堪與彩雲居。黄金鑄就真靈性，白玉裝成舊始初。休説終南山色好，神仙何處不如如。

問龍虎交媾

莫問龍兒與虎兒，心頭一點是明師。炁調神定呼交媾，心正精虔做煦熙。平等常施爲大道，净清不退得真慈。般般顯現圓光就，引領金丹採玉芝。

孫公問三教

儒門釋户道相通，三教從來一祖風。悟徹便令知出入，曉明應許覺寬洪。精神炁候誰能比，日月星辰自可同。達理識文清净得，晴空上面觀虛空。

任公問本性

如金如玉又如珠，兀兀騰騰五色鋪。萬道光明俱未顯，一團塵垢盡皆塗。頻頻洗滌分圓相，細細磨揩現本初。不滅不生閑朗耀，方知却得舊規模。

木魚

無腹無心掛殿庭，箇人敲擊響瓏玎。種成因果能招飯，喚起僧尼使念經。水難不容垂餌線，火災猶未脱身形。忽朝月夜清風至，吹斷攀緣一任馨。

詠慵

自哂踈慵號可勤，夢中因筆記良因。與人還禮寧開口，見飯懷饑不動唇。紙襖麻衣長蓋體，蓬頭垢面永全真。一眠九載方迴轉，由恐勞勞暗損神。

鐘

取像西風鑄作形，空中懸起顯身榮。八十一下陽爻數，一百八敲陰德名。遂使道家分子午，亦令釋子辨虚盈。傍人若肯長爲力，便是能明自己聲。

麥粥

蜜團雲子白於霜，雅稱清明别有香。寶刃輕輕分玉片，銀匙旋旋瀝瓊漿。金童捧出瑶芳瑩，仙客嚼開雪彩光。五臟盡令更改正，從前永永得清凉。

鼓樓

黄昏拂曉角聲哀，急鼓同祛疫癘災。水滴按時分刻正，錚鳴應點定更迴。百年光景宵宵逼，一世韶華夜夜催。奉勸索詩人早悟，莫教耳内五更來。

姜公建鐘樓

精藍三寶實心傾〔一〕，結構重樓願顯明。徒使響音空外響〔二〕，任教清韻世間清。徧聞一顆真金吼，擊動十方自己聲。大小盡能歸仰處，總令一一證圓成。

【校記】

〔一〕傾：原作「依」，此從輯要本。〔二〕徒：原作「圖」，此從輯要本。

問禪道者何

禪中見道總无能，道裏通禪絶愛憎。禪道兩全爲上士，道禪一得自真僧。道情濃處澄還浄，禪味和時浄復澄。咄了禪禪并道道，自然到彼便超昇。

赴登州太守會青白堂

青白堂中一水泉，清靈澄湛又深淵。源源滚處流無竭，潑潑來時潤有緣。窓外透光穿玉液，門飆撒影弄金蓮。馨香滿室靈波聚，捧出明珠上碧天。

曉達

搜開本有自分明，放出真光滅盡情。三寶决然攢正覺，一靈何慮不圓成。得通妙用通澄湛，會認玄微認浄清。凡體化爲雲外客，長生路上步前程。

遊興慶池

信脚閑遊興慶池，元來只是這些兒。雨飄荷葉珍珠迸，風捲筠梢珮玉枝。春緑夏宜紅菡萏，秋澄冬顯碧琉璃。琉璃清徹源流處，問著源流總不知。

禪門初洪潤乞無相

修行須是辯西東，勘破凡軀物物同。白雪嶺頭搜正覺，紅霞山上弄虚空。此般消息春光裏，這箇因緣月影中。休泥庭前柏樹子，自家真性是家風。

老僧問生死

平生已得正摩訶，玉韻金聲總處和。正覺途中登迴嶺，菩提路上出高坡。慧靈俞達白蓮果，真性還超祇樹柯。從此不生應不滅，定歸般若與波羅。

善友問耕種助道

世間凡冗莫相於，清静精研禮念初。慧照時時頻剔撥，心田日日細耕鋤。增添福炷油休絶，剷剪煩苛草盡除。登瑩苗豐功行滿，登苗擕去獻毗盧。

蘇公求退吏清閑

人人若論識清閑，除是蓬萊第一仙。無極雲霞爲伴侶，半空風月作因緣。用通要道飄然到，使慧如還即便還。公把凡軀仍脱了，請來此處話長年。

夢

嬉遊外景日相親，每到中宵睡裏真。七魄樂隨魔鬼轉，三尸喜逐耗神津。心猿緊縛无邪染，意馬牢擒不夜巡。四假身軀販白晝，筭來何異寐時人。

吕善友索金剛經偈

金剛四句首摩訶，其次須尋六字歌。仗起慧刀開般若，能超彼岸證波羅。識心見性通真正，知汞明鉛類蜜多。依得此中端的義，上騰碧落出娑婆。

于公求自幼不食五穀

此因只在玉京山，不必盤餐注貌顔。養氣每憑真水潤，頤神長似白雲閑。行功盈滿超中位，鉛汞相投出此間。直待外邊滓穢盡，甚時光彩始迴環。

問清閑

心中澄湛莫煎熬，性上恬然舉慧刀。挫碎紅塵搜得得，劈開黑洞認陶陶。穿峰明月爲吾友，過嶺孤雲是我曹。作伴爲鄰歸去後，任遊三島訪蟠桃。

人戲言欲盜脚引

幸中有幸遇鄉侯，豈肯將余脚引偷。你等不遭三毒苦，我咱已出九幽讎。心如朗月天心運，性似清風道性流。短引再蒙長引在，管教東海一靈周。

閻都監問長生

閻公忠顯問長生，方是高樓打一更。時刻分明全五氣，甲庚顛倒鍊三彭。願求當日黄金器，須出今朝赤火坑。認取蓬萊真正路，瑶臺穩坐泛瓊觥。

宋公問修行

剔正心靈事事通，便令生出玉花叢。三田珍寶迎朝露，一粒丹沙衮曉風〔一〕。艷艷紅輝還潔白，明明白曜復殷紅。自无實相虚應顯，空裏依空現本空。

【校記】

〔一〕袞：輯要本作「滚」，通。

修行十二首

這箇修行總不知，元來只是認真慈。赤衣上士遊山水，烏帽先生入火池。白馬嘶時金亦吼，青牛耕處玉無玼。衝天柱地霞光照，籠罩翁婆最小兒。

大器修行不厭華，玲瓏顛傻屬吾家。清風裹面全真氣，明月前頭結寶砂。常把舊容常點檢，便將新相便拈拏。一通擲在青霄上，透過虛空顯像芽。

龍吟引起虎咆哮，雪浪兼風旋旋抛。滌蕩一靈添到瑩，調和二氣便相交。烏龜行向海中戲，赤鳳飛來頂上巢。明月一輪光燦燦，玉峰高處照三茅。

自從一得見天真，今日方知舊日人。離俗復爲雲外客，脱塵不作土中賓。蓋緣往昔擒朱汞，全是當初定水銀。一點靈明歸静界，圓光裹面轉金輪。

玄關奪得不追尋，鍊就重陽滅盡陰。從此頻添木上火，由斯再煮水中金。萬般神應還誰見，一箇真靈只自欽。聚則爲形散爲氣，晴空來往永無心。

胎仙舞出做神仙，都爲從來得正端。何用丹田金虎繞，不須寶鼎玉龍盤。叱迴鉛汞應清静，換過陰陽愈喜懽。一段紅霞生岳頂，迴光明朗照青鸞。

斷雲飛盡月光明，返照神舟傍岸行。水火相逢開正路，木金間隔定長生。黑鉛赤汞分南北，
白虎青龍換甲庚。依此修持真了了，空中結就玉絲棚。

既然朗照絕搜尋，不必區區論淺深。正坐的端通子午，迴頭又復見丁壬。五般彩色頻頻步，
一箇玄機每每侵。捉住虛空真妙景，應將此景作嘉音。

吸呼喘息妙非麤，養就從來一顆珠。子母相隨真彩結，氣神攢聚異光殊。倒顛交媾分機密，
上下冲和得要樞。好向深山最高處，怡然獨放月輪孤。

從初更會捏風顛，撒向瑤池種玉蓮。生出一枝偏皎潔，拂開五葉各團圓。昔能已見通玄妙，
今則還知得自然。既没四時催逼去，長春境上不排年。

修行須用九陽圖，認得陽圖事事甦。智者便知超造化，愚人枉了下功夫。得來勘破無中有，
成後何如有若无。无有有无无有相，有中无相達天衢。

能知下手免三塗，咄了從前這匹夫。入火肯教成熸熾，渡河難以溺漂浮。日中精艷長生瑩，
月裏瓊林永不枯。此箇大丹歸物外，逍遥來往入虛无。

示學道人七首〔一〕

虛誇修鍊鍊何曾，只向人前衒己能。難曉儒門空怯士，不通釋路却嫌僧。色財叢裏尋超越，
酒肉林中覓舉昇。在俗本來無一罪，蓋緣學道萬重增。

心中端正莫生邪，三教搜來做一家。義理顯時何有異，妙玄通後更無加。般般物物俱休著，

净净清清最好誇。亘劫真人重出現，這迴復得跨雲霞。

果然慕道没牽纏，孤僻身軀獨自眠。静裏静生唯得妙，閑中閑至决投玄。恁時放肆知恬淡，

度日清涼禀聖賢。休望神仙休説了，教公自坐白花蓮。

去年寧海軍中坐，今歲文登縣裏行。兩過歲除寒復暖，二經年節暗還明。這般顛倒誰同曉，

此箇陰陽我獨精。一兩真金纔出火，不須團打自圓成。

好相如知莫外持，心神便是汝真師。古人公案須搜獲，自己家風要騁馳。細細得通前覺性，

盈盈澄正舊慈悲。慈悲清净俱雙立，頓悟全无物物縻。

認得心花便害風，玲瓏玄妙汞鉛通。三千内用千朝法，十載中傳九轉功。彩艷萬重鋪潔白，

明光一點吐殷紅。虚空返照虚空影，照出真空空不空。

幾箇同流會養軀，我今獨自衒痴愚。饑來糲飯長哺啜，寒後麤衣任蓋鋪。詩句不能分密妙，

心間難以認惺甦。豈唯得得時須守，應是還他父母祖。

【校記】

〔一〕示：原作「永」，此從輯要本。

一字至七字詩

詠茶

茶，茶。瑶萼，瓊芽。生空慧，出虚華。清爽神氣，招召雲霞。正是吾心事，休言世味誇。一盃唯李白興，七椀屬盧仝家。金則獨能烹玉蘂，便令傳透放金花。

酒

酒，酒。惡唇，贜口。性多昏，神不秀。損敗真元，消磨眉壽。半酣愁腑腸，大醉摧心首。於己唯恣猖狂，對人更没慚忸。不如不飲永醒醒，无害无災修九九。

色

色，色。多禍，消福。損金精，傷玉液。摧殘氣神，敗壞仁德。會使三田空，能令五臟惑。亡隕一性靈明，絶盡四肢筋力。不如不做永綿綿，无害无災長得得。

財

財，財。作孽，爲媒。唯買色，會招盃。更令德喪，便惹殃來。積成三界苦，難脱九幽災。至使增家豐富，怎生得免輪迴。不如不要常常樂，無害無災每恢恢。

氣

氣，氣。傷神，損胃。騁猩獰，甚滋味。七竅仍前[一]，二明若沸[二]。道情勿能轉，王法寧肯畏。鬬勝各炫僂儸，争强轉爲亂費。不如不作好休休，无害无災通貴貴。

【校記】

〔一〕前：輯要本作「煎」。〔二〕二：輯要本作「五」。今按，全真家詩集屢見「二明」或「五明」，未悉所指。姑仍之，俟考。

七言長篇

詠酒

雲朋霞友每相親，滑辣清光養氣神。滿坐談開三教語，一盃傳透四時春。如知自在亭中景，便是逍遥物外身。默默昏昏風作伴，冥冥窈窈月爲鄰。異香旋旋虚空過，翠霧層層上下伸。清静並無生愛念，醉來舞袖復尋真。

全真堂

堂名名號號全真，寂正逍遥子細陳。豈用草茅遮雨露，亦非瓦屋度秋春。一間閑舍應難得，四假凡軀是此因。常蓋常修安在地，任眠任宿不離身。有時覺後尤寬大，每到醒來愈愛親。氣血轉流渾不漏，精神交結永無津。慧燈内照通三曜，福注長生出六塵。自哂堂中心火滅，何妨諸寇積柴薪。

吕公求指訣

禮念焚香作福山，不干入道道中玄。外邊假合開中寶，裏面真人認得賢。處處無心爲煅鍊，家家有性現精研。一條白線堅還潔，一粒金丹瑩又鮮。兩路相隨成曲調，雙關共透顯詩篇。蓮花出水騰顔色，葉葉分明是箇仙。

文山程法師問内事

從來分得三光秀，撲入凡軀土底攢。結性不能超造化，於身偏會做饑寒。如通須是搜元有，要見還應只内觀。莫泥水升兼火降，休推虎遶與龍蟠。神精氣住超雙闕，日月星旋做一團。便是修行真捷徑，碧霞裏面衮金丸〔一〕。

【校記】

〔一〕衮：輯要本作「滚」，通。

修行

下關牢固火能然，雅氣無侵漸至堅。一九住時添秀麗，二關通後得完全。既能已結成初有，復透中間認始先。直要真清真寂静，更令没染没縈牽。須臾溉濟同相見，頃刻冲和共自傳。穩坐明堂拈寶炷，復遊金洞赴瓊筵。飢寒脱了堪來往，生死捐除會倒顛。有箇青童持紫詔，請公永永伴神仙。

述懷

慧刀磨快劈迷蒙，剉碎家緣割已空。火焰高焚端子午，水源深決潤西東。上中下正開心月，精氣神全得祖風。既見舊時親面目，更無今日假英雄。五重玉户光生彩，一粒金丹色變紅。自在真人歸岳頂，手攜芝草步蓮宫。茶言湯語是風哥，芝草閑談果若何。不可人前誇了了，須知物外笑呵呵。赤籠攬海添離水，紫焰安爐養坎河。木馬還能從水虎，金翁須是娶黄婆。汞鉛亘昔交加作，兒女今朝嬰奼多。坐客同歸迴首度，教君也得出高坡。

和傅長老分茶

坐間總是神仙客，天上靈芝今日得。採時惟我識根源，碾處無人知品格。塵散瓊瑶分外香，湯澆雪浪於中白。清懷不論死生分，爽氣每嫌天地窄。七椀道情通舊因，一傳禪味開心特。蕩滌方虚寂静真，從兹更没凡塵隔。

和玉長老古調

慧觀緣空絶昇沈，瑞氣杳裊開遥岑。此地常過三山客，往來相隨九臯禽。重樓清泠洒甘雨，洗滌自没凡塵侵。神水撞透紫金窟，瑩瑩寶洞尤邃深。洞前古柏青且緑，狀若月中蟾部林。樹下問祖西來意，口不言答提裾襟。既已彼此總明了，定中達達那搜尋。無身無爲亦無漏，勿論實腹并虚心。教君一通曉這箇，八脉嬰兒纏錦衾。有誰能令胎仙舞，唯我三疊鳴心琴。

五言律詩

早行

正做真閑客，前程道路通。長途無曉暗，促步任西東。誰識中宵月，獨知半夜風。爲行平等會，不與利名同。

詠寧海軍

寧海軍中景，清虚道富豪。依山知飲淺，近水覺居高。善膳能滋味，仁人得遇遭。迴光通返照，相從喫蟠桃。

了了修行

慧劍空中舉，光芒射太虚。剿除馬院箒，斬斷水鄉蕖。兔苑金花綻，鷄官玉蘂舒。黄輝白耀顯，此箇是毗盧。

遊香嚴院

鍾韻知金吼，魚音聽木聲。火靈香炷引，水住寶瓶盛。四事誰能悟，三乘教愈明。達斯元妙理，便是證圓成。

僧净師求修行

依旨念彌陀，清涼氣候和。要全三曜照，須認六波羅。般若常令顯，菩提每見多。真如應得悟，歡喜出娑婆。

述懷六首

一箇好門兒，關關善護持。金童齎玉鎖，玉女捧金匙。閉後无人見，開來只自知。常常扃與闢，出入紫靈芝。

要見菩提相，應當識蜜多。結成三藏寶，顯現六波羅。物物無頭腦，般般有脚窠。介然通頴脱，玉液潤金波。

氣壯神清爽，心閑性逸安。重樓傳玉液，雙闕鍊金丹。了了通三道，圓圓做一團。不無紅焰迸，兼有紫光攢。

這箇爲根本，靈光要至誠。搜窮物外景，滅盡世間情。四序傳中氣，三光在上明。如通顛倒法，何慮不圓成。

道在性長在，身愁心不愁。黄芽徧地長，白雪滿園收。姹女尤歡喜，嬰兒最樂優。刀圭第一法，此外更何求。

會步修行路，應先上寶臺。仰瞻超廓落，俯看免輪迴。清净真靈現，玲瓏慧眼開。須憑顛倒法，怎得倒顛來。

五言長篇

上登州知州

方面蓬萊路，朱旛喜色通。車行行德雨，扇動動仁風〔一〕。前擁雙旌貴，旁馳萬騎雄。栽棠齊召伯，闡化類文翁。政治靈光顯，言尊性理融。位登槐府後，應與我心同。

【校記】

〔一〕扇：輯要本作「肩」。

述懷二首

功成王四父，風害第三孫。瞥地迴頭處，認得自來惛。擘開真道眼，跳出是非門。已作空中客，那爲地下魂。名山三座總，好景四時温。物物非非是，非非是勿論。

眼暗耳雙聾，明聲總不通。勸伊休唱喏，舉事便和同〔一〕。不去欽賢聖，何勞重害風。般般俱是妄，物物盡皆空。妻女千斤鐵，兒孫萬秤銅。怎知投黑暗，尚自騁殷紅。惡業常穿積，良因怎得蒙。身邊誇體段，心下若飄蓬。幾箇知元本，何人憶祖宗。肯憂歸地府，曾話上天宫。只會貪財色，無非滅視聽。如行平等意，走入五花叢。

【校記】

〔一〕同：原作「問」，於詩韻詩意不合，此從輯要本。今按，《論語・子路》：「君子和而不同，小人同而不和。」

藏頭七言長篇

繼贈王子容都院

此華宗字子容，風雅頌好相從。端錦繡塵凡物，馬猪羊世俗蟲。是九條蠲出户，爲三箇赶離胷。生寶璧開心曜，迸丹丸壯賢宗。祖若知通造化，神稍悟得和邕。中莫戀超三境，底休尋上二峰。舉崑崙山頂現，聞林屋洞天封。光返照元初路，下方堪擊玉鐘。金王喆《重陽全真集》卷一，明正統《道藏》本，文物出版社等一九九四年，第二五册六九一頁。

仝此華宗字子容，古風雅頌好相從。五端錦繡塵凡物，牛馬猪羊世俗蟲。虫是九條蠲出户，尸爲三箇趕離胷。月生寶璧開心曜，日迸丹丸壯賢宗。四祖若知通造化，人神稍悟得和邕。邑中莫戀超三境，土底休尋上二峰。又舉崑崙山頂現，見聞林屋洞天封。圭光返照元初路，足下方堪擊玉鐘。

新編全金詩卷一〇六

王　喆　二

七言詩藏頭

别墳

凡修道本如然，滅煙消占得先。兀騰騰慵謔戲，虛寂寂懶狂顛。心故别墳前土，性須成物外仙。上不唯余顯迹，令七祖盡生天。

大凡修道本如然，火滅煙消占得先。兀兀騰騰慵謔戲，虛虛寂寂懶狂顛。真心故别墳前土，一性須成物外仙。山上不唯余顯迹，亦令七祖盡生天。

贈僧肇法師

地因緣離土丘，心作解得真修。分道眼高羅漢，溉靈根越趙州。利天宫升局竇，京山上拂雲頭。皮黑去黄芽現，箇青牛吼白牛。

十地因緣離土丘，一心作解得真修。山分道眼高羅漢，水溉靈根越趙州。刀利天宫升局寶，玉京山上拂雲頭。豆皮黑去黄芽現，見箇青牛吼白牛。

贈傅太丞

云傅説類桑君，辯心靈過古文。定膏盲别有按，存性命没差分。圭善用陰陽字，午能交水火紋。細失無功行得，非罣礙便攜雲。

厶云傅説類桑君，口辯心靈過古文。又定膏盲别有按，安存性命没差分。刀圭善用陰陽字，子午能交水火紋。糸細失無功行得，日非罣礙便攜雲。

述懷

三一味獨馨香，日閑中道眼光。兀不侵除鬱悶，門俱得覺清涼。傳三教誰能看，覷三光我細詳。説世人惟誰好賄，誰認得這風狂。

王三一味獨馨香，日日閑中道眼光。兀兀不侵除鬱悶，門門俱得覺清涼。口傳三教誰能看，目覷三光我細詳。言説世人惟好賄，有誰認得這風狂。

贈王道人

來月往愈身輕，是雲車穩又平。目怎知雲水貴，仙相聚氣神榮。牛運用人難鑒，虎咆哮我有聲。遠是非心樂道，先勝地賞清明。

日來月往愈身輕，車是雲車穩又平。二目怎知雲水貴，八仙相聚氣神榮。木牛運用人難鑒，金虎咆哮我有聲。耳遠是非心樂道，首先勝地賞清明。

和純陽真人韻

人到此弄清泉，洗塵勞物外天。是人非難汩汩，生日没往千千。年修鍊方歸旦，日應成自恍然。裹白蓮今已見，神正得大羅仙。

山人到此弄清泉，自洗塵勞物外天。人是人非難汩汩，日生日没往千千。十年修鍊方歸旦，一日應成自恍然。火裹白蓮今已見，見神正得大羅仙。

勸化

失人身萬劫休，人不悟百年愁。懷愛海長思憶，戀恩山每悵惆。備般般方入道，先箇箇總淹留。中珍寶誰能置，待荒郊卧土丘。

一失人身萬劫休，人人不悟百年愁。秋懷愛海長思憶，心戀恩山每悵惆。周備般般方入道，首先箇箇總淹留。田中珍寶誰能置，直待荒郊卧土丘。

喜再到醴泉

火相逢溉濟全，三緣此養丹田。年功行爲中士，日清閑作上仙。谷幽居雖滅鬧，鄽大隱得真詮。神知命皇天覆，喜今朝到醴泉。

水火相逢溉濟全，王三緣此養丹田。十年功行爲中士，一日清閑作上仙。山谷幽居雖滅鬧，市鄽大隱得真詮。全神知命皇天覆，復喜今朝到醴泉。

終南劉蔣姚二官設醮

談心應遇佳時，下脩成大醮儀。俗喜逢真吉善，今雖有最慈悲。懷道德洪禧助，拔先宗勝廣施。謝聖賢多擁護，人名姓已天知。

口談心應遇佳時，日下脩成大醮儀。人俗喜逢真吉善，古今雖有最慈悲。心懷道德洪禧助，力拔先宗勝廣施。方謝聖賢多擁護，言人名姓已天知。

自述

分修進有何憑，下明珠鍊要精。麥哺餐全藉蔭，陽運轉莫生情。無雜念除思憶，不胡進處淨清。火相逢成溉濟，將嬰姹業升平。

十分修進有何憑，火下明珠鍊要精。米麥哺餐全藉蔭，陰陽運轉莫生情。心無雜念除思憶，意不胡進處净清。水火相逢成溉濟，齊將嬰姹業升平。

公詩債接金科，米須將白麵和。齒喫時滋味别，圭分處往來磨。頭女子分明説，口嬰哥返復呵。意要知顛倒法，看一首没言歌。

欠公詩債接金科，斗米須將白麵和。口齒喫時滋味别，刀圭分處往來磨。石頭女子分明説，兑口嬰哥返復呵。可意要知顛倒法，去看一首没言歌。

贈學正來彥中

金間隔有誰猜，目高朋道眼開。外三光寧就覷，中四假肯心灰。坑跳出歸蓬島，頂閑居勝殿魁〔一〕。語筲言今謹示，人專上彥中來。

木金間隔有誰猜，青目高朋道眼開。門外三光寧就覷，虚中四假肯心灰。火坑跳出歸蓬島，山頂閑居勝殿魁。斗語筲言今謹示，小人專上彥中來。

【校記】

〔一〕頂：輯要本作「頭」。

王德昭求學道

談舌舉却牽情，印真靈道自生。性本來圓又滿，儀能辯濁分清。從上善歸燒鍊，起中丹得去程。麥要公心裹悟，聞此理並無名。

口談舌舉却牽情，心印真靈道自生。一性本來圓又滿，兩儀能辯濁分清。水從上善歸燒鍊，火起中丹得去程。禾麥要公心裹悟，吾聞此理並無名。

裹無么萬事和，中有口百般多。昏一片靈光振，顯三重白氣波。肉血筋休起念，肝腎肺不生疴。誰能運兼能轉，問先生會得麽。

么裹無么萬事和，口中有口百般多。夕昏一片靈光振，辰顯三重白氣波。皮肉血筋休起念，心肝腎肺不生疴。可誰能運兼能轉，專問先生會得麽。

和鄂縣楊清叟緑猗軒

皮皮顯緑猗坡，上青青葉葉朞。射雲軒真净灑，澆玉榦肯相欺。中直節通三昧，後虚心旺四時。下和詩唯似瞎，風獨過萬重陂。

重皮皮顯緑猗坡〔一〕，土上青青葉葉朞。月射雲軒真净灑，水澆玉榦肯相欺。其中直節通三昧，未後虚心旺四時。日下和詩唯似瞎，害風獨過萬重陂。

【校記】

〔一〕重皮：鄂縣境内地名。

述懷

誦將來出世鄽，豪乞覓且隨緣。來線去成真拙，有入無任自然。裏白蓮金露滴，中紅焰玉繩牽。兒不見芒兒去，看一輪明月圓。

口誦將來出世鄽，右豪乞覓且隨緣。糸來線去成真拙，出有入無任自然。火裏白蓮金露滴，水中紅焰玉繩牽。牛兒不見芒兒去，厶看一輪明月圓。

時有幸做嬰孩，後須將寶劍裁。下明珠人不悟，中丹藥孰能猜。龍木上无驚怕，虎波中没怯摧。入泥丸如得得，無罣礙到蓬萊。

來時有幸做嬰孩，子後須將寶劍裁。土下明珠人不悟，心中丹藥孰能猜。青龍木上无驚怕，白虎波中没怯摧。一入泥丸如得得，日無罣礙到蓬萊。

贈終南主簿趙文林

金相隔事无侵，是人非總伏欽。税一方蒙大蔭，因千行積洪音。修仁德皇天眷，下恩禧聖主臨。位最高誰可議，咱先保趙文林。

木金相隔事无侵，人是人非總伏欽。我税一方蒙大蔭，爾因千行積洪音。日修仁德皇天眷，目下恩禧聖主臨。品位最高誰可議，義咱先保趙文林。

謝甯伯公

謝前親慧道糧〔一〕，蔬珍饌總馨香。高膳罷投新墓，裹安身是故莊。髓益筋顔駐豔，神定氣眼生光。誰似得王夫子，了殘餘好並嘗。

口謝前親慧道糧，米蔬珍饌總馨香。日高膳罷投新墓，土裹安身是故莊。壯髓益筋顔駐豔，豐神定氣眼生光。兀誰似得王夫子，了了殘餘好並嘗。

心乞食謝餱糧〔二〕，麥須知勝異香。覓三餐滋臭腐，完四假處冥莊。肥身體勤行善，朴形軀老漸光。兀騰騰功行廣，婆嫁我味誰嘗。

旨心乞食謝餱糧，米麥須知勝異香。日覓三餐滋臭腐，人完四假處冥莊。壯肥身體勤行善，古朴形軀老漸光。兀兀騰騰功行廣，黃婆嫁我味誰嘗。

【校記】

〔一〕慧：當作「惠」，古通「惠」。

〔二〕餱：原作「喉」，刊誤。今按，「餱」亦作「糇」。

開德府柬傅公送別以詩贈之

著余心十里因，凡送路越紅塵。牛哮吼精光鋭，馬嘶鳴造化匀。物含和功行旦，靈明爽氣神真。人傅友真惺洒，出陽關有故人。

自著余心十里因，大凡送路越紅塵。土牛哮吼精光鋭，金馬嘶鳴造化匀。二物含和功行旦，一靈明爽氣神真。直人傳友真惺洒，西出陽關有故人。

贈道友

此幽居我屢來，方取正道眸開。前瓊樹風前燎，裏金蓮水裏猜。目人人瑶性廣，芽箇箇玉靈恢。中清净長無有，下交伊上寶臺。

至此幽居我屢來，十方取正道眸開。門前瓊樹風前燎，火裏金蓮水裏猜。青目人人瑶性廣，黄芽箇箇玉靈恢。心中清净長無有，月下交伊上寶臺。

道友索如何是修心定性

靈慧照得真修，要心頭裏面周。慶先成歸庇蔭，陽脱後没淹留。中瑩寶光頻出，上明珠焰不休。馬搬馱歸净界，然超過大神舟。

一靈慧照得真修，三要心頭裏面周。吉慶先成歸庇蔭，陰陽脱後没淹留。田中瑩寶光頻出，山上明珠焰不休。木馬搬馱歸净界，介然超過大神舟。

道友作醮篆符簡

抵良辰集衆仙，將玉篆遂同編。絲不斷依從古，口相傳各取闐。字金書誰敢悟，田丹訣我惟先。然水木火金土，一靈符便奏天。

大抵良辰集衆仙，人將玉篆遂同編。綿綿不斷依從古，口口相傳各取闐。真字金書誰敢悟，心田丹訣我惟先。兀然水木火金土，一一靈符便奏天。

天長觀王師求

遇華宗理性寬，公真妙彩光完。初面目分明旭，轉靈根自在攢。德火生紅焰鋭，花水湧紫芒寒。般已結今先賀，脈嬰兒飲大丹。

一遇華宗理性寬，見公真妙彩光完。元初面目分明旭，九轉靈根自在攢。先德火生紅焰鋭，金花水湧紫芒寒。三般已結今先賀，八脈嬰兒飲大丹。

文登韓公索修行

凡修鍊妙中玄，裏通么道可傳。把五行無用作，將四象有新鮮。能離水金鱗騁，解迎風玉腕全。喆詩詞須謝蔣，公同處洞中天。

大凡修鍊妙中玄，么裏通么道可傳。甫把五行無用作，乍將四象有新鮮。魚能離水金鱗騁，馬解迎風玉腕全。王喆詩詞須謝蔣，將公同處洞中天。

贈馬鈺名〔一〕

詢修鍊好追尋，寸飈光寸寸金。得果成無漏果，分音韻有緣音。輝月耀三田廕，魄陽魂九轉臨。位玲瓏真性鈺，花臺上倚瑶岑。

今詢修鍊好追尋，寸寸飈光寸寸金。全得果成無漏果，十分音韻有緣音。日輝月耀三田廕，陰魄陽魂九轉臨。品位玲瓏真性鈺，玉花臺上倚瑶岑。

【校記】

〔一〕此詩亦見《重陽教化集》卷三，附《丹陽次韻》後，題作《藏頭詩》，篇末注「拆起今字」。

海

方大水敢誰猜，浪銀濤類大才。正三鼇金體現，初九曜錦紋開。通瑞氣明蓬島，放祥岑聳玉臺。此波心無地陌，川東注傲然來。

十方大水敢誰猜，青浪銀濤類大才。一正三鼇金體現，三初九曜錦紋開。門通瑞氣明蓬島，山放祥岑聳玉臺。至此波心無地陌，百川東注傲然來。

贈道友韓茂先

兀騰騰任自然，中認取水中蓮。綿俗冗何時盡，器塵勞每日牽。子拽回無一籠，兒見處有三田。分清净公休挫，上言誰韓茂先。

兀兀騰騰任自然，火中認取水中蓮。連綿俗冗何時盡，一器塵勞每日牽。牛子拽回無一籠，龍兒見處有三田。十分清净公休挫，坐上言誰韓茂先。

七言絶句

遇師

四句八上得遭逢，口訣傳來便有功。一粒丹砂色愈好，玉華山上現殷紅。

壽期

害風害風舊病發，壽命不過五十八。兩箇先生決定來，一靈真性誠搜刷。

端午

離上新池逢端午，不知誰會伏龍虎。白雲翠霧得逍遥，勸公好把三光覩。

兄死作

人人只會哭家親，誰肯能哀自己身。若把己身哀得慟，無生路上作閑人。

知縣邀余拜亡靈余不從

師僧鼓鈸讚亡靈，唯有王風獨自醒。若是骷髏從拜禮，不從拜禮没骷形。

和武功趙清明

三百六十金骨節，段段圓明有分别。地雷震雨出山頭，浣濯黄芽調白雪。

不飲酒

醒來不飲塵中酒，達後别傳物外杯。莫銜白雲隨處有，自然舉步到蓬萊。

金丹

本來真性唤金丹，四假爲鑪鍊作團。不染不思除妄想，自然衮出入仙壇。

警知天命

得勢那堪更得時，得時全不畏陰司。也宜積行修因果，惡業隄防有滿時。

燒庵

茅庵燒了事休休，决有人人却要修。便做惺惺誠猛烈，怎生學得我風流。

誡潘十四郎省語二首

王喆今逢潘利賓，他能綺語敢相親。想君舌竅非皮肉，銀裹金楞鐵口唇。

一輪明月絶纖埃，一片靈光照玉臺。一粒金丹人不識，一生性命有誰猜。

贈四梧公二首

七松處士絶囂塵，五柳先生脱愛津。知縣將來名遂後，隨余堪喚四梧人。

四株梧樹驚還訝，兩本薇花笑似瞋。坐久清風來召我，今宵却與月爲鄰。

贈董德夫

乘閑隨步復尋真，冷淡清虚作主人。光遠正堪誇緑鬢，德夫依舊走紅塵。

贈京兆杜先生

休言白雪與黄芽，莫説鉛銀與汞砂。試問杜公修大道，崑崙山屬甚人家。

贈劉蔣村僧定院主

玉名慧定定根芽，不滅無生證麥麻。顛倒若能談定慧，圭峰好景屬公家。

贈趙資深戴月桂

此花誰悟四時開，細細清香遠遠來。不是垣娥曾下界，肯留仙種世間栽。

贈京兆税院馮五郎五首

身賢認得得真賢，便是逍遥陸地仙。一點清虚歸本位，紅霞長鎖白雲巔。

山邊人立便爲仙，口訣十分得寶田。兑地言來震地説，一中大悟便升天。

紙鳶放起綫長牽，斷了方知出世纏。空外清風來駕馭，一衝直上大羅天。

塵泥莫使汙行庵，捉住清風好放憨。明月過來須訪我，三般滋味一般甘。

修行須是默中言，養氣無勞静裏喧。占得長春真境界，百花香裏給孤園。

活死人引子

先生初離俗，忽一日自穿一墓，築塚高數尺，上掛一方牌，寫王公靈位字，下深丈餘，獨居止二年餘，忽然却填了。

活死人兮王喆乖，水雲别是一懽諧〔一〕。道名唤作重陽子，謔號稱爲没地埋。

生來路口不忘懷〔二〕，行殯須是掛靈牌〔三〕。即非惑衆窺圖利，爲使人知遞儹排。

【校記】

〔一〕懽：金秦志安《金蓮正宗記》卷二《重陽王真人》録此詩作「般」。〔二〕生來：《金蓮正宗記》作「來者」，且脱句中「口」字。〔三〕殯：輯要本作「殯」。

活死人墓贈甯伯功三十首

活死人兮活死人，自埋四假便爲因。墓中睡足偏渥洒，擘碎虚空踏碎塵。

活死人兮活死人，不談行果不談因。墓中自在如吾意，占得逍遥出六塵。

活死人兮活死人，與公今日説洪因。墓中獨死真嘉話，並枕同棺悉作塵。

活死人兮活死人，火風地水要知因。墓中日服真丹藥，换了凡軀一點塵。

活死人兮活死人，活中得死是良因。墓中闃寂真虚静〔一〕，隔斷凡間世上塵。

活死人兮活死人，害風便是我前因。墓中這箇真消息，出水白蓮肯惹塵。

活死人兮活死人，須知五穀助身因。墓中觀透真如理，喫土餐泥糞養塵。

活死人兮活死人，晝眠夜寢自知因。墓中有箇真童子，笑殺泥團塵裏塵。

活死人兮活死人，空空空裏是空因。墓中常有真空景，悟得空空不作塵。

活死人兮活死人，活人珠玉問余因。墓中境界真家計，不免臨頭總化塵。

天地高深覆載人，人心姦巧不憑因。只知名利爲身寶，不悟身爲物裏塵。

尋思到岸下船人，笑指白雲便是因。丹橘在身無價寶，自然光耀絶纖塵。

人人不作是非人，遠此無由地獄因。三界超升靈物在，仙宫那得有飛塵。

有箇逍遥自在人，昏昏默默獨知因。存神養浩全真性，骨體凡軀且渾塵。

人能弘道道親人，人道從來最上因。若把黑雲俱退盡，放開心月照繁塵。

風月爲鄰也是人，水雲作伴得真因。便攜鸞鶴歸蓬島，此去無由却墜塵。

忽然認得岸頭人，不可思量議厥因。謂甚便教成一曲，曲中識破隙中塵。

我今嗟彼世間人，來路前生作甚因。但恐性乖來路失，歸時轉轉入灰塵。

胎生卵濕化生人，迷惑安知四假因。正是泥團爲土塊，聚爲身體散爲塵。

酒色昏迷惱殺人，用斯濁惡轉推因。將來失腳輪迴去，甘作沈淪泉下塵。

外人不識裏頭人，唤出門來得此因。明月清風休笑我，這回似你遠紅塵。

笑殺愚迷枉做人〔二〕，人人皆説養家因。家人便是燒身火，乾了泥團却變塵。

我今欲勸世中人，正好追尋道果因。稍悟這般知這箇，風前揚却一堆塵。

陽人不合戀陰人，都被陰人損善因。鍊取純陽身七寶，無生路上不生塵。

閑來默坐覩常人，箇箇鑚尋無路因。恰似水魚魚戀水，只知塵體體投塵。

世上輪迴等等人，各分神性各分因。百年大限從胎死，五藴都歸塵下塵。

穩駕青牛古聖人，白牛枝葉出斯因。儒醫夫子成三教，墾闢愚迷怕落塵。

生來死去萬千人，善果良因間有因。嫉妒慳貪誇富貴，我今與你不同塵。

誰識鄽中這箇人，無爲無作任其因。白雲接引隨風月，脱得塵勞出世塵。

往往來來人看人，人心厮筭各論因。三光塵外分明鑒，照爾身形盡土塵。

【校記】

〔一〕闃：原作「闐」，「闃」之訛字。

〔二〕愚迷：原作「遇迷」，刊誤。今按，此題第二十七首有「墾闢愚迷怕落塵」語。

述懷三十六首

水雲遊歷到西方，拾得真金堅又剛。放在絳宫封閉了，滿宫明耀現霞光。

金丹頃刻刹那成，不在三年九轉行。同輩若能先悟此，碧霞深處是前程。

倏然獨對正峰前，瑶蘂瓊花景致全。一粒金丹成大藥，並无下事不須煎。

玄機妙理不難窮，只在无言静默中。搜出從來端的事，休分南北與西東。

會修真藥按名方，搜得玄微理漸長。從此烏龜投碧海，火炎山上喜朱郎。

一團真寶漸生光，四象方能盡屬陽。五葉金蓮開爛熳，萬絲瓊蘂密舒張。
午前子後正交鋒，奪得金精顯戰功。一顆人頭當下落，提來歡喜獻丁公。
金蓮一朵自生來，只許高人道眼猜。吸取清香頻服餌，合和二氣結成胎。
萬神精鋭没魔軍，戰勝千邪不用賓。獨顯光明輝日耀，方知此處有珠珍。
玉峰山上採靈芝，壯氣全神主本基。一點光明尤燦燦，五般霞彩不相離。
静中勘破五行因，由此能捐四假身。返見本初真面目，白雲穩駕一仙神。
於身四假乃爲賓，裹面靈真是舊親。獨住三峰誰作伴，清風明月共三人。
能知戈戟肯輕狂，虎戰龍争獨敢當。奪得光明珠一顆，便令消盡九冬霜。
白雲堂下夜深深，細雨霖鈴滴滴金。好醉蓬萊須品令，聲聲慢唱鳳簫吟。
修行先要識偏傍，南北東西接四方。水火木金俱不用，明珠一顆出中央。
内觀一得見知音，明月山頭自在吟。萬首詩成誰會解，若教會解總無心。
紫靈芝甲始先萌，採得來時旋旋烹。玉液瓊漿和合了，重樓咽下便長生。
自從收得水中金，便用刀圭剖盡陰。一朵瓊花開向日，晶陽返照運天心。
馬猿捉住是修行，物物皆亡總不生。肯向畫樓擊更鼓，天明那用打錚錚。
修持如會識金丹，只要真靈本性全。請看崑崙山上景，碧霞光彩接秦川。
姓王名喆知明字，道號重陽四味全。一性易爲風害做，千金難買日高眠。

從此擘開真鐵網，今朝跳出冗塵籠。便將明月堪孥弄，撥斷繁雲好害風。

玄機妙理最幽深，乾了銀霜死了心。駕取鐵牛耕戊己，滿園盡許種黄金。

莫希奪舍學投胎，便向瑶池下手栽。生出白蓮花一朵，清香直許透天台。

真修得得易非難，道用觀天合上天。占取二山真境界，玉花蘂裏結因緣。

瑶池裏面看黄芽，瓊蘂金枝綻玉花。朵朵玲瓏清氣上，玎璫聲韻屬吾家。

一生清净養三田〔二〕，今則方能論寂然。光瑩明珠歸岳頂，雲霞捧入大羅天。

便做能尋空外響，直饒會捉水中泡。千機百計隨心轉，怎免臨頭這一交。

爲人不作鄉中鬼，指日須歸物外仙。這箇自然知去處，那般消息便精研。

唤出元初子細看，瑩然結就紫金丹。明明圓妙應無比，五道霞光做一攢。

能衣白布水中争，會戴青巾火裏行。四味合和成一味，綿綿永永得長生。

唯余會養紫金丹，煆鍊成珠故不難。放出光明尤燦燦，萬般霞彩一時攢。

玉液流時無箇識，瓊漿湧處有誰知。今朝獨灌金花樹，放盡馨香滿四維。

唯余會喫青鸞肉，獨我能餐白馬肝。兩段合和歸一處，傍人遥見各心寒。

驀然捉住這元初，幻化方知不屬余。一箇光明真了了，五般彩豔自如如。

汞鉛相見入長途，性命堅牢得永甦。擺徹水泉傳火氣，撥開煙焰指冰湖。

【校記】

〔一〕净：輯要本作「静」，通。

甘水鎮留題

誰識終南王害風，長安街裏任西東。閑來矯首滄溟上，釣出鯨鯢未是雄。

再知

一輪明月一清風，内外交馳西復東。衮出崑崙山頂上，照吹明爽自爲雄。

贈丘處機

細密金鱗戲碧流，能尋香餌會吞鉤。被余緩緩收綸線，拽入蓬萊永自由。

贈桑公之子

桑公積行久深洪，鑄此兒郎事事通。稍悟内歡非外樂，好求月上弄清風。

唐公求修行二首

修行切忌順人情，順著人情道不成。奉報同流如省悟，心間悟得是前程。

學道修真非草草，時時只把心田掃。悟超全在絶塵情，天若有情天亦老。

贈諸生

諸公在坐盡高才，俊乂聰明道眼開。莫爲功名牽繫住，也應隨我到蓬萊。

寧海乞化書紙旗上

害風人問有何憑，術法俱無總不能。每日作爲只此是，上頭吃飯下頭登。

贈登州奉道

一輪明月吐光輝，桂樹香傳十九枝。正到中更當子午，放開靈耀射瑶池。

贈馬鈺先生嘗於陝西作此詩及到寧海軍馬鈺初相見得姓名再書以贈之〔一〕

一别終南水竹村，家無兒女亦無孫。三千里外尋知友〔二〕，引入長生不死門。

【校記】

〔一〕《重陽教化集》卷一録此詩，題作《遺丹陽》。　〔二〕三：金王頤中《丹陽真人語録》引此詩作

「數」。

自畫骷髏

此是前生王害風，因何偏愛走西東。任你骷髏郊野外，逍遥一性月明中。

贈皇哥

多收慧草廣添油，一點明燈在裏頭。照見五門皆洞達，教公拍手笑無休。

贈孫二姑二姑乃馬鈺室家先生兩次以梨剖割與夫妻分食之意欲俱化也鈺從化一年許孫氏亦出家奉道二首〔一〕

分梨十化是前年，天與佳時主自然。爲甚當時不出離，元來只待結金蓮。

在家只是二婆呼，出得家緣没火爐。跳入白雲超苦海，教人永永唤仙姑。

【校記】

〔一〕先生：當作「余」或「予」，或嗣後門徒抄録時不經意而改。姑仍之，以備參考。

馬鈺從化以此贈之

擲下金鉤恰一年，方吞香餌入綸牽。玉京山上爲鵬化，隨我扶搖入洞天。

無常鐘

鐘不依時聽者愁，定知人世此時休。數聲又逐斜陽去，送客無言暗點頭。

馮先生求問

百年光陰總不同，回頭便是出迷蒙。教公對景知顛倒，擘碎微塵踏碎空。

圓相

一輪圓相自家知，王嚞於中正是時。衮出崑崙山頂上，爽邀風月到天池。

織造人

織造之人得也麼，街前猶自騁機梭。若還似我逍遥客，争肯千頭萬緒多。

雪

六花偏與我相違，飄落人間壓是非。碧洞自温無四序，肯教點汙六銖衣。

題竹

人言瀟洒月明中，我道清虚本意深。不是害風來到此，怎生引動此君吟。

題净業寺月桂

識將月桂土中栽，争忍塵凡取次開。折得一枝攜在手，却將仙種赴蓬萊。

七言絶句詩藏頭

贈萊州平等會首徐守道

來乞覔意何如，口言公善事舒。内珠珍常自守，心先祖姓其徐。

余來乞覔意何如，口口言公善事舒。舍内珠珍常自守，寸心先祖姓其徐。

贈仁法師講懺

能消懺勸人初，利天中自展舒。利佛前香篆起，知師父作真如。

汝能消懺勸人初，刀利天中自展舒。舍利佛前香篆起，已知師父作真如。

贈京兆馮五郎

休棄業莫别妻，姹兒嬰自有時。把心香頻爇起，將名姓達瑶池。

也休棄業莫别妻，女姹兒嬰自有時。日把心香頻爇起，已將名姓達瑶池。

言可語没人磨，内深藏玉潤和。納甘津公莫怪，家也得唤馮哥。

可言可語没人磨，石内深藏玉潤和。口納甘津公莫怪，在家也得唤馮哥。

京兆來學正覓墨

中松寶號陳玄，一幽微貴遠煙。裹鍊成三箇字，來便是大羅天。

大中松寶號陳玄，一一幽微貴遠煙。火裹鍊成三箇字，子來便是大羅天。

贈張曲通

己仁人號曲通，乎者也有奇功。田不悟清涼境，道先生守固窮。

躬己仁人號曲通，之乎者也有奇功。力田不悟清涼境，竟道先生守固窮。

驪山

常訪飲樂真閑，問金花鎮遠山。自神仙來此地，知身在白雲間。

日常訪飲樂真閑，木間金花鎮遠山。一自神仙來此地，也知身在白雲間。

文官花

時春景好頻看，覩群花不一般。岸得超堪可賦，官園裹見文官。

以時春景好頻看，目覩群花不一般。舟岸得超堪可賦，武官園裹見文官。

贈京兆杜先生

要直兮行要清，源澄澈稱知明。中見黑銀蟾吐，苦心甜顯志誠。

言要直兮行要清，水源澄澈稱知明。月中見黑銀蟾吐，口苦心甜顯志誠。

吹玉笛舞嬰哥，面金花瑩不磨。女唱時休占認，中拍手笑呵呵。

口吹玉笛舞嬰哥，可面金花瑩不磨。石女唱時休占認，忍中拍手笑呵呵。

因茶坊賈四郎换茶

靈木德歲新芽，舌甘津别有華。得風生勝杖柱，翁歡喜换新茶。

草靈木德歲新芽，牙舌甘津别有華。化得風生勝杖柱，主翁歡喜换新茶。

剔燈杖

妙身生百草叢，來折得浸油中。端會把昏燈撥，出靈光顯爾功。

工妙身生百草叢，又來折得浸油中。一端會把昏燈撥，發出靈光顯爾功。

邀客賞清明

人王喆趁華筵，壽諸公盡醴泉。洗清明真可愛，逢此景會神仙。

山人王喆趁華筵，延壽諸公盡醴泉。自洗清明真可愛，又逢此景會神仙。

警史四哥

道非常道不和，甜心苦把人磨。中火焰誰能覓，有從邪史四哥。

可道非常道不和，口甜心苦把人磨。石中火焰誰能覓，見有從邪史四哥。

安時堂〔一〕

常到此並無思，愛前親每作詩。説街中虚六案，時堂裏見安時。

日常到此並無思，心愛前親每作詩。言説街中虚六案，安時堂裏見安時。

【校記】

〔一〕安：原作「守」，刊誤，此從藏頭末句「時堂裏見安時」及其還原末句「安時堂裏見安時」改。

和遲法師韻

直弓彎射有爲，中水湧兩相宜。通道德遵公注，意無爲只自知。

矢直弓彎射有爲，火中水湧兩相宜。且通道德遵公注，主意無爲只自知。

道友請食餅

上津生床餅粘，中秀氣我新尖。抵三餐真箇别，圭滋味自然甜。

舌上津生床餅粘，口中秀氣我新尖。大抵三餐真箇别，刀圭滋味自然甜。

請史四哥啜茶

金間隔並無邪，正其心趂彩霞。段接生雲外物，兒迴首得新茶。

木金間隔並無邪，自正其心趂彩霞。段段接生雲外物，牛兒迴首得新茶。

學公擊鐘

重言語好相容，口教公莫放慵。裏猿兒先捉住，人歡喜擊金鐘。

重重言語好相容，口口教公莫放慵。心裏猿兒先捉住，人人歡喜擊金鐘。

風火水已相忘，内靈根降吉祥。爾二日真箇妙，年有分白雲堂。

土風火水已相忘，心内靈根降吉祥。示爾二日真箇妙，少年有分白雲堂。

題浄業寺雲版

言擊此衆僧聞，内新聲法雨分。利天中振教響，音誰悟鐵生雲。

云言擊此衆僧聞，耳内新聲法雨分。刀利天中振教響，鄉音誰悟鐵生雲。

勸崔彦横

葉無風秋氣清，天不語甚分明。烏月兔長飛走，我休争勸彦横。

黄葉無風秋氣清，青天不語甚分明。日烏月兔長飛走，人我休争勸彦横。

題韓茂先藥鋪

時性不似斯孩，午身軀是死灰。滅煙消悟真拙，籠便是見蓬萊。

來時性不似斯孩，子午身軀是死灰。火滅煙消悟真拙，出籠便是見蓬萊。

題木魚

根清浄尾尤頳，潔身軀別有名。内銜珠能會食，展須響腹中聲。

耳根清浄尾尤頳，貞潔身軀別有名。口内銜珠能會食，良展須響腹中聲。

題温涼扇

爲柄子絹爲腮，爾勞勞救熱災。院已離君莫恠，余別有好風來。

木爲柄子絹爲腮，思爾勞勞救熱災。火院已離君莫恠，在余別有好風來。

儀作用覺心寬，熱招風冷復攢。竹柄兒堪執捧，君無暖亦無寒。

二儀作用覺心寬，見熱招風冷復攢。手竹柄兒堪執捧，奉君無暖亦無寒。

贈浴堂

見公家澡浴堂，埪成就得清涼。心便是清涼境，要鑿埪作洞房。

方見公家澡浴堂，土埪成就得清涼。水心便是清涼境，竟要鑿埪作洞房。

見董知縣會客座上嘆落花

道王三已棄家，羊滋味久相趖。中貴胄畢春寐，肯將心悟落花。

化道王三已棄家，豕羊滋味久相趖。坐中貴胄畢春寐，未肯將心悟落花。

贈道友

從認得便休尋，步移來動好音。在公家如可見，人自處水中金。

一從認得便休尋，寸步移來動好音。日在公家如可見，人人自處水中金。

仁法師説三六弟子王喆小名十八郎遂悟一十八戒

三二六不相干，八郎來子細看。下仁公傳妙語，今已得免飢寒。

二三二六不相干，十八郎來子細看。目下仁公傳妙語，吾今已得免飢寒。

五言絶句

化馬鈺未肯從欲鎖庵門坐百日示家風以化之鈺問先生寒冷否遂以此贈之

莫慮王風冷，王風自不寒。百朝飆地過，出路你咱看。

述懷二首

寶結三田聚，蓮開五葉全。蘂珠宮裹看，見箇白光圓。

有錢須得使，不使太憨痴。莫待荒郊裹，臨風咬齒兒。

攢三坼字并七言引子〔一〕

如要讀時莫要思，三言翻作七言詩。若交日裹金鷄叫，須養蟾中玉兔兒。

【校記】

〔一〕攢三坼字要點是，結合異體字、同音字等，先從首句第三字拆出所需其餘二字，攢入各自所在位置；然後逐句類推，使全詩復原。

五言絶句

贈馬鈺

馬相見，喆相戀。處虛中，做方便。

三昜馬相見〔一〕，二吉喆相戀。七夕處虛中，人故做方便。

【校記】

〔一〕三昜馬相見：「三」「昜」從首句第三字「馬」之異體「影」拆得；「昜」古同「陽」。

五言律詩〔一〕

王風子，總不求。分子午，旭春秋。炎離坎，出虎牛。鉛與汞，結成休。
重陽子，仙豈求。思大洞，問中秋。槌金虎，鋸木牛。初午得，子時休。
重陽子，詠好吟。從有口，喆無心。千篇就，萬首臨。出去也，卧高岑。
重陽子，分正仙。鉛得鎮，汞憑泉。煦開卦，見徹緣。神氣出，光昇天。

一士王風子，心囪總不求。八刀分子午，九日旭春秋。疊火炎離坎，重山出虎牛。金口鉛與汞，糸吉結成休。

千里重陽子，山人仙豈求。心田思大洞，對口問中秋。木走槌金虎，金居鋸木牛。衣補初午得，一了子時休。

千里重陽子，言永詠好吟。五人從有口，二吉喆無心。一撇千篇就，十禺萬首臨。重山出去也，臣卜卧高岑。

千里重陽子，八刀分正仙。一金鉛得鎮，二水汞憑泉。火日煦開卦，竪目見徹緣。巳申神氣出，曉無光昇天。

【校記】

〔一〕五言：輯要本改作「三言」，未得「攢三拆字」要領，即經「攢三拆字」，使「三言詩」演爲「五言律」。

藏頭詩書紙旗引馬鈺譚處端教化

呼知己亦如然，滅煙消去覓錢。地種成黃器璧〔一〕，峰長就白花蓮。連直訪海邊友，訪終南山下賢。脈嬰兒麥田整，邀風月五人圓。金王喆《重陽全真集》卷二，明正統《道藏》本，文物出版社等一九九四年，第二五册六九九頁。

口呼知己亦如然，火滅煙消去覓錢。金地種成黃器璧，玉峰長就白花蓮。連連直訪海邊友，又訪終南山下賢。八脈嬰兒麥田整，正邀風月五人圓。

【校記】

〔一〕璧：原作「壁」，刊誤，兹改。

新編全金詩卷一〇七

王喆三

得道陽十四首

得道陽來得道陽，自然碧洞隱雲房。玉訣靈符清氣爽，金丹大藥勝衣裝。豈似人間輕薄郎，徒誇黄白滿箱筐。我寶三田常運轉，吾家一性没驚惶。

正月寒威漸漸回，靈光九葉向東開。玉液流時專益氣，寶芝採處物生荄。養就重陽現兩腮〔一〕，蟠桃嫩臉笑瓊釵。七魄三尸隨蠟去，五方九轉逐春來。

二月還知水氣和，風生木德自然歌。兀兀轉生離内女，怡怡笑殺月中娥。耿耿分明天下河，我今回首出高坡。三萬六千神躍聚，重樓十二液津多。

三月清明滅盡煙，百花堪綻艷陽天。姹女聚柴新焰畔，嬰兒弄水舊池邊。寶鑒當胸只自懸，翁婆媒合好因緣。朱雀騰雲方出衆，青龍駕霧得高遷。

四月朱明和氣清，心花七寶愈分明。教你會時獨自語，請公休慕百禽聲。火焰纖長漸漸生，從茲萬木得嘉名。十干位中吾獨走，五行宮裏我先行。

五月炎蒸陽氣嘉，正堪端坐問南華。這箇不能誇肝木，那人偏愛放心花。煩惱俱無遠嘆嗟，日當卓午不教斜。玉兔過來添白雪，金烏顯處吐黄芽。

六月純陽盡入莊，陰魔趕退出街坊。壬癸北方添腎水，丙丁南嶽爇真香。鬼魅妖邪盡總忙，群魔難聚没隄防。子後看時知日短，午前坐處覺宵長。

七月庚辛海水深，一輪明月運天心。飯熟須知薪趂火，衣成不離線因針。修就無爲七寶身，還令當日到如今。白虎吼時頻擒捉，黑龜行處轉思尋。

八月清涼白露旬〔三〕，萬民安樂養真身。窈窈冥冥雲外客，昏昏默默月中人。雖是居塵不染塵，也無喜怒亦無瞋。既處逍遥生瑩滑，自然聚散去皮皺。

九月蒼天爽氣高，重樓復降雨瀟瀟。攪海赤龍真自在，迎風木馬肯無寥。每向鄽中作繫腰，六銖衣挂勝紅綃。醉後恣眠青蘇塌，醒來頻採玉芝苗。

十月紅霜又更清，黄婆得半入深溟。乾盡水銀唯我健，復生神氣更誰聽。有緯須知先有經，織成紈綺便堪行。離火便生紅芍藥，坎泉傾下雨霖零。

十一月嚴風作威，月中玉走日金飛。結就三三三處寶，得披六六六銖衣。乘鳳携鸞跨霧歸，上天降敕不相違。功滿三千緣業盡，行成八百落塵稀。

十二月圓成錦綉，四時枝葉不乾枯。看取火中頻取水，自然水裏却安鑪。龍虎龜蛇認吸呼，百骸俱滿立須臾。一顆明珠三下有，三般惡物一齊無。已得靈符萬事休，百冤退盡任他愁。好把瓊漿添滿腹，更將金髓灌盈頭。都爲十因得此由，翁婆嬰姹住綢繆。教我携將三直柄，請公認取一彎鈎。金王喆《重陽全真集》卷八，明正統《道藏》本，文物出版社等一九九四年，第二五册七三四頁。今按，底本原作「《雲水集》卷八」，刊誤，茲改。

【校記】

〔一〕腮：原作「臉」，此從輯要本。　〔二〕旬：原作「句」，此從輯要本。

歌詞詩

了了歌

漢正陽兮爲的祖，唐純陽兮做師父。燕國海蟾兮是叔主，終南重陽兮弟子聚。爲弟子，便歸依，侍奉三師合聖機。動則四靈神彩結，静來萬道玉光輝。得道遥，真自在，清虚消息常交泰。元初此處有因緣，無始劫來無罣礙。將這箇，唤神仙，窈窈冥冥默默前。不把此般爲妙妙，却憑甚麽做玄玄。禀精通，成了徹，非修非鍊非談説。惺惺何用論幽科，達達寧須搜祕訣。也無減，也無增，不生不滅没昇騰。長作風鄰并月伴，永隨霞友與雲朋。

竹杖歌

一條竹杖名無著〔一〕，節節生輝輝灼灼〔二〕。偉矣虚心直又端，裏頭都是靈丹藥。不摇不動自閑閑〔三〕，應物隨機能做作。海上專尋知友來，有誰堪可教依託〔四〕。昨宵夢裏見諸虬，内有四虬能跳躍。杖一引，移一脚，頂中迸斷銀絲索。攢眉露目震精神，吐出靈珠光閃灼〔五〕。明艷挑來固樂然〔六〕，白雲不負紅霞約。

【校記】

〔一〕竹：金秦志安《金蓮正宗記》卷二《重陽王真人》録此詩作「拄」。〔二〕節節生輝輝灼灼：《金蓮正宗記》作「節節輝輝光灼灼」。〔三〕閑閑：《金蓮正宗記》作「清閑」。〔四〕有、教：《金蓮正宗記》作「兀」、「爲」。〔五〕灼：《金蓮正宗記》作「爍」。〔六〕艷、固：《金蓮正宗記》作「焰」、「共」。

窈窈歌

人人只要生，害風只要死。生則無著摸，死則有居止。不戀皮肉脂，不戀骨筋髓。藉甚髮眉鬚，藉甚舌牙齒。安用脚手頭，安用眼鼻耳。小腸能成水，大腸能成米。水米太茫然，晝夜何時已。認破醜機關，須當分彼此。别般二物合和真，元來一道分明是。這箇在何處，這箇在那裏。教公會得時，也飲清涼水。直待正純陽，方稱重陽子。

元元歌

父雖父，母雖母，論著親兮没説語。只爲當時鑄我身，至今今日常懷古。兒非兒，女非女，妻室恩情安可取？總是冤家敵面讎，争如勿結前頭苦。我咱悟，我咱補，唤出從來清静主。要見玲瓏好洞庭，須開端的真門户。便知宗，便知祖，了了惺惺歸紫府。離鳳空陪北海龜，甲龍枉伴西山虎。仗靈刀，擎慧斧，劈破崑崙將寶數。萬顆明珠戴玉冠，無窮彩艷衣金縷。這元元，迴光覩，五五不離二十五。依此行持依此修，姓名預録長生簿。

得得歌

陰變爲陽只自審，冰鑽結火能唯恁。有緣搜見古今真，無始却來呼箇甚。呼箇甚，唤神仙，窈窈冥冥不記年。撞著良因五劫祖，相隨直入大羅天。大羅天，通妙景，放開明耀須臾頃。盈盈一粒任綿綿，寂寂圓光傳永永。傳永永，做靈靈，處此清涼絶視聽。何用醍醐香馥郁，不誇環珮響璫玎。響璫玎，聲滅歇，别生彩艷重超越。自然瑩瑩寶中珠，反照輝輝天外月。天外月，走蟾輪，怎此如如没價珍。正一悉除生滅相，端嚴堅固妙玄因。妙玄因，誠祕訣，那曾瞋怒并歡悦。虚空空上達晴空，言説説前非有説。非有説，愈昭彰，得得歌中現道場。曠劫未分新雅致，從今傳出這名方。

惺惺歌

謂何四大復牽纏，汩汩當時那箇仙。好把圓成從雅正，莫將假合做因緣。殷紅再結雙關寶，潔白重開五葉蓮。得得先須修九轉，盈盈首上養三田。養三田，爲定壽，金毛獅子頻哮吼。日端午上看玄陰，夜半子時分瑩晝。常食休窮萬物機，運神奪取三光秀。外容焉用顯光華，内貌多方頻整救。頻整救，是元初，此事今應信有諸。遊歷先逢太赤祖，歸來還見黍中珠。七般珠户通開闡，六道銀光任展舒。百寶臺頭唯仰覷，這迴親現這真如。這真如，實不錯，逍遥服餌靈丹藥。輝輝爍爍甚分明，了了惺惺尤灑落。迎日堪誇翠霧身，臨風透出紅霞脚。崑崙頂上玉峰前，一朵瓊花爲誓約。

勸道歌

修行便發好枝條，不會修行枉折腰。經教豈曾窮義理，香煙只會謾焚燒。苦心苦力多憂慮，勞體勞神愈悴憔。没智强搜無漏果，未通閑想有緣橋。他人公案長傳説，自己家風敢擺摇，静裏邪生神鬼位，執中迷入散凡包。謹持符水唯端正，却被衣餐做諭要。誇詫清虚干淡薄，尊隆高大眩彰昭。風花雪月爲愁景，酒色氣財是業苗。煩惱門開談覺悟，是非路闡説逍遥。晨昏嗽嚥增空耗，子午功夫謾颯飄。已上般般皆勿用，從今字字最堪消。自然清静真功著，信任慈悲實行超。寂閴恬淡宣潔白，杳冥昏默受和調。虎龍莫放遊三界，嬰姹休教舞六么。壯矣根源能應拍，孤然靈物善吹簫。二儀交泰同泥捏，五欲捐除類木雕。捉住空中真響喨，咄迴性上假咆哮。一雙女子投金鑛，兩箇童兒入玉瓢。折取木梢重煆鍊，次開泉水再淋澆。亭亭顏色難裝點，簇簇形容怎采描。貌態玲瓏通眼目，光輝燦燦射瓊瑶。放歸仙館稱嘉號，只許吾門唤阿嬌。得得得中長得得，任詩任曲任歌謠。

自歎歌

嗟余幼年父母惜，長思孝養當竭力。情知難報罔極恩，區區春戀惟多積。如今不肯自焦勞，一味貧閑肯賣高。喜得逍遥真自在，日中打睡恣陶陶。愚迷不識余家意，曉夜忙忙空鬭智。四般拘執盡貪婪，酒色更兼財與氣。争如風害便抽頭，無慮無愁更遠憂。雲水青山待樂遊，願歸三島赴十洲。出凡籠，入碧洞，假合身軀休戲弄。恁時猿馬總歸空，一輪明月唯余用。

祕祕歌

刀圭刀圭好刀圭，幾箇能通盡執迷。便做悟來知去處，怎生安霸怎生携。這刀圭，又能飲，洗滌中間十樣錦。萬葉千花轉轉新〔二〕，五方顏色皆分品。這刀圭，亦團團，透出靈光只自攢。潑艷艷兮無可比，也知賽過紫金丹。這刀圭，刃子快，歷劫已來不曾壞。智者見時放慧輝，愚人昧了愈疑怪。這刀圭，真是鋼，空中自在吐光芒。唯有害風敢拈弄，便令分出本清涼。這刀圭，緣亘古，不是陰陽不是土。只是一般哩唛囉，哩唛囉上開宗祖。

【校記】

〔一〕葉：輯要本作「花」。

定定歌

修行便發好枝條，不逐輕飆信任飄。翠緑常蒙雨露潤，軟柔寧懼雪霜凋。由斯活樂津方大〔一〕，似此滋榮氣漸調。休倚散丸求德行〔二〕，莫憑符水望昇超。古人公案須通透，自己家風好擺摇。外景勿侵外事絶，内容搜出内香燒。娉婷女子投金鑛，傻俏郎君入玉瓢。一則鑛中栽寶樹，一唯瓢裏種芝苗。雙頭廝見歸三秀，兩體相逢舞六么。十指纖纖能擊鼓，七門闌闠喜吹簫。炎炎猛焰波中迸。泛泛洪波焰上漂。正覺途新除垢膩，圓成路瑩出塵囂。紅霞覆燾凝青漢，翠霧盤旋住碧霄。妙妙玄玄無罣凝，惺惺了了永逍遥。

【校記】

〔一〕活：輯要本作「快」。今按，所謂活樂，亦作活絡，意猶通達不拘泥，或醫家所謂氣血舒暢。緣是俗語，字未定型。宋羅大經《鶴林玉露》卷八：「大抵看詩要胸次玲瓏活絡。」〔二〕丸：原作「九」，刊誤，此從輯要本。

逍遥歌

箇聲頻，箇聲快，休妻别子斷恩愛。往昔親情總休怪，害風不把三光昧。酆都鬼使已迴頭，黑府除名無追對。口能言，心能行，蓬萊穩路是長生。

玄玄歌

㠁崒峰安萬丈杆，杆尖有箇嬰嬰走。清風裹面騁狂顛，明月前頭誇好手。旋旋拈拏碼碯丸，頻頻躍弄珊瑚斗。丸與斗兮失落無，等閑失落費功夫。撥開銀浪觀瓊浦，正見金鼇在玉壺。氣艷氤氳噴琥珀，眼光燦爛射明珠。孩兒方是下杆來，奪得明珠言誓約。不教驪龍頷下藏，掾入雲霞投碧落。杳杳冥冥不記年，從兹頓覺無爲作。

達達歌

修持便要發佳謨，會做搜尋廣擺鋪。二八佳人安手脚，六分公子下功夫。娉婷朱貌知金鑛，傻俏烏顔看玉壺。自飲自沽醒復醉，任歌任舞笑還愉。撞開陽路傳珍寶，通過陰關出轆轤。漸上崑山呈片玉，復歸巨海弄明珠。般般拈捻齊玄旨，處處遊行見坦途。瓊萼滿頭藏妙有，瑶花盈足趂虚無。能教面目長來往，養就根源是吸呼。周正元初真等覺，的端亘始大惺甦[一]。孤然朗照何曾異，五道光輝總不殊。緣喆黄花成一得，如喬赤舄化雙鳬。清清三島應同去，瑩瑩十洲合共趨。寂闃雲衢唯洞達[二]，逍遥永永列仙途。

【校記】

〔一〕亘：原作「豆」，此從輯要本。〔二〕闃：原作「間」，此從輯要本。

贈友歌

海之秀氣誰能討，寧海軍中鄒正道。金浪銀濤洽本源，來迎復看蓬萊島。蓬萊島，在何方？杳杳冥冥接上蒼。自在逍遥孰同處，唯公與我住清涼。住清涼，真箇有，青童捧出長生酒。便令傳透四時春，明珠一顆光如吼。光如吼，吐紅霞，覆燾晴空顯異華。直下靈波澄不動，騰高霄漢邈無涯。邈無涯，誠可見，妙妙玄玄容顯現。再闡雲車入碧虚，大羅天上成修鍊。成修鍊，得元根，便是無爲大道門。唯願迴頭通此著，果登無漏絶談論。

鐵罐歌十首

鐵罐歌，鐵罐歌，一從打造按金科。腹内空虚成妙果，這般消息孰知麽。

鐵罐成，鐵罐成，頻添玉液滿盈盈。火煅鍊時拋雪浪，水澄清處賀昇平。

鐵罐携，鐵罐携，響聲敲動振愚迷。若要響聲人會得，不分南北與東西。

鐵罐新，鐵罐新，内光外耀自相親。添鼎須憑津液水，調和全藉氣精神。

鐵罐寛，鐵罐寛，氣騰騰處雪漫漫。方遣虎龍蟠遶定，便將鉛汞裹頭安。

鐵罐深，鐵罐深，凡塵俗垢不能侵。作用焚燒木上火，行持煎煮水中金。

鐵罐光，鐵罐光，三光照耀瑞中祥。每到用時能造化，欲將歇處便清涼。

鐵罐燒，鐵罐燒，昨宵今日與來朝。按節安鑪全藉地，依時養就玉芝苗。

鐵罐能，鐵罐能，能中兀兀與騰騰。杳杳冥冥風作友，昏昏默默月爲朋。

鐵罐堅，鐵罐堅，虚心大肚貯幽玄。内外鍊成金玉體，一衝直上大羅天。

悟真歌

余當九歲方省事，祖父享年八十二。二十三上榮華日，伯父享年七十七。三十三上覺婪躭，慈父享年七十三。古今百歲七旬少，觀此遞減怎當甘。三十六上寐中寐，便要分他兄活計。豪氣衝天恣意情，朝朝日日長波醉。壓幼欺人度歲時，誣兄駡嫂慢天地。不修家業不修身，只恁望他空富貴。浮雲之財隨手過，妻男怨恨天來大。産業賣得三分錢，二分喫著一酒課。他每衣飲全不知，余還酒錢説災禍。四十八上尚争强，争奈渾身做察詳。忽爾一朝便心破，變成風害任風狂。不懼人人長耻笑，一心恐昧三光照。静慮澄思省己身，悟來便把妻兒掉。好洗面兮好理頭，從人尚道騁風流。家財蕩盡愈無愁，怕與兒孫作馬牛。五十二上光陰急，活到七十有幾日。前頭路險是輪迴，舊業難消等閑失。一失人身萬劫休，如何能得此中脩。須知未老聞强健，棄穴趍墳雲水遊。雲水遊兮别有樂，無慮無思無做作。一枕清風宿世因，一輪明月生前約。

贈弟子頌

譚仙入道，慧刀能舉。棄妻割愛，捨了男女。却要隨余，余應便許。羡公決烈，羡公顯露。我吐真誠，却有少訴。入道非難，亦非易做。苦中尋閑，閑中没苦。休覓嬰姹，莫搜龍虎。只要真清，要識真趣。絶盡人我，絶盡思慮。或饑或飽，或寒或暑。便戴青巾，便衣紙布。決要上街，覓錢乞去。些小絹帛，些小綿絮。遮藏微體，長令淡素。三人同行，三人同處。常用一心，不得二慕。只是兄弟，並無師父。惟談惟笑，共歌共舞。落絶清閑，任詩任句。如在庖厨，大家管顧。不可獨勞，也無獨措。自有金烏，自有玉兔。認得真閑，長生門户。

自在亭頌

自在自在真自在，不論高低及内外。照見五蘊即皆空，咄了八方無罣礙。維摩笑我因何退，我笑維摩尚禮拜。教公認得這害風，大家總赴龍華會。

四果頌

果來海角天涯，果應師指希夷。果得前生知友，果然會我心機。

指迷頌

無無有有有無端，有有無無有有攢。無有有無無有相，有無無有有無看。

劍頌

這口劍，真有力，無始劫來人不識。今朝撞著害風兒，吐出光芒顛倒織。兩道明輝只自知，三峰頂上呈紅艴。到斯不肯落凡來，撲入晴空端又直。

傳神頌

靈昏性昧著凡體，自畫自描自傳起。借他俗狀做形軀，攢聚火風并地水。陽作骨骸陰作膚，眼耳鼻前安箇鼻。四般迷執各誇强，渾身便用肉山壘。我今省悟達玄微，却認初真不用你。若還只恁累我神，撲入坑中教見底。來自何方，去由何路。一脚不移，回頭即悟。假合形軀誠是假，何勞更恁重描畫。諸公莫使達人知，惹得一場大笑話。

贈道友[一]

自然消息自然恬，不論金丹不論仙。一氣養成神愈静[二]，萬金難買日高眠。紅紅火焰三峰秀，白白蓮花五葉鮮。勘破行功無作用，於斯便可認玄玄。

【校記】

〔一〕《重陽全真集》卷一〇録此詩，題作《友人求問》。〔二〕静：《重陽全真集》作「净」，通。

四時睡頌

子時睡，子時睡，玉繩抨下端嚴遂。一輪明月過天庭，照破中宵暗昧事。卯時睡，卯時睡，緣空直看真嘉致。當中一點皎然靈，瑩裏光明精又鋭。午時睡，午時睡，香煙正撞於炎位。自然馥郁任拈拏，透入晴空傳不二。酉時睡，酉時睡，恬然飲盡西江水。便令澆溉出風流，一朵瓊花呈玉蘂。

贈友入道頌

若是要隨余去，絶盡平生思慮。心中物物不著，塵事般般休序。饑後麤細皆餐，寒來只消紙布。常睡莫起憂愁，如行休生恐怖。不得言是談非，不得辭辛道苦。長懷平等之心，人屙須要救護。長把假身搜獲，永將内真正顧。直待消盡舊業，萬事般般勿做。行功堪可證明，有箇真師來度。

四不得頌

不得受人欽重，不得教人戲弄。不得意馬外遊，不得心猿内動。

四得頌

得汞陰消盡，得鉛陽自團。得命顛倒至，得性見金丹。

金蓮會詩三首

諸公須是助金蓮，願出長生分定錢。逐月四文十六字，好於二八結良緣。

長生永結金蓮社〔一〕，有始有終無諂詐。諸公不可半途止，直待王風去則罷。

勸君莫戀有中無，無無休失無中有。有有養出玉花頭，頭頭結取金蓮首。

【校記】

〔一〕金：字原空缺，據詩題補。

辭世頌

地肺重陽子，呼爲王害風〔一〕。來時長日月〔二〕，去後任西東。作伴雲和水，爲鄰虚與空。一靈真性在，不與衆心同〔三〕。

金王喆《重陽全真集》卷九，明正統《道藏》本，文物出版社等一九九四年，第二五册七三六頁。

【校記】

〔一〕呼爲：金秦志安《金蓮正宗記》卷二《重陽王真人》録此詩作「强呼」。〔二〕長：《金蓮正宗記》作「隨」。今按，唐齊己《静坐》：「坐卧與行住，入禪還出吟。也應長日月，消得個身心。」見《全唐詩》卷八四〇。〔三〕心：《金蓮正宗記》作「人」。

新編全金詩卷一〇八

王 喆 四

贈王俊

害風故故謁華宗，三教唯公道話同。此際遇逢齊上下，中間會聚各西東。須知冬至青和白，認取春分緑間紅。急急三光如可悟，忙忙四假盡成空。圓明一點皆能有，物裏千般總被蒙。覺性自然通水湛，達心那入百花叢。般般打破仍歸妙，箇箇還回便見終。飯食充饑機兩妙，面前相對玉玲瓏。

贈道衆

盡知長與道爲鄰，搜得玄玄便結親。悟理莫忘三教語，全真修取四時春。養成元氣常充滿，結住靈神没漏津。十九圓光如我願，敢邀相伴樂天真。

詠雪

得其真趣絶搜尋，物物般般總不侵。碧落湛澄非有意，白雲來往本無心。盈盈明月增佳致，細細清風送好音。舉目慵觀潘岳賦，怡顔懶撫伯牙琴。外除花卉游人静，内蘊芝苗只自臨。決要三田歸至寶，亦令一性上高岑。養成幻體如光瑩，無正胎仙似嘯吟。杳默昏冥長作伴，寂虚永保水中金。

問多夢

捉住心猿治住神，自無夢惱内中真。尾閭不動全精氣，腎海長添乾水銀。内則愈能增覺性，外來應是養生身。廣行法籙頻施救，便是逍遥得岸人。

于公求詩

無思無慮是真修，養氣全神物物休。亘劫容顔須要見，元初光彩決重收。莫將外景心中蘊，好把靈丹性上求。依此自然超彼岸，都緣清净大神舟。

諸散人求問

修行須藉色身修，莫殢凡軀做本求。假合四般終是壞，真靈一性要開收。聚成無相成無漏，結作丹丸作備周〔一〕。五道光明同是伴，能超清净大神舟。

【校記】

〔一〕丸：原作「九」，此從輯要本。

贈王哥

修行學道並無師，只要心中自己知。净處常常生智慧，閑居每每起慈悲。搬柴運水唯聞做，觀相存思各自爲。減食忘情爲慷慨，任歡取樂是修持。救人設藥功尤大，戒酒除葷行最宜。直待開門觀宿性，宿緣堪可便相隨。

問内事〔一〕

修行事理説叮嚀，只要心中静裹明。眼界不生龍自住，鼻門無閉虎長停。舌根退味心神悦〔二〕，耳内除聲腎水清。南北冲和同一體〔三〕，東西交媾滅三彭。木金厮仗盤桓處〔四〕，嬰姹相隨自在行。結就金丹出頂上〔五〕，五光射透彩雲棚。

【校記】

〔一〕金秦志安《金蓮正宗記》卷五《玉陽王真人》引此詩「先生得之（道號名諱），他日來謝，祖師贈之詩云云」。〔二〕悦：《金蓮正宗記》作「爽」。〔三〕冲和同一體：《金蓮正宗記》作「混融歸一處」。〔四〕仗：《金蓮正宗記》作「杖」。〔五〕就：《金蓮正宗記》作「作」。

喫酒賭錢

心遊閑散樂浮華，放肆開懷是産涯。飲酒莫教離孝順，賭錢休要壞居家。道門好入時時重，王法須遵可可奢。平等能行方便事，也教隨我伴煙霞。

學士勸學

宰予晝寢不堪看，惜取光陰倦睡餐。瓮牖勤勞非取辱，茅堂修進敢求安。隔牕映雪心常樂，閉户懸頭性自懽。大志不須持一寶，孫公正好學倪寬。

問曉達

搜開本有自分明，放出真光滅盡情。三寶決然攢正覺，一靈何慮不圓成。得通妙用須澄湛，會認玄微貴浄清。堪做無爲雲外客，長生路上步前程。

自述

殷紅瑪瑙闃中懸，清静玄中在眼前。便把琉璃安甲室，更將琥珀頓庚田。四般珍寶牢收取，三耀光中謹密傳。此法得時空外去，彩霞深處步金蓮。

問生死

常常知足善縱横，莫要深深戀火坑。性上分明開兩路，午前認取打三更。一真自顯靈光結，七竅皆通瑞氣盈。正合慈悲超法界，清涼路上得長生。

友人獻酒

登途上路不由吾，雲霧相招本性甦。萬里清風常作伴，一輪明月每爲徒。山青水緑程程送，酒白粱黄旋旋沽[一]。今夜一盃如有意，放開紅焰照冰壺。

【校記】

〔一〕粱：原作「梁」，刊誤。

友求清静二首

黑雲散盡月偏明，照耀塵寰滅有情。煩惱不生全妙理，是非去徹出深坑。山頭別有微風至，心下重將小雪迎。面壁散人知此味，逍遥路上證圓成。

榮華不著是良因，遠遠非非眼界新。八識精研通不夜，五門光顯照長春。由斯更許超三界，依此應令出六塵。一朵金蓮歸上界，圓成永不墮迷津。

贈友人

大道無言不可聞，禪宗坦蕩乃同群。兩般打坐誰能悟，一炷香煙孰會分。奪得三光真秀氣，便消四大敢紛紜〔一〕。團圓耀彩投空外，方得逍遥似白雲。

【校記】

〔一〕敢：輯要本作「假」。

友人求問〔一〕

自然消息自恬然，不論金丹不論仙。一氣養成神愈浄〔二〕，萬金難買日高眠。紅紅火焰三峰透，白白蓮花五葉鮮。勘破行功無作用，于斯堪可認玄玄。

【校記】

〔一〕《重陽全真集》卷九録此詩，題作《贈道友》。　〔二〕净：《重陽全真集》作「静」，通。

詠眼

如日光明似水晶，燭人鑑物愈惺惺。只觀粉貌空虚景〔一〕，肯覽黄庭内外經。眸子正安難見道，童兒端坐不瞻形。教公若遇金櫳子〔二〕，刮盡塵睛慧目明。

【校記】

〔一〕景：輯要本作「境」。　〔二〕櫳：當是「棍」之譌字或其俗體。姑仍之，以備參考。

自悟

齒落髮華現老軀，本靈猶自戀痴愚。市中來往干人禄，山上清虚負月孤。擺徹水泉團火氣，撥開煙焰指冰湖。從兹舒展紅霞脚，踏碎純陰這轆轤。

詠劍

惺惺寶劍最分明，越礪磨礱對我呈。高舉劈開新道眼，一揮斬斷舊心情。朝生瑩净渾無染，夜吐光芒更有聲。戰退妖魔邪氣力，盡投空外化成形。

仲正宅二首

今日清明賞水廳，堪爲住宅總康寧。兒孫女婦渾家慶，德行荷蓮一道馨。退己進人唯仲正〔一〕，休心積善勝看經。時來同處青山外，萬頃白雲作畫屏。

昨霄夢請八神仙，便付鸞衣降玉编。數幅蠻箋鏽錦繡〔二〕，一枝象管走雲煙。廣留教法開心地，善寫詞詩種福田。秘密天機誰得悟，害風風害獨能傳。

【校記】

〔一〕唯：輯要本作「爲」。　〔二〕蠻：輯要本作「鸞」。

聞鶯啼

今朝三月二十八，耳邊忽聽鶯聲發。鶯開道眼一覷瞻，羽翎新用黄金刷。見予轉轉弄清吟，他意還應會我心。恰似琴聲初調品，無情風月是知音。

初春二首

世網擘開肯染塵，名園恰似洞中春。問公還識逍遥客，顧我堪爲自在人。坐上詩篇俱濟濟，醉中醁醑任頻頻。四時不老花芳別，唯有清香一蓋均。

凡籠跳出並無塵，此日誰知物外春。對景肯從搢紳者，將身已作散閑人。詩緣毛潁傳來速，酒泛芳巵轉得頻。認取祖宗真實地，黄芽澆灌滿園均。

留題友人樓

深羡孩兒樂使牛，不須裝裹急梳頭。清閑自是親香火，勞役誰知遠佚優〔一〕。咫尺蓬萊人不見，逍遥紫府我先酬。愛河猛捨尤清浄，别駕輕舸泛十洲。

【校記】

〔一〕佚：輯要本作「使」。

贈友詠雪

密布彤雲慘白沙，舞空亂目閉天涯。嘉祥自是封盈尺，應瑞依然結六花。景外畫圖歸鉤叟，瑩中清浄屬仙家。晚來皓月開濃霧，一派流光射素霞。

贈姪

一首新詩贈七哥，予言切記莫蹉跎。遵隆國法行思議〔二〕，謹守軍門護甲戈。飲膳共爲通禮讓〔三〕，言談歌出用謙和。先人後己唯長策，竚看歸來唱凱歌。

【校記】

〔一〕義：輯要本作「議」，通。　〔二〕禮：原作「神」，此從輯要本。

上兄壽二首

祥雲瑞靄生賢哲，五百時臻遇三月。十一日辰尤最奇〔一〕，三千年見蟠桃結。莫辭金斝酒頻添，好把玉爐香滿爇。仰祝遐齡無可比，有弟今朝細分説。若比金玉均可缺，若比江海亦不竭。若比鐵石俱可裂，若比松柏皆可折。未若兄之愈眉壽，永永綿綿不可絶。

日中已過艷陽天，嫩緑微紅是禁煙。恰到清明真火得，不迷濁酒道心堅。自知一性通長壽，何耻凡軀掛舊氈。燕語呢喃全姹妙，鶯啼睍睆覷嬰賢。三田誰識虚中寶，四假予知嶺上看。但把五行顛倒使，便教他日遇神仙。

【校記】

〔一〕辰：輯要本作「晨」。今按，辰古同晨。

述懷二首

閑閑閑得染章篇，顯出文房内四賢。烏帽嬰兒添硯水，朱衣姹女運陳玄。白顔公子傳銀筦，緑鬢佳人鋪錦箋。九轉鋪排真玉漾，一揮寫就寶珠圓。明光粲粲千般瑩，彩艷團團五色鮮。

親自擎將空外去，十分堪獻大羅仙。害風王喆遠山隈，信脚同雲近海垓。八百行成雙樹果，三千功滿一聲雷。更無意馬遊情色，那有心猿探世財。財色兩能長滅絶，色財盡許不追陪。永除失脚黄泉去，久得回頭道眼開。任處碧霞光熠耀，朗隨風月過瑶臺。

贈李道友

見公逸樂樂無涯，道在真全去世華。雅句公明謫仙子，遺風正是老君家。須知文苑高韓愈，壘作琴堂感伯牙。有箇王喬還識否，同歸蓬島跨雲霞。

又繼韻

雲根上起任天涯，到處臨風弄月華。對水雙鶴由我跨，輞川一景屬吾家。清虚益氣憑師教，恬淡通津愧易牙。占得逍遥真自在，何須服藥與餐霞。

詠赤目

耳中何事轉加聰，兩目如盲爛爛紅。恰似禪僧初入定，正如大道始行功。内思不出澄神住，外想俱無忘閉空。意馬心猿重捉住，頂門玉路自然通。

詠磑磨

磑大驢微力不勝，喝驢人早便生嗔。一心發恨嫌行慢，兩手扶鞭打得頻。只爲不知輕與重，更交轉受苦中辛。伊能見麼無仁德，只此分明後世因。

師父鎖庵化馬鈺有治平寺無名和尚將爲守静有頌曰開閉深藏有甚因無言静坐去貪嗔高樓畫角如春夢釋海波清見本真了了了時心便了微微微處水澄清爲觀俗事愚痴子故守禪堂不出門師父每句復酬三句完之爲

八絶按八識

開閉深藏有甚因，都緣眼界絶紅塵。白駒點點難相染，野馬紛紛任自申。

無言静坐去貪嗔，耳内繁華勿我親。不鼓聲音唯作伴，無弦曲調自爲鄰。

高樓畫角如春夢，鼻息冲和言不用。此别分明善果生，這迴只把良因種。

釋海波清見本真，舌中五味不登唇。三時恬淡唯清净，一味甘甜没價珍。

了了了時心便了，身中一點圓光小。從兹默默與昏昏，又更冥冥還杳杳。

微微微處水澄清，意盡心忘滅盡情。無漏無爲登正覺，不增不滅證圓成。

爲觀俗事愚痴子，妄想難除生與死。迴光返照這裏來，識心見性投玄旨。

故守禪堂不出門，並無煩惱性中昏。未酬救徹衆生願，好把玄談細闡論。

贈釋友號無名

法師今已得清涼，一性昭然顯瑞祥。却把無名爲雅號，釋迦元住在何方。

友人求問

青春應是好看書，義理昭然覺自如。若赴選場須決勝，榮家顯己掛金魚。

閻學士寫上四句續和十二句

輪迴生死如何免，認取亘初真正面。三珍五彩一齊攢，長生路上霞光現。今按，此四句爲閻學士詩。

欲愛貪財甚法離，真清真凈是精持。般般物物俱無著，一箇圓光上玉池。

過隙光陰能久矣，人人總悟非行使。閑中等取真箇真，得後逍遥共歡喜。

衰顏寧再去年時，裏面真人本不衰。莫戀外容著假合，嬰兒相貌示無移。

贈釣翁

這箇魚兒要更顛，錦鱗潑潑躍清泉。金鉤三擲吞香餌，一掣神仙几案前。

贈童子修行

白袍青包宿世因，有緣遇我脱迷津。雖然未達玄中妙，已作蓬萊小道人。

贈修行友

跳出陰陽造化關，一心向道莫迴還。净清便是神仙路，只要閑中養内顔。

紙旗上書

占得風來便有緣，朝朝贏得日高眠。飢時街上來求乞，只要人間自肯錢。

和道友韻

奪得真容不問年，滿爐香火五千言。翛然燕坐通恬淡，獨哂明靈出玉軒。

贈劉四友十首

常把鏡中人别辨，莫教珠上起塵埃。有緣體貌捐新業，無相身軀産舊孩。

夢裏逢予睡没言，須知正訪害風虔。公還要得頻談論，認取冰中冷處暄。

命中福淺少因緣，只爲勞生日業牽。若是要居閑散地，長令清浄没憂煎。

稍留片語輕提耳，直待一身無一事。此時方可共逍遥，路遇仙人談不二。

一指長生路上遷，待公性分有因緣。亘初那箇分明見，何患將來不作仙。

一想前言是没緣，在公只要志牢堅。推心朴實無偏黨，未作神仙已做賢。

尋思遭遇幸然閒，怎會閑中那箇閑。人不堪憂方是樂，恁時與我共躋攀。

勝如不見先生面，只要公心長作善。臧吉嘉祥不離身，明珠一顆分明現。

夢裏逢師是睡仙，從公知道這因緣。若教足下還如此，也没驚憂自在眠。

佳時三月此花開，檀作斯心玉作腮。折得一枝冠上插，也應隨我到蓬萊。

畫骷髏警馬鈺二首

堪歎人人憂裹愁，我今須畫一骷髏。生前只會貪冤業，不到如斯不肯休。

爲人須悟塵勞汩，清浄真心真實物。奪得驪龍口内珠，便教走入崑崙窟。

詠月

上弦金月下弦銀，上下金銀各半斤。被我合爲十六兩，内中星分怎生均。

詠矮槐

無極真人種矮槐，清陰覆地有誰陪。今朝對此成歡悦，記得當時是我栽。

遊白鹿觀三首

觀有清涼號集仙，臺名白鹿昔昇天。我來到此君休笑，已在白雲洞裏眠。

無何霍氏太言深，昨日天晴今日陰。天意若教人數得，不高不廣似人心。

不寒不暑好風吹，金餅團團照我衣。武曲星臨文曲位，上元節比下元時。

題友人池塘

孫氏池塘似渼陂，前瞻波面静無聲。轉頭却見潺湲處，流落輪迴爲不平。

六月聞蟬二首

皂衣脱了覺身輕[一]，便作金蟬樹上鳴。已得清風真伴侶，誰人此日悟新聲。

退下烏軀體便輕，高槐美蔭喜長鳴。逍遥枝上亭亭坐，自在風前欵欵聲。

【校記】

〔一〕覺：輯要本作「却」。

詠中秋月

恠來天氣逼人寒，湧出金盤宿霧殘。不比尋常三五夜，勸君休作等閑看。

剔燈杖

輕微纖細燼爲鄰，長在油中汙本真。愛把燈光頻剔撥，怎知紅焰返燒身。

詠竹

夜月照時金瑣碎，清風拂處玉玲瓏。歲寒别有非常操，不比尋常草木同。

詠茶

昔時曾見趙州來，今日盧仝七椀猜。烹罷還知何處去，清風送我到蓬萊。

以扇贈姪洗塵

是人洗拂酒兼羊，我有霜紈與七郎。除垢招風開道眼，教兒永遠得清涼。

和十五夜月

日暮雲收爽氣寒，冰輪輝映向更殘。清光此夜分明别，休與凡常一例看。

題茶坊

已喫蟠桃勝買瓜，此般風味屬予家。直須换假全真性，指路蓬萊跨彩霞。

歎世二首

堪歎世間名與利，朝貪暮愛没休時。悟來恰似觀棊者，迷後渾如敗者棊。

急急修行急急修，我今題寫此骷髏。從來世上争名利，不到而今未肯休。

欲東行被友偷了引相留二首

脚引誰留慢慢收，元來不用這憑由。今朝已得前程路，便是逍遥達岸舟。

腳引伊將誠見察，扶風真行成搜刷。足知王喆得因緣，會要修持遵國法。

閑意

一輪明月一清風，内外交馳西復東。滚出崑崙山頂上，照吹明爽自然雄。

對鏡

誰知將鏡異中觀，分出南山與北山。我把靈臺頻自照，不須别辨好容顔。

自詠〔一〕

從此擘開真鐵網，今朝跳出冗塵籠。便將明月堪拏弄，撥斷閑雲好害風。

【校記】

〔一〕詠：原作「泳」，刊誤。

詠出籠鸚鵡

畫成鸚鵡不嚶嚶，跳出牢籠離死生。告你蜂蝶休弄侮〔二〕，如今不向此中行。

【校記】

〔一〕蜂：原作「蚫」，此從輯要本。今按，「蚫」同「鮑」，即鰒魚。

離親詠

心净神清鬢不華，水雲便是我生涯。休交死後渾家送，贏取生前出離家。

五月一日

奉白金蓮社裏人，蕤賓月一起良因。諸公若悟靈山食，暗换長生不老身。

五月十五日

闔家安樂吉祥先，次後心頭用火然。燒見本來真面目，望中觀喜看團圓。

玉花金蓮社

勸君莫戀有中無，無無休失無中有。有有養出玉花頭，頭頭結取金蓮首。

贈釣叟

釣罷將歸又見鼇，亦知有分列仙曹。嗚榔相换知予意，躍出洪波萬丈高。

崔千户求聰明以詩贈之

秀氣要清清，於中性用貞。自然開智慧，應是出聰明。爲教同其閔，延年共比彭。並通三教理，遠遠得期程。

郝昇化餘打破罐因贈二絶

撲破真灰罐，却得害風觀。直待悟殘餘，有箇人人唤。

欲要心不亂，般般都打斷。子午卯酉時，須作骷髏觀。

閑吟

自哂這風狂，因何喜和光。隨緣消舊業，無復造新殃。意馬須牢繫，心猿切緊防。道修如急急，日日得馨香。

歎骷髏

此是這王喆，前生心性劣。脱了你骷髏，現出中秋月。

詠清涼

清涼何所似，不與苦寒同。半夜臨潭月，初秋過雨風。

贈范才甫

有姪唤作王五郎，其妻唤作我姪女。二人做取好因緣，兩箇休遭破疾苦。若便尋思這汞鉛，便令調養真龍虎。真龍虎，人不識，赤鳳山傍各一隻。守定巢窠共結成，東西换過成交易。成交易，正好行，丹田界上殺三彭。無人會得雙關義，有箇靈童打五更。打五更，傳消息，一派甘泉正好喫〔一〕。便是醍醐灌頂來，此中唯我知端的。知端的，休休休，姪女姪兒急急修。若還不肯聽予言，荒郊定作兩骷髏。金王喆《重陽全真集》卷一〇，明正統《道藏》本，文物出版社等一九九四年，第二五册七四一頁。

【校記】

〔一〕喫：原作「契」，此從輯要本。

新編全金詩卷一〇九

王喆五

遺丹陽[一]

一别終南水竹村，家無兒女亦無孫。三千里外尋知友，引入長生不死門。

丹陽繼韻

得遇當歸劉蔣村，真人言我在終南山劉蔣村住庵，故有是句。黜妻棄妾屏兒孫。攀緣割斷雲遊去，誓不回眸望舊門。

【校記】

〔一〕《重陽全真集》卷二録此詩，題作《贈馬鈺生嘗於陝西作此詩及到寧海軍馬鈺初相見得姓名再書以贈之》，而《丹陽繼韻》與之唱和，姑仍原貌，集内所涉如之，以備參考。

贈丹陽

只爲迎風雀目馬，都緣戲水錦鱗魚。丹陽先生謹繼韻：「幸遇須當擒意馬，忻然作箇化鵬魚。」重陽真人見丹陽先生稱自幼患雀目，真人曰：「誤犯誤犯」。遂更其句云：「只爲迎風千里馬，都緣戲水一頭魚。」丹陽先生又繼韻：「玉線牽迴真野馬〔一〕，金鈎釣出大鯨魚。」

【校記】

〔一〕迴：輯要本作「出」。

拆字口號

哥宜甫丹陽俗字宜甫是同和，髓粹精會得麼。一幽微玄妙處，誠須認入庵歌。拆起哥字

哥哥宜甫是同和，禾髓粹精會得麼。么一幽微玄妙處，久誠須認入庵歌。

丹陽繼韻

從教訓鍊冲和，訣傳來是恁麼。悟妻如活鬼子，心常喜鼓盆歌。拆起可字

可從教訓鍊冲和，口訣傳來是恁麼。厶悟妻如活鬼子，一心常喜鼓盆歌。

五言詩攢三字。

丹陽繼韻

扶風見，重陽戀。恰應時，出家便。

二人扶風見，千里重陽戀。心合恰應時，山重出家便。

七言詩藏頭拆字。

人姓馬字宜甫，勸便將精緊固。禀心依肯自匡，風歡喜庵中住。拆起主字

主人姓馬字宜甫，用勸便將精緊固。口禀心依肯自匡，王風歡喜庵中住。

丹陽繼韻

遇投真辭運甫，運甫乃丹陽第四郎字也。心緊把精神固。中不説是和非，間木金空裹住。拆起一字

一遇投真辭運甫，用心緊把精神固。口中不説是和非，山間木金空裹住。

贈丹陽

眼蓬頭臉上紅，牽烏兔在西東。方一得金鄉覷，説伊予總害風。拆起蟲字

蟲眼蓬頭臉上紅，絲牽烏兔在西東。十方一得金鄉覷，見説伊予總害風。

丹陽繼韻

滅尸亡心性紅，糸逗引出山東。金間隔成玄寶，水三川秀馬風。拆起虫字

虫滅尸亡心性紅，糸糸逗引出山東。木金間隔成玄寶，八水三川秀馬風。

贈丹陽

我逍遥惺復洒，秦東海來遊冶。星常許作詩詞，命長生宜甫馬。拆起馬字

馬我逍遥惺復洒，西秦東海來遊冶。二星常許作詩詞，司命長生宜甫馬。

丹陽繼韻

我本師做瀟洒，火溉濟如陶冶[一]。口傳來最妙玄，上么么風害馬。拆起馬字

馬我本師做瀟洒，水火既濟如陶冶。口口傳來最妙玄，幺上么么風害馬。

【校記】

[一]溉：輯要本作「既」。

贈丹陽

氣相生真喜悦，田震地通明哲。傳金訣玉科靈，性圓成歸日月。拆起二字

二氣相生真喜悦，兑田震地通明哲。口傳金訣玉科靈，悟性圓成歸日月。

丹陽繼韻

曜相交真自悦，中朗徹知人哲。傳妙訣性靈靈，朵金花捧明月。拆起二字

二曜相交真自悦，心中朗徹知人哲。口傳妙訣性靈靈，五朵金花捧明月。

緣丹陽再要展修庵舍作是詩藏頭拆字

居塵屋不須寬，假搜真處内看。擊正堪同步躡，聞不喜再修完。初一點尋清浄，去三田要運般。上逍遥超彼岸，分明了赴仙壇。拆起土字

土居塵屋不須寬，見假搜真處内看。目擊正堪同步躡，耳聞不喜再修完。元初一點尋清浄，争去三田要運般。舟上逍遥超彼岸，山分明了赴仙壇。

丹陽繼韻

生眼界外便，平聲寬 識争知向裏看。視妊嬰雙喜悦，觀神氣兩全完。來合拚須當拚，了那般得這般。載靈光通出入，然飛上會星壇。拆起一字

一生眼界外便寬，見識争知向裏看。目視妊嬰雙喜悦，心觀神氣兩全完。元來合拚須當拚，棄了那般得這般。舟載靈光通出入，自然飛上會星壇。

勸丹陽與弟子運甫和睦

道非常物物和，傳心印接金科。筲俗器皆休作，我塵容好自磨。女閉門收本業，牛耕地出高坡。膚血肉俱無認，辱方能呼馬哥。拆起可字

可道非常物物和，口傳心印接金科。斗筲俗器皆休作，人我塵容好自磨。石女閉門收本業，木牛耕地出高坡。皮膚血肉俱無認，忍辱方能呼馬哥。

丹陽繼韻

從師勸弟兄和，訣長生忍辱科。稼善芽添感應，田惡業頓消磨。羊石虎餐瓊葉，馬木人上王坡。顯中央真氣結，人便是馬風哥。拆起可字

可從師勸弟兄和，口訣長生忍辱科。禾稼善芽添感應，心田惡業頓消磨。石羊石虎餐瓊葉，木馬木人上王坡。土顯中央真氣結，吉人便是馬風哥。

贈丹陽

人雖巧怎生通，子王風好去東。上火焚緣泄漏，中金聚見玲瓏。漿自飲刀圭出，嶺獨登性命同。裹無言公莫怪，頭一點發顔紅。拆起工字

工人雖巧怎生通，之子王風好去東。木上火焚緣泄漏，雨中金聚見玲瓏。玉漿自飲刀圭出，山

嶺獨登性命同。口裹無言公莫怪，心頭一點發顔紅。

丹陽繼韻

系不斷性靈通，子先收西與東。裹金生緣溉濟，中火結得玲瓏。蟠虎遶乾坤朗，白風清晝夜同〔一〕。口相傳唯這箇，精鍊氣大丹紅。拆起系字

系系不斷性靈通，之子先收西與東。木裹金生緣溉濟，水中火結得玲瓏。龍蟠虎遶乾坤朗，月白風清晝夜同。口口相傳唯這箇，固精鍊氣大丹紅。

【校記】

〔一〕晝：原作「書」，刊誤，此從輯要本。

贈丹陽

系不斷做神仙，上清風月正圓。念真經無不應，持妙訣謹擎拳。當玉簡宜遵殖，戴金冠自合天。抵般般唯願領，公便得好因緣。拆起系字

系系不斷做神仙，山上清風月正圓。口念真經無不應，心持妙訣謹擎拳。手當玉簡宜遵殖，首戴金冠自合天。大抵般般唯願領，令公便得好因緣。

丹陽繼韻

分卦象是風仙，下扶風果未圓。訣傳來當養性，魔咄去勝揮拳。持象管書符簡，射銀蟾耀洞天。道無形歸

不二，能通得達良緣。拆起彖字

彖分卦象是風仙，山下扶風果未圓。口訣傳來當養性，心魔咄去勝揮拳。手持象管書符簡，竹射銀蟾耀洞天。大道無形歸不二，一能通得達良緣。

贈丹陽

上半年分下半年，誰知十二箇周天。日時亦有通更改，歲月惟無合倒顛。會使心中神熠耀，能傳性上壽遷延。守功守行真師至，度作逍遥物外仙。

丹陽繼韻

尋思急景急凋年〔一〕，怎敢因循失補天。鍊藥須教鉛汞結，收心不放馬猿顛。命燈清爽精光鋭，性燭澄明壽筭延。功行積成無漏果，超然作箇大羅仙。

【校記】

〔一〕急凋年：輯要本後作「与凋年」。

贈丹陽

認取這般爲的祖，休要背爺更覓父。會得之時且小心，會不得時大着肚。

丹陽繼韻

神是宗兮氣是祖，通斯玄妙因師父。如今認得本來真，豈敢依前空養肚。

贈丹陽

修行先要識傍偏，今日分明説與賢。認取根源成了了，便教性命永綿綿。

丹陽繼韻

從來無黨亦無偏，幸遇修真出世賢。賜我無爲玄妙訣，心清意浄氣綿綿。

贈丹陽

四般假合終歸土，一箇真靈直上天。不滅不生超達去，無爲無漏大羅仙。

丹陽繼韻

傳得無爲無漏果，何愁無分不昇天。三田清浄三丹結，出自風仙決做仙。

四言長篇

一箇朱郎，即是姓也。不要思量。如不去時，彼此清凉。如要去時，多搜藥方。二人同行，路上糇粮。我若獨行，依舊飄颺。恐公作伴，却惹愁腸。如依得我，萬事無妨。怕甚暮雨，懼甚晨霜。也無煩惱，也没牺惶。也無妻妾，也無爺娘。也無財産，也無家鄉。任雲任水，乞食爲長。尋師訪道，只爇心香。丈夫剛志，豈有彷徨。今日明日，不保死亡。堅心向道，陽助吉昌。詐心誑道，陰降百殃。向道則生，背道則亡。願公早悟，請公細詳。

丹陽繼韻

此箇仙郎，得遇忖量。始知秘密，斡挑炎涼〔一〕。收聚木德，耕種金方。伏降我相，求乞道粮。精宜牢固，神要飛揚。逍遥坦蕩，散盡愁腸。逢魔逢咀〔二〕，無礙無妨。懼甚霆霖，怕甚嚴霜。無煩無惱，無牺無惶。戀甚妻妾，藉甚爺娘。捐棄財産，違別家鄉。定無見短，決要行長。以志爲主，以心爲香。男兒決烈，意没彷徨。若是退道，即時死亡。身遭苦楚，家無言昌〔三〕。永沈下鬼，萬劫受殃。形骸俱喪，魂魄俱亡。立此盟誓，請師審詳。

【校記】

〔一〕斡：輯要本作「幹」。　〔二〕咀：輯要本作「阻」。　〔三〕昌：輯要本作「吉」。

贈丹陽

得覽盟言真決烈，信心消盡平生業。海濱知友是扶風，從今堪可隨王嚞。隨王嚞，在關中名並兩吉，字知明；到寧海又添一吉，字智明。喜齊肩，同行同坐各搜玄。水雲游歷歸何處，好向關西謁陸仙。謁陸仙，舊知友，三箇逍遥天下走。無思無慮覓無爲，開舒暢飲長生酒。長生酒，勝醍醐，自然盈滿不須沽。常令醉後成顛倒，每到醒來任吸呼。任吸呼，行正道，養就金花玉芝草。大家折得插崑崙，超然同赴蓬萊島。

丹陽繼韻

得遇修行當猛烈，不造新殃消舊業。心中疑網豁然開，從今永永師王嚞。師王嚞，攀齊肩，埋光蓄響處玄玄。常浄常清龍虎吼，忽然驚動箇胎仙。箇胎仙〔一〕，爲的友，何必尋人相伴走。逍遥坦蕩每何爲，閑閑恣飲無中酒。無中酒，賽醍醐，能駐童顔無價沽。滌除塵境通顛倒，灌溉靈苗悟吸呼。悟吸呼，真常道，玉中營養金光草。功成紫詔下天來，大家同去居蓬島。

【校記】

〔一〕箇胎仙：原脱，據輯要本補。

贈丹陽

眉壽方將四十六，諸餘於己常知足。三田養取好明珠，玉户收藏真瑩玉。休打坐，莫行功，捉取身中西與東。致使水源千道緑，便令心性一團紅。莫亂尋，依此做，天邊飛走烏和兔。從今識破這玲瓏，速鍊行持休暮故。搜妙妙，問玄玄，只要心中只自專。退己進人功行著，自然脱殼做神仙。

丹陽繼韻

重陽師父真三六，許我將來爲上足。玉鑪裏面鍊精金，金鼎中間收美玉。行與坐，自然功，斡旋南北與西東。杳默昏冥火棗白，澄清湛寂水銀紅。絶搜尋，無作做，蓋因傳得真烏兔。閑修雲洞幸知新，肯對書窻再温故。通妙妙，達玄玄，謹持謹守謹精專。積行累功當闡教，虔誠一志繼風仙。

見丹陽每和詩詞篇篇猛烈有凌雲之志然未識心見性難以爲準故引古詩云

一種靈禽舌軟柔，高枝獨坐叫無休。聲聲只道燒香火，未必心頭似口頭。

丹陽繼韻

口善心慈性亦柔，萬種塵緣一旦休。若是心口不相應，願受鐵鉗拔舌頭。

贈丹陽三移床三更飯，爲題絶句。

故把床移飯改移，三三如六怎生知。教公會得雙關事，雪裏瓊花總是誰。

丹陽繼韻

能可移山志不移，蓋因玄妙頗通知。雙關未曉須求告，除了師父更問誰。

警丹陽夫婦

堪嘆人人憂裏愁，我今須畫一骷髏。生前只會貪冤業，不到如斯不肯休。

丹陽繼韻

得遇來來散盡愁，忻然更悟這骷髏。從今便是逍遥客，打破般般事事休。金王喆《重陽教化集》卷一，明正統《道藏》本，文物出版社等一九九四年，第二五册七七三頁。

新編全金詩卷一一〇

王喆六

贈丹陽

這箇爲根本，靈元要至誠。搜真物外景，滅盡世間情。四序傳中氣，三光在上明。如通顛倒法，何慮不圓成。

丹陽繼韻

風仙來化我，萬荷啓丹誠[一]。認正本師教，焉能著世情。心中無罣礙，性内得圓明。永永常清净，仙名稱道成。

【校記】

〔一〕萬：輯要本作「負」。

知丹陽喫酒贈頌

道成尚喫酒，豈惜千年壽。訪飲若依前，不過四十九。

丹陽繼韻

誓戒糟漿酒，玉液增靈壽。凡聖兩俱忘，得得真九九。

四果頌

果來海角天涯，果應師旨夷希。果得前生知友，果然合我心機。

丹陽繼韻

因遇決離海涯，因悟怨事用希〔一〕。因得風仙至理，因曉天發殺機。

【校記】

〔一〕事：輯要本作「是」。

贈丹陽

爲人須悟塵勞汨，清净心中真寶物。奪得驪龍口内珠，便教走上崑崙窟。

丹陽次韻

心昭性著無塵汩，識得元初至真物。參從風仙雲水遊，將來決住三山窟。

引丹陽上街求乞

白爲骸骨紅爲肌，紅白粧成假合屍。昨日盡呼重陽子，今朝都看伴哥兒。别軀異體皆非悟，換面更形總不知。世上枉鋪千載事，百年恰似轉頭時。

丹陽繼韻

火風地水合爲肌，只是愚迷走骨屍。幸遇風仙修道德，致令馬鈺棄妻兒。玄機傳向心中悟，妙訣授於性内知。直指秦川雲水去，暗修功行應天時。

街中求乞

圈眼王三乞覓時，被人呼作害風兒。五般彩色於身見，一點光明只自知。貼觀已收八句字，指期須顯七言詩。長街兩面諸豪富，不道蠶歸是阿誰。

丹陽又韻

因緣緣合正當時，師父來尋物外兒。傳得妙玄唯自悟，暗修功行望天知。上街求乞辭家計，下筆揮成捨俗詩。除了譚公并馬鈺，後來惺灑未知誰。

激發丹陽

百日扃門非顯功，只圖足下出凡籠。癡頑縱有長拖戴，決烈全無没始終。公意休令時復想，我心不與日前同。大家相見如新語，歡喜分離西又東。

丹陽繼韻

相親師父望傳功，感謝提携已出籠。但願有鄰而有德，休愁無始亦無終。時聞只見塵埃昧，日久方知志氣同。莫把山侗容易捨，忍將宿契各西東。

挈丹陽居崑嵛山煙霞洞因心未死于是感疾患偏頭痛其痛不可忍有若斧劈令其下山在家調治其痛愈甚有人上山報云某來時馬先生已痛死聞之因鼓掌大笑曰我來欲化爲神仙肯教死了爲他不信感此疾有詩云

清净修行合上真，敢將此語昧天神。爲公不信偏頭痛，顧我無緣正法親。苦口怎知良藥味，甘心猶戀入迷津。如今轉入塵勞夢，難做惺惺睡覺人。

丹陽次韻

專心專認本來真，修鍊精光氣與神。既悟雲霞爲伴侣，肯思兒女結冤親。擘開世網鑿開路，躍出凡籠跳出津。極謝本師深教悔，不磨不琢不成人。

聞丹陽欲上崑崙山以詩寄之

公住山時我下山，我心終是厭愚頑。斷弦無續寧成曲，覆水難收已不還。昔日謾傳千口氣，經今轉隔萬重關。不如只作塵勞客，相見之時免厚顔。

丹陽次韻

戀他愛海與恩山，豈覺痴心忒煞頑。深謝風仙相引出，莫愁馬鈺却歸還。要登雲路開瓊路，牢閉金關闡玉關。烹鍊大丹丹不漏，自然得見内容顔。

鍛鍊丹陽財色心

從今休更問修行，怎柰燈蛾戀火坑。既是鑿開赤鳳髓，已知走了黑龜精。般般見處非無意，物物拈來總有情。前有深潭闊萬頃，如能跳過得殘生。

丹陽繼韻〔一〕

悟來一志在西行，趓避家緣罪業坑。心净緣擒猿與馬，神清因鍊氣和精。身如野鶴無些事，性似孤雲有甚情。參從本師歸物外，逍遥坦蕩證無生。

【校記】

〔一〕繼：輯要本作「次」。

詩與丹陽

猶豫猖狂忒軟頑，如今難以舞胎仙。我機枉設三千里，公罪重增十百年。歡喜定將煩惱對，憂愁只與是非牽。姓名已録酆都部，他日臨頭怎奈賢。

丹陽繼韻

不開不悟騁愚頑，省覺來來志在仙。道眼剔開能久視，塵心灰盡得長年。便擒猛虎水中戲，却把蛟龍火裏牽。異日功成歸上界，與師同處自然賢。

余在崑崳山趕丹陽下山不要同處後令丹陽燒誓狀以詩贈之

擲下金鉤恰一年，方吞香餌任綸牽。玉京山上爲鵬化，隨我扶摇入洞天。

丹陽繼韻

風仙化我已經年，悟徹吞鈎任線牽。參從本師雲外去，功成决上大羅天。

藏頭詩

德新芽别有由，端詩曲愛藏頭。黄合醬憑鹽粒，菉和醅作麴仇。轉丹砂隨日旦，靈真性覺風流。清日現澄堪誼，甫相從上玉樓。丹陽俗字宜甫。

木德新芽别有由，十端詩曲愛藏頭。豆黄合醬憑鹽粒，米菉和醅作麴仇。九轉丹砂隨日旦，一靈真性覺風流。水清日現澄堪誼，宜甫相從上玉樓。

丹陽繼韻

向妻男取解由，園付與便迴頭。方風送當歸旦，志真修合避仇。我俱忘得因果，金運轉逐清流。中養火生祥雲，散斜陽返照樓。拆起丿字

女向妻男取解由，田園付與便迴頭。八方風送當歸旦，一志真修合避仇。人我俱忘得因果，木金運轉逐清流。水中養火生祥雲，雨散斜陽返照樓。

藏頭詩

時甚物得追陪，耳香瞻四事催。是人非應莫管，高官顯更休猜。瞳認取金烏赫，氣騰烝玉兔

材。火銀泉相溉濟，心箇箇到蓬萊。拆起來字

來時甚物得追陪，口耳香瞻四事催。人是人非應莫管，官高官顯更休猜。青瞳認取金烏赫，赤氣騰烝玉兔材。木火銀泉相溉濟，齊心箇箇到蓬萊。

丹陽又韻

來往往日相陪，訣方知性上催。我俱忘無俗念，神安静得真猜。龍爪拓靈靈伯，虎口吞燦燦材。秀金生光彩結，人決要離東萊。拆起來字

來來往往日相陪，口訣方知性上催。人我俱忘無俗念，心神安静得真猜。青龍爪拓靈靈伯，白虎口吞燦燦材。木秀金生光彩結，吉人决要離東萊。

歌贈丹陽

神爲宗兮氣爲祖，不須紐捏鳴天鼓。常交龍虎往來行，引動胎仙自歌舞。歌得喬，舞得喬，誰人解得此般喬。領天男，長天女，不藉榮華棄田土。也不餐，也不睡，不須氈，不須被，惺惺洒洒離凡地。又似痴，又似俏，本來面目須明曉。曠代劫來無箇知，只知名利是便宜。你休嗔，你休喜，今日分明説與你。雲中清雨細如絲，滋潤靈苗在根底。

丹陽繼韻

頭分丫髻尋宗祖，手拍肚皮打喬鼓。反老還童見本源，兩脚輕狂街上舞。行也喬，坐也喬，喬來喬去似王

喬。也無男，也無女，也無妻妾并田土。飢來餐，困來睡，也無氈，也無被，自在逍遥只恁地。半似痴，半似俏，半痴半俏無箇曉。自家自得自心知，不問人前宜不宜。任人嗔，任人喜，人喜人嗔誰采你。落魄婪耽恣意喬，喬話風狂直到底。金王喆《重陽教化集》卷二，明正統《道藏》本，文物出版社等一九九四年，第二五册七八〇頁。

紀夢

古道心中性，三田用内觀。九爻陽極數〔一〕，一字了然看。開德神應爽，扶風氣自團。於予真有助，精耀入雲端。

丹陽繼韻

内境勝外境，如何向裏觀。不勞雀目視，須用慧眸看。丹藥清清秀，神光燦燦團。九重陽焰棒，真性自然端。

【校記】

〔一〕爻：原作「文」，此從輯要本。今按，爻分陰陽，交錯變化。每三爻合成一卦，可得八卦，稱爲經卦；兩卦相重得六十四卦，稱爲别卦。《易》六十四卦各爻象有辭，如「初九，潛龍勿用」。初九者，陽之極也。

趕出丹陽不得在金蓮堂住當日令上街求乞

分梨十化是前年，天與佳時主自然。爲甚當初不出離，元來直待結金蓮。

詩藏頭[一]

詢修鍊好追尋，寸飈光寸寸金。得果成無漏果，分音韻有緣音。輝月耀三田廕，魄陽魂九轉臨。位玲瓏真性鈺，花臺上倚瑤岑。拆起今字。

今詢修鍊好追尋，寸寸飈光寸寸金。全得果成無漏果，十分音韻有緣音。日輝月耀三田廕，陰魄陽魂九轉臨。品位玲瓏真性鈺，玉花臺上倚瑤岑。

【校記】

〔一〕《重陽全真集》卷二録此詩，題作《贈馬鈺名》，詩末無「拆起今字」注。

丹陽次韻

次祖宗决要尋，珠出自玉和金。靈玉貌當窮究，轉金丹證好音。裏金澄心地朗，中玉瑩性光臨。傳玉印金科訣，透玉金結實岑。拆起今字。　金王喆《重陽教化集》卷三，明正統《道藏》本，文物出版社等一九九四年，第二五册七八四頁。

今次祖宗决要尋，寸珠出自玉和金。一靈玉貌當窮究，九轉金丹證好音。日裏金澄心地朗，月中玉瑩性光臨。口傳玉印金科訣，言透玉金結實岑。

新編全金詩卷一一一

王喆七

贈丹陽絶句

成一今朝正一時，渾梨滋味怎生知。若能會飲西江水，直與王風景厮隨。

丹陽次韻

風仙成日鎖庵時，賜我渾梨味頗知。心已離家雲水去，道通秘奥虎龍隨。

贈丹陽夫婦

唯公芋栗兩般餐，道味應同此味甘。六六正當呼十二，前三三與後三三。

丹陽次韻

芋栗今朝喜得餐，滋味如同玉液甘。箇内修完三十六，世上争知十有三。

贈孫姑

二婆猶自戀家業，家業誰知壞了錢。若是居家常似舊，馬公無分做神仙。

贈丹陽夫婦

十一離分馬秀才，直須欻欻認頭迴。三塗苦楚安排放，兩塊泥團總不猜。棚下冷言無活計，樓頭暗應没家財。願惺願悟休相唤，便是教賢出得來。

丹陽繼韻

風仙得道禀高才，落筆成章釣我迴。一性不教塵裏昧，三光須向箇中猜。真心悟後忘人我，慧眼開時棄色財。今日又知離子味，有緣拂袖不歸來。

贈丹陽

背上葫蘆酒滿沽，無中却有有中無。清光滑辣般般識，月裏瓊林永不枯。

丹陽繼韻

瓊漿玉液不須沽，舌上甘津不暫無。傳得風仙澆溉法，靈苗慧草永難枯。

贈丹陽夫婦芋栗

栗子前來看芋頭，二人共食過重樓。三三便得三三味，六六須知六六由。用劍能揮身外影，將針會捉水中漚。饒君做盡千般計，怎免荒郊一土丘。

丹陽又韻

從今垢面更蓬頭，不憶歌歡舊酒樓。趓避家中冤業債，追陪物外好因由。嗟身有似風前燭，歎命還如水上漚。得遇修真生正覺，免教一性卧荒丘。

分梨詩

三塊減三塗，人人一二鋪。味能枯北海，香會透西湖。玉浪溶溶滚，金波密密鋪。恰如文義顯，全在者之乎。

丹陽繼韻

一遇出泥塗，冲和味得鋪。龍吟震山谷，虎嘯透江湖。欲要金丹結，須教玉篆鋪。通斯咸變化，何况於人乎。

與丹陽

芋栗遺賢往不還，休心何用在機關。常憐家計爲縈絆，怎得身軀暫處閑。一對沉球頻輥轉，兩團貓食最癡頑。若教會得清涼語，也許隨余住好山。

丹陽繼韻

便尋出計不思還，打破氣財酒色關。滅火消煙永遇樂，立身行道放心閑。須教已後成功行，豈敢依前放軟頑。大抵男兒憑志氣，將來決定住三山。

與丹陽

害風遊歷水和雲，六葉輪迴鐵板分。敲遍世間俱不曉，心知唯有箇人聞。

丹陽次韻

寶瓶宫裏看祥雲，雲去雲來邪正分。分劈心琴成曲調，調高聲韻自然聞。

與丹陽

一箇渾梨作四分，翁婆共啖莫紛紛。梨分不爲分離事，果結須看結裹文。水湧頻教烏兔飲，火來休把赤心焚。若通水火成顛倒，冷淡清閑自喜聞。

丹陽繼韻

分梨悟到四離分，漸覺心灰性不紛。妙妙虎龍寧有説，玄玄金玉豈關文。靈苗宜向火中溉，慧草堪於水裏焚。直待大丹丹不漏，真消真息自然聞。

與丹陽

栗與芋，芋與栗，兩般滋味休教失。性與命，命與性，兩般出入通賢聖。都要知，都要知，便是長生固蔕時。休想瑶臺并閬苑，六家珍寶出天池。

丹陽繼韻

重陽仙，設芋栗，贈我夫妻莫前失。要知命，要知性，從此超凡要入聖。妙玄知，妙玄知，身中子午倒顛時。水鄉無漏金丹結，自然雲步赴瑶池。

與丹陽

今辰誰曉五分裁，陰二陽三口各開。知味不遭三界苦，通甘免却九幽災。乾坤未判何方住，父母生前甚處來。悟得此因成大覺，從今欵欵鍊靈臺。

丹陽繼韻

攀緣斷制自心裁，心地開時性亦開。返照只知家業苦，迴光頓覺火坑災。志隨靈鶴先歸去，意在林泉不復來。物外逍遥功行累，丹成捧出上瑶臺。

與丹陽

這番這番芋頭栗，這迴須要知詳悉，恰似餳和蜜。五穀中來花蘂出，甜則一般甜，熱冷兩般怎生詰，又似膠與漆。皮膚中來樹裹汁，粘則一般粘，陽陰兩般如何述。築箇環墻上有蓋，四面無門何處入。三歲孩兒娶了妻，六十老翁無家室。若能會得此機關，摩訶般若波羅蜜。省省省，吉吉吉，没口婆婆長叫屈。

頌曰：故將亂道惑公心，惑去惑來直到底。惑得動時你是我，惑不動時我是你。

丹陽繼韻

風仙五次賜芋栗，夫婦同餐各知悉，大道如同餳與蜜。攀戀宜乎家跳出，清清滋味忒甘甜，難説難言不可詰。俗情恰似膠與漆，攀戀無異飲銅汁。猛悟迴頭無緒粘，物外超然閑著述。不羡榮華車與蓋，衆妙之門深走入。無中嬰姹結夫妻，日月交光晃神室。從今達達玉玄關，般若波羅蜜中蜜。省省省，吉吉吉，一靈真性無沉屈。

頌曰：凡心滌盡見真心，澆溉靈根雲脚底。自然陡頓忘人我，始覺元初父母你。金王喆《重陽分梨十化集》卷上，明正統《道藏》本，文物出版社等一九九四年，第二五册七九〇頁。

詩與丹陽

百日扃門意已投，定須堪可作朋儔。馬猿返性緣攀戀，桃杏爲人也害羞。從此果能成決斷，端然真箇好因由。撑篙已在中流裏，難下逍遥得岸舟。

丹陽繼韻

今朝誓狀謹相投，做箇灰心物外儔。錬氣頤神常有樂，上街展手略無羞。擘開世網歸真趣，跳出樊籠得自由。參從本師雲水去，逍遥坦蕩駕神舟。

絶句

謾説修行學大道，切須先向身中考。勸公第一莫多情，天若有情天也老。

丹陽次韻

得遇明師歸正道，迴光返照心頭考。自然開悟絶塵情，箇内修完仙不老。

贈孫姑

在家只是二婆呼，出得家緣没火鑪。若會修行成鍛鍊，教人永永唤仙姑。

贈丹陽

莫慮王風冷，王風不自寒。百朝歘地過，出路你咱看。

丹陽繼韻

有漏常愁冷，無情不覺寒。要通雲外境，舍俗慧目看。

贈丹陽

酒初醒，夢初驚。月初明，性初平。如覺悟，是前程。

丹陽次韻

醉中醒，睡中驚。暗中明，箇中平。心開悟，得前程。

絶句

二婆只識世間居，不識蓬瀛有玉壺。若肯迴頭修覺悟，名傳永永唤仙姑。《重陽分梨十化集》卷下。

集外補遺

秘語四篇[一]

莫將樽酒戀浮囂，每嚮鄽中作繫腰。龍虎動時拋雪浪，水聲澄處碧塵消。自從有悟途中色，述意蹉不計聊。一朝九轉神丹就，同伴蓬萊去一遭。

蛟龍煉在火烽亭，猛虎擒來囚水精。强意莫言胡亂道，論説縱横與事情。

鉛是汞藥，汞是鉛精。識鉛識汞，性住命停。

九轉成，入南京。得知友，赴蓬瀛。金秦志安《金蓮正宗記》卷二《重陽王真人》：正隆四年，王喆於甘河鎮遇仙，書秘語五篇使讀。「先生讀之數過，方悟妙理，戒之曰：『天機不可輕泄。』即令投之火中」。要之，所謂秘語，實重陽王喆作而託名於仙而傳之。明正統《道藏》本，文物出版社等一九九四年，第三册三四八頁。

【校記】

〔一〕原作「五篇」，其一爲賦體，附録如次：「蹔臨秦地，泛游長安。或貨丹於市邑，或隱跡于山林。因循數載，觀見滿目蒼生，儘是凶頑下鬼。今逢吾弟子，何不頓拋俗海，猛悟浮囂。好餐霞於碧嶠之前，堪煉氣於松峰之下。斡旋造化，反覆陰陽。燦列宿於九鼎之中，聚萬化於一壺之內。千朝功滿，名掛仙都。三載殷勤，永鎮萬劫。恐爾來遲，身沉泉下。」

過洛陽謁上清宫題詩壁間

丘譚王風捉馬劉，崑崙頂上打玉毬。你還搬在寰海内，贏得三千八百籌。金秦志安《金蓮正宗記》卷二《重陽王真人》，明正統《道藏》本，文物出版社等一九九四年，第三册三四九頁。

十九枝圖詩二首

一輪明月吐光輝，桂樹相傳十九枝。正到中更分子午，放開靈彩射瑶池。

盡知常與道爲鄰，搜得玄玄便結親。悟理莫忘三教語，全真搜取四時春。養成元氣當充滿，結作靈神没漏津。十九光明如我願，敢邀相伴樂天真。金秦志安《金蓮正宗記》卷二《重陽王真人》，明正統《道藏》本，文物出版社等一九九四年，第三册三五〇頁。

答郝大通

口愛郝公通上古，口談心甲神仙路。足間翠露接來時，日要先生清静句。金秦志安《金蓮正宗記》卷五《廣寧郝真人》，明正統《道藏》本，文物出版社等一九九四年，第三册三六三頁。

俄一夕自焚其庵鄉里驚救方舞躍而歌

數載殷勤，謾居劉蔣，庵中日日塵勞長。豁然真火瞥然開，便教燒了歸無上。奉勸諸公，莫生悒怏，我咱别有深深况。惟留灰燼不重遊，蓬萊路上知來往。

題終南山資聖宫殿壁

終南山，重陽子，違地肺，别京兆。指藍田，經華嶽，入南京，遊海島。得知友，赴蓬瀛，共禮本，師之約。

自題寫真

來自何方，去由何路。一脚不移，迴頭即悟。元趙道一《歷世真仙體道通鑒續編》卷一《王嘉》，明正統《道藏》本，文物出版社等一九九四年，第五册四一五頁。

煙霞洞

古洞無門掩碧沙，四山空翠鎖煙霞。天開玉樹三清府，池湧青蓮七子家。闡教客來傳道法，遊仙人去换年華。可憐此地今誰管，春暖桃夭自發花。清郭元釪《全金詩增補中州集》卷六〇，上海古籍出版社一九九四年。

寄姚玹藏頭拆字。

前相識二官人，你真靈看好因。抵芝苗公未識，成道果次須屯。蒙卦聚神來祐，左源通氣轉新。斧若磨交利快，頭一點遇長春。元李道謙《終南山祖庭仙真内傳》卷上《姚玹》：「無何，重陽自汴京爲先生寄藏頭拆字詩一章云云。」明正統《道藏》本，文物出版社等一九九四年，第一九册五一九頁。

日前相識二官人，我你真靈看好因。大抵芝苗公未識，言成道果次須屯。一蒙卦聚神來祐，右左源通氣轉新。斤斧若磨交利快，心頭一點遇長春。

論超三界

棄了惺惺學得癡，到無爲處無不爲。眼前世前秖如此，耳畔風雷迥不知。兩脚任從行雲去，一靈常與氣相隨。有時四大熏熏醉，借問青天我是誰。明崇禎間《道書全集·重陽祖師論打坐》，《海王邨古籍叢刊》本，中國書店一九九〇年。

新編全金詩卷一一二

馬鈺一

馬鈺，字玄寶，原名從義字宜甫，號丹陽子，寧海（今山東省煙臺市牟平區）人。出身巨富，家世業儒，通六藝，工詞章。大定八年二月，爲王重陽度化出家，從師於寧海、登州、萊州創立七寶會、金蓮會等，傳播全真道教。十年，重陽卒，鈺與譚處端、劉處玄、丘處機等護喪至終南劉蔣村祖庵，守服三載。十八年，居隴州佑德觀。二十二年，東歸寧海。次年（一一八三）卒，年六十一①。著有《洞玄金玉集》十卷、《漸悟集》二卷、《丹陽神光燦》一卷等。兹輯五百三十八首。

馬鈺詩載《洞玄金玉集》及王喆《重陽教化集》與《重陽分梨十化集》「丹陽繼韻」。以明正統《道藏》本爲底本，校以清光緒《重刊道藏輯要》本（輯要本）及其它有關文獻。

① 丹陽馬鈺事跡見於金張子翼《丹陽真人馬公登真記》、元王利用《全真第二代丹陽抱一無爲真人馬宗師道行碑》，載元李道謙《甘水仙源録》卷一；他如金秦志安《金蓮正宗記》卷三《丹陽馬真人》、元李道謙《七真人年譜》、元劉天素《金蓮正宗仙源像傳》等。並見明正統《道藏》本，文物出版社等一九九四年，第一九册七二七頁、七二八頁；第三册三五二頁、三八〇頁、三七三頁。

七言絶句

重陽憫化妙行真人時在崑嵛山居庵用三尺半青布造成一巾頂排九疊九縫言夢中曾見名曰九轉華陽巾師父風貌堂堂有若鍾離之狀加之頂起此巾愈增華潤誠爲物外人也故作是詩以讚之

貌似鍾離寶在身，自然惺灑好精神。怎知不是紅塵客，九轉華陽青布巾。

讚重陽憫化妙行真人

雲冠霞帔絳綃裙〔一〕，身入圓光別紫清。妙行真人酬本願，拯危救苦度衆生。

【校記】

〔一〕綃：輯要本作「霄」。

繼重陽真人韻

不居鄽市不居村，不憶妻男不憶孫。志在環墻修大道，斡開玉户入金門。

述懷三首

身在儒門三十年，不知一字大如天。偶因悟徹風仙理，頓覺靈明滿大千。

虛無浩渺神仙國，鬱崛穹窿自己天。白日清閑無冗事，丹霄出入駕飛煙。

逍遥自在三山客〔一〕，坦蕩無拘一散仙。清浄斡開壺内景，無爲踏碎洞中天。

【校記】

〔一〕山：輯要本作「千」。

和長安藥王二郎韻

雲遊水歷過中牟，得遇重陽師太奬〔一〕。許我將來了了歸，洞天三十六仙長。

【校記】

〔一〕太：輯要本作「大」。

重陽真人欲往寧海親筆畫一畫圖與醴泉縣弟子史公密收之鈺預夢南園一仙鶴從地湧出經月有重陽師父到來指鶴起處要修庵居鈺又夢參從師父入一山翌日師

父訓鈺小字山侗鈺隨師父到南京至年終師父要歸逝鈺求辭世頌師父言我在關中吕道人庵壁上預前寫下鈺覆知師父鈺有三願一欲將師父全真集印行師父曰長安决了二願欲與師父守服三年師父曰劉蔣村有我舊庵基址可住三願勸十方父母捨俗修仙師父言罷昇霞余别大梁經洛陽入潼關過華嶽訪京兆有道友相留在孔先生菴内盤桓數日有醴泉史公相尋來在東門里茶坊相見問及姓氏渠云醴泉史風子亦是重陽真入門弟子余聞之甚喜師父屢曾説賢茶畢余往太平樓下街閑行有道友楊二郎邀住啜茶之次有史公繼至史公又施拜禮余責曰汝既是重陽師父門人何其多禮豈有一日兩三遍具禮拜是何道人活計余預知此公怕上街求乞故相撓之我欲拌賢一鐶酒主人不知可否史公於懷

中取錢余言非用此錢可上街求乞錢沽酒史公熟視移時遂上街乞化下來沽酒余獨飲之史公求詩遂成十絶句以贈之

行屍走骨有何羞，勿爲衣飡亂起愁。學我上街長展臂，隨緣乞化最風流。

富貴榮華全小可，於身性命天來大。火風地水似浮漚，好把假軀先勘破。

今朝端的拜聞賢，休使家中造業錢。降伏我人求乞去，自然日用得翛然。

馬風非愛盃中酒，引爾街前閑展手。度日隨緣助道長，不勞出藥閑糊口。

且把糟漿助我神，須憑玉液養天真。誰知越醉越惺灑，異日功成三島人。

無妻無子亦無女，天賜逍遥宜省悟。休欺方寸莫謾人，暗有神明常察汝。

從前愛底莫留心，急急抽身物外尋。搜獲不離方寸地，無私無曲作知音。

天機未敢輕分付，細細看賢悟不悟。遇有艱難不憶家，恁時指汝長生路。

浮名浮利尚難求，利遂名成卧土丘。不道神仙非小事，須憑功行赴瀛洲。

要做神仙須悟徹，萬種塵緣當一擎〔一〕。常將身影更嫌多，恁時自有仙提挈。

【校記】

〔一〕塵：輯要本作「情」。

贈長安衆道友

家家門下長安道，户户庭前極樂鄉。一脚不移超法界，三瞧俱透得清凉。

贈長安郭子聰機宜韻

清浄神光燦有餘，自然猿馬不驅驅[一]。轉增開悟通玄路，未審汾陽信也無。

【校記】

〔一〕驅驅：輯要本作「馳驅」。

和盧知縣韻

一身便做箇環墻，脱洒靈童住裏廂。没口能言玄妙語，勿令猿馬縱輕狂。

贈長安孔公昆仲彭子元十首

四旬有八到長安，深謝諸公異眼看。今日伸于知己者，修行説破虎龍蟠。

菴主孔公彭子元，暨諸道契早搜玄。身中營養長生火，壺内修完不夜天。

心清意浄性逍遥，坦蕩無拘不繫腰。若要爐中鉛汞結，須教鼎内姹嬰調。

擊下家緣萬事休，自然捉住好因由。冲和秀氣穿丹穴，惺灑靈童上玉樓。
不迷外樂不貪嗔，混俗和光語笑頻。但願諸公如我志，大家修進作仙人。
逍遥物外固精神，絶慮忘機合至真。悟取無争爲上士，常懷忍辱作仙人。
道家豁暢最相宜，酷好歌歡又著迷。清浄箇中真箇樂，自然舞袖入雲霓。
三髻山侗鍊大丹，玉鑪裹面雪漫漫。悟來不騁掀髯勢，故要傍人下眼看。
悟來不恥乞殘餘，名利安能引我軀。奉勸諸公休著有，早隨馬鈺學尋無。
速宜一志鎖心猴，般運清虚金木流。九轉功夫成大藥，永爲仙契住瀛洲。

題京兆統軍司王令史欽古堂四首

王公賦性常欽古，堂裹閑調龍與虎。日就月將得倒顛〔一〕，自然顯出胎仙舞。
欽古先生容貌古，悟徹离龍并坎虎。歸依至理妙中玄，敢與馬風街上舞。
欽古先生遵太古，先天先地真龍虎。出离入坎任東西，驚動姹嬰來對舞。
欽古先生通亘古，無中營養龍和虎。清清浄浄顯元初，脱灑靈童當面舞。

【校記】

〔一〕倒顛：輯要本作「顛倒」。

到馬坊見小李講師看南華經

尋文討古要多知，悟徹南華迷更迷。不若萬緣齊撆下，净清得一上天梯。

贈馬坊菴主劉先生

一心入道徹程頭，二氣調匀細細收。三寶至精神氣結，四時攢聚赴瀛洲。

鄠縣小張索

小童問道道無言，清净能持至妙玄。憑此家風常保守，自然有分做神仙。

鄠縣小王索

小童聽屬養靈童，自有因緣繼馬風。清净無爲須悟徹，自然雲步到蓬宫。

贈慶真徐清神

火院常耽没徹頭，一身空爲一家愁。與他了幹終難了，不若灰心休便休。

贈鄠縣作解元

我遇神仙人遇我，人還似我消煙火。養氣全真不染塵，自然有分成仙果。

贈鄠縣獨孤五郎

修仙須要降人我，更向水中養真火。意滅心忘無點塵，性靈丹結成功果。

過鄠郊渼陂空翠堂作詩贈耀州梁姑

色即是空空是色〔一〕，色空空色兩俱忘。自從悟徹空中色，頓覺心蓮翠碧香。

【校記】

〔一〕空是色：輯要本作「空即色」。

醴泉裴公索

眼前兒女總成人，頦上髭鬚似爛銀。莫怪形容憔悴損，被他奪了好精神。

贈淳化何先生斑竹杖爲路贐

一枝端的化龍材，因擊三尸魍與魁。血染斑斑如玳瑁，贈賢携去訪蓬萊。

丁酉下元日出環墻

舞得來來真箇促，識得亘初真面目。師父師叔下界來，嘉期直指在西北。再遇師父重陽憫化妙行真人、師叔玉蟾普明澄寂真人。

纔過扶風回首促，特訪岐陽誇瞽目。再遇本師得大丹，教立東西南與北。

仲冬二十八日復入環墻

風害飍飍風馬出，西北雲遊月餘日。却思舊隱復歸來，便把環墻重跳入。

封門窗

崑崙三髻馬山侗，便把門窗實九封。斡運坎离庚與甲，不分南北與西東。

予於大定戊戌孟冬自龍門抵華亭太和庵居旬餘欲拂袖詣崆峒是日只於東窑就公先生庵内居止一二日時有劉昭信裴大器李大乘及坊郭道友十餘人予化誘連夕

無一回心向道者翌日欲行遂留絶句〔一〕

鍊就丹陽玉性開，雲遊西北選仙材。錦鱗不得空撈漉，收拾綸竿歸去來。

【校記】

〔一〕戊：原作「戌」，刊誤。今按，金世宗朝紀年有「戊戌」，即大定十八年。

釣中李大乘復用前韻

釣愚愚性豁然開，一點靈陽稱選才。心上勿令塵垢昧，清中傳過妙玄來。

復贈李大乘四首

釣出迷津離苦海，同行同坐恣遨遊。心中剔性真分付，達妙通玄翫十洲。

喜賢回首作同流，悟取壺中天下遊。雲水不須勞足力，自然步步到瀛洲。

坦蕩逍遥一道流，不隨名利離塵遊。未歸天上丹霞洞，先步壺中碧玉洲。

大乘體調事如何，無著勝如百不歌。性似孤雲與孤鶴，逍遥自在更無過。

還趙公方帽

鑿昏劈暗不愚蒙，黑白能分玉性紅。烏帽先生悟明月，赤松上士傲清風〔二〕。

【校記】

〔一〕傲：輯要本作「做」。

李濟川夢得㜸先生傳詩一絶予因和之以讚美焉

㜸公曾拜我爲師，一志堅持不暫移。了了根源蟬脱後，偶然下界却留詩。

贈華亭縣庵主張大悟

的端言語切須聽，精固根源氣固神。若使馬猿依舊劣，隄防不測禍臨身。

贈華亭縣道友

馬風慈願傚維摩，常病衆生受苦多。勸化詩詞如省悟，免教投火似飛蛾。

贈何氏乃焦公之妻。

青春已過戀妝樓，堪嘆迷人不覺秋。莫待十分憔悴損，早搜玄妙早蓬頭。

冬至日钁隴州同知李鎮國炭二首

一陽生發歲添新，自笑詩人忒煞辛。呵筆狂吟書玉簡，起心動念钁烏薪。

天道於人有兩般，大家冬月不相關。炎蒸豪氣和冰爇[一]，冷淡貧庵火也寒。

【校記】

[一]爇：原作「熱」，此從輯要本。

謝隴州筆劉三郎羊皮被

同雲一色不多般，六出飄飄鎖故關。深謝彭城真道友，贈予皮被敵冬寒。

別隴州

水歷雲遊憑有則，順行逆行人莫測。箇内斡旋天地機，了達根源真一得。

庚子七月二十九日題終南太平宫南斗閣東壁

瞥然風害箇塵無，誰肯飀飀也學予。悟者回頭通妙用，自然蓬島是程途。

庚子八月二十四日長安祈雨二首

赤脚馬風祈禱雨，心香裊裊投仙府。一犁霑足待何時，五五不離二十五。

苗將枯槁萬民愁，爇起心香瑞氣浮。再禱三真齊下界，沛然一澤好收秋。

赴駕古謀克齋遇鶴〔一〕

雲朋霞友赴齋筵，步步圭峰在目前。我訪青蓮池上客，人看黄鶴洞中仙。

【校記】

〔一〕駕古：亦作「加古」，女真「白號之姓」漢語音譯，字未定型。《金史》卷五五《百官志》作「夾谷」，姑仍之，以備參考。

五臺月長老來點茶詢予曰古人言雲在青霄水在瓶如何

月師談論古人云，雲在青霄水在瓶。予會水雲顛倒過，一溪風月酒初醒。

和岐陽鎮趙殿試十首

牛鹿羊車顛倒般，少人持論少人干。我因得遇親傳得，肯把十方父母謾。

二輪迅速往來般，自問年齡是若干。學易已過將耳順，忻然不受老妻謾。

異名須是論多般，休道於玄並不干。秀士若憑風馬惑，自然不受枕前謾。

九轉功夫在運般〔二〕，休言參妙不相干。玄玄至理人難曉，未到通明且受謾〔三〕。

捨了那般戀這般，愛賢仙質耐羞干。木金三間玄中妙，非是狂言巧計謾。

坎离交位運行般，得得來來不外干。我欲伸于知己者，奈人執著却稱謾。
道法自然別一般，妙玄因得至誠干。天機深遠非常道，不遇真師總著謾。
我咱悟得這般般，不管人來干不干。學道蓋因真實得，謾人便是自欺謾。
龍蛇起陸氣騰般，日月同宫匪十干〔三〕。依此修持仙必矣，休言馬鈺把人謾。
仙經修鍊論持般，怎奈迷人不肯干〔四〕。在俗管家誇達悟，分明自把自心謾。

【校記】

〔一〕在：輯要本作「任」。〔二〕明通：輯要本作「通明」。〔三〕匪：輯要本作「非」。〔四〕奈：輯要本作「耐」。

和耀州銀王二先生韻

得遇通玄興味長，心開心悟好離鄉。恣情慵懶成真趣，堪笑忙人不覺忙。

復用韻贈河中侯先生昆仲

壺中烹鍊翠雲長，修補園亭不夜鄉。捉住飛烏并走兔，自然日月不忙忙。

和敷政縣雷公二首

饒君聲價勝蘇秦，不似韜光更匿名。物外逍遥真坦蕩，亘初一點自然明。

静清便是長生訣，捨拚妻男没口傳[一]。悟後知空寧著有，自然獲得好因緣。

【校記】

[一]拚：元李道謙《終南山祖庭仙真内傳》卷上《雷大通》録此詩作「棄」。

元日作

春夏歸兮秋亦還，昨宵殘臘逐風湍。人言今日添新歲，我道浮生減一年。

贈高陵劉殿試諱夢松。

應夢能全十八翁，筭來怎比一靈通。巍巍昭著塵難染，蕩蕩威儀性不空。

勸遊春者

尋芳覓翠騁奢華，怎肯留心嘆落花。若悟榮枯凋謝事，回頭物外鍊丹砂。

和小圃書事戒遊賞者二首

壺中修鍊有長春，丁屬尋芳覓翠人。休戀輕狂蝴蝶舞，恐迷花蕚累其身。

下功火裏懃栽接，不住甘津香齒頰。有志修真屏睡魔，無心著假措元葉。

題紙扇

念斷情忘喜寂寥，心明靈顯白芭蕉。動摇玉景清風至，不假霜紈暑氣消。

對榴花作

滿院榴花紅似火，笑他桃李逐浮漚。争知霜曉東籬菊，爛熳馨香獨占秋。

白馬河西净業莊相公見惠彎竹拄杖以詩贈之

彎彎曲曲化龍材，深謝公家惠我來。異日功成真了了，昇霞携去訪蓬萊。

嘆人只會喫飯屙屎未嘗留心於性命

轂車入兮糞車出，般遞往來何日畢？假使百年壽命長，大都三萬六千日。

世人執古人句一聯先須歷遍人間事然後搜尋出世機於理未盡其善

世事無涯無了期，若言歷遍却成非。不如識破都無著，自是通玄達妙機。

警愚人

堪嘆人人忒煞愚，身居火院覓紅鑪。不唯不得清涼地，怎奈腥臊臭穢渠。

警凶徒

喟然長嘆嘆兇徒，恃勢欺人得自娱。日縱頑心生不善，將來惡趣怎枝梧。

十六障

火風地水結皮囊，眼耳鼻舌四魔王。人我是非招業種，氣財酒色斬人場。

分邪正

風花雪月終無益，酒色氣財盡是讎。人我是非招鬼趣，清閑道德渡仙舟。

勸人決烈入道

綿刀氈箭紙槍頭，怎奪仙標入道流。慷慨男兒真決烈，要逃生死便回眸。

贈衆道友二首

有心入道莫推延，惟恐因循老了賢。今日不知明日事，今年怎敢保來年。

長生有路好追尋，譬似無常好歇心。雲水閑遊尋好伴，自然得遇好知音。

示門人三首

一思一慮覺傷神，怎敢留心惹絆塵。斷制萬緣渾是假，修完一性決全真。

人我山頭生死關，勸人推倒我人山。人我既除心性善，自然跳出死生關。

欲要元初一點明，須教猿馬兩停停。心清意净三丹結，虎遶龍蟠四象成。

寄李濟川

伏藏聰俊不名愚，猛拚榮華大丈夫。敢棄妻男真烈士，志修道德稱吾徒。

贈魯姑

一衝霄漢慧燈明，八卦祥煙靄靄生。九轉金丹成玉性，十洲瓊路坦然行。

贈松溪散人薛姑

修行大忌好奢華，打破般般鍊麥麻。返覆陰陽通造化，自然鑪結大丹砂。

贈柴姑

無爲無作大修行，意静心清放慧燈。照透九關通出入，崑崙山上得昇騰。

贈霜溪散人顔姑

一心入道不回還，八味瓊漿溉大丹。九曜合和真玉性，十分功滿赴仙壇。

京兆府牒發還鄉故作是詩以謝統軍

三髻山侗得遇遭，專來秦地鍊雲濤。尋思把自還鄉去，不若廳前請一刀。

既蒙牒發不得已而别京兆故作是詩也

利名場上騁風流，怎肯灰心物外修。莫怪綸竿收拾去，自知巴句匪洪鈎。

河中府安公索

安公須要悟長安，悟得長安作内觀。心意不隨猿馬轉，氣神調暢結靈丹。

行化到黄羊店會王公解元話及黄英卿殿試五十三歲及第有詩自詠予因借韻賦七絶[一]

道德陰符經卷擔，星冠月帔晃雲衫。世人不識煙霞客，魔障扶風角髻三。

腹内丹經免得擔，麻衣紙襖勝爛衫。我今拂袖歸寧海，道伴雲遊十有三。

玉杻金枷誓不擔，無心短帽與輕衫。修真勸善遭官難，除此前來已詰三。虢州靖遠鎮，并京兆府及甘河鎮，先已三次遭魔。

肩頭重擔没心擔[二]，趓與兒孫脱與衫。悟六六通明六六，前三三證後三三。

般玄妙不須擔，訣傳來傲緑衫。内修完真大藥，然斡運六和三。折一字起。

一般玄妙不須擔，口訣傳來傲緑衫。自内修完真大藥，樂然斡運六和三。

家累辛勤重擔擔[三]，往來來往販皮衫。看看又入深坑窖，怎得丹鑪火鍊三。

一捨家緣不再擔，口談玄妙不言衫。衣披氈毯心懷道，元本嬰兒匪念三。

【校記】

〔一〕七絶：原作「十絶」，包括此下《贈武陟縣薛押司》《勸淇門屠者》三首，兹按題各自獨立。〔二〕重擔：原作「重檐」，此從輯要本。〔三〕重擔擔：原作「重檐檐」，此從輯要本。

贈武陟縣薛押司

猛悟心無火院擔，麻衣體掛勝羅衫。保持清浄無爲理，精氣神收寶結三。
火坑跳出没家擔，坦蕩蓑衣勝著衫。雲水内遊蓬島路，自然大藥結成三。

勸淇門屠者

殺生冤債的端擔，决墮輪迴失了衫。若要解冤須改業，學他趙四與張三。

開州道友求

馬風東去决西來，道上諸公却要猜。異日重陽師再遇，携雲同去赴蓬萊。

和道友韻

識破浮生只恁麽，自然身影却嫌多。雲遊到處通玄路，接引人人離苦波。

因見淄州李三官人秉白芭蕉扇作

馬風得遇恣逍遥，坦蕩無拘不繫腰。真性芬芳紅菡萏，霜心舒展白芭蕉。

繼濰州耿公大師韻

馬風得遇活神仙，洞裹修完自己天。龍虎遶蟠觀性月，馬猿澄寂賞心蓮。

昌樂道友送余登途至孤山下共看石上仙蹤余遂口占小頌贈綦殿試暨諸道友

人人争競看仙蹤，誰肯留心繼我蹤。一志超然歸物外，自然有分步雲蹤。

萊州節副内奉贈古詩徒單内奉昨日偶得一觀因繼元韻幸賜采覽

鑪中錬就丹無價，庵内何曾藥换錢。昨日客來青眼顧，今朝我伴白雲眠。

和任公韻

通玄養就本來真，德不孤兮必有鄰。意淨自知丹不漏，心清誰信性無塵。

贈黄縣西高村回光庵主馬從仕

捨財積福福如山，難免輪迴去復還。唯有身心清表裏，決無生滅脱巡環。

咒黄縣全真庵枯竹

道家門户號長生，意要枯乾改變形。長使數竿常緑緑，不教一葉不青青。

喜松活

我通生法斡旋生，氣布形骸轉换形。窗外不唯君子緑，庵前又喜大夫青。

大定癸卯六月三日黄縣道友邀予居金玉庵環堵於内新栽小松株因作三絶

六月菴前種六松，故然反倒馬風風。三番布氣無多力，六願還生有大功。

時當數伏故栽松，道友閑閑試馬風。我説六株無自活，人傳三髻有真功。
六月初三種小松，六株色變遇扶風。祈榮我借重陽氣，應效人傳三髻功。

繼登州倉使韻

絲蟻穿珠要了然，微微火逼氣相傳。九竅通明成道果，三光共秀得良緣。

繼登州祝同監韻

汞鉛相見用功催，嬰姹懽諧不用媒。玉虎金龍騰地去，金烏玉兔下天來。

和寧海孫公執殿試三首

唯願吾親早棄華，慨然拂袖訪仙家。眠雲卧月流霞飲，接引金蓮有玉花。
勸君迴首早知空，絶學無爲保守中。决烈身心如馬鈺，自然飄逸得真風。
願公早早早心明，休要奔波逐利名。物外研窮雲外事，無根枯樹自然榮。

和寧海范學正

范公學正乃鄉賢，競利争名騁少年。若悟吾門玄妙趣，灰心修補洞中天。

還姜庵主葫瓢并背心以詩贈之

風仙留下一葫瓢，菴主姜公有分消。還汝背心當省悟，勑予雲水恣逍遥。

樂人陽和之索

休向人前呈耍俏，好於性上認玲瓏。澄心遣欲靈明顯，得住蓬萊第一宫。

换長闌于天錫拄杖

一條屈曲化龍材，换得筇枝遠勝財。各自閑携詩興至，剔開真性有仙才。

贈燭律師拐

叔祖海蟾携寶拐，功成雲步超三界。馬風得趣贈何人，燭律禪師真自在。

述懷

崑崙三髻馬風哥，雲水飄飄且恁麽。修鍊珠玠常恨少，觀瞻身影却嫌多。

壬寅九月二十一日范明叔處作

執持關要浄靈臺，霧鎖煙籠竟不開。重遇重陽師指教，清風吹出月明來。

繼綦大成韻七首

師名頂戴髻蟠三，好弱心頭著意參。不戀塵寰粧景境，唯便道味勝柑甘。

得遇風仙屏子三，超然物外共心參。始知自在逍遥樂，方信優游恬淡甘。

譚與劉丘師弟三，同予勸世道中參。鸞飛鳳舞靈光透，虎遶龍蟠大樂甘。

八卦鑪中鍊六三，通玄達妙不須參。水生紅焰添神彩，火長青蓮滴露甘。

精氣神收寶結三，豈思短簿與髯參。光擔火院應無苦，得飲刀圭更没甘。

婦人心有毒虵三，悟者回光返照參。色裏抽身知苦苦〔一〕，清中得味覺甘甘。

儒者綦二與李三，之乎者也罷相參。弄文活計知爲苦，學道生涯覺是甘。

【校記】

〔一〕知：輯要本作「真」。

又贈堂下衆小童

牛鹿羊車運載三，堪令堂下小童參。累功玉液勝糖味，積行蟠桃賽扎甘〔一〕。

卷一，明正統《道藏》本，文物出版社等一九九四年，第二五册五五九頁。

【校記】

〔一〕扎：輯要本作「蜜」。

新編全金詩卷一一三

馬鈺二

酬于天錫彎竹杖

人人休訝棄田園，此箇扶風遇太原。笻杖厭華當告免，一枝彎竹却還元。

萊陽道友具錫供因而有作

供養扶風六斷錫，我今食盡更無情。壺中異景非常景，洞裏晴天別是晴。

歌舞

小童引我閑歌舞，高士咍予放耍顛。勘破浮生當作戲，風狂裏面隱神仙。

功成

掣斷名韁無俗絆，剔開利鎖没塵牽。千朝志鍊三溪玉，九載功成萬劫仙。

赴萊陽黄籙加持高功李講師見貽詩韻

正念三冬閏月寒，庵中怎敢憶華筵。講師戲我來干鑁，笑没丹經潤火淵。

題文登于疃于庵主契遇庵

好山好水好松竹，契遇菴前清我目。福地堪名錦繡川，洞天宜蓋仙家屋。

立于疃契遇庵池名玉花、金蓮、龍吟、虎嘯、化生、姹嬰、王母、洞天池上彩雲橋、九陽、圓滿池。

玉金龍虎誠堪看，化作嬰姹行路坦。王母洞天現彩雲，九陽池内丹圓滿。

功圓

斷情割愛没憂煎，絶慮忘機達妙玄。意净心香三處秀，命通性月十分圓。

過靖遠鎮閻公問予曰幾時東遊以詩答之

金間隔玉花開，外青童不住催。問扶風西去後，言甚日向東來。拆木字起

木金間隔玉花開，門外青童不住催。人問扶風西去後，又言甚日向東來。

京兆杜公一日來訪予曰於十年前曾遇重陽真人蒙留題假山詩藏頭拆字一絶雲下拆云字云云安石作山分削孤峰便出群忘却二句求余聯綴意不容辭姑塞雅命云

云安石作山分，削孤峰便出群。悟太湖開碧眼，觀色界似浮雲。拆云字起

云云安石作山分，刀削孤峰便出群。君悟太湖開碧眼，目觀色界似浮雲。

和譚仙韻二首藏頭拆字。

公爲作處來端，侯賢家性更寬。兀騰騰行教化，歸關裏内峰觀。

見公爲作處來端，而侯賢家性更寬。兀兀騰騰行教化，人歸關裏内峰觀。

我雲朋處正端，今行化性宜寬。然師指蓬萊海，得長清在内觀。拆見字起

見我雲朋處正端，而今行化性宜寬。兀然師指蓬萊海，每得長清在内觀。

聯珠二首

天之道執行端，正無私性識寬。大包容如法海，清澄湛定心觀。

觀天之道執行端，端正無私性識寬。寬大包容如法海，海清澄湛定心觀。

賢戒酒立身端，的修持性轉寬。量有如東大海，中蓬島慧眸觀。

觀賢戒酒立身端，端的修持性轉寬。寬量有如東大海，海中蓬島慧眸觀。

京兆臺院寺尼通師來獻香以詩贈之攢二字

尼姑割萬緣，我相一齊捐。清凈功成日，超昇忍辱仙。

尸尼姑割萬緣，人我相一齊捐。水清凈功成日，召超昇忍辱仙。

贈王孔目二首

訣親傳非外舞，中龍勢來蟠虎。然吐出夜明珠，性昭彰超萬古。拆口字起

口訣親傳非外舞，舛中龍勢來蟠虎。兀然吐出夜明珠，玉性昭彰超萬古。

傳心印嬰兒舞，晝調龍并引虎。地王公悟這些，靈默默談今古。

口傳心印嬰兒舞，夕晝調龍并引虎。兀地王公悟這些，此靈默默談今古。

和京兆府楊學録詩三首

然學録問修真，説根源并棄塵。顆靈珠常踴躍，生雲彩作仙人。拆丿字起

樂然學録問修真，具説根源并棄塵。一顆靈珠常踴躍，足生雲彩作仙人。

道馬風绝世華，年雲水樂天涯。峰山下超然悟，上常開五葉花。拆化字起

化道馬風絶世華，十年雲水樂天涯。三峰山下超然悟，心上常開五葉花。

段丹田屬道家，能耕種長黄芽。然玉裏金花綻，是將來步翠霞。拆段字起

段段丹田屬道家，豖能耕種長黄芽。樂然玉裏金花綻，定是將來步翠霞。

赴子午鎮千道會

金間隔晃三台，訣刀圭産箇孩。午建成千道會，中寧海馬風來。拆木字起

木金間隔晃三台，口訣刀圭産箇孩。子午建成千道會，日中寧海馬風來。

因覽鄠縣仵壽之與衆道友唱和楊清叟東軒篺龍過毋自適詩卷借韻各賦一篇〔二〕

從遭遇乞殘餘，飽忘機事事疎。帶于朝君有分，圭我飲覺清虚。拆一字起

一從遭遇乞殘餘，食飽忘機事事疎。束帶于朝君有分，刀圭我飲覺清虚。

蓑一笠外無餘，志修仙萬物疎。下貪吟過毋草，分枝葉腹空虚。

一蓑一笠外無餘，余志修仙萬物疎。足下貪吟過毋草，早分枝葉腹空虚。

身四假尚爲餘，景繁華事可疎。有箇中真箇物，令牢落達冲虚。

一身四假尚爲餘，良景繁華事可疎。足有箇中真箇物，勿令牢落達冲虚。

悟玄元證有餘，求漂母毋還疎。知少有知音者，地如愚實若虚。

一悟玄元證有餘，余求漂母毋還疎。足知少有知音者，土地如愚實若虚。

得風仙道粗餘，居物外没親疎。心不縱成玄寶，性昭彰晃六虚。

一得風仙道粗餘，余居物外没親疎。束心不縱成玄寶，玉性昭彰晃六虚。

在玄門四載餘，其天禄世塵疎。間瑞氣衝霄漢，火相生信不虚。

一在玄門四載餘，食其天禄世塵疎。足間瑞氣衝霄漢，水火相生信不虚。

【校記】

〔一〕籦：原作「簞」，此從輯要本。今按，籦音唾，指笋皮；「簞」當是「籦」之異體，或譌字。

贈鄠縣修全真堂會首許典史連珠。

言真屬遇真人，會金蓮養氣神。氣清清清結寶，珠瑩浄許全真。

真言真屬遇真人，人會金蓮養氣神。神氣清清結寶，寶珠瑩浄許全真。

贈鄠縣劉姑

圭一粒腹中留[一]，訣親傳化俗流。火相生全性命，通性顯稱仙劉。拆刂字起

刀圭一粒腹中留，口訣親傳化俗流。水火相生全性命，叩通性顯稱仙劉。

【校記】

[一]圭：原作「生」，此從輯要本。

贈畢家莊田先生

公到此莫空回，口教賢心死灰。湧靈泉神得憩，然平地一聲雷。拆田字起

田公到此莫空回，口口教賢心死灰。火湧靈泉神得憩，自然平地一聲雷。

贈任守一任通一宋明一于清一淳于抱一于知一劉真一

子因何鄙楮毫，錐雖好引心勞。不施兮神不散，生兔角觸龜毛。拆七字起

七子因何鄙楮毫，毛錐雖好引心勞。力不施兮神不散，又生兔角觸龜毛。

再遊終南太平宫復用前韻贈知宫元德茂題真君殿前西命燈亭壁

人雲水又重來，甲金庚秀我才。乀元公成正覺，塵不染性靈開。拆門字起

門人雲水又重來，木甲金庚秀我才。一乀元公成正覺，見塵不染性靈開。

余在終南太平宫會京兆府運副陳公同衆官一時以詩相困予走筆應和二首

中火發不須筌，道先生自有緣。蟻穿珠君若悟，心相許傲林泉。拆水字起

水中火發不須筌，全道先生自有緣。糸蟻穿珠君若悟，心心相許傲林泉。

中得趣便忘筌，與馬風應宿緣。坎撮來歸一處，誠營養本靈泉。

水中得趣便忘筌，全與馬風應宿緣。彖坎撮來歸一處，久誠營養本靈泉。

和盩厔縣劉宰韻二首

平者也背希夷，事捐除自是奇。與馬風常作伴，塵不染本真隨。拆之字起

之平者也背希夷，人事捐除自是奇。可與馬風常作伴，半塵不染本真隨。

然風害得投真，味瓊漿醉箇人。轉吾官修大道，初説破有真身。拆丿字起

樂然風害得投真，八味瓊漿醉箇人。自轉吾官修大道，首初説破有真身。

和司竹監使劉公二首

華瑩靜自通夷〔一〕，我俱無理最奇。訣傳來轉分付，珠靈顯與仙隨。拆月字起

月華瑩靜自通夷，人我俱無理最奇。口訣傳來轉分付，寸珠靈顯與仙隨。

知净裏箇中真，脈嬰兒號至人。乀運行丹結就，乘變作大乘身。拆自字起

自知净裏箇中真，八脈嬰兒號至人。乀乀運行丹結就〔二〕，小乘變作大乘身。

【校記】

〔一〕靜：輯要本作「净」，通。　〔二〕乀：由前句末「人」字拆得。今按，「乀」屬「丿」部，古同「移」。

復和劉宰二首

人問我道中夷，我俱忘妙裏奇。與馬風爲益友，承許我永相隨。拆人字起

人人問我道中夷，人我俱忘妙裏奇。可與馬風爲益友，又承許我永相隨。

開真性自明真，此因緣與達人。得靈明光焰起，飛烏兔在君身。拆丿字起

撇開真性自明真〔一〕，具此因緣與達人。樂得靈明光焰起，已飛烏兔在君身。

【校記】

〔一〕擻：由所注「拆丿字起」而來，取其音。

又和運副二首

不勞足力走華夷，處處觀來處處奇。碧玉巖前雲步處，有誰肯與馬風隨。

物外超然鍊至真，自知不是等閑人。人言女子宜懷孕，我道男兒也妊身。

復和劉宰二首

絶其視聽應希夷，運轉玄關得至奇。玉虎金龍飛走處，坎男离女往來隨。

幸遇重陽妙行真，本師傳授四東人。自知妙裏通玄妙，頓覺身中有法身。

道過岐陽趙公綽殿試二首聯珠。

來日日問長春，氣冲和號谷神。在寶瓶清浄出，家人做洞天人。拆人字起

人來日日問長春，春氣冲和號谷神。神在寶瓶清浄出，出家人做洞天人。

人休要苦遊春，景牽情暗損神。若定時通覺性，靈超達做仙人。

人人休要苦遊春，春景牽情暗損神。神若定時通覺性，性靈超達做仙人。

和吴元素詩二首

味瓊漿洗滌塵，心歸道固精神。申燕處思元素，蟻穿珠見本真。拆八字起

八味瓊漿洗滌塵，一心歸道固精神。申申燕處思元素，糸蟻穿珠見本真。

乎者也非真空，士農商好認風。九尸三光滅盡，心修道本師逢。拆之字起

之乎者也非真空，工士農商好認風。虫九尸三光滅盡，一心修道本師逢。

和隴州都目鄭承德

公詩債日如梭，馬貪牽氣象和。稼即今生慧草，分功了洞仙歌。拆欠字起

欠公詩債日如梭，木馬貪牽氣象和。禾稼即今生慧草，十分功了洞仙歌。

大定十八年八月一日復往西北雲遊過鳳鳴蒙道友有詩餞行謹記嚴韻

乎者也遠文山，遇風仙釣出灣。火相生成大藥，然歸去不回還。拆之字起

之乎者也遠文山，一遇風仙釣出灣。水火相生成大藥，樂然歸去不回還。

下龍門山訪亭川復用前韻

遊西北訪名山，釣龍門趓大灣。灣曲曲珠穿透〔一〕，處亭川好往還。拆遠字起

遠遊西北訪名山，一釣龍門趓大灣。水灣曲曲珠穿透，乃處亭川好往還。

【校記】

〔一〕珠穿：輯要本作「穿珠」。

再遊鳳鳴復用前韻

遊汭水不空山，悟心通觀透灣。不施兮焉用矢，言得性樂然還。拆遠字起

遠遊汭水不空山，一悟心通觀透灣。弓不施兮焉用矢，大言得性樂然還。

和隴州王全道解元二首

景先生化帝休，人好悟此因由。園一拚成真趣，上瓊樓勝酒樓。拆婁字起。因王公新修酒樓，故有是句。

婁景先生化帝休，人人好悟此因由。田園一拚成真趣，走上瓊樓勝酒樓。

覺山侗性不迷，乎者也匪仙機。金閒隔君還悟，口相傳道不非。拆三字起

三覺山倜性不迷，之乎者也匪仙機。木金間隔君還悟，口口相傳道不非。

余到華亭蒙終南縣趙主簿見寄佳什謹依韻和之四首

士農商名利功，行怎悟道和冲。中火焰成顛倒，此方知空不空。拆工字起

工士農商名利功，力行怎悟道和冲。水中火焰成顛倒，到此方知空不空。

風馬二性逍遥，子于歸處處喬。口相傳行教化，人省悟也飄飄。拆風字起

風風馬二性逍遥，之子于歸處處喬。口口相傳行教化，人人省悟也飄飄。

乎者也論神仙，上觀天別有天。抵心灰堪學道，初相勸水雲邊。拆之字起

之乎者也論神仙，山上觀天別有天。大抵心灰堪學道，自初相勸水雲邊。

因遇吾師未放還，道興西北比終南。迩來多見人歸善，相競修仙住草庵。

和文登縣遲先生韻令往龍門山參問丘仙

凡清浄可求仙，上參丘證妙玄。患衆生無佛志，還依我步雲天。拆大字起

大凡清浄可求仙，山上參丘證妙玄。一患衆生無佛志，心還依我步雲天。

贈張大悟

悟將來必遇仙，倜先剔性中玄。么明解通三昧，月交馳九九天。拆大字起

大悟將來必遇仙，山侗先剔性中玄。幺么明解通三昧〔一〕，日月交馳九九天。

【校記】

〔一〕幺：由前句末「玄」字拆得。今按，《晉書》卷九九《殷仲文傳》：「夫帝王者，功高宇內，道濟含靈……。若桓玄之幺么，豈足數哉。」宋蔡戡《定齋集》卷一《乞代納上供銀奏狀》：「臣一介幺么，蒙陛下使令猥當一路之寄。」要之，幺么意猶小、少，卑微等，當時文獻屢見。金盧啟臣《千里橋碑記》：「今新城一橋，拯民濡泥，將礱一石爲碑，求文以記之。事雖幺么不足記，然且副吾子所以兼濟之意」見《（光緒）灤州志》卷一〇《建置志》；金劉晞顔《創建寶坻縣碑》：「朝廷病其乖戾不一，因校讎利害，得以永鹽所入幺么之故，迨三年癸巳，遂省并永鹽於榷爲一司。」見清張金吾《金文最》卷六九。

贈焦大覺

覺之人志在仙，無塵事得玄玄。今更屬清心鏡，玉成形走上天。拆大字起

大覺之人志在仙，山無塵事得玄玄。一今更屬清心鏡，金玉成形走上天。

贈裴大器

器晚成必做仙，侗謹勸更尋玄。中密妙須當認，辱能超天上天。拆大字起

大器晚成必做仙，山侗謹勸更尋玄。幺中密妙須當認，忍辱能超天上天。

贈程大椿

椿椿壽如仙，事盡除認洞玄。上搜么憑一志，忘境滅得昇天。拆大字起

大椿椿壽壽如仙，人事盡除認洞玄。幺上搜么憑一志，心忘境滅得昇天。

贈荔菲大隱

隱鄽居作隱仙，明水秀自然玄。中悟徹么么理，走金飛洞裏天。拆大字起

大隱鄽居作隱仙，山明水秀自然玄。幺中悟徹么么理，玉走金飛洞裏天。

贈董大德

德之人決了仙，居市隱志投玄。傳心印靈然物，鹿羊車運載天。拆大字起。

大德之人決了仙，山居市隱志投玄。一傳心印靈然物，牛鹿羊車運載天。

贈元大善

善之人不昧仙，心搜索妙中玄。今鈞出深坑火，我俱忘補漏天。拆大字起

大善之人不昧仙，人心搜索妙中玄。一今鈞出深坑火，人我俱忘補漏天。

贈趙大慈

慈仁者必爲仙，悟玄中玄上玄。上更知么上趣，知壺内有真天。拆大字起

大慈仁者必爲仙，人悟玄中玄上玄。幺上更知么上趣，又知壺内有真天。

贈李大乘二首

乘根本是神仙，失元初昧了玄。見可憐堪下釣，然修補箇中天。拆大字起

大乘根本是神仙，人失元初昧了玄。一見可憐堪下釣，樂然修補箇中天。

凡修鍊裏頭仙，净心清響應玄。認六丁神没賽，珠飛上大羅天。

大凡修鍊裏頭仙，山净心清響應玄。一認六丁神没賽，八珠飛上大羅天。

和李大乘韻三首

乎者也人來訪，説從前事事非。髻馬風傳秀士，心初志莫交違。拆之字起

之乎者也人來訪，言説從前事事非。三髻馬風傳秀士，一心初志莫交違。

子通玄來遠訪，知今是覺前非。丹要結須憑悟，許心交更不違。

之子通玄來遠訪，方知今是覺前非。三丹要結須憑悟，心許心交更不違。

子而今秦渡訪，知昔日作爲非。章四句言初志，願隨予誓莫違。

之子而今秦渡訪，方知昔日作爲非。三章四句言初志，心願隨予誓莫違。

和華亭光教院净公長老韻二首

邊石上雲霞友，得儒生是隴西。門遊處吾師悟，上蓮花出玉溪。拆水字起

水邊石上雲霞友，又得儒生是隴西。一門遊處吾師悟，吾上蓮花出玉溪。

金間隔現真如，訣相傳物外居。往今來修佛道，前儒者履雲渠。拆木字起

木金間隔現真如，口訣相傳物外居。古往今來修佛道，之前儒者履雲渠。

謹繼祖師純陽真人韻贈華亭磁窰鄭公

因師訓號維摩，把輪竿興味多。夕朝朝香餌擲，公休似戀燈蛾。拆我字起

我因師訓號維摩，手把輪竿興味多。夕夕朝朝香餌擲，鄭公休似戀燈蛾。

和平凉府户判耿朝列四首

重陽師父論雲遊，非歷人間處處州。踏碎洞天成雅趣，趯開世網不躭憂。

論壺中雲水遊，端午正訪神州。圭閑飲閑行步，頃心開道不憂。拆又字起

又論壺中雲水遊，子端午正訪神州。刀圭閑飲閑行步，少頃心開道不憂。

有疑有惑須當問，閑是閑非且打過。未悟心神常著相，悟來身影却嫌多。夕朝朝來我問，傳清静更無過〔一〕。乎者也雖然好，得心明厭事多。拆夕字起

夕夕朝朝來我問，口傳清静更無過。之乎者也雖然好，子得心明厭事多。

【校記】

〔一〕静：輯要本作「净」，通。

贈平凉府趙菴主

雲水飄飄任自然，往來遊歷没牽纏。萬緣勘破心無著，坦蕩逍遥一散仙。

聯珠

家活計甚當然，動青牛玉絙纏。度分明通八卦，爻周濟性靈仙。

仙家活計甚當然，然動青牛玉絙纏。纏度分明通八卦，卦爻周濟性靈仙。

藏頭拆字

我俱忘性坦然，牛哮吼玉繩纏。雲霎霴風吹散，兔靈靈擣藥仙。拆人字起

人我俱忘性坦然，火牛哮吼玉繩纏。黑雲霎𩅰風吹散，月兔靈靈搗藥仙。

隨緣度日

侗飲膳任天然，滅煙消性没纏。長黃芽深雪裏，冠不整散閑仙。拆山字起

山侗飲膳任天然，火滅煙消性没纏。糸長黃芽深雪裏，衣冠不整散閑仙。

和坊州曹解元妻無爲散人賈無二韻

火同宫兩交錯〔一〕，就月將顯光爍。道悟真塵屏却，時定不沉沙漠。拆水字起

水火同宫兩交錯，日就月將顯光爍。樂道悟真塵屏却，去時定不沉沙漠。

【校記】

〔一〕宫：輯要本作「官」。

和淄州李先生韻

誰學我謹隨師，訣辭家正及時。下收心尋出路，人營養化生兒。拆兀字起

兀誰學我謹隨師，一訣辭家正及時。日下收心尋出路，各人營養化生兒。

借洰洱成解元韻

抵官司配我身，千里路萬重津。雲東過沙門島，到崑崙志鍊真〔一〕。拆大字起

大抵官司配我身，一千里路萬重津。水雲東過沙門島，自到崑崙志鍊真。

【校記】

〔一〕真：輯要本作「金」。

聯珠

修真鍊在吾身，影嫌多離苦津。液香甘澆玉鼎，中丹結可成真。

真修真鍊在吾身，身影嫌多離苦津。津液香甘澆玉鼎，鼎中丹結可成真。

藏頭拆字

水通流溉法身，開自悟離波津。中火發成真趣，上瓊峰現至身。拆八字起

八水通流溉法身，自開自悟離波津。水中火發成真趣，又上瓊峰現至身。

風不動箇中身，下塵勞跳出津。火鍊烹成大藥，然同禮太原真。拆八字起

八風不動箇中身，自下塵勞跳出津。水火鍊烹成大藥，樂然同禮太原真。

醵朝縣道友買酒轉與老姚仙飲

巵芳酒莫生慳，與雲朋且助顔。脈嬰兒如飲罷，携雲朶訪東山。拆一字起

一巵芳酒莫生慳，又與雲朋且助顔。八脈嬰兒如飲罷，能携雲朶訪東山。

醵博州茌平丁家塊務酒官轉與老姚仙飲

傳滑辣更清光，兀騰騰乞化甞。美馨香非米麴，麻修鍊飲瓊漿。拆人字起

人傳滑辣更清光，兀兀騰騰乞化甞。旨美馨香非米麴，麥麻修鍊飲瓊漿。

醵興利鎮酒監

無著先生惟好飲，不待慇懃書狀請。一筆揮成醵酒詩，萬望監官酬酩酊。

醵沙鎮酒監

出卯兮卯入酉，氣相交斡旋陡。玉飛金入寶鉼，丁真功飲玄酒。拆酉字起

酉出卯兮卯入酉，二氣相交斡旋陡。走玉飛金入寶鉼，六丁真功飲玄酒。

醻豐齊酒監

口相傳鍊大丹，通玄妙有餘懽。神踴躍思清飲，後狂吟醻酒官。拆口字起

口口相傳鍊大丹，一通玄妙有餘懽。心神踴躍思清飲，食後狂吟醻酒官。

贈淇門道友

中有户即非村，德金方益子孫。蟻穿珠心火降，分修鍊在淇門。拆户字起

户中有户即非村，木德金方益子孫。糸蟻穿珠心火降，又分修鍊在淇門。

壬寅九月二十二日題重遇亭

囑身心浄裹清，通恬淡自然醒。涯天地閑摇動，遇重陽重遇亭。拆丁字起

丁囑身心浄裹清，水通恬淡自然醒。星涯天地閑摇動，重遇重陽重遇亭。

和綦殿試韻四首

口相傳豈止三，公玄妙好同參。然開悟般般不，个分梨得味甘。拆口字起

口口相傳豈止三，三公玄妙好同參。自然開悟般般不，一个分梨得味甘。

訣相傳保護三，靈初秀罷玄參。通道大成丹寶，味瓊漿分外甘。拆口字起

口訣相傳保護三，一靈初秀罷玄參〔一〕。自通道大成丹寶，八味瓊漿分外甘。

靈明六六與三三，斡運玄機不索參。日月同鑪增晃朗，乾坤入鼎愈香甘。

段田耕雲種菊，無我相放心花。成玉貌開青眼，視靈珠無點瑕。拆段字起〔二〕

段段田耕雲種菊，人無我相放心花。化成玉貌開青眼，目視靈珠無點瑕。

【校記】

〔一〕起：原脱，據文意補。

繼燭律師韻

善心慈燭律公，么悟徹達行蹤〔一〕。長雲脚蓬萊裏，入靈光兜率中。拆口字起

口善心慈燭律公，么么悟徹達行蹤。足長雲脚蓬萊裏，一入靈光兜率中。

【校記】

〔一〕么：輯要本作「公」。今按，《洞玄金玉集》本卷《和萊陽張殿試韻》之四：「上么么人省悟，觀八水與三川。」

繼馬和夫韻二首

火相生説與人，開真性顯圓成。矛不舉心蓮放，信壺中涉大瀛。拆水字起

水火相生説與人，撇開真性顯圓成。戈矛不舉心蓮放，方信壺中涉大瀛。

戟心無十四年，人寸禄且隨緣。羊葷酒專專戒，載拳中不把錢。拆戈字起

戈戟心無十四年，一人寸禄且隨緣。豕羊葷酒專專戒，廿載拳中不把錢。

繼寧海劉司判韻

居吟詠愈脩然，降水昇道力堅。長黄芽紅雪裏，冠不整散閑仙。拆山字起

山居吟詠愈脩然，火降水昇道力堅。土長黄芽紅雪裏，衣冠不整散閑仙。

文登縣禪院奇監寺僧出示羅漢古頌令予和之

然心上碧蓮芳，到希夷且伏藏。戟已無真性朗，華瑩浄顯靈光。拆兀字起

兀然心上碧蓮芳，方到希夷且伏藏。戈戟已無真性朗，月華瑩浄顯靈光。

繼于疃郭同監韻

侗真性未團圓，訣傳來龍虎牽。鹿羊車般載動，陽來喚决成仙。拆山字起

山侗真性未團圓，口訣傳來龍虎牽。牛鹿羊車般載動，重陽來喚决成仙。

繼郭正卿韻

滅煙消事剪除，今開悟故如愚。蓮馥郁真靈現，性玲瓏俗慮無。拆火字起

火滅煙消事剪除，余今開悟故如愚。心蓮馥郁真靈現，玉性玲瓏俗慮無。

繼郭百安韻

人若肯死前休，馬能牽稱我儔。筭不由天注載，年功滿脱陰囚。拆人字起

人人若肯死前休，木馬能牽稱我儔。壽筭不由天注載，十年功滿脱陰囚。

繼郭六官人韻

我清吟掃一篇，分功了决成仙。侗酷告歸玄理，性昭彰度萬年。拆干字起

干我清吟掃一篇，户分功了决成仙。山侗酷告歸玄理，玉性昭彰度萬年。

繼于五郎韻

子雲遊内四夷，情踈盡得嘉期。生玉奼天無暮，長金嬰道不遲。拆之字起

之子雲遊内四夷，人情踈盡得嘉期。月生玉奼天無暮，日長金嬰道不遲。

赴登州請道過王遲店蒙秦亭于解元見惠佳什勉繼高韻五首

味瓊漿溉鹿群，牛相逐裏頭人。然結就靈珠顆，證逍遥自在真。拆八字起

八味瓊漿溉鹿群，羊牛相逐裏頭人。自然結就靈珠顆，果證逍遥自在真。

此慈悲獨出群，談微妙日哀人。回向道同修鍊，木相交内顯真。拆具字起

具此慈悲獨出群，君談微妙日哀人。自回向道同修鍊，金木相交内顯真。

具耕牛恰一群，能調引自隨人。來徹地通天勢，不施爲自得真。拆八字起

八具耕牛恰一群，君能調引自隨人。自來徹地通天勢，力不施爲自得真。

風不動不群群，鹿牛車載箇人。轉東歸君省悟，今西邁謹修真。拆八字起

八風不動不群群，羊鹿牛車載箇人。自轉東歸君省悟，吾今西邁謹修真。

修真鍊好同群，處惟愁攪亂人。猛悟來當獨處，機通妙得長真。連珠〔一〕

真修真鍊好同群，群處惟愁攪亂人。人猛悟來當獨處，處機通妙得長真。

【校記】

〔一〕連珠：或作「聯珠」，姑仍之，以備參考。

繼秦亭姜先生韻

今慵懶倦看書，月同宫性不區。味心知恬惔味，歸蓬島乞殘餘。拆余字起

余今慵懶倦看書，日月同宫性不區。品味心知恬惔味，未歸蓬島乞殘餘。

繼福山縣馬德修韻

人口口問心開，户深深隱玉臺。至玄玄憑覺悟，心寂寂見如來。拆人字起

人人口口問心開，門户深深隱玉臺。至至玄玄憑覺悟，心心寂寂見如來。

題文山孫會首畫三仙圖

侗得遇妙玄傳，志修持一紀年。載環墻常念汝，男了了好修仙。拆山字起。

山侗得遇妙玄傳，專志修持一紀年。十載環墻常念汝，女男了了好修仙。

和密州王先生韻

然得悟碧桃春，月交光晃坎濱。是客兮客是主，公認正不身身。拆丿字起〔一〕。

樂然得悟碧桃春，日月交光晃坎濱。賓是客兮客是主，王公認正不身身。

【校記】

〔二〕丿：原脱，輯要本作「人」，誤；當取「人」字首劃「丿」，可得「人」、「自」、「我」、「樂」等等。另，「樂然」於全真家詩集屢見。

明月道人于元通詠黄縣西高村馬從仕同光菴謹次元韻

身端的箇行庵，曜光明返照看。匪塵晴寒變煖，無煙焰煖爲寒。拆一字起

一身端的箇行庵，大曜光明返照看。目匪塵晴寒變煖，火無煙焰煖爲寒。

萊陽綦政索

蟻穿珠最是奇，傳玄妙應嘉期。華瑩處神光秀〔一〕，性之人俗姓綦。拆糸字起〔二〕

糸蟻穿珠最是奇，可傳玄妙應嘉期。月華瑩處神光秀，乃性之人俗姓綦。

【校記】

〔一〕瑩：輯要本作「融」。今按，《洞玄金玉集》本卷《文登縣禪院奇監寺僧出示羅漢古頌令予和之》有「華瑩净顯靈光」語。〔二〕糸：原作「系」，刊誤。今按，本集本卷《和吴元素詩》：「味瓊漿洗滌塵，心歸道固精神。申燕處思元素，蟻穿珠見本真。」亦藏頭體，注「拆八字起」，露頭還原：「八味瓊漿洗滌塵，一心歸道固精神。申申燕處思元素，糸蟻穿珠見本真。」

雲禪求門

今深厭鬧林叢，捨無心固守中。訣傳來清有驗，風相繼太原公。

厶今深厭鬧林叢，取捨無心固守中。口訣傳來清有驗，馬風相繼太原公。

和萊陽張殿試韻十首

火同鑪秀我神，中燕處樂其身。然靈物來開導，飲馨香湧美津。

水火同鑪秀我神，申申燕處樂其身。自然靈物來開導，首飲馨香湧美津。

靈清凈自然功，不施爲性結紅。蟻穿珠成九竅，入内貌却如童。

一靈清凈自然功，力不施爲性結紅。糸蟻穿珠成九竅，方入内貌却如童。

中日月兩跳丸，轉功成性可觀。得本真光爍爍，中湧出大波瀾。

水中日月兩跳丸，九轉功成性可觀。見得本真光爍爍，火中湧出大波瀾。

端一志棄衣綿，小靈童樂妙玄。上么么人省悟，觀八水與三川。

自端一志棄衣綿，白小靈童樂妙玄。幺上么么人省悟，吾觀八水與三川。

然來問鍊靈芽，我玄玄是最嘉。口相傳當省悟，無染著路無差。

樂然來問鍊靈芽，人我玄玄是最嘉。口口相傳當省悟，心無染著路無差。

平者也陶真氣，綻金花好守中。訣傳來功有驗，風心地自然通。

之平者也陶真氣，十綻金花好守中。口訣傳來功有驗，馬風心地自然通。

訣心通喜氣多，陽樓上不觀佗。來收拾靈光瑩，報君家事若何。

口訣心通喜氣多，夕陽樓上不觀佗。人來收拾靈光瑩，火報君家事若何。

人難得心低下，日隨予論死生。句妙玄心覺悟，今許汝共同行。

二人難得心低下，一日隨予論死生。十句妙玄心覺悟，吾今許汝共同行。

圭妙處在雲房，轉心花五色芳。勸賢家聽馬鈺，金成寶應仙方。

刀圭妙處在雲房，户轉心花五色芳。方勸賢家聽馬鈺，玉金成寶應仙方。

風不動處無身，斷家緣神氣親。説玄元無上道，初清裏可修真。

八風不動處無身，自斷家緣神氣親。見説玄元無上道，之初清裏可修真。金馬鈺《洞玄金玉集》卷二，明正統《道藏》本，文物出版社等一九九四年，第二五册五六八頁。

新編全金詩卷一一四

馬　鈺　三

七言絶句

得遇

悟徹心開得遇人，怕塵趖苦屏除辛。水中焰迸丹成妙，火裹蓮生道顯春。

自覺

浮利浮名引調人〔一〕，勞勞深苦更深辛。誰知勢耀如殘雪，我覺榮華似暮春。

【校記】

〔一〕浮利浮名：輯要本作「浮名浮利」。

辭家

正做迷迷火院人，苦中受苦更兼辛。偶因得遇通玄妙，豈肯躭家戀富春。

遊秦

散髮披襟落魄人，心無傷苦與傷辛。故來秦地甘河鎮，遠避家鄉苦海春。

起慈

心願超凡化度人，起慈救苦更悲辛。勸人趓閃冤親債，學我收藏斗柄春。

忘念

做箇道門輔弼人，爲他哀苦更哀辛。因觀關裏秦川景，不憶鄉中甲地春。

示門人三首

能脱名韁利鎖人，解趓火院萬般辛。水中火發休心景，雪裏花開滅意春。

損損休心無染人，閑閑養氣不言辛。九般雲現乾坤瑞，一點陽生天下春。

三尸六賊總魔人，征戰辛勤苦轉辛。誅戮妖精心内劍，修完異景洞中春。

勸世八首

酒色氣財四害人[一]，苦中最苦苦生辛。貪迷世俗浮華景，不悟仙家久遠春。

火風地水暫爲人，干甚勞勞苦又辛。悟取仙葩開四季[二]，休迷凡卉旺三春。

農士工商四等人，各貪功業苦中辛。不知短景催人老，怎悟長真益已春。

勸回屠獵與文人，費我心神更苦辛。捉住無爲難著有，發揚大道勝遊春。

物外逍遥快活人，修持非苦亦非辛。鸞飛鳳闕蓬萊景，虎吼龍宫海藏春。

做箇能清心鏡人，奚論深苦與深辛。趣中得趣環墻景，塵裏無塵出世春。

心懷荊棘暗欺人，空爇名香枉斷辛。好削塵情消滅業，積成和氣轉加春。

玄言補益十方人，全戒腥膻分戒辛。常飲醍醐惺復醉，永觀菡萏景非春[三]。

【校記】

〔一〕氣財，輯要本作「財氣」。　〔二〕葩：輯要本作「花」。　〔三〕非：輯要本作「長」。

寄鄉人四首

我匪鄉中下賤人，何曾當苦與當辛。遇師傳授無爲理，使我休迷有限春。

丁屬天涯海角人，自須離苦更離辛。閑觀八水絲毫勢，賞翫三州錦繡春。
學道修仙作異人，一心趓苦更趓辛。虎龍易位成玄趣，日月交光發好春。
決烈男兒慷慨人，怕投勞苦怕投辛。斡旋造化通神用，反覆陰陽盡變春。

贈京兆府徐孔目

火院空躭空累人，筭來空苦亦空辛。争如尋覓長生路，豈似修持不盡春。

寄京兆劉法司二首

名利如同酒醉人，迷迷躭苦更躭辛。只知名利時間好，怎悟蓬瀛久視春。
大限無過百歲人，何須苦上更添辛。抽身急避金枷累，發志懃修玉洞春。

贈鄠縣老張姑洎衆女姑

異人爲作異於人，斡運三奇與六辛。玉樹常榮常是溉，瓊華不謝不關春。

贈鄠縣王姑暨衆女姑

優游恬惔養真人，不須酒肉與葷辛。醍醐三盞千秋歲，蟠桃一顆萬年春。

贈鄠縣趙姑曁衆女姑

無爲清淨鍊丹人，免受紅塵萬萬辛。玄圃種成無漏果，水鄉枯盡没殘春。

贈柳蔣辛老宿

誰爲吉善好心人，柳蔣村中老宿辛。悟道難迷塵世景，修真易見洞壺春。

秦鎮酒都監王武德小娘子告出家以詩贈之二首

投玄入妙樂天人，鍊氣何曾苦上辛。我悟收來不到處，自然不是嶺頭春。

物外逍遥坦蕩人，也無心苦與心辛。鑪中養就清凉火，鼎内燒成大藥春。

寄咸陽小張録事曁衆道友

咸陽陌上古今人，利引名牽苦苦辛。何似斡旋三澗雪，寧如修鍊四時春。

贈乾州高常善

要做蓬萊三島人，不須説苦更辛辛。尋思天上二三載，已换人間百萬春。

贈武功時先生

我奉風仙化導人，免憂生死苦和辛。清心寂寂靈靈性，調息綿綿永永春。

贈鳳翔小李仙

不貪不愛不凡人，恬惔優游豈受辛。玉樹枝分千種秀，金蓮花放萬年春。

贈隴州賀孔目

萬萬千千名利人，有誰知苦更知辛。若通吾道玄中妙，暗惠賢家臉上春。

贈隴州尚書表

擘下金枷玉杻人，悟閑肯受苦勤辛。修完不有修完處，捉住虛無捉住春。

余復别隴汧重訪龍門山有李子和解元相餞至勾兜堡旅館同宿夜聞鄰舍人亡悲哀不已作此贈之

耳内常聞哭死人，鼻中不覺瀝酸辛。哀人豈似常哀己，見道勝如永見春。

隴州李子和解元入道訓法名大莖號靈根子

休要哀他亡過人，切須哀己嘆虚辛。急修久視長生景，得賞瑶臺閬苑春。

儒醫高孝叔索

高公秀士智醫人，拈弄苦參與細辛。争似修完蓬島路，寧如賞翫洞天春。

贈隴州續玄機

清净無爲真道人，並無苦苦與辛辛。三千功滿三千日，十二周天十二春。

贈隴州淡善柔

斷除酒色氣財人，免向家中受苦辛。决烈回頭三島客，修持定飲十洲春。

贈郭善能

坦蕩逍遥物外人，没憂没苦没艱辛。牢收亘古三田寶，賞翫元初四季春。

贈魏道清

鼓腹高歌樂道人，自然無苦亦無辛。壺中有景非常景，洞裏藏春别是春。

贈張玄成

無拘無管散閑人，擺脱勞生苦裏辛。撫動心琴金鳳舞，深藏瓊樹玉堂春。

贈隴州趙八郎

惺惺伶利最憨人，貪爲養家苦力辛。不念百年隨手過，空圖榮旺暫時春。

贈隴州辛司候

巖前鶴唳草堂人，喜見登科甲第辛。學士要遷官一品，散臣不博壽千春。

隴州辛司候到官三月見余勸學道渠云念某纔請得三箇月俸因而有作四首

馬風詩上讀書人，各自家風各訴辛。入仕新官三月俸，出塵故友屢經春。

我會搖頭不管人，因何詩曲捧呈辛。宿緣宿契雲霞友，修補修完洞府春。
馬風眷戀宿緣人，時復狂吟冒瀆辛。奉勸早尋蓬島路，自然得賞洞庭春。
些兒微妙付何人，説與前生的友辛。蓮步步開紅雪徑，雲蹤蹤到碧桃春。

隴州蕭公索詩兼呈辛公司候

的端鍊鍛了心人，説與州官司候辛。異日果登三島路，今朝喜遇一陽春。

贈隴州鄭承德辛司候攢三字起。

馗上許何人，三公衛鄭辛。諸時文序子，唱和武陵春。〔一〕

九首馗上許何人，川橫三公衛鄭辛。言若諸時文序子，日日唱和武陵春。

【校記】

〔一〕贈隴州辛司候：原作《贈隴州辛司候七首》，包括《隴州辛司候到官三月見余勸學道渠云念某纔請得三箇月俸因而有作》與《隴州蕭公索詩兼呈辛公司候》《贈隴州鄭承德辛司候》六首，兹各按題獨立。

贈華亭馬玄中

擺脱家緣離俗人，自然免受苦中辛。道修消盡千重業，丹鍊完全萬劫春。

贈華亭董遇師十三歲入道

少年休説異如人，真實修持勿憚辛。莫向人前誇黑首，争知鏡内暫青春。

贈白巖鎮魯周瑞

樂道逍遥豁暢人，自無勞苦與勞辛。洞内鍊烹金鼎藥，壺中賞翫玉樓春。

贈化平縣朱玄覺

分明説與出家人，戒斷腥羶厭五辛。休向我邊參久視，便歸物外問長春。

贈鄭善信

物外逍遥自在人，調和甲乙與庚辛。洞中常伴長生客，壺内閑觀不老春。

贈化平縣趙至柔

猛烈回頭出世人，免躭萬苦與千辛。鑪中九夏凉如水，鼎内三冬暖似春。

贈坊州曹解元五首

勸認清閑不采人，奈何冤業苦躭辛。争知歲月催人老，過了一春無一春。

養家家累累迷人，忒煞奔波忒煞辛。苦死不知苦是苦，春去那能春復春。

獨自擔家贍衆人，無人分苦更分辛。勞心著假蹉跎老，因悟投真掌握春。

悟來脱俗不愚人，免受勞生苦與辛。命變五行超造化，性通九轉自然春。

端的修行一志人，何曾憂苦更憂辛。太初丹結玄中寶，黍米珠藏物外春。

贈寧海沙三翁

忻住環墻得趣人，何曾愁苦更愁辛。能收白虎丹無漏，會引青龍洞有春。

贈文山周先生二首

披蓑携杖放慵人，豁暢心開怕説辛。誰信洞天玄圃景，無花無柳也成春。

氣財酒色最傷人，火院熬煎苦痛辛。往往不愁秋後景，迷迷空戀眼前春。

贈長安李茂春

日相催老了人，然覺苦又驚辛。分開悟來投道，許長安李茂春。拆日字起

日日相催老了人，自然覺苦又驚辛。十分開悟來投道〔一〕，首許長安李茂春。

【校記】

〔一〕十：由前句末「辛」字拆得。今按，《洞玄金玉集》卷五《十了功乃内事非眼前境界真清真净自然得之》：「自然天地兩交流，十分功滿性風流。」

又攢二字起。

每言子好人，怕苦恐粘辛。倌得都因孝，皆傳李茂春。

人每言子好人，人怕苦恐粘辛。人倌得都因孝，人皆傳李茂春。

七言律詩

重陽憫化妙行真人鈞予出家故作是詩以謝師之慈悲耳二首

山侗閑想舊縱由〔一〕，火院中間憂裏愁。萬苦千辛求富貴，千頭萬緒惹冤讎。尋思生死如何

免，服事妻男怎到頭。方欲尋歸何事幸，風仙釣出恣雲遊。山侗脱了火坑憂，入道來來不害愁。日日逍遥樂吟詠，時時坦蕩喜歌謳。翠霞紫霧常爲伴，明月清風永作儔。誘化仁人歸大道，行功圓備赴瀛洲。

【校記】

〔一〕縱：輯要本作「蹤」。

建德

道家無親無不親，哀物哀人哀己身。心起慈悲行大德，意無情念顯精神。有爲境界時時撥，無漏園亭日日新。暗積行功功行滿，携雲歸去禮師真。

自述三首

頭梳三髻即非虔，人問因由事怎傳。揚顯師名宜頂戴，包藏士口處心堅。争知在世山侗子，不讓朝元獨角仙。今日對君親説破，他年功滿步雲煙。

萬緣勘破總歸空，從此修行早見功。意馬難爲迷愛慾，心猿易得做愚蒙。氣神安浄金丹結，龍虎澄清玉性紅。奉報同流憑妙用，大家修鍊赴蓬宫。

寵妻不是聰明漢，好色誠爲懵懂哥。稍稍留心遭毒手，微微掛意著他魔。精枯髓竭形容瘦，氣散神衰鬼使拖。我悟我驚當早避，何須直待鼓盆歌。

連珠頌

我心有病我心醫，人是人非人豈知。搜妙搜玄搜獲正，不争不競不修持。常清常净常生善，要道要行要拯危。懷玉懷仁懷救度，起心起念起慈悲。

完顔侍郎因謂予曰不意先生肯住茅菴環堵受如此瀟洒因而有作

馬家巷内馬風家，北宅南園不足誇。那箇榮華非活計，這般瀟洒好生涯。身心離俗修金窟，雲水投玄種玉芽。頓覺眼前天地窄，壺中日月結靈砂。

詠秋景

一年嘉景在三秋，斗指西方運火流。成氣收精通妙用〔一〕，飛霜迎節應真修。菊開常有陶潛興，葉落全無宋玉愁。向曉風清溪月白，有人悟得赴瀛州。

【校記】

〔一〕精：輯要本作「金」。

寄呈高陵劉伯虎殿試

彭城物外細搜求〔一〕，悟一之時萬事休。坐卧不妨牽白鹿，住行無礙引青牛。常清常净須當認，真行真功決要周。九轉丹成蓬島去，專參的祖海蟾劉。

【校記】

〔一〕細：輯要本作「試」。

勉門人二首

修行須棄色和財，慎勿貪盃惹禍災。速把我人山放倒，急將龍虎穴衝開。丹成雪彈明金鼎，性結霜毬晃玉臺。常有白雲飛洞口，行功圓備赴蓬萊。

争名競利苦忙忙〔一〕，不覺容衰兩鬢蒼。貪爲妻男身受苦，怎知道德事偏長。願公速固精神氣，學我勤修鉛汞霜。功行積成真性顯，大家同共赴蓬莊。

【校記】

〔一〕競：輯要本作「争」。

挈李大乘入環堵作

西北亭川環堵居，此中堪可隱吾軀。眼前碧竹數君子，面對青松二大夫。流水假山兒戲爾，清風明月汝知乎？若能悟解予栽韭[一]，予於環堵栽韭薤，故寓焉。有分靈光赴玉都。

【校記】

〔一〕韭：原作「九」，此從句後所注：「予於環堵栽韭薤，故寓焉。」另，元李道謙《終南山祖庭仙真内傳》卷上《李大乘》引録，亦注曰：「時宗師環中栽韭，以寓意也。」今按，《洞玄金玉集》卷四《食韭》題下小字注：「九九之數也。」詩云：「馬風戒斷酒，吃吃生生韭。和韭也不吃，自在逍遥走。」所寓之意當隱而不露。

呈岐陽丹霞觀張正夫

披雲引鶴訪雙林，抱箇無爲霹靂琴。花萼樓前逢益友，昆明池畔遇知音。三田珎寶明神室，八脈嬰兒出錦衾。手掌夜光珠一顆，不勞足力步瑶岑。

贈李大乘兼呈净公長老

環墻裏面最翛然，道舍清虚占兩椽。深愛筠生君子志，可憐松老大夫賢。入渠渌水成清醁，五岳連峰聳碧蓮。雖有儒生爲益友，不成三教不團圓。

贈涇陽張先生

六旬有四卦將休，猛悟灰心離俗遊。訪我投真歸正覺，搜玄索隱做持修。頭分丫髻雲霞友，手顯擎拳風月儔。稽首更明珍重理，自然得去赴瀛洲。

和月窬老人

既知不二道先天，符契山侗至妙言。鸞鳳翱翔投玉窟，虎龍吟嘯入金門。壺中烹鍊乾坤髓，洞裏撼摇天地根。一粒黍珠藏日月，昏昏默默不昏昏。

和高内奉

既言仕宦著囂塵，何必奔波過此生。速剪萬緣如斷梗，免教一性似飄萍。出離苦海心開悟，撥散浮雲月自明。功行圓周超上界，方知馬鈺啓丹誠。

和寧伯功惠銀杏詩

七寶玲瓏珍藏鄉，産般異菓果非常。外成粉殼渾全玉，内結水晶半帶霜。文武火炮增品味，棟梁水煮轉馨香。想君先得此佳趣，見惠山侗正一陽。

訪秀林長老張德通殿試

圭峰山下秀林村，得趣高僧喜道人。引鶴披雲來就教，參玄問妙去除塵。無爲清浄龍蟠虎，大道自然鳳産麟。若得儒張知苦子，遂成三教話長春。

吴正心趙霜心魏霖從余訪圭峰

三公相從九仙遊，十二周天十二周。憑仗九三爲妙用，堪遷二六作風流。好將水火鑪中養，便把乾坤鼎内收。異日功成丹烜赫，共同雲步訪瀛洲。

寄蒲城陸德寧

休言在俗做修行，休説家中非火坑。對鏡心迷難養氣〔一〕，逢魔意亂怎收精。願君開悟除三毒，學我澄清屏七情。拂袖超然離苦海，雲朋霞友論長生。

【校記】

〔一〕鏡：原作「境」，此從輯要本。

耀州劉公夢海蟾學修行以詩贈之二首

海蟾入夢化劉仙，遣汝投予學妙玄。有説寧知無説法，無言怎悟有言傳。能持清浄無爲理，便達精微造化權。天地悉歸金玉鼎，神丹結正性團圓。

彭城何事不迷昏，得遇來投清浄門。便認陰符三百字，好搜道德五千言。就中得一通三妙，向裏通三得一軒。莫使黑雲爲障閉，自然返老復歸元。

和三水縣王知觀

看看相近下坡年，悟取賢家本是仙。早訪林泉捐俗累，速離宫觀棄塵緣。無爲性上通玄妙，清浄心中達妙玄。功行周圓蓬島去，侍香鍾吕太原前。

和司公周監使

物外逍遥任自然，終南山下闡良縁。怎知我得無無趣，勸化人離種種邊。坦蕩觀瞻壺内景，慇懃修補洞中天。功圓行滿乘雲去，同禮重陽風害仙。

和寧海軍孫公執殿試

願公開悟萬緣休，慎勿塵埃性上留。功有斡旋全水火，箇無故殁没春秋。速令赤馬吞黄馬，便使青牛吼白牛。烹鍊大丹丹烜赫，何愁紫府詔來不。

過修善村求齋

馬家巷内馬風狂，得遇修仙萬事忘。養氣全神成道果，烹鉛鍊汞結丹陽。清清凈凈金光瑩，湛湛澄澄玉性芳。一片霜心無我相，人來取火愈清凉。

契遇菴

尋思最緊是修持，急急修持尚恐遲。坎虎離龍常逗引，心猿意馬罷奔馳。紫金山後通三要，白玉臺前種九池。三疊心琴成曲調，清清聲韻應仙篪。

福山縣周彬甫索

偶因牒發到鄉來，得與周公屢接陪。索我清吟難拒命，勸君開悟省貪財。心澄白虎穿丹穴，意净青龍上寶臺。龍虎遶蟠成大藥，胎仙歌舞訪蓬萊。

福山縣劉公索

劉公學道聽予言，入妙門庭要志堅。清净堪爲仙活計，利名豈是道因緣。虎龍便合閑調引，猿馬無令放耍顛。神氣冲和成大藥，性靈飛上大羅天。

福山縣單一翁索

單公好鍊性温柔，休似從前分外求。猿馬引心迷假合，虎龍入腹應真修。清中玉奼歌無歇，净裏金嬰舞不休〔一〕。固守根源丹自結，功成行滿赴瀛洲。

【校記】

〔一〕净：輯要本作「静」，通。

贈黄縣馬從仕

爲人須要笑咍咍，對月臨風好把杯。閑悶閑愁閑放下，自寬自樂自無災。無爲清净登仙路，坦蕩逍遥上寶臺。若悟如斯爲活計，大家雲步赴蓬萊。

加持馬從仕宅醮

悟來樂道恣情咍，醮食須求麵一杯。幸遇黄冠行法事，助他清醮謹禳災〔一〕。加持潔己居環堵，追薦亡靈上玉臺。瑞氣祥雲相引去，蟠桃賞翫宴蓬萊。

【校記】

〔一〕禳：原作「讓」，此從輯要本。

和萊陽楊殿試韻二首

遐齡鳳曆不須推，仁者從來勝壽眉。鄉老盡傳鄉行好，道人又許道心奇。奈何性上攀緣累，怎得玄中奧妙知。但願賢家開悟早，同歸蓬島禮真師。

遇予便合認真常，性月靈靈圓更方。忻處茅菴辭峻宇，喜陪籬障棄高墻。勤修元首三清舉，遠勝名魁四選場。定是將來仙得做，何須求問治膏肓。

述懷藏頭拆字。

蟠吉髻古今希，衲蒙頭孰敢依。愛世華增我相，觀天道悟烏飛。儀流轉成玄寶，胍冲和應妙機。上金花長久放，今知是覺前非。拆三字起三蟠吉髻古今希，布衲蒙頭孰敢依。人愛世華增我相，目觀天道悟烏飛。二儀流轉成玄寶[一]，八胍冲和應妙機。木上金花長久放，方今知是覺前非。

【校記】

[一]二：由前句末「飛」字之「二」「飞」拆得。今按，金王處一《雲光集》卷三《養浩吟》：「一氣昇騰超造化，二儀變鍊會初真。」

自詠

侗恣意騁狂顛，樂真閑得自然。裏湧泉端的汞，中生火的端鉛。龍嬉戲噴紅瑑，虎咆哮吐紫煙。謂箇誰丹藥種，陽師父害風仙。拆山字起

山侗恣意騁狂顛[一]，真樂真閑得自然。火裏湧泉端的汞，水中生火的端鉛。金龍嬉戲噴紅瑑，玉虎咆哮吐紫煙。因謂箇誰丹藥種[二]，重陽師父害風仙。

【校記】

[一]山侗：爲重陽王喆爲丹陽馬鈺所取小字。今按，金馬鈺《洞玄金玉集》卷一詩題有「翌日師父訓鈺小字山侗」語。 [二]因：由前句尾字「煙」所含之「垔」拆得，取其音。

過圭峰即事

峰山隱九般霞，段光輝段段華。載鍊烹成至寶，風不動結靈砂。年悟取長生景，子心開不謝

花。導馬風行教化，宜壺内做生涯。拆圭字起。

圭峰山隱九般霞，段段光輝段段華。十載鍊烹成至寶，八風不動結靈砂。少年悟取長生景，小子心開不謝花。化導馬風行教化，人宜壺内做生涯。

京兆府任公索

朝丁屬府推任，我俱忘物外尋。步不移雲水至，心捉住鬼神欽。龍蟠遶呈祥瑞，虎咆哮衙好音。就月將丹結實，珠活樂出遥岑。拆今字起

今朝丁屬府推任，人我俱忘物外尋。寸步不移雲水至，一心捉住鬼神欽。金龍蟠遶呈祥瑞，玉虎咆哮衙好音。日就月將丹結實，貫珠活樂出遥岑。

任判官求

朝酷告判官任，我速除福轉深。湧焰光焚碧海，清意净舞朱林〔一〕。金間隔成功曄，月交馳顯道心。毒俱無丹自結，人忍辱步瑶岑。拆今字起

今朝酷告判官任，人我速除福轉深。穴湧焰光焚碧海，水清意净舞朱林。木金間隔成功曄，日月交馳顯道心。三毒俱無丹自結〔二〕，吉人忍辱步瑶岑。

【校記】

〔一〕意：原作「子」，此從輯要本。　〔二〕三：由前句末「心」字之「三點」拆得。今按，全真家詩集屢

見「三毒」語。《洞玄金玉集》本卷《寄蒲城陸德寧》：「願君開悟除三毒，學我澄清屏七情。」金丘處機《磻溪集》卷四《修道》之三：「萬緣如嚼蠟，三毒似銷冰。」

和月窗老人

金間隔晃胸襟，殺邪魔理趣深。裏神光成玉焰，中蓮蘂結霜心。靈瑩瑩通明旭，曜輝輝蕩散淫。上山侗能養浩〔一〕，君保惜自瓊林。拆木字起

木金間隔晃胸襟，禁殺邪魔理趣深。水裏神光成玉焰，火中蓮蘂結霜心。三靈瑩瑩通明旭，九曜輝輝蕩散淫。我上山侗能養浩，告君保惜自瓊林。

【校記】

〔一〕浩：輯要本作「活」。今按，《三國志·魏志》卷一一《管寧傳》：「在乾之姤，匿景藏光，嘉遁養浩，韜韞儒墨。」

和吳元素

從無意羨簪纓，姹閑調棄利名。口相傳忘智慧，心不動黜聰明。烏月兔清澄瑩，虎金龍哮吼聲。目聾盲難外騁，風堅志救群生。拆一字起

一從無意羨簪纓，嬰姹閑調棄利名。口口相傳忘智慧，心心不動黜聰明。日烏月兔清澄瑩，玉

虎金龍哮吼聲。耳目聾盲難外騁，馬風堅志救群生。

和平凉陳學正

金有間莫輕抛，子心灰鬢不凋。轉十洲觀紫府，開三島看青霄。中玉兔常無味，裹金烏自是調。易變通陳學正，成仙契好争標。拆木字起

木金有間莫輕抛，才子心灰鬢不凋。周轉十洲觀紫府，廣開三島看青霄。月中玉兔常無味，日裹金烏自是調。周易變通陳學正，止成仙契好争標。

和于内奉韻

德金方修九九，動胎仙常啓口。從得遇絶憂愁，上塵情都抖擻。載慇懃補漏天，道斡旋如用手。公亦遇重陽師，論清真任身朽。拆木字起

木德金方修九九，我動胎仙常啓口。一從得遇絶憂愁，三上塵情都抖擻。數載慇懃補漏天，大道斡旋如用手。于公亦遇重陽師，自論清真任身朽。

贈黄縣衛彦周

乎者也兀誰休，是芝陽衛彦周。訣三光須要認，花五彩决持修。開玉蘂全無事，綻金蓮别有

由。上田田丹自結，人相逐馬風遊。拆之字起

之乎者也兀誰休，人是芝陽衛彦周。口訣三光須要認，心花五彩决持修。三開玉蘂全無事，一綻金蓮别有由。田上田田丹自結，吉人相逐馬風遊。

和張公殿試

風吹動玉冠簪，有張公怕事禁。我佳篇詢意馬，君妙訣話猿心。鈎三毒休胡放，種千般莫要尋。寸靈珠方寸内，常清凈鬼神欽。拆金字起

金風吹動玉冠簪，日有張公怕事禁。示我佳篇詢意馬，與君妙訣話猿心。三鈎三毒休胡放，万種千般莫要尋。寸寸靈珠方寸内，人常清凈鬼神欽。

贈三光會首周彬甫

人好離利名鉤，口傳玄勸早修。我心中當剪截，予意上莫停留。田耕透三田寶，玉生成四玉牛。載慇懃非用力，圭得飲行功周。拆吉字起

吉人好離利名鉤，金口傳玄勸早修。人我心中當剪截，戈予意上莫停留。田田耕透三田寶，玉玉生成四玉牛。十載慇懃非用力，刀圭得飲行功周。

和縣尉王武略

壬交會得真閑，訪金方牒發還。離塵情屏俗事，開心性與玄關。扃户掩居環堵，就月將鍊寶山。見吾官神自喜，傳微妙好躋攀。拆丁字起

丁壬交會得真閑，木訪金方牒發還。遠離塵情屏俗事〔一〕，争開心性與玄關。門扃户掩居環堵，日就月將鍊寶山。一見吾官神自喜，口傳微妙好躋攀。

【校記】

〔一〕遠：由前句末「還」字拆得，取其形近。下句首字「争」如之。

和寧海劉殿試

傳離俗樂然歸，裹華陽更問誰。若諸時常作伴，違口契永難隨。中玉兔行來晚，裹金烏叫及時。步能移仙舉應，蓮五彩自然知。拆口字起

口傳離俗樂然歸，巾裹華陽更問誰。言若諸時常作伴，人違口契永難隨。月中玉兔行來晚，日裹金烏叫及時。寸步能移仙舉應，心蓮五彩自然知。

和范壽卿殿試二首

儀攢聚結靈丹，點元陽晃九關。户闌開無俗慮，神安静得真閑。金間隔垂雲脚，日交輝現本

顔。味瓊漿因爛飲，君詩債片時閑。拆二字起

二儀攢聚結靈丹，一點元陽晃九關。門户闡開無俗慮，心神安静得真閑。木金間隔垂雲脚，月日交輝現本顔。八味瓊漿因爛飲，欠君詩債片時閑。

人開悟悟終宵，在行菴不照茅。爲官魔來故郡，尋仙契結知交。天母地通三要，姹嬰嬌弄六爻。動心清增慧力，圭爛飲萬緣抛。拆才字起

才人開悟悟終宵，月在行菴不照茅。予爲官魔來故郡，君尋仙契結知交。父天母地通三要，女姹嬰嬌弄六爻。又動心清增慧力，刀圭爛飲萬緣抛。

和于百壽韻

風清浄大乘功，辦修持不落空。炷心香關穴滿，般槍法妙玄通。乎者也非吾會，月星辰在鼎中。訣授傳如省悟，蓮開後不愚蒙。拆家字起

家風清浄大乘功，力辦修持不落空。一炷心香關穴滿，三般槍法妙玄通。之乎者也非吾會，日月星辰在鼎中。口訣授傳如省悟，心蓮開後不愚蒙。

和崑崙于華叔韻

蟠虎遶助神翁，化將來再遇風。滅尸亡心意浄，昇火降妙玄通。乎者也爲開導，德清閑合至

功。勸于公并道友，當早早出塵籠。拆龍字起

龍蟠虎遶助神翁，羽化將來再遇風。虫滅尸亡心意浄，水昇火降妙玄通。之乎者也爲開導，道德清閑合至功。力勸于公并道友，又當早早出塵籠。金馬鈺《洞玄金玉集》卷三，明正統《道藏》本，文物出版社等一九九四年，第二五册五八三頁。

新編全金詩卷一一五

馬鈺四

七言長篇

自喻

水雲蹤迹任飄飖，寶樹琪花好撼摇。鍊己勤修金玉洞，潛身投宿瓦磚窰。天關地軸蟠吾足，瑞氣祥光纏我腰。莫訝世間踈麴櫱，且忻静裏飲瓊瑶。遵依師父持三要，逗引靈童舞六么。直待風仙來下界，度歸蓬島永逍遥。

臘日海上見海市用東坡韻

海家活路不知空，長在洪波大浪中。日日捕魚招地獄，時時進觵背仙宫。因何却得心悔過，遇我穿鑿勝良工。忻躍焚燒船與網，慈悲感動神與龍。海市呈空驚衆目，於中號倒白髯翁。時當臘八生異象，希奇造化現來雄。龍虎遶蟠吟不盡，神仙出没畫無窮。寶殿珠樓水摇蕩，瓊林琪樹氣浮融。跨鶴金童敲玉磬，登壇玉女擊金鐘。嘉瑞重重襯天闊，慶雲靄靄顯年豐。悟來赤鳳翅調金，倒把青牛尾秉銅。重遇重陽仙訓誨，冰清玉潔樂真風。

寧海軍判官烏延烏出次韻

臘八海市現寒空，虚無氣象杳冥中。紫霧化成蓬島洞，紅霞變作寶瓶宮。隋珠照海相連蚌，蜀錦牽船豈見工。風光摇曳奔山虎，雲彩横斜出水龍〔一〕。遥觀引鶴垂髫子，遠望披蓑策杖翁。乘鸞玉女異中異，撲象金獅雄更雄。便是坡公吟匪盡，直饒道子畫難窮。勸人回首投嘉趣，顧我修真鍊氣融。投玄幸悟無生理，救命能趓過世鐘。常有慈心扶衆溺，却無俗念願家豐。慇懃進道絶纖慮，點檢行囊没箇銅。掌握斡旋顛倒法，狂歌狂舞且佯風。

【校記】

〔一〕雲彩：輯要本作「彩雲」。

次韻

萬頃琉璃襯半空，陰陽造化在其中。鵲橋橋度三山客，鸞輿輿訪九霄宫。希奇樓顯摘星手，玲瓏塔現不凡工。隊隊坎男乘白虎，群群離女跨青龍。背縮同心小小子，帽裹三簷老老翁。忽爾騰空飛鶴勢，偶然戲水巨鰲雄。相契内事山侗富，倒笑虚假石崇窮。性住命停昭且著，神清氣爽朗然融。慈悲句句如良藥，語話琅琅似擊鐘。罷鍊心魔并意亂，却祈國富與民豐。願無憎愛投嘉趣，誓不慳貪積臭銅。三髻狂吟人莫笑，一般風害害風風。

復用前韻

琅琅海市秀朧空，相次東坡十月中。瑞氣結成蓬島洞，彩霞捧出九霄宫。我來西高行教化，祥生北海顯仙工。躍嶺奔山投穴虎，噴雲吐霧戲珠龍。異常造化三終日〔一〕，希奇驚倒一老翁。蓋因漁父網焚喜，感動天翁景變雄。詩匠賦詩詩有盡，畫工欲畫畫無窮。白叟黄童誠大悦，青天紅日顯明融。四皓嬉遊縱狂舞，八仙宴飲倒提鐘。外施功行神明祐，内鍊冲和道氣豐。持戒已無心犯戒，見銅怎敢手拈銅。奉勸後來學道者，慇懃謹謹繼予風。

【校記】

〔一〕三終：輯要本作「終三」。今按，《詩·小雅·鹿鳴》分爲三章，古人以奏畢三章之樂稱「三終」。

癸卯四月行化道過福山因借坡公海市詩韻以述懷贈諸道友〔一〕

馬風得遇治虚空〔二〕，水養靈煙恍惚中〔三〕。斡動玲瓏珍寶藏，剔開晃朗蘂珠宫。性好清閑并道德，教傳農士與商工。調和鼎内龍蟠虎〔四〕，逗引鑪中虎遶龍。鉛精汞髓歸根蒂〔五〕，女姹嬰嬌惜主翁。既悟無爲真活計，肯持有作假英雄。專志投玄能離苦〔六〕，虔誠索隱不憂窮。心便環堵攀原憲，腹長胎仙傲孔融。欽崇教主唐才吕，遵奉講師漢將鍾〔七〕。常嘆一瓢爲我累，寧思五袴傚他豐。九載曾修三澗雪，十年不把一文銅。誰繼重陽師父踵，丘劉譚馬闡家風。

【校記】

〔一〕《(民國)福山縣志稿》卷六《藝文志·金石》録此詩，題作「東坡《海市》詩韻述懷」。〔二〕馬、治：《(民國)福山縣志稿》作「駕」、「浩」。〔三〕水養：《(民國)福山縣志稿》作「冰餐」。〔四〕蟠：《(民國)福山縣志稿》作「騰」。〔五〕髓：輯要本作「體」。〔六〕專：《(民國)福山縣志稿》作「單」。〔七〕講：《(民國)福山縣志稿》作「傳」。鍾：原作「鐘」。今按，「鍾」與「鐘」通，用作姓氏當作「鍾」。

予行化芝陽特承蓬萊道衆見訪相別索詩爲借坡公韻藏頭疊字贈焉

仙説破萬緣空，色色空眼界中。下聞道必生怪，我矜誇自有宫。殿修完無用木，金間隔不煩工。巧難通水與火，清易引虎和龍。蟠虎遶投離女，姹嬰嬌訪坎翁。母清靈生異相，貌威嚴別是雄。哉雄哉真得得，兮得兮赤窮窮〔一〕。究内事默而語，話胎仙和且融。融入妙開金口，口傳玄扣玉鐘。離傳吕傳王，父傳予麻麥豐。人儉己成仙契，聖合賢惡鄧銅。臭不如功行累，功積行得仙風。

風仙説破萬緣空，空色色空眼界中。中下聞道必生怪，怪我矜誇自有宫。宫殿修完無用木，木金間隔不煩工。工巧難通水與火，火清易引虎和龍。龍蟠虎遶投離女，女姹嬰嬌訪坎翁。翁母清靈生異相，相貌威嚴别是雄。雄哉雄哉真得得，得兮得兮赤窮窮。窮究内事默而語，語話胎仙和且融。融融入妙開金口，口口傳玄扣玉鐘。鍾離傳吕吕傳王，王父傳予麻麥豐。豐人儉己成仙契，契聖合賢惡鄧銅。銅臭不如功行累，累功積行得仙風。

【校記】

〔一〕赤：輯要本作「示」。

黄邑修設黄籙邀予作度師既至加持于全真菴借東坡海市詩韻以示道衆

亡尸滅得觀空，士農商好守中。訣投玄無地獄，談入妙有天宫。祖純陽曾禱現，父風仙昔嘆工。斬七情嬰跨虎，通一竅姹乘龍。盈日昃顯黄婆，昇火降助金翁。翼生兮機莫測，圭飲兮雌變雄。今不羡陶朱富，無相繼范舟窮〔一〕。有三丹千日鍊，生五彩百骸融。年罷用分茶盞，紀捐持勸酒鐘。遇隨緣行教化，來勸世棄財豐。合醬黄非是膾，觀心鏡不干銅。流若悟山

侗理，帛如泥恰似風。拆虫字起

虫亡尸滅得觀空，工士農商好守中。口訣投玄無地獄，言談入妙有天宮。吕祖純陽曾禱現，王父風仙昔嘆工。一斬七情嬰跨虎，七通一竅姹乘龍。月盈日昃顯黄婆，水昇火降助金翁。羽翼生兮機莫測，刀圭飲兮雌變雄。厶今不羡陶朱富，田無相繼范舟窮。自有三丹千日鍊，金生五彩百骸融。一年罷用分茶盞，二紀捐持勸酒鐘。重遇隨緣行教化，人來勸世棄財豐。豆合醬黄非是道，目觀心鏡不干銅。同流若悟山侗理，玉帛如泥恰似風。

【校記】

〔一〕舟：原作「丹」，刊誤。今按，以上句言「今不羡陶朱富」，此句當指范蠡泛舟故事。

勉賡彦濟海市詩韻攢三字。

下天風仙王，哂我太荒唐。指予遊海島，訪覓岜山陽。瞯看人業滿，教勸如春煖。從此網船焚，功尋不可緩。馬風到北溟，海市人總驚。天垂仙景異，千變萬化生。睹如蓬島上，道子難圖狀。吞吐物物奇，怎寫般般相。驚動海邊漁，誂心冤怎逋？便焚罾與網，神喜天亦愉。恰似醉復醒，語話投機訂。性上問長春，清浄成丹鼎。

一卜下天風仙王，一口哂我太荒唐。提手指予遊海島，方言訪覓岜山陽。目間瞯看人業滿，士子教勸如春煖。五人從此網船焚，二力功尋不可緩。牛火馬風到北溟，水母海市人總驚。一一天垂仙景異，橫豎千變萬化生。十目睹如蓬島上，九首馗子難圖狀。大口吞吐物物奇，小人怎寫般般相。文馬驚動海邊漁，言虎詭心冤怎逋？人更便焚罾與網，士由神喜天亦愉[二]。心合恰似醉復醒，吾言語話投機訂。一心性上問長春，三月清淨成丹鼎。

又 藏頭拆字。

如點漆出，自重陽王，度丘劉譚馬唐。訣傳玄內雲水，然三髻來芝陽。居環堵加持滿，歷雲遊誰怕煖。人報我望西高，暮海市仍且緩。喜呈祥在北溟，看異景衆皆驚。風特地來行化，好依予戒殺生。勸網焚船莫上，論人形異魚狀。命魚命命不殊，審生前魚甚相。下爲魚犯甚漁，魂冤債應難逋。經懺悔非懺悔，每改過天自愉。灰整得醉中醒，起善心善事訂。盟盟誓不爲漁，魚戲海免湯鼎。拆目字起

目如點漆出，出自重陽王，三度丘劉譚馬唐。口訣傳玄內雲水，樂然三髻來芝陽。日居環堵加持滿，兩歷雲遊誰怕煖。友人報我望西高，一暮海市仍且緩。爰喜呈祥在北溟，冥看異景衆皆驚。馬風特地來行化，自好依予戒殺生。我勸網焚船莫上，一論人形異魚狀。人命魚命命不殊，未審生前魚甚相。目下爲魚犯甚漁，魚魂冤債應難逋。甫經懺悔非懺悔，每每改過天自愉。心灰整得醉中醒，日起善心善事訂。言盟盟誓不爲漁，魚魚戲海免湯鼎。

又

疊心琴虞舜王，藏西歸復至唐。教經文窮理看，髻得遇鍊丹陽。心性兮功向滿，雲遊兮任寒煖。急行兮闡善緣，來線兮不稽緩。喜争言怕北溟，喜争言過悔驚。喜争言不造罪，喜争言戒殺生。然焚網不船上，日道裝非俗狀。透自無名利心，開豈有我人相。觀漁者不爲漁，耕逋債免還逋。中誓不言長短，上神明自喜愉。圭爛飲真心醒，宿光臨妙言訂。壬交會結金丹，得皆因清凈鼎。拆三字起

三疊心琴虞舜王，三藏西歸復至唐。口教經文窮理看，三髻得遇鍊丹陽。易心性兮功向滿，水雲遊兮任寒煖。火急行兮闡善緣，糸來線兮不稽緩。一喜争言怕北溟，二喜争言過悔驚。三喜争言不造罪，四喜争言戒殺生。樂然焚網不船上，一日道裝非俗狀。大透自無名利心，小開豈有我人相。目觀漁者不爲漁，人耕逋債免還逋。之中誓不言長短，天上神明自喜愉。刀圭爛飲真心醒，星宿光臨妙言訂。丁壬交會結金丹，自得皆因清凈鼎。

又

尸六賊怕心王，遇風仙別毋唐。訣傳來修道德，情削去鍊陰陽。溪明月缺還滿，曜清風凉且煖。朋選擇氣須調，語慈悲性且緩。蟻穿珠入大溟，火同鑪没事驚。重三光通久視，知一大

學長生。喜就下不就上，悟無形亦無狀。回意馬聚精光，綻心蓮生異相。方人勸西高漁，魂鰕命怎還逋。子四人焚大網，靈生天天愉愉。見海市轉增醒，涯改作善言訂。寧更屬好修仙，斷塵緣鍊身鼎。拆三字起

三尸六賊怕心王，三遇風仙别毋唐。口訣傳來修道德，人情削去鍊陰陽。一溪明月缺還滿，兩曜清風涼且煖。友朋選擇氣須調，言語慈悲性且緩。絲蟻穿珠入大溟，水火同鑪没事驚。敬重三光通久視，見知一大學長生。自喜就下不就上，一悟無形亦無狀。眄回意馬聚精光，大綻心蓮生異相。十方人勸西高漁，魚魂鰕命怎還逋。之子四人焚大網，亡靈生天天愉愉。余見海市轉增醒，生涯改作善言訂。丁寧更屬好修仙，人斷塵緣鍊身鼎。

五言絶句

得遇

悟徹須憑遇，得遇須憑做。做徹清淨功，神仙自來度。

嘆遼陽高巨才遇而不悟[一]

遼陽高巨才，寧海曾携手。同日遇風仙，偏他不回首。

【校記】

〔一〕不悟：輯要本無「不」字。

隱奥

天有三十六〔一〕，地有三十六〔二〕。天地入寶瓶，七十二候足。

【校記】

〔一〕有：元李道謙《終南山祖庭仙真内傳》卷上《李大乘》引此詩作「上」。〔二〕有：《終南山祖庭仙真内傳》作「下」。

起慈

願救衆生苦，悲心日日多。上仙知我意，批出馬維摩。

達妙

小小秦川道，迢迢近水邊。閑閑成恍惚，得得遇胎仙。

中選

玉液泛金船，玉性結金蓮。玉篆篆金鈺，玉詔詔金仙。

通玄

六月嬰裏孩，呼霜帶雪來。馬風知得也，決定赴蓬萊。

長生

我有長生訣，今朝説與君。玉鑪三澗雪，金鼎一溪雲。

僊伴

誰是山侗友，今朝説與賢。青蓮池上客，黄鶴洞中仙。

食韮九九之數也。

馬風戒斷酒，喫吃生生韮。和韮也不喫，自在逍遥走。

嘆凌霄花

仰望凌霄花，看來好不好。時間依勢生，勢去成枯草。

道友怪予清瘦

瘦則從教瘦，不許皮兒皺。鶴體與松形，正是林泉叟。

五體皮袋頌

皮皮皮皮皮，我又不識你。不若清净乎，直究掉了你。

述懷

悟徹是非海，出離生死關。人無息肩暇，我有終身閑。

隴州環堵至辛平蕭防判以詩贈之

臨行更相屬，坑塹休深斸。學取馬風風，灰心明性燭。

每見道衆無不敬奉遂成一絶謝之

偶爾相會面，何須苦敬欽。路遥知馬壯，歲久辨人心。

贈李大乘五言詩攢五字。

十八木子李，自古人心憩。二馬心上憑，一心十口惠。

李憩憑惠。

贈門弟子攢三字

士心志好志，金人欽常欽[一]。一口口應口，一心心見心。

志好志，欽常欽。口應口，心見心。

遇仙亭二首

星移并斗轉，甫指遇仙亭。一與王會合，口訣醉中醒。

移并斗轉，指遇仙亭。與王會合，訣醉中醒。拆星字起

生計非尋俗，谷口對茅亭。丁起眉毛見，兀誰悟醉醒。

計非尋俗，口對茅亭。起眉毛見，誰悟醉醒。拆生字起

贈萊州醮首王永暨衆道友

受罪

生前姦狡極，死後罪業多。決入鑊湯獄，難逃鐵網羅。

追薦

教子辦追薦，亡靈獲福多。決然離地獄，免得面閻羅。

超度

七祖超昇廣，九玄度脱多。携雲朝玉帝，跨鶴看參羅。

請聖

玉簡躬身執，星冠點地多。青詞采青目，黄道布黄羅。

法事

赴醮星冠廣，登壇月帔多。天尊齊和起，法事越修羅。

圓滿

滿空鸞鶴降，赴會聖賢多。符簡總圓備，雲軒上大羅。

冬至日有作

一陽初運動，一線始争多。漸有春消息，仍無衣薄羅。

積行

修行行行廣，積行行行多。九轉丹烹鼎，六銖衣勝羅。

累功

口訣靈根種，玄言功果多。養成真玉貌，賽過摩睺羅。

贈李講師

常令心地善，未解厭塵多。棄假投玄趣，修真上大羅。

贈萊州王道正

心性常令善，塵情却厭多。玄中搜妙理[一]，洞裏看參羅。

述懷

每恨行功少，常嫌身影多。倦開名利眼，不羡相甘羅。

月下吟

開懷明月下，快意清風多。道服唯麻布〔二〕，漁巾作酒羅。

改惡修善

惡者從今善，修仙漸漸多。將來朝玉帝，免得見閻羅。

【校記】

〔一〕搜：輯要本作「生」。〔二〕服：原作「複」，刊誤，此從輯要本。

敬三教

待士非凡俗，崇僧性不凡。再三須重道，決要敬麻衫。

應禱攢三字。

天極高，佖旱苗〔一〕。仙應禱，霈三朝。金馬鈺《洞玄金玉集》卷四，明正統《道藏》本，文物出版社等一九九四年，第二五册五六八頁。

太一天極高〔二〕，人心伈旱苗。山人仙應禱，雨水霈三朝。

【校記】

〔一〕伈：輯要本作「沁」。

〔二〕太、一：從「天」字拆得；「太」與「大」通。

新編全金詩卷一一六

馬鈺五

慎終如始

入道十一年，常常搜己病。我欲做神仙，怎敢昧心鏡。我欲做神仙，怎敢行邪徑。我欲做神仙，怎敢迷塵境。我欲做神仙，怎敢受欽敬。我欲做神仙，怎敢忘性命。我欲做神仙，怎敢虧功行。功行兩無虧，神仙自來請。

予因遊歷西北抵華亭化到李大乘遂借喬君章韻以贈之兼示道衆

奉風仙誨，每何處迂。子遊地肺，遠蓬島居。乘理百骸，華瑩四隅。避妻男雠，厭利名紆。綸常作伴，事豈能拘。子能助擅，初勸化儒。今尋霞友，覓雲鶴徒。兔飛烏健，甲起庚呼。

壬發春柳，酉耀冰湖。靈龍虎穴，脈姹嬰娛。道子雖巧，了性怎摹。指中秋月，見真形圖。拆面字起

面奉風仙誨，每每何處迂。之子遊地肺，市遠蓬島居。尸乘理百骸，月華瑩四隅。厶避妻男餓，誰厭利名紆。糸綸常作伴，人事豈能拘。我子能助馗，元初勸化儒。而今尋霞友，又覓雲鶴徒。走兔飛烏健，建甲起庚呼。丁壬發春柳，卯酉耀冰湖。古靈龍虎穴，八脈姹嬰娛。吴道子雖巧，一了性怎摹。手指中秋月，自見真形圖。

借古韻 勸衆道友。

我雖未達者，常好静與清。榮華非染著，不羡擁旗旌。信筆寫詩頌，意氣常錚錚。湛湛成恍惚，澄澄生杳冥。死灰比我心，槁木類我形。五行傳五藏，黑白赤黄青。烹鍊真鑪竈，竇結晃神京。懷玉人難曉，藐視公與卿。大道不難學，只恐無虔誠。勸行不可棄，抱守不可輕。解通玄又玄，衆妙入門庭。不惟龍虎伏，自有鬼神驚。同志日相訪，柴扉永不扃。靈芝常飽腹，豈比膻與腥。我因何所得，能固氣神精。期歸蓬島路，鸞鶴相來迎。玉女奏仙樂，殊無鄭衛聲。靈臺爲静國，雲收性月明。超然成羽化，豈與萬物并。奉勸學道人，不可外經營。百年如一夢，休戀利與名。心香常爇起，何必念仙經。但存平等行，清浄自然成。願人同我志，何患不長生。

和防州朝虚子曹瑱韻

大慟悲紅葉，大笑喜頭陀。大志脱生死，大願拯沉疴。飜身離苦海，遠俗免奔波。有分修靈室，無緣過奈河。清中清姹舞，净裏净嬰歌。逗引神丹秀，隄防猿馬魔。

五言律詩

自述

心清眠夢少，意净瑞祥多。靈灩如紅錦，丹煙似紫羅。虎龍生羽翼，猿馬罷奔波。嬰姹成真樂，胎仙應物和。

和黄縣呼殿試韻二首

東有古精藍，西城近道菴。南山高翠嶺，北海大深潭。霞友玄中問，雲朋妙處參。人能清表裏，默默自然談。

蓑結衣揉藍，身居物外菴。道包天地髓，氣運虎龍潭。常有農商至，寧無禪道參。願公當擲筆，早早悟清談。

鄠縣宰公高懷遠見訪求

世網包名利，塵籠罩是非。採山尋藥去，慕道逐雲歸。立石閑垂釣，望人早悟機。若能懷遠慮，定是達幽微。

贈京兆楊學正

擇術立身法，無過志讀書。讀書便及第，爭耐忒名虚。不若搜玄趣，修完大藥鑪。功成超達去，跨鶴赴仙都。

和岐陽鎮張都監韻

嗟身常作觀，地水火風成。假合難堅固，真修易錬烹。形神得俱妙，龍虎自然聲。響喨聒天地，心中性月明。

贈姚玄玉

心灰忘富貴〔一〕，意静樂清貧〔二〕。堪作逍遥客〔三〕，當爲自在人〔四〕。氣中閑養氣〔五〕，神内更頤神。不著纖毫假，纔方得至真〔六〕。

【校記】

〔一〕心灰：元李道謙《終南山祖庭仙真内傳》卷上《姚玹》引此詩作「灰心」。〔二〕意静：《終南山祖庭仙真内傳》作「槁體」；静，輯要本作「净」。〔三〕堪：《終南山祖庭仙真内傳》作「甘」。〔四〕當：《終南山祖庭仙真内傳》作「長」。〔五〕閑：《終南山祖庭仙真内傳》作「須」，輯要本作「兼」。〔六〕纔方：《終南山祖庭仙真内傳》作「方能」。

和岐陽趙公綽殿試

大道匆難求，宜乎一志修。速當離火院，休要逐波流。不作蠅蝸客，堪爲鴻鵠儔。自然通妙用，掌握内雲遊。

贈虢縣段先生

物外絶貪求，清中得進修。木金三間隔，天地兩交流。菩薩爲親眷，神仙作侣儔。青蓮池上客，黄鶴洞中遊。

吟二十首

迷悟吟贈鳳翔府樂孔目暨道友〔一〕。

養家受辛苦，學道應仙舉。養家著外求，學道向内補。養家墮輪回，學道免來去。本是一般人，只争悟不悟。

罪福吟勸来道友。

養家日日貪，學道常知足。善家爲妻男，學道離塵俗。養家造罪業，學道成仙福。罪福各自招，天堂對地獄。

苦樂吟贈鳳翔府高謀克暨程先生。

養家受熬煎，道修無炙烙〔二〕。家逼損精神，道鍊調經絡。家累墮黄泉，道成超碧落。養家學道人，自招苦與樂。

從長吟寄臨洮府權縣武功烏林答。

家緣堪可戀，因何名火院？道若不可修，海蟾就榮顯。願人早悟斯，學道從長便。物外樂希夷，修完本來面。

離塵吟贈玉峰李慶長暨衆師兄。

金枷悟來碎，玉杻惺來破。妙手解名韁，虔誠敲利鎖。迷津不陷身，慾浪難漂我。作箇離塵人，物外修仙果。

得遇吟贈岐陽鎮趙公綽殿試暨衆道友。

不縱馬兒顛，不放猿兒耍。心意自不高，人我自然下。修鍊身中真，斷制身爲假。東遇重陽師，西整丹陽馬。

逍遥吟臨洮府推高武功遣人賫書來終南祖菴邀請，予誓不乘騎，加之路遥，不克趍赴，作此以贈之。

因遇無羈絆，通玄養慧苗。心神常坦坦，雲水任飄飄。踈散横擔酥，優游懶繫腰。不唯身自在，更得性逍遥。

行道吟勉門人。

皓月照林霜，華軒放彩光。玉鑪生寶篆，金鼎釀瓊漿。禮數無拘束，平和得異常。豈思爲家計，行道萬緣忘。

三奇吟自論。

勘破這屍骸，須當救度殼。直饒五馬榮，難牧三奇樸。滌慮滅三彭，洗心按三角〔三〕。人皆貴名高，我獨鶩超卓。

證修吟勸門人寧貼辦道。

辨鉛須滅汞，得汞却生鉛。證佛得無量，修仙道有玄。仙佛歸一趣，道德在兩全。謹謹心寧貼，行持志要堅。

真一吟贈鳳翔府迎祥觀衆大師。

命清得長生，性静能久視。命乃氣之名，性乃氣之字。氣是神之母，神是氣之子。子母成真一，真一脱生死。

述懷吟贈華亭居環堵靈陽子李大乘。

食乞且糊口，身投清净户。四攸不成真〔四〕，一氣堪爲主。能將性月修，解把心琴撫。滅盡尸與蟲，免教苦中苦。

日用吟贈華亭傳燈子張大悟暨衆師兄。

朝也防心動，暮也防心動。鍊氣做生涯，頤神爲日用。常交龍虎調，不使馬猿弄。堪爲睡覺人，免作夢中夢。

固本吟贈隴州佑德觀王道正。

識破四假身，修鍊箇真身。欲要成靈物，須當固本根。清閑無一事，踈散絶纖塵。已作逍遥客，兼爲自在人。

無爲吟自詠。

術法我不會，打坐我不愛。終日樂逍遥，終日占自在。觀天行大道，自然得交泰。本師傳口訣，無爲功最大。

清净吟贈華亭縣宰明威。

鍛鍊這頑心，鍛鍊這俗意。心死情不生，意滅精自祕。心清氣自調，意净神自喜。人能常清净，决證神仙位。

自然吟贈隴州蕭防判。

頓覺萬緣空，頓覺心開悟。心猿自然停，意馬自然住。龍虎自然調，神氣自然固。金丹自然結，神仙自然做。

落魄吟贈真陽子來靈玉。

一身放落魄，衣掛兩三索。脱了妻男雠，免受利名縛。坐卧無羈絆，住行無依托。誰知落魄人，内隱踏雲脚。

聖功吟贈隴州李鎮國。

我有修仙術，説破人驚駭。净裏撮乾坤，空中安鼎鼐。扳倒崑崙山，托起大陽海〔五〕。山海變桑田，性命久長在。

全真吟借山堂吟韻。

全真日兮金烏飛，全真月兮玉兔歸。青龍戲兮投虎溪，是不是兮孰得知。

【校記】

〔一〕暨道友：輯要本作「暨衆道友」。〔二〕道修：輯要本作「修道」。〔三〕三：輯要本作「二」。〔四〕攸：輯要本作「假」。〔五〕陽：輯要本作「洋」。

無有頌

不悟無無迷有有，争知有有却無無。人皆著物物非物，我獨如愚愚不愚。

通玄頌

得遇投真修妙果，玄中通曉些兒箇。尋思性命不由天，斡運陰陽全在我。

見性頌

一點靈光晃太虚，丹青妙手莫能摹。休將明月閑相比，有缺因緣怎類吾。

和坊州曹解元次子曹守志

賽過龐公勝陳七，俄驚生死忻然出。願賢守志莫忘初，定是前程子得一。

和完顔尼福海所聞空中頌四章

口不念經經自念，足不登樓樓自上。家鄉悟徹好離鄉，心田耕了更無田。
行也同時坐也同，大悲手段絶聽聞。救拔滯魄與孤魂，出離地獄入天門。
大道身中物外求，火裏青蓮滴珠露。長在寶瓶爲供具，慈悲心起常堅固。
無鄉無里，有鄉有里。起慈起悲，普挈普提。

贈華亭張四機宜

不染不著，無爲無作。常清常净，真懽真樂。

贈鳳翔府靈童張守清

道大道大，無毁無壞。悟者得之，性命長在。

贈苗一官人

脱塵離俗，通三悟六。養氣全神，永占仙福。

贈隴州小麻先生

清心净意，養氣全神。功昭行著，得做仙人。

贈隴州染趙先生

惡死離死，好生修生。真清真静，性住命停。

示門人四首

酒色財氣，攀緣愛念。憂愁思慮，非道識見。
清閑無事，逍遥自在。不染不著，得超三界。
心清意静[一]，氣和神定。真息綿綿，靈光瑩瑩。
無爲無作，不染不著。命變霜毬，性通丹藥。

【校記】

〔一〕静：輯要本作「净」，通。

贈于内奉先生

道眼不明，心地不靈。别無他事，行道不精。

修仙立志集句

同共修仙，萬緣一擊。不忘初志，旋添决烈。至死一著，直要做徹。命似清風，性如明月。金

馬鈺《洞玄金玉集》卷五，明正統《道藏》本，文物出版社等一九九四年，第二五册五八七頁。

新編全金詩卷一一七

馬鈺六

六言詩

題怡老亭二首

我有一卮芳酒，待與知音同友。看來塵世忙忙，無似清閑野叟。

落魄婪躭因酒，酒飲醉醒曾有。有人問我誰家，家祖扶風莘叟。祖諱覺，字莘叟。

復用前韻贈隴州魏司判

好飲長生仙酒，好向無中尋有。好禮自心爲師，好做物外清叟。

繼胡公講師韻

張非爲妙語，舉世間談話。句不如不話，默默中妙話。拆口字起口張非爲妙語，口舉世間談話。言句不如不話，言默默中妙話。

讚史先生

史公得遇，得遇重陽。重陽傳授，傳授玄黄。玄黄至理，至理不忘。内持修鍊，外絶炎凉。水火既濟，日月交光。龍吟離位，虎嘯坎房。木金間隔，嬰姹圓方。刀圭爛飲，知味聞香。神丹結正，晃耀晶陽。風仙來度，顯出嘉祥。歌舞三日，辭别街坊。唯云歸去，趍赴蓬莊。復入菴内，奄然而亡。觀者雲集，事理匪常。一靈真性，班列仙行。

濟度歌借東坡韻。

我無去就心何處，不摇不動三陽宇。一志超然不外求，萬事俱忘常内顧。自衒無拘落魄人，逍遥坦蕩樂清貧。身如野鶴無縈繫，意似孤雲無點塵。無功無法心打坐，閑是閑非耳邊過。人來請我求追薦，再三再四難阻面。環墻結夏應加持，日禱一齋非下賤。真經默念起慈悲，救苦咄開地獄門。孤魂滯魄脱枷鎖，狂歌狂舞亂紛紛。承斯功德得遷轉，祥雲引赴瑶池宴。我觀世事忒煞空，又把世人當酷勸。求財求財須重義，不義之財如刀利。不如照破事情踈，猛棄妻男大丈夫。莫忘初志休生退，日就月將如我輩。視無所見聽無聲，不視不聽得視聽。法體無形形自現，法鼓無聲聲自鳴。出門入户自迎送，迎送往來通妙用。重陽傳授與山侗，我今轉付與諸公。自然霞彩通車軾，自然準望神仙職。到此不分西與東，何愁無分繼扶風。人還悟此玄玄理，方信蓬瀛指顧中。

慈惠歌藏頭拆字。

然幸遇重陽仙，我俱忘半拖袂。冠不整效師家，羊不食非邊裔。訣傳來十三歲，戟心腸久已無。滅煙消三吉髻，行大善起慈悲。念哀人懃勸世，靈無染永清清。氣調勻常細細，常細細種丹田。仙踵繼綿紬絹，敵風霜惠貧人。任破敝筆不侵，利與名舌奚言。犬與堯來靈物，吐紅輝顯教門。詩曲綴有鶴疏，來請予嚀對我。專發誓其追薦，救亡靈志可憐。慈可惠神默禱，本師真此申聞。陰府詣下孤魂，滯魄甦天超度。如舟濟聲歌詠，九皐禽有青鸞赤鳳唳。

拆丿字起

樂然幸遇重陽仙，人我俱忘半拖袂。衣冠不整效師家，豕羊不食非邊裔。口訣傳來十三歲，止戟心腸久已無。火滅煙消三吉髻，吉行大善起慈悲。非念哀人懃勸世，一靈無染永清清。青氣調勻常細細，厶常細細種丹田。十仙踵繼綿紬絹，糸敵風霜惠貧人。自任破敝筆不侵，又利與名舌奚言。三犬與堯來靈物，勿吐紅輝顯教門。兩詩曲綴有鶴疏，疏來請予嚀對我。自專發誓其追薦，爲救亡靈志可憐。心慈可惠神默禱，示本師真此申聞。門陰府詣下孤魂，鬼滯魄甦天超度。又如舟濟聲歌詠，九皐禽有青鸞赤鳳唳〔二〕。

【校記】

〔一〕九：從前句「詠」字拆得「永」，由其意而取其「久」之同音字。

普救歌 藏頭拆字。

色水流梁棟間，烏月兔來共處。誠守道得真懽，意常清通妙語。通妙語，論傳玄鍾與呂。訣復授王風仙，侗得遇獲深趣。觀玉姹洞中歌，喜金嬰空裏舞。空裏舞，年陝右居環堵。來月往猿停馬，滅煙消龍纏虎。然牒發到山東，德人來禱内補。冠重整來追薦，之加持報鄉土。齊魂魄出黃泉，歷雲遊歸紫府。歸紫府，之雲鶴不我拒。哉普救免輪回，子超昇仙盡與。

一色水流梁棟間，日烏月兔來共處。久誠守道得真懽，心意常清通妙語。通妙語，吾論傳玄鍾與呂。口訣復授王風仙，山侗得遇獲深趣。又觀玉姹洞中歌，可喜金嬰空裏舞。空裏舞，十年陝右居環堵。日來月往猿停馬，火滅煙消龍纏虎。兀然牒發到山東，木德人來禱内補。衣冠重整來追薦，與之加持報鄉土〔一〕。一齊魂魄出黃泉，自歷雲遊歸紫府。歸紫府，付之雲鶴不我拒。巨哉普救免輪回，二子超昇仙盡與〔二〕。

【校記】

〔一〕與：由前句尾字「薦」之「与」拆得，取其形近。

〔二〕二：由前句尾字「回」之「二口」拆得，猶「品」爲「三」之隱語。南朝齊褚澄《褚氏遺書·受形》：「陰陽均至，非男非女之身；精血散分，騈胎品胎之兆。」

發嘆歌

芝陽道友訪文登，非是尋芳覓翠榮。具説宰公投尺牘，邀予掌醮救亡靈。救亡靈，事最好，有些小事當分剖。惟恐後進相傚颦，趕齋趕醮不修道。不修道，怎了仙？了仙須鍊氣綿綿。倒捲轆轤燈樹落，斡旋宇宙性靈圓。性靈圓，當積行，引人回首歸清净。慈悲援溺布橋梁，惻隱扶危立梯隥。立梯隥，作渡舟，度人物外做真修。奈何道友求追薦，孜孜禱我救陰囚。救陰囚，如何是？予乃無爲清净士。未嘗赼醮和天尊，不會登壇行法事。行法事，請黄冠，潔己登壇作内觀。予應加持處環堵，默禱本師天僊官。天僊官，重陽也，發嘆起慈行憫化。千重地獄枷鎖開，一切亡靈罪情舍。罪情舍，暨孤魂，同遊紫府入僊門。不夜鄉中得真樂，長春洞裏捧金罇。

和胡講師韻

重陽真人尋友，東遊寧海三髻。懶漢選仙，西訪長安。長安大道，如何者哉。堪放落魄，宜棄嬰孩。既通玄趣，當補形骸。抽添運用，次叙挨排。飛烏走兔，雙戲俱皚。煙消火滅，鋭挫强摧。斷除煩惱，洗滌塵埃。心無染著，齒免鑫鑫。金花要賞，玉樹栽培。火生慧草，水長靈荄。常教靈焰潑潑，無令神水潰潰。常教命燈明朗，無令性燭沉埋。尋訪同心同德，講論有倚有挨。三尸拜降方寸，六賊難會九垓。要斡旋壺中日月，須倒顛洞裏山隈。得自然愛欲星散，得自然人我星硃。大藥清靈于玉鼎，胎仙歌舞于瑶臺。堪嘆利名之切切，堪嘆生死之哀哀。好把塵緣大家勘破，休教走骨時暫狂乖。决要鍊形如同槁木，决要降心有若死灰。異日丹成九轉，携雲同赴蓬萊。

立身法

立身之法，分明説破。意馬牢擒，心猿緊鎖。戒斷慳貪，伏降人我。節慎語言，隄防口過〔一〕。莫起風波，休生煙火。忙裏偷閑，閙中趓趓。修仁藴德，消災滅禍。退己進人，亦成仙果。

【校記】

〔一〕隄：輯要本作「提」。

十了功乃内事非眼前境界真清真净自然得之

頂中霞彩流，眼中光明流。耳中冲和流，鼻中玉柱流。口中甘津流，心中真火流。臍下黄河倒捲流，木金隨波運轉流。自然天地兩交流，十分功滿性風流。

聯句

擺脱名韁三島客，掣開利鎖十洲仙。長生路徑當修補，不死根芽好鍊烹。修心要做長生客，鍊性當爲活死人。鍊氣氣和神踴躍，修真真浄性玲瓏。專心學道須通道，堅志修仙决遇仙。誰知神秀過才秀，我覺心明勝眼明。心没攀緣神彩秀，氣無凝滯性靈圓。水中焰迸三丹結，火裏蓮生一性靈〔一〕。學道男兒無我相，修仙烈士没人情。志上博來心上悟，道中通得妙中玄。夢裏曾收無影劍，法中去了有情心。塵中無染心中悟，道上通玄性上靈。陰裏藏陽陽烜赫，命中養性性玲瓏。學道須憑心决烈，修仙全在志堅剛。石女吹簫鸞鳳舞，泥牛入海虎龍和。玲瓏玉姹敲龍角，惺灑金嬰跨虎腰。瑶池殿下青鸞舞，閬苑宫中白鶴飛。袖裏青蛇三尺劍，腹中白虎九還丹。青霞宫裏收紅雪，碧玉巖前賞赤松。心清意浄天堂路，意亂心荒地獄門。斡旋决仗無爲力，造化全憑清浄功。一袖拂開沙世界，三丹結正大羅仙。捉住亘初靈底物，得觀元始本來真。六六陰消丹燦燦，三三陽聚性靈靈。雲根水骨歸金鼎，汞髓鉛精聚玉鑪。速把我人山放倒，急將龍虎穴衝開。踏碎龜蛇真活計，和調龍虎好生涯。若要姹嬰雙戲鼎，須教日月兩同宫。鼎内精金生五彩，鑪中美玉結三光。兔走烏飛投氣海，龍吟虎嘯入神京。心猿緊鎖丹無漏，意馬牢擒性自明。降住天關并地軸，斡旋坎虎與離龍。猿顛馬劣難成道，虎遶龍蟠易見真。心中事少憂愁少，性上塵多疾苦多。有有有中非有有，無無無裏有無無。

【校記】

〔一〕靈：劉天素等《金蓮正宗仙源像傳·丹陽子》引此詩作「圓」。

鈺因與僧燭律師殿試范壽卿於郡城之北三教堂一日焚香宴坐有王大師抱琴而來鼓之日昃作琴操歸山操蓋鈺有歸真之意也

能無爲兮無不爲，能無知兮無不知。知此道兮誰不爲？爲此道兮誰復知？風蕭蕭兮木葉飛，聲嗷嗷兮鴈南歸。嗟人世兮日月催，老欲死兮猶貪癡。傷人世兮魂欲飛，嗟人世兮心欲摧。難可了兮人間非，指青山兮當早歸。青山夜兮明月飛，青山曉兮明月歸。飢餐霞兮渴飲溪，與世隔兮人不知。無乎知兮無乎爲，此心滅兮那復疑〔一〕。天庭忽有霜華飛〔二〕，登三宫兮遊紫微。

【校記】

〔一〕疑：劉天素等《金蓮正宗仙源像傳·丹陽子》引此詩作「爲」。　〔二〕霜：《金蓮正宗仙源像傳》作「雙」。

癸卯歲師父重陽真人一日俄肆筆而書名曰委形讚是歲果蟬蜕故集於是

衛身之光，照耀非常。衛身之獸，風雲前後。大哉登真，委形而壽。紺髮青眉，紅頰素肌。如龍換骨，如蟬蜕皮。不作易性，奚爲空衣。兀然若睡，卧簀而歸。大哉登真，路入青溟。麟隨絳節，鳳捧朱軿。鳴鸞佩玉，履虚步雲。超受真誥，上登玉宸。天路何長？天人飛翔。摐金擳石，散花燒香。聲動三界，衆來十方。群魔欽仰，六丁驚遑。靈顥斯成，幸無災螟。却顧松柏，非爲遐齡。山有時崩，海有時田。天長地久，永爲列仙。金馬鈺《洞玄金玉集》卷六，明正統《道藏》本，文物出版社等一九九四年，第二五册五九一頁。

論恩

天地日月父母恩，不能使我脱沉淪。弟兄姊妹暫相識，妻妾兒孫愈不親。幸遇風仙傳秘訣，致令馬鈺得良因。斷情割愛調龍虎，絶慮忘機産鳳麟。玉内生金丹結實，水中養火氣安神。師恩深重終難報，誓死環墻鍊至真。金馬鈺《洞玄金玉集》卷七，明正統《道藏》本，文物出版社等一九九四年，第二五册五九四頁。

集外補遺

贈姚玹

灰心忘富貴，槁體樂清貧。甘作逍遥客，長安自在人。氣中須養氣，神内更頤神。不著纖毫假，方能得至真。元李道謙《終南山祖庭仙真内傳》卷上《姚玹》：「我輩常以害風待，何愚之甚邪！由斯頓悟，乃棄家捐累，乞受道於丹陽宗師。丹陽教以修真奥旨及賜今名號，仍贈之詩云云。」明正統《道藏》本，文物出版社等一九九四年，第一九册五二〇頁。

贈陳知命

青雲翦破作雲包，熟視陳公有分消。顧我共君同宿契，願君同我樂逍遥。長生路上尋金礦，不夜鄉中採玉苗。何啻一身超達去，九玄七祖上丹霄。元李道謙《終南山祖庭仙真内傳》卷中《陳知命》：「一日，丹陽宗師以青包巾一頂作詩贈之云云。」第一九册五三〇頁。

贈李冲道

逍遥物外興無窮，且恁和光混俗同。堪嘆浮生虚幻夢，恰如敗葉舞秋紅。任人閑笑道家窮，一志修仙俗匪同。三伏洞天霜雪降，靈苗慧草轉添紅。元李道謙《終南山祖庭仙真内傳》卷中《李冲道》：「宗師一日授以祕旨，仍贈之詩云云。」第一九册五二八頁。

贈喬潛道絶句二首

樂天知命不愁窮，懷玉身心衆莫同。烹煉神丹憑匠手，須教鼎内雪霜紅。

道中玄妙與誰窮，撞著知音語話同。守黑不教心上黑，丹紅勝似面顔紅。元李道謙《終南山祖庭仙真内傳》卷中《喬潛道》：「一日丹陽授以玄旨，仍付詩二絶云云。」第一九册五二七頁。

繼雷大通韻答之二首

饒君聲價勝蘇秦，不似韜光更匿名。物外逍遥真坦蕩，亘初一點自然明。

静清便是長生訣，捨棄妻男没口傳。悟後知空寧著有，自然獲得好因緣。元李道謙《終南山祖庭仙真内傳》卷上《雷大通》，第一九册五二二頁。

怡老亭酒酣賦詩

抱元守一是功夫，懶漢如今一也無。終日銜杯暢神思，醉中却有那人扶。元王利用《全真第二代丹陽抱一無爲真人馬宗師道行碑》：「大定七年丁亥秋七月，師偕高巨才、戰法師飲于范明叔之怡老亭，酒酣賦詩曰云云。」見元李道謙《甘水仙源録》卷一，明正統《道藏》本，文物出版社等一九九四年，第一九册七二九頁。

留宿韓宅戲書

門外雨颼颼，天留人不留。主公猶自可，打破道人頭。金秦志安《金蓮正宗記》卷三《丹陽馬真人》，明正統《道藏》本，文物出版社等一九九四年，第三册三五四頁。

全真庵移竹兩叢松一株時四月間也枝葉萎黄道友崔公告先生曰此松竹還得再榮乎先生欣然作詩二篇

道家門户號長生，意要乾枯改舊形。常使數竿常緑緑，不教一葉不青青。

我通生法斡旋生，布氣形骸轉换形。窗外不惟君子緑，庵前又喜大夫青。金秦志安《金蓮正宗記》卷三《丹陽馬真人》：「遂以水滌面沃之，不旬日抽心展葉。」時在癸卯歲（大定二十三年）。

金玉庵六月初三日植小松六株衆人稽首曰全真庵之松竹得復榮旺金玉庵小松獨何燋瘁先生乃以真氣三時布之作詩三絶

六月庵前種六松，故然返到馬風風。三番布氣無多力，六願還生有大功。

當時數伏故栽松，道友閑閑試馬風。我説六株無自活，人傳三髻有真功。

六月初三種小松，六株變色遇扶風。祈榮我借重陽氣，應效人傳三髻功。金秦志安《金蓮正宗記》卷三《丹陽馬真人》：「其松更不改柯易葉，青翠可爱，邑人遂刊詩於石。」時在癸卯歲（大定二十三年）。

臨終留題二首

長年六十一，在世無人識。平地一聲雷，浩浩隨風起。

三陽會裏行功圓，風馬乘風已作仙。勸汝伏降龍共虎〔一〕，自然有分亦昇天〔二〕。金秦志安《金蓮正宗記》卷三《丹陽馬真人》：癸卯年六月二十二日，「夜將二鼓，風雨大作，雷聲一震，先生枕肱而羽飛矣。酒税監郭復中聞叩門甚急，出而視之，即先生也。引入共話，索紙書頌云云。良久告别，趨而去之。鄉人有劉錫者，是夜見屋隙間明如然炬，遲明視之，見紙一幅，用竹竿取下，乃四句詩云云。後題先生諱字。」另，元王利用《全真第二代丹陽抱一無爲真人馬宗師道行碑》亦引此詩，文字略異。明正統《道藏》本，文物出版社等一九九四年，第一九册七二八頁。

【校記】

〔一〕伏降、共：《馬宗師道行碑》作「降伏」、「與」。〔二〕昇：《馬宗師道行碑》作「登」。

寄道友偈

散盡浮雲落盡花，到頭明月是生涯。天垂六幕千山外，何處清風不舊家。《永樂大典》卷一二〇一八友字韻引馬丹陽《寄道友偈》，中華書局一九九八年，第六册五一九五頁。

新編全金詩卷一一八

白居頤

白居頤，出處未詳。名聞遼宋，爲時推崇。入金後，迎歸雲中開元觀，尋卒。茲輯一首。

臨終書頌

昨見清華駕緑軿，詔予同去赴瑤天。東風吹破人間夢，金界無由看百年。金衛周臣《雲州創建太清觀碑》："「金國初，迎師於雲中，住持開元觀。數載無恙，俄題壁間云云。是夕曲肱而臥，納息於踵。今汴中《養髭瑞應記》石刻存焉。」見《（光緒）懷仁縣新志》卷一〇《藝文》。

然逸期

然逸期，字守約，號洗燈子，京兆涇陽（今陝西省咸陽市涇陽縣）人。及長，澹然寡欲，樂慕玄風。父母欲妻之，誓而弗許。先從桃花清揚子陳先生灑掃，繼師事驪山了真子趙公，後至醴泉，留居環堵，修真養性，遂造大妙之域。再游商顔，卜築三陽草庵，名曰還真。居十載，聞望益彰，門人大集，受邀爲長安太白延祥觀住持。大定十二年冬，留頌而逝，年六十二。嘗著歌詩數百首，引授門弟子千餘人。兹輯三首。

賦三陽草庵出寒泉

一陽初動震天關，須信還真地有緣。昨夜乖龍轟霹靂，迸潮海眼出寒泉。元王利用《洗燈子然先生道行碑》：「三陽地勢高迴，泉素艱得，師指其震偶曰：『泉其在此乎？』發之，泉果湧出，甘洌如飴，遂賦詩云云。」見元李道謙《甘水仙源録》卷七，明正統《道藏》本，文物出版社等一九九四年，第一九册七八二頁。

諭節度使曳剌金紫公〔一〕

憶昔垂綸逾四載，至今猶自不吞鈎。可憐笑殺灘頭鷺，辜負寒江一葉舟。

【校記】

〔一〕清郭元釪《全金詩增補中州集》卷六一，題作「諭節度使伊喇金紫」。今按，曳剌亦作移剌、耶律、伊喇，契丹姓氏之漢語音譯，字未定型。

臨終留頌

四大元無主，包羅物外身。壺中天地好，歸跨紫麒麟。元王利用《洗燈子然先生碑》：「壬辰秋七月，居淅川，召門下楊志堅、張道性，語之曰：『比歲暮，吾將行矣。』其年冬十一月二十八日，命道侶次第而坐，曰：『諸公盍爲我餞行。』因令高歌起舞，時及四鼓，乃留頌云云。頌畢擲筆，端坐而蜕。」見元李道謙《甘水仙源録》卷七，明正統《道藏》本，文物出版社等一九九四年，第一九册七八二頁。

吕中道

吕中道，汴京（今河南省開封市）人。大定五年，世宗遣使召赴闕，館於天長觀。以奏對稱旨，賜賚優渥。一時王公大臣師從而問道，號曰延壽真人。十三年，卒。兹輯八首。

辭張監使頌

此箇古形骸，休□勿□□，且居塵世内，任恁智人猜。

辭李率府及夫人頌

這箇皮袋，到了不礙。那箇元來，超出三界。

辭長春子頌

金壺盛玉漿，其味少人嘗。與公同□□，生死是清涼。

辭天長觀主閻大師頌

稽首閻老，周公已下。今日當別，相逢月下。

辭上元大師頌

稽首大師，老叟當歸。他日再會，蓬島相隨。

付李法師頌

爾道可堅，蓬島須仙。今日相別，再會瑤天。

付昌平縣令頌

寓居西秦，超於上國。因訪名山，患居竇某。感荷國恩，應無再覩。午時吾歸，須煩土主。異境相逢，同遊紫府。

辭世頌

身患非吾患，名仙體不仙。寄世四百載，□□五帝宣。富貴何足盡，當時合自然。欲知吾所止，明月白雲間。金楊杲《耀州吕先生記》，見民國武樹善《陝西金石志補遺》卷下，《歷代碑志叢書》本，江蘇古籍出版社一九九八年。

孫不二

孫不二，號清净散人，寧海（今山東省煙臺市牟平區）人。丹陽馬鈺之妻。大定八年，丹陽從重陽王喆入全真道教。次年，孫氏亦出家，重陽爲訓名號。是年冬，重陽携馬、譚、劉、丘四弟子遊汴梁，孫氏居金蓮堂。十五年夏，西入關，致醮祖庭，見馬鈺，鈺贈《煉丹砂》有云：「奉報富春姑，休要隨予。而今非婦亦非夫，各自修完真面目。」謝而受之，遂相别東西。七年後，遊歷洛陽，勸化度人甚多。二十二年卒，年六十四①。孫氏善翰墨，工吟詠，著有《元君法語》《坤元經》傳世。兹輯二十二首。

孫不二詩載《孫不二元君法語》，據以《藏外道書》本編録。

①孫不二事跡見金秦志安《金蓮正宗記》卷五《清静散人》；元李道謙《七真人年譜》，「清静」作「清净」；元劉天素《金蓮正宗仙源像傳·清净散人》如之。並見明正統《道藏》本，文物出版社等一九九四年，第三册第三六四頁、三八四頁、三七九頁。

坤道功夫次第十四首

收心

吾身未有日，一氣已先存。似玉磨逾潤，如金煉豈昏。掃空生滅海，固守總持門。半黍虚靈處，融融火候温。

養氣

本是無爲始，何期落後天。一聲纔出口，三寸已司權。况被塵勞耗，那堪疾病纏。子肥能益母，休道不迴旋。

行功

斂息凝神處，東方生氣來。萬緣都不著，一氣復歸臺。陰象宜前降，陽光許後栽。山頭并海底，雨過一聲雷。

斬龍

静極能生動，陰陽相與模。風中擒玉兔，月裏捉金烏。著眼絪縕候，留心順逆途。鵲橋重過處，丹氣復歸爐。

養丹

縛虎歸真穴，牽龍漸益丹。性須澄似水，心欲静如山。調息收金鼎，安神守玉關。日能增黍米，鶴髮復朱顔。

胎息

要得丹成速，先將幻境除。心心守靈藥，息息返乾初。炁復通三島，神忘合太虚。若來與若去，無處不真如。

符火

胎息綿綿處，須分動静機。陽光當益進，陰魄要防飛。潭裏珠含景，山頭月吐輝。六時休少縱，灌溉藥苗肥。

接藥

一半玄機悟，丹頭如露凝。雖云能固命，安得煉成形。鼻觀純陽接，神鉛透體靈。哺含須慎重，完滿即飛騰。

煉神

生前舍利子，一旦入吾懷。慎似持盈器，柔如撫幼孩。地門須固閉，天闕要先開。洗濯黄芽净，山頭震地雷。

眼食

大冶成山澤，中含造化情。朝迎日烏炁，夜吸月蟾精。時候丹能採，年華體自輕。元神來往處，萬竅發光明。

辟穀

既得餐靈氣，清泠肺腑奇。忘神無相著，合極有空離。朝食尋山芋，昏饑採澤芝。若將煙火混，體不履瑶池。

面壁

萬事皆云畢，凝然坐小龕。輕身乘紫炁，静性濯清潭。炁混陰陽一，神同天地三。功完朝玉闕，長嘯出煙嵐。

出神

身外復有身，非關幻術成。圓通此靈炁，活潑一元神。皓月凝金液，青蓮煉玉真。烹來烏兔髓，珠皎不愁貧。

冲舉

佳期方出谷，咫尺上神霄。玉女驂青鳳，金童獻絳桃。花前彈錦瑟，月下弄瓊簫。一旦仙凡隔，泠然渡海潮。

女功内丹七首

不乘白鶴愛乘鸞，二十幢幡左右盤。偶入書壇尋一笑，降真香繞碧闌干。

小春天氣暖風賒，日照江南處士家。催得臘梅先迸蕊，素心人對素心花。

資生資始總陰陽，無極能開太極光。心鏡勤磨明似月，大千一粟任昂藏。

神氣須如夜氣清，從來至樂在無聲。幻中真處真中幻，且向銀盆弄化生。

蓬島還須結伴遊，一身難上碧巖頭。若將枯寂爲修煉，弱水盈盈少便舟。

養神惜氣似持盈，喜墜陽兮怒損陰。兩目内明馴虎尾，朦朦雙耳聽黄庭。

荆棘須教剗盡芽，性中自有妙蓮花。一朝忽現光明象，識得渠時便是他。金孫不二《清浄散人元君法語》，《藏外道書》本，巴蜀書社一九九四年，第一〇册八〇五頁。

道成書頌

三千功滿超三界，跳出陰陽包裹外。隱顯縱横得自由，醉魂不復歸寧海。《道藏輯要》壁集四《三寳證心・群真詩・清静散人孫仙姑》。

晉真人

晉真人，名字佚，出處未詳。全真道士，著有《語録》一卷行世。王重陽集中有《讀晉真人語録》。兹輯二十一首。

晉真人詩載《晉真人語録》，以明正統《道藏》本爲底本編録。

全真

常行祖師教，日用老君心。煉就真如性，豈不是全真。

稽首珍重

無表無裹，内外真空。無極太始，通神護祐。太上家風，長生不朽。無想無存，變化法界。七寳林中，重重輕輕。不摇不動，爲之稽首珍重。

先生

道童原與大道同，只因思世入凡籠。如今意在青霄外，萬法無拘與道通。

鬈頭

本是太上古家風，一法纔通萬法通。放下絲毫無垢染，自然一性合天公。

鬈鬈原是鍾離留，崑崙頂上安日頭。没人搞洗長山去，陸地從來放白牛。

冠

一對星眼覷前後，萬法收來腹内藏。内外玲瓏無顯跡，輝輝獨顯路堂堂。

袍

落魄元初不計春，衣寬廣大裹乾坤。隔斷紅塵不染體，任他寒暑不能侵。

四褉

春夏秋冬按四褉，包羅萬象有誰知。酒色財氣塵俗事，四件皆除絶是非。

笠

獨占崑崙頂上懸，圓光一道照無邊。任他風雨并霜雪，一塔權爲不漏天。

絛

來往循環得幾遭，顛猿劣馬緊拴牢。萬縷千絲俱放下，生死輪迴决要逃。

遮袋

縱横三尺布，誰知造化工。此中超法界，包裹太虚空。

拐

竪起頂天立地，横擔日月山河。斡轉乾坤，骨髓轉動，萬象森羅。

鞋

步步隨吾不記年，往來踏遍舊山川。從今不踏泥共水，一任雙飛過碧天。

來去

來從大道來，去從本道去。來去不沾塵，當居清静處。

出家修行

一自離塵是出家，無爲無作我生涯。若人問我修行訣，雲散青天月自華。

日用

養性忘情爲日用，沿門乞化是生涯。來去自由無挂礙，清風明月作鄰家。

頌五首

神仙本是世人求，誰肯心頭萬事休。若悟自家真性命，清風明月共同遊。

獨上高山望八都，黑雲散盡月輪孤。茫茫宇宙人無數，那個男兒是丈夫。

净皎皎圓明皓月，明朗朗水磨孤圓。緑湛湛碧潭現影，韻悠悠物外天仙。滴溜溜拈出無有，活潑潑放下周全。轉漉漉水晶盤中，赤灑灑一片青天。

黄河水轉吕氏家，一壺天地老煙霞。無情白鹿調朱鳳，有個烏龜纏赤蛇。六月山頭飛白雪，三冬水底長黄芽。這些道理人還會，陸地神仙亂似麻。

玉京山上一池水，四面八方不得底。若還認得把舟人，自然運入天宫裏。《晉真人語録》，明正統《道藏》本，文物出版社等一九九四年，第二三册六九六頁。

李無夢

李無夢，崑嵛山（今山東省煙臺市境内）道士。海陵時，嘗隱居煉丹。嘗與馬鈺交往。兹輯一首。

馬先生頌

身體堂堂，面圓耳長。眉修目俊，準直口方。相好具足，頂有神光。宜甫受記，同步蓬莊。金秦志安《金蓮正宗記》卷三《丹陽馬真人》：「昔道士李無夢鍊大丹於崑嵛，三載弗成，曰：神仙降臨則丹成矣。一旦，先生與豪傑相從遊戲至爐下，丹乃轉成。無夢見而奇之，謂先生曰：『額有三山，手垂過膝，真大想仙之材矣。』因爲頌曰云云。」原無題，此據詩意擬。明正統《道藏》本，文物出版社等一九九四年，第三册三五二頁。

蕭道熙

蕭道熙，字光遠，本姓韓氏，衛州（今河南省新鄉市衛輝市）人。正隆間，生才免懷，太一道教始祖一悟真人收爲弟子，留養道宫。三歲識字，六歲能書。大定六年，甫十歲，以二代嗣事教門。九年，敕立萬壽額碑，聲教大振。二十二年，世宗召之内殿，問以攝生之道，對曰：「嘘噏精氣，以清虚自守，此野人之事。今朝廷清明，陛下當允執中道，恭己無爲而已。」益爲世宗所重。二十六年，安排教門事，不知所終。道熙丰儀瀟爽，博學善文辭，樂與四方賢士大夫遊。書畫矯矯，有魏晉風。兹輯二首。

自題畫像

來自無中來，去復空中去。來去總一般，要識其間路。

失題

明月清風大德，頗訝愚人未識。忉忉詢君爲誰，只是從來太一。元王惲《秋澗集》卷四七《太一二代度師贈嗣教重明真人蕭公行狀》：「有門弟子芊道省、劉道固等，思有以大厭衆心，稽首求頌，且問師：『它生雲何賢聖？』師即走筆批云云。衆遂讋服歸心焉。」《四部叢刊》本。

閻德源

閻德源，出處未詳。自幼入道，嘗入禁中，爲太宗爱憐。受籙後，奉勅住持開元觀，并提點應州元清觀。皇統間，建玉虚道院。大定八年，奉詔提點中都十方大天長觀。二十二年，奉旨就玉虚觀傳校法籙。二十九年，卒。兹輯一首。

臨終書頌

撒手便行不迴顧，今朝却返蓬萊路。瀛峰頂上笑怡然，中霄物外當獨步。金衛周臣《雲州創建太清觀碑》：「閻尊師諱德源，七歲從侍宸，入禁中，謂曰：『汝見帝，當舉太平護國天尊。』既見上即舉，其聲清亮繞梁。上見其清俊，撫其背而憐之曰：『此童子神凝秋水，豈塵土所能浼哉？』及受籙後，才德俱備，名動四方。俄奉勅住持開元觀，并提點應州元清觀。皇統間，始建玉虚道院。大定八年，世宗詔提點中都十方大天長觀，爲東宫皇太子設大醮於王屋洞天，白鶴成群，彩雲如繡。二十二年，奉帝命就玉虚觀傳校法籙，元鶴降於庭中，瑞雲結於空際。帝嘉歎曰：『真在世之仙人耳。』其神異祥應若此者衆，具載別録，兹毛舉一二焉。二十九年上崩，師夢上賜以貂帽，乃謂諸徒曰：『吾將逝矣。』至嘉平月二十日，無疾作頌曰云云。頌畢，正子刻，曲肱委蜕焉。今嗣其教者，則白君也，舉元綱，提祖印。」見《（光緒）懷仁縣新志》卷一〇《藝文》。

新編全金詩卷一一九

譚處端

譚處端，字通正，號長真子；原名玉，字伯玉，寧海東牟（今山東省煙臺市牟平區）人。年十五，志於學，所作《葡萄篇》爲時稱賞。大定七年，從王重陽出家，居崑崙山煙霞洞。重陽卒，與馬鈺等扶柩終南，守喪三年。後遊河洛，宣揚全真教理念。二十五年，卒，年六十三①。著有《水雲集》三卷傳世。兹輯九十八首。

譚處端詩載《水雲集》，以明正統《道藏》本爲底本，校以《北京圖書館古籍珍本叢刊》本（影明本）、清光緒《重刊道藏輯要》本（輯要本）及其它有關文獻。

① 譚處端事跡見金完顏璹《長真子譚真人仙跡碑銘》，載元李道謙《甘水仙源録》卷一；金秦志安《金蓮正宗記》卷四《長真譚真人》、元李道謙《七真年譜》、元劉天素《金蓮正宗仙源像傳·長真子》，並明正統《道藏》本，文物出版社等一九九四年，第一九册七三二頁；第三册三五七頁、三八四頁、三七四頁。

七言律詩

題洛陽朝元宮

宮門寂寂鏁祥煙，古跡靈蹤尚儼然。雲罩連枝烹藥鼎，霞生靈井溉丹泉。日魂煉就華胥國，月魄收將不夜天。紫詔師真歸去後，未知孰繼大羅仙。

遊靈山寺

閑閑雲水訪禪林，密密琅玕映碧岑。玉柱峰高塵不染[一]，靈山寺隱境難尋。媾交白雪勻鋪玉，間隔黄花亂點金。清徹古潭秋静夜，桂華獨現本來心。

【校記】

〔一〕柱：影明本作「桂」，清顧嗣立《元詩選》二集《長生子譚處端》録此詩如之。

遊劉公花園

衆賢邀我賞芳菲，雨霽晴明獨過扉。倚檻牡丹争秀麗，繞庭蛱蝶鬭高飛。風吹柳眼無情意，雨洗花心絶是非。萬物盡成春一氣[一]，無私普布吐霏霏。

【校記】

〔一〕成：影明本作「盛」。

贈新中郭四翁

幾人到得白頭翁，生老疴沉是始終。濁穢腥羶除壽筭，慳貪嫉妒轉昏蒙。有憎有愛難超世，無欲無情定脱空。幸有天堂地獄路，聖凡迷悟總由公。

贈雲陽程仙

修行大畏是頑銅，如着頑銅没行功。心起妄塵沉地府，意常清静步天宫。須依貧樂同顔子，莫要慳貪愛鄧通。學取終南師叔馬，赤窮窮地堵環中。

贈鄭仙

捨俗幽居物外菴，潛心滅跡絶論談。妙除濁穢清貧樂，用滌無明淡素甘。蓬户不扃何所礙，一瓢常飲爲忘貪〔一〕。安神寂默翛然坐，認透星光日月三。

【校記】

〔一〕忘：輯要本作「妄」。

贈韓家郎君在家修行

崇真起善立玄堂，謹奉朝昏兩炷香。内侍孀親行孝道，外持真正合三光。常行矜憫提貧困，每施慈悲挈下殃。他日聰明如省悟，也應歸去到仙鄉。

贈門人安然子等

風子微言啓衆曹，等閑休把氣神勞。欲求海底成多寶，須鍊山頭絶一毫。心逐有情傷氣火，意遊攀愛害神刀。願公早悟虚華境，免向人間再一遭。

贈楊姑

投玄八十道姑楊，一朵瓊花秋後芳。玉盞滿添清静水，金爐須爇慧靈香。如今已獲將來福，從此何疑過去殃。寂湛虚堂無罣碍，自然寶鼎現霞光。

題孔先生埪中

空門寂寂鏁靈泉，喜趣靈泉玄上玄。僻静每招閑客至，幽居常共馬風眠。清涼境界超塵路，履此方知别有天。行者肯來低處覓，便教瞥地見神仙。

贈濬州王三校尉

王公吉善愛玄流，勸我勤勤倒玉甌。積善迤於心上起，壘功須向性中求。利他損己通真理，忍辱慈悲達妙幽。平等順和常大道，三人同上大神舟。

題雲溪菴

雲溪高隱卧煙霞，默飲陽晶與月華〔一〕。霧斂丹臺生端草〔二〕，雲收靈腑結瓊葩。青龍吐火烹金茗，白虎跑泉溉玉芽。龍虎媾交功九轉，刀圭一粒捧丹砂。

【校記】

〔一〕晶：影明本作「精」。　〔二〕臺：輯要本作「田」。

述懷十一首

自慕貧閑探妙機，便知身入白雲飛。逍遥物外超塵網，脱灑懷中解垢衣。恐損陰功搜己過，慮傷道德怯人非。他時九轉丹砂就，同約三仙從我歸。

挫鋭催彊作善良，頓然心法兩俱忘。鼎中頻起金剛焰，爐内常燃般若香。玉蘂乍芳惟獨採，蟠桃初熟與先嘗。莫言迢遞華胥國，了了空虚路不長。

一條捷徑入仙源，洞口靈雲覆翠巔。風浪起時揮慧劍，玄波澄處採金蓮。蛟龍降去离宮卧，猛虎擒來坎户眠。二物定閑人事盡，功圓行滿産胎仙。

爲慕仙源景物長，滌除靈地布瓊芳。南宮赤子居涼殿，北海烏龜住絳房。清静洞中囚白虎〔一〕，無爲山上牧青羊。自從鼎内雲收後，常飲醍醐卧醉鄉。

寂寥瀟灑道人家，守弱隨緣度歲華。禦冷麤衣唯紙布，充飢淡飯有虀茋。忘言淡薄人情遠，絶慮幽閑道況賒。着戀妻兒名利者〔二〕，限臨猛悟悔如麻。

天機深遠少人知，一粒刀圭午上持。霧捲古潭秋静夜，雲收碧嶂月明時。蛟龍捉得囚離鼎〔三〕，猛虎擒來鏁坎池。煉就仙丹超造化，去奔蓬島禮真師。

瑟瑟飄飄風入松，遨遊物外與仙同。性如朗月流青漢，心似閑雲任碧空。猛虎擒來囚坎户，蛟龍降去鏁离宮。周天頻起金剛焰，鍛鍊爐中一粒紅。

光明一點照樓臺，了了無生絶去來。七寶山頭紅焰滅，三宮靈地白蓮開。煙霞紫府應將到，雲路瀛洲去不迴。不夜玉京誰有分，長春仙子四人陪。

青蛇三尺袖中携，一粒丹砂結正時。霧罩清溟囚馬子，煙籠碧嶂鏁猿兒。千朝行滿龍投火，九轉功成虎入池。奪得虚無真造化，天機深遠少人知。

慾情巧勝染多言，悟此方離種種邊。慾斷情忘通妙理，煙消火滅達幽玄。口張舌舉功難就，意出心生行怎圓。絶了人情無箇事，寂寥孤淡任殘年。

真功真行密安排，十載殷勤細細栽。俗境心忘超彼岸，凡情意滅到蓬萊。地理寶劍光衝斗，蚌隱明珠暗養胎。修鍊須憑真造化，欲窮造化鍊心灰。

【校記】

〔一〕静：清顧嗣立《元詩選》二集《長生子譚處端》録此詩作「净」，通。〔二〕着：影明本作「看」。

〔三〕捉：《元詩選》作「縱」。

示門人七首

出得俗家入道家，恰如平地步煙霞。塵寰物裏光陰短，仙境壺中日月賒。落魄水雲真活計，虛無清静善生涯。常觀無慾人情遠，不覺爐中結大砂。

守一真持認内閑，精勤苦行鍊心端。玄元有路非容易，方寸無塵也不難。十二時中常覺察，三千功裏莫欺謾〔一〕。前程如覓無來去，深作無人無我觀。

摧彊挫鋭做修行，滅我降心斷世情。默默琢磨除俊辨，昏昏鍛鍊去猩獰。無明起處真靈暗，柔弱生時道眼明。每與無明經鬬戰，一迴忍是一迴赢。

滅惡除情作善良，好將名利兩俱忘。山頭潑殺無明火，靈室常添般若香。塵垢盡除明鏡現，荒蕪如去玉蓮芳。修行莫厭華胥遠，了了虛空路不長。

修行須要認靈源，認出靈源一點鮮。情慾永除超法界，痴嗔滅盡離人天。休生顛倒貪諸有，莫起塵心染衆緣。空寂性中無罣碍，自然閑裏産胎仙。
虚堂默默爇心香，便是吾門真道場。走入虚空尋自在，撥除煩惱覓清涼。象罔离坎安爐竈，卦按周天鍊白黄。永永綿綿依此做，功成九轉結鉛霜。
修行休向法中求，著法尋求不自由。認取自家心是佛，何須向外苦周遊。靈源慧照塵休昧，應物般般意莫留。兩道清風開玉户，一條銀爔出山頭。

【校記】

〔一〕謾：影明本作「瞞」。

自詠

從初割愛做修持，守一清貧志不移。竹笠羊皮常作伴，破氈腋袋每相隨。肥羊細酒全無愛，淡飯殘羹且療飢。木碗乞錢新置得，衪衲猶是出家時。

暢道三首

雲水遨遊物外仙，刀圭一粒斷塵緣。真空結就三田寶，妙用圓成五葉蓮。火滅煙消因鍛鍊，心清意静爲精專。逍遥放蕩長真子，萬里飄飄般若船。

雲水逍遥逐處家，任他烏兔易年華。閑中慧水添金鼎，静裏靈田種玉芽。海底養成紅芍藥，山頭結就白蓮花。我今説破超塵寶，本有如如即大砂。雲水逍遥物外仙，閑閑静静本來天。存心滅我開金鏁，損意忘情折玉蓮。彼岸岸頭搜密妙，靈山山裹得良緣。丹成九轉清風送，解纜飄飄般若船。

繼胡子金先生韻

修行非易亦非難，薄外頤真認内閑。燔炙火坑急出離，清涼道岸早躋攀。常觀無欲通玄理，妙趣虚無絶愛慳。清净無爲全在志，存心弱固寂寥間。

寄姚先生

受人欽重是譚哥，結罪重重在網羅。省過悔前孽自少，知愆不改罪還多。心生貪好招災甚，意着浮華積罪過。損損存存低下做，未知賢聖肯饒麽。

藏頭拆字

其一

袍布素理幽機，甲金庚鍊玉飛。氣相交須换殼，丹運就復更衣。開真性頭頭是，悟元初種種非。姪處名師叔鈺，蓮四朵步雲歸。

巾袍布素理幽機，木甲金庚鍊玉飛。二氣相交須换殼，一丹運就復更衣。撇開真性頭頭是，日悟元初種種非。三姪處名師叔鈺〔一〕，玉蓮四朵步雲歸。

其二

山頭浩浩湧靈泉，湛澄澄照上天。道要除情與慾，忘境滅積功千。分把捉休邪覓，本元初合自然。鍛鍊成無價宝，京重會害風仙。

山頭浩浩湧靈泉，水湛澄澄照上天。大道要除情與慾，欲忘境滅積功千。十分把捉休邪覓，人本元初合自然。火鍛鍊成無價宝，玉京重會害風仙。

其三

兀騰騰任自然，中湧出白花蓮。朝鍛煉無窮寶，志真修合上天。道割除情欲斷，刀劈破孽因緣。頭莫向靈源掛，結神胎管得先〔二〕。

兀兀騰騰任自然，火中湧出白花蓮。連朝鍛鍊無窮寶，一志真修合上天。大道割除情欲斷，斤刀劈破孽因緣。糸頭莫向靈源掛，圭結神胎管得先。

【校記】

〔一〕三：由前句末「非」字拆得。所謂三姪，指譚處端、劉處玄、丘處機，故謂之「三姪處名」。而丹陽爲重陽大弟子，與「三處」亦師亦兄。

〔二〕先：輯要本作「元」。

七言絶句

遊華山

糲食麤衣度歲華，白雲高卧隱煙霞。心香福炷靈源起，定觀蓮峰十丈華。

在淇門鎮爲衆人每日求藥因此作

智術多能巧作愚，無爲守一養靈珠。儵然頓覺塵勞夢，獨飲無生酒一壺。

詠孤竹

一竿碧玉出芳叢，直節虚心衆莫同。耐雪欺霜堅歲月，自然時復有清風。

詠月桂

緑葉柔莖結翠紅，精神朵朵弄晴風。歲寒堅耐同松竹，盡占年光造化功。

詠鶴

停停獨立對秋風，黑白分明造化功。休訝得延千紀壽，爲他頂上結丹紅。

三教

三教由來總一家，道禪清静不相差。仲尼百行通幽理，悟者人人跨彩霞。

述懷九首

不會搜空向外尋，蛟龍猛虎倒顛擒。朝昏懶慢修香火，十二時中只禮心。

昏昏默默探玄玄，清静無爲守自然。真性得凝真氣助，無窮變化可衝天。

我今雲水是前期，細細常觀八句詩。若要延齡增壽算，金精專固認真慈。

一月二十九日飲，百年三萬六千場。世間盡不聞吾事[一]，歸去來兮入醉鄉。

從前頑惡騁麤豪，今日存心望孽消。十二時中常覺察，知他天地肯相饒。

蛾戀燈光焰不知，魚貪香餌亦如斯。蛾焦魚爛君知否？好向祇園寄一枝。

譚馬丘劉四箇師，逍遥自在做修持。周天磨鍊無窮寶，一片靈光自得知。

古佛靈巖是我家，清涼境界絶憂嗟。道人活計無他做，唯採三光鍊碧霞。

如今識破戀燈蛾，愛餌迷魚戲黑波。本是一團腥穢物，塗搽模樣巧成魔[二]。

【校記】

〔一〕聞：影明本作「関」。　〔二〕模：原作「摸」，此從影明本、輯要本。另，《永樂大典》卷八九九詩字韻引談長真《水雲集》此詩，題作「無題」，「模」字如之。

遊懷川三首

了了心源萬事休，此玄玄外更何求。便便大肚應無染，且向懷川任意遊。

爲官清政同修道，忠孝仁慈勝出家。行盡這般功德路，定將歸去步雲霞。

雲耕寶陸三千里，月破黄昏十萬家。清夜碧潭澄皎潔，蚌吞銀爔産胎砂〔一〕。

【校記】

〔一〕爔、胎：清顧嗣立《元詩選》二集《長生子譚處端》録此詩作「焰」、「丹」。

贈張殿試

百歲光陰如閃爍，殷勤争似修仙約。假饒一舉狀元歸，正悟黄粱夢裏錯。

五言律詩

贈長安趙先生母

牙髮重生黑，延齡三事因。至誠遵道友，精謹奉高真。静意擒猿馬，清心聚氣神。處端聊拜上，稽首壽長人。

勸衆修持

聽我洗心方，翛然滋味長。無無中妙用，有有内含光。人被慾情染，情生神氣傷。人還情慾斷，步步履仙鄉。

五言絶句

勸衆修持七首

學道假除假，修真空鍊空。本源歸一處，明月與清風。

酒色氣財盡，憂愁思慮忘。攀緣愛念絶〔一〕，五葉玉蓮芳。

大道常清静〔二〕，無爲守自然。自心不迴轉，何處覓言傳。

獨坐若環菴，孤清味最甘。翛然無一事，默默守三三。

採得波羅蘂，製成般若茶。湯澆清净水，啜罷見黄芽。

常觀慾爲苦，瓦礫變黄金。觀身如糞土〔三〕，明月照瑶岑。

心生清爽少，語默氣神和。清净消諸孽，無爲解衆魔。

【校記】

〔一〕緣：輯要本作「援」。〔二〕静：《永樂大典》卷八九九詩字韻談長真《水雲集》録此詩作「净」，通。〔三〕觀：《永樂大典》作「覩」。

詠曉鷄

啼落城頭月，呼將日出東。妙哉真德行，唤覺夢中翁。

戒筆

絶筆塵方盡，忘言道可親。擘開真道眼，損了假精神。

頌十首

學道修真與世違，孤身飄逸斷蓬飛。隨緣且過消前過，視死如歸一不歸。垢面蓬頭摧壯鋭，麤衣淡飯遠輕肥。常清常净無爲作，十二時中暗察思。

把捉詢予付少言，本來無法可相傳。是非絶盡方通妙，人我俱忘始悟玄。清静貧閑爲伴侣，氣財酒色似讎冤。今生若要登雲路，不合虚無不得仙。

寶殿玲瓏倚碧空，端嚴慈像瑞雲籠。三千功裏勤香火，十二時中禮聖容。真體垢除因鍛鍊，靈巖煙散爲玄風。閑閑鼎内雲收處，一粒丹砂結就紅。十年常默默，今日露玄機。水生赤鳳子，火養黑龜兒。清風吹嶽頂，明月照寒溪。降魔神劍親傳得，捉住蛟龍把尾提。

心涼腎熱得修持，悟此方知達妙機。十二時中無作用〔一〕，馬猿放蕩損靈芝。毛吞大海誰人解，芥納須彌幾箇知。日用居常知損益，功圓行滿見菩提。

酒色財氣一大關，意情滅盡出塵寰。絲毫莫向靈源掛〔二〕，如掛靈源不結丹。六年鍊盡無明火〔三〕，十載修成換骨丹。湛湛虚堂無罣碍〔四〕，已知跳出死生關。恰十年來學得痴，騰騰兀兀任東西。欲詢風子修行事，垢面蓬頭火滅時。

野鶴孤雲無伴，幽玄至妙忘談。默默昏昏獨守，湛然秋月寒潭。

【校記】

〔一〕中：《永樂大典》卷八九九詩字韻引談長真《水雲集》此詩作「辰」。〔二〕源：《永樂大典》作「淵」。〔三〕鍊：《永樂大典》作「練」。〔四〕罣碍：元趙道一《歷世真仙體道通鑒續編》卷二《譚處端傳》録此詩作「窒礙」，有云：「（大定）二十一年，師在華陽純陽洞，瘡生於首，曰：『其將死乎？』衆莫知所對。良久曰：『今我未死，逮生於足則死矣。』因示衆云云，又云云。」

贈薛八郎二首

靈物常閑，假身不病。清净自然，性停住命。

雪山六載，面壁九年。道非容易，成佛成仙。

贈穆先生

太華山陰穆老仙，專持清静探幽玄。修補祇陀無漏園，常流慧水溉心田。擒猿縛馬翠峰巔，定觀不用買山殘。捨俗投玄心契悟，善惡之由夙世緣。心香福炷起靈源，杳杳冥冥達上天。秋月碧潭真了了，野花啼鳥謾喧喧。鼎中火滅開金蘂，木上無煙結玉蓮。壘功積行滿三千，性圓丹結去朝元。

歌

其一 無相。

採得玄珠非貨貝，靈山一道香煙快。熏成無漏步無生〔一〕，五道霞光攢慧蓋。這靈靈，處處在，妙用虚空無内外。無有皆空空亦空，法相果因俱染愛。種種離，超三界，覺即如來頓明解。尋文理義謾區區，説聖談賢還捏恠。不修完，無毁壞，境滅心忘觀自在。恒沙瑩徹則塵埃，出入無疑爲妙最。獅子兒，祇園内，怒吼狐狸安敢對。明月堂前玉蘂芳，氛氲結就金蓮會。黜惺惺，袪聰解，本來自有何須買。山頭浩浩湧靈泉，洗出虚空無證背。遇重陽，明教誨，也無進兮也無退。自從入妙認貧閑，便知滅了前來罪。絶討論，去知解，藏伏光輝如暗昧。任他烏兔兩忙忙，且這隨緣寄皮袋。

其二　骷髏。

骷髏骷髏顔貌醜，只爲生前戀花酒。巧笑輕肥取意歡，血肉肌膚漸衰朽。漸衰朽，尚貪求，貪財漏罐不成收。愛慾無涯身有限，至令今日作骷髏。作骷髏，爾聽取，七寶人身非易做。須明性命似懸絲，等閑莫逐人情去。故將模樣畫呈伊，看伊今日悟不悟。

其三　落魄。

我落魄，我落魄，渾身紙布爲衣著。擺手行來萬事忘，且喜一身空索索。飢時覓[二]，困時睡，元初本住清涼地。慧劍輝輝奪日光，無限邪魔皆遠離。樂真閑，成真趣，邪徑荒涼我不去。真靈剔正漸分明，超然走上煙霞路。得真修，應了徹，實即得時無可説。水晶宫殿鎮安閑，勘破春花與秋月。

又

我落魄，我落魄，納布衫裀常恁着。信意飄飄物外遊，到處空空無倚托。或居山〔三〕，或城郭，不會書符并貨藥。飢即巡門覓一錢，飽來萬事齊抛却〔四〕。處閑閑，無用作，人情細細須除削。龍虎嬰姹總不能，默默醍醐常飲酌。不做善，不生惡，坐卧去來空索索。一片清閑冷淡心〔五〕，從他四大任淪落。絶關機，無忖度，不望乘雲與跨鶴。逍遥自在趣貧閑，贏得隨緣恁安樂。

【校記】

〔一〕步：輯要本作「亦」。〔二〕覓：影明本作「飡」。〔三〕山：輯要本作「鄉」。〔四〕抛：原作「拈」，此從影明本。〔五〕冷：原作「泠」，此從輯要本。

繼丹陽師叔丫髻吟韻

鍾吕海蟾爲宗祖，擊玉鍾兮動金鼓〔一〕。撞透中間一點明，跳出靈童當面舞〔二〕。我恁喬，不是喬，喬話其中隱不喬。真正言，無諂語，絶盡塵埃機與慮。提离男，挈坎女，將領黄婆遊浄土。住與行，坐與睡，或披氈，或紙被，静静清清常恁地。半如痴，半似俏，痴俏中間還自曉。這般消息少人知，一味清虚寂淡宜。喜是嗔，嗔是喜，顛倒元來我是你。千磨萬鍊見元初〔三〕，了了了心方到底。金譚處端《水雲集》卷上，明正統《道藏》本，文物出版社等影印一九九四年，第二五册八四五頁。

【校記】

〔一〕擊：原作「繫」，此從影明本。〔二〕面：原作「西」，此從影明本、輯要本。〔三〕磨：原作「魔」，此從影明本。

集外補遺

題白骨詩

我今傷感嘆骷髏，艷女嬌兒戀不休。留意懃懃貪賄賂，無心損損做持修。生前造下無邊罪，死後交誰替孽囚。精血盡隨情欲去，空遺骸骨卧荒丘。陳垣等《道家金石略》題作「崑崙山長真譚先生題白骨詩」，篇末署「大金大定歲次癸卯甲子月望日雲溪庵建」。文物出版社一九八八年，第四三二頁。

題唐杜天師忽驚圖

精根懸嶮在泥丸，不歸媱情壽蔕安。一度犯邪神並泣，忽然發念魄皆歡。欲心似斧將身伐，妖蠱如刀把命剜。若不惜形無滅戒，丹田真水自枯干。清熊象階《濬縣金石録》卷上《四仙碑陰》：「唐杜天師忽驚之圖，全真門弟子譚處端書，濬州淇門庵石道渭立石。詩云云。大定十五年八月望日，淇門鎮助緣道友陳守柔、郭姑，助緣門人崔志道，全真庵化緣門人路遇仙，安陽吕熙刊。」《石刻史料新刊》本，臺北新文豐出版公司一九七九年，第二輯一四册一〇二七〇頁。

頤安口占

徤即觀書困即眠，飯餘香灺濕茶煙。客來莫説人間話，我是清貧無事仙。

絶句二首

斷橋横落淺沙邊，沙岸踈梅臥曉煙。新雨漲溪三尺水，漁翁來覓渡河錢。

柳着輕黄欲染衣，汀沙漠漠草扉扉。晚風吹斷寒煙碧，無數鴛鴦溪上飛。

睢陽道中二首

竹溪噎絶雨纔通，無數深紅間淺紅。山店落英春寂寂，青旗吹盡柳花風。

向來松檜喜無恙，坐久復聞南澗鍾。隱隱脩廓人語絶，四山滴瀝雪鳴風。

兩絶

志念平生早着鞭，不知江海付推遷。眼看歲月消磨盡，盛買黄牛學種田。

此意飜成一笑休，園林真樂可消憂。蕭蕭白髮秋風里，曳杖閑看水牯牛。

偶成二首

越羅與蜀錦，被體何其華。豹胎與猩唇，適口良自佳。佳美未必得，飽暖不可賒。明通紙勝雪，樂昌墨如鵶。更招南浦石，四友相寵加。謾焫新寧香，時烹固陵茶。蕭然文字間，亦足爲生涯。

横笛佳人用意深，數聲高起海湖陰。梅花落盡還堪惜，留取殘英伴醉吟。

與滕翺員外評詩

騷雅因君話，於余敢庶幾。易教添白髮，難是掩人非。趣極堪無味，理深還有機。真風今已矣，誰復苦知微。《永樂大典》卷八九九詩字韻引談長真《水雲集》，中華書局一九九八年，第一册三三四頁。今按，「談長真」當作「譚長真」，刊誤。

佚句

葡萄詩

一朝行上青龍架，見者人人仰面看。

題延真觀玉皇殿西壁

杳杳飈輪去不迴，鸞驂鶴馭破雲堆。元趙道一《歷世真仙體道通鑒續編》卷二《譚處端》，明正統《道藏》本，文物出版社等一九九四年，第五册四二二頁。